望岳文库·文学史系列

重构对话

孔范今 著

山东大学出版社

图书在版编目(CIP)数据

重构对话/孔范今著. —济南:山东大学出版社,2009.5
(望岳文库)
ISBN 978-7-5607-3857-4

Ⅰ. 重…
Ⅱ. 孔…
Ⅲ. 当代文学—文学研究—中国—文集
Ⅳ. I206.7-53

中国版本图书馆 CIP 数据核字(2009)第 075018 号

山东大学出版社出版
(山东省济南市山大南路 27 号 邮政编码:250100)
山东省新华书店经销
济南铁路印刷厂印刷
850×1168 毫米 1/32 11.875 印张 296 千字
2009 年 5 月第 1 版 2009 年 5 月第 1 次印刷
定价:24.00 元

目 录

新时期文学的数度突围与选择

在当代文学的50年中，就既有价值观念的深刻性调整和几近芜杂的蓬勃生力而言，还是当推新时期文学最为引人注目。

或者可以作这样的表述：在这50年中，如果以20世纪70年代末到80年代初为界，这之前之后的两个阶段，实质上走的是不同的路向。前者是“现代”时段中以延安文学为核心的解放区文学的直接赓续与发展。随着共和国的建立，解放区文学以不争的资格入主北京，并迅即以借助于政治的巨大统摄力改造了原国统区的作家及其与之不无区别的文学观念，只在数年内就完成了文学与文化上的大一统。此后，便是在不断强化的政治统摄中走着愈来愈严整的规范化道路，而且在极“左”思潮的推涌下一步步逼近极端，走入绝路。而后者新时期文学则不同，它是在开放性、更新性的历史语境中，以高频率的动作左冲右突，在短短20年中历经数度突围与游走，终至于90年代所呈现的在政治、文化、艺术各方面全面失范的状态。颠覆这样那样的既定规范，大约可以被认为是新时期文学谋取自身解放的一种基本方式。

如果我们不再泥守于所谓“伤痕文学”、“反思文学”、“改革文学”、“知青文学”、“寻根文学”等等从题材内容或思想文化表征上对新时期文学的时空切割，而是把握一下这段文学基本性价值选择的内在脉动，就可以发现，无论它们表现得如何众声喧哗，如何杂乱无序，但其历史的脉络还是有迹可寻的。就我的感觉，在这20年中，似乎曾发生过4次潮涌，即4次突围，尽管彼此互有交错，但并不能简单地一刀断开。

第一次当在20世纪70年代末到80年代中前期。当时席卷整个文坛的人道主义思潮，激活了整个文坛的活力和批评界的激情。这时，大家以并不陌生的文学认知和文化激情，仿佛穿越了数十年的无奈，终于又和五四新文化与新文学重新恢复了充满希望的衔接。这次突围，冲击的是长期以来形成的严重政治化了的文化与文学格局，创作界与批评界对理直气壮承认包括自然人性在内的"人性"合理性的齐声呐喊，对"人"的权利的合力张扬，确实是声势磅礴，于半个多世纪以来所未有。大家为重新找到解决文学与历史问题的症结点而备受鼓舞，多年的迷惘与积郁得以澄明与宣泄，似乎到这时，文学已从奴仆又复归到了主人的位置，代表着文学也代表着历史向社会公众作正义的言说。就创作而言，一方面是对时至今日，却仍与世界性文明和中国现代性提倡表现为巨大逆差的人性生存之黑暗现实的揭露与鞭挞，不仅让人们看到在那"被爱情遗忘的角落"所发生的令人瞠目的人性悲剧，而且不无夸张地凸现出类似以一根绳子吊死五个女人的并非个例的愚昧与无奈。这次带有鲜明启蒙主义色彩的文学大潮，无疑构成了20世纪以来启蒙运动的又一亮点。而与五四启蒙文学不同，它不再只是专注于对传统性文化的责任追究，而是将它与极"左"政治的历史发展进行着互为因果的一体化批判，使之从对现实的关注到对历史的反思性回溯运演成了必然性趋势。另一方面，则是将富有"个性"色彩的英雄设置于被寄予希望的改革现实之中，一厢情愿地演出了《乔厂长上任记》、《花园街五号》等一出出张扬个性的当代英雄的壮剧。与这时的文学创作相呼应，文学批评界所使用的词语，诸如"人性"与"人性的冲突"，"历史感"与"历史的深度"等，自然也成了文学价值的标志性语词。

“人性”与历史的攀升、黏结，其结果必然是对历史的重新感受与读解。一反过去那种对历史的政治化的宏大解说，这时的文学以其干预现实和历史的勇气，开始以另一种笔墨向人们描绘着历史的真实面貌，把人性的剧烈冲突、家族的深刻纠葛、偶发性事件的琐细，一股脑儿地填充进了为人们已知的历史事件的宏大框架之中，意欲颠覆既定的历史价值判断，并让人性之旗理所当然地飘扬在历史建构的巨大时空之中。作家们自信，这不仅是文学的真实，而且也是历史的真实。而读者们阅读起来，虽不乏陌生与新奇之感，但终因沉睡经验的唤醒而服膺了它们饱含激情的真实性虚构。为这次突围作结的，应该是《古船》和似乎与它异类的《红高粱》等中长篇小说。当然，嗣后出现的《白鹿原》、《缱绻与决绝》等，也可以看作是对其一脉相承的发展。事实上，80年代末到90年代出现的所谓“新历史主义”小说，也是在这里就已经为之奠基或提供了启示的。

这次突围最基本的特征，是由其努力所实现着的“意义”置换。别看那时的创作与此前相比已发生了十分明显的变化，但就文学观念来说，被作家们珍视的实际上依然是传统现实主义文学的基本原则。尤其在80年代初期，则更是如此。当时大家几乎是不约而同地认为，此前政治对文学的异化，主要是改变了文学所应给予独特关注的“意义”及其与此相关的历史责任承当。因此，将政治说教置换为人性的全面启蒙，一时间成了文学创作最强烈的欲望。那时，为人们所着意超越的，只是政治性“现实主义”那种非文学性的意义内容及其程式化表现形式，而人们对于“五四”启蒙现实主义文学还是心向往之的，所以，这时期可视为发生于当代的一次文艺复兴运动。

但这种人性的历史视角和传统的把握方式的局限性也于不久即被作家们感受到，与之相关的“意义”的确指和叙述者的“全知”

姿态与文学之现代性之间的巨大差异，在他们的感知中也已成为文学发展的严重束缚。于是，新时期文学在80年代中后期又进行了第二次突围，即对西方现代主义文学的全面引进和仿作。现代主义在文坛中心绽放出各种新异之花，在主流位置上消解了启蒙主义文学大潮，并形成一道炫目的风景，这是20世纪以来前所未有的现象。在现代时期，由于作为历史中心行为的启蒙只能转型过渡到社会政治革命这一新的历史中心环节，而对此无所作为的现代主义就只能在边缘区作短暂的停留，成为不时出现于天边的一抹彩云。而这时却不同了，对文学自身的趋新性追求，使现代主义入主文坛中心变成了现实。虽然这一阶段的各种试验并没有多少年的风光，但它们对于“意义”确指性的改写和对叙述主体“全知”性能力的怀疑，确实有效地保证了这一次文学突围的实现。

新时期文学的第三次突围即新写实主义的出现，肇始于80年代末，而于90年代初期成一时之盛。现代主义的试验虽然成就了一部分作家创作特色的形成并明显地浸润了整个文坛的创作，但是，中外历史条件的差异、文化心理的隔膜以及作家们无可改变的对写实主义的亲和态度，都决定了西式现代主义的难以恒久的命运。但当作家们再次重新关注更普遍意义上的人们的生存现实时，却没有重复传统现实主义的既有观念，而是把对“意义”和创作主体主观介入的双重消解，看作文学写实主义更新的必要前提。所以新写实主义特别强调了两点：一是没有意义生成的众人生存的原生状态，一是作家情感的“零度介入”。在这类作品中，人物都是平庸生活中芸芸众生中的一员，生活也只是无数虽无意义却无法躲避的恼人琐事的堆积。这些人并没有主体张扬后的荒谬与孤寂，有的只是无法不平庸的无奈。这种作品打破了自批判现实主义以来所形成的一切现实主义成规，不仅更新了人们对文学阅读的传统性期待，而且对批评者的主体调整也提出了挑战。事实上，从对新写实主义文学的态度到对与之血脉相连的1996年新现实主义的批评，都非常明显地暴露出批评者其前卫性的批评姿态与滞后性的文学观念之间的深刻矛盾。

新时期文学的第四次突围，那就是1996年的现实主义的潮涌和近几年活跃于文坛的“新生代”和“70年代作家群”了。文学和人生一样，都难以忍受长时间的沉闷与无奈，于是作家们在新写实主义难以再有拓进时，由不同的人从不同的路向上开始了新的超越性努力。以河北“三驾马车”和刘醒龙、李佩甫等人为代表的一批作家在1996年制造了一个现实主义的冲击波，他们重又找回了作家的历史职责和人文情怀，为人们描绘了一幅幅足以让人动容的艰难现实人生的图画。但终又因其难以克服的自我重复，而令人叹惋地销声匿迹于“新生代”的众声喧哗之中。与新写实主义不同，“新生代”尤其是“70年代作家群”，他们不仅拒绝“意义”，而且拒绝“众数”，将写众生的无奈变作了为其标榜的“个人化”写作。他们不再将创作主体隐蔽起来，而是把主体与人物合一，使作品内容也变作了作者个人隐私的描述。在既无历史责任的支撑又深受商品大潮影响的情况下，他们的所谓“个人化”写作，又势必成为连他们自己也不讳言的“欲望化写作”。“新生代”写作在对既定文学观念的冲击和营造新的文学天地方面所起的作用，是有目共睹的。但它将路子限定得那么窄，却又不能不让人为之忧虑。

新时期文学的每一次突围，都必然表现为一次新的游走与选择，这是历史的进步；但每次新的游走，也必定有得有失。新观念与误解并生，甚至于表现为每向真理性认识走近一步，却又同时远离了它几分。这种现象是愈到后来愈明显的。对此，不能不保持清醒的认识。

（原载《文史哲》1999年第5期）

梁启超与中国文学的现代转型

梁启超无疑是20世纪中国最有影响的文化人之一,在上一个世纪之交,他不仅以其意气勃发、文辞滂沱的文字鼓动起一代有识之士的改革思变之心,而且更以其对"诗界革命"、"文界革命"、"小说界革命"的倡导,启动了中国文学的现代转型。然而,在长达半个多世纪的时间里,人们对他的评价却并非与事实相符。

在几为定论的历史与文学研究中,谈论中国文学的现代转型,必自五四文学革命起,且必定置设于与此前的一切主张的对抗格局中运思。在这一格局对认识的框定中,梁启超很自然地就成了"改良派"中的一个重要人物,总属于"新"字号历史时期前的"旧派",而非新历史进境中重要的"这一个"。因此,对他之于文学现代转型的作用与意义,在评价上总是划归于另一价值范畴中作低调解说。近年来,人们眼界大张,观念亦有较大调整,学界的认识有了明显的变化。对既有的认识作解构性反思,对既成格局作突围性努力,已成为多数人共同的愿望。"20世纪中国文学"这一新概念的提出和对"20世纪中国文学史"这一新史学建构的实践,适足说明了人们已有意于以"20世纪"文学历史时空的开拓性确认,来走出原来的局囿。但扩则扩矣,无奈因成见既深,一时又难以改变固有的选取与评价的尺度。如《近四百年中国文学思潮史》[①]，虽属一部视野开阔的创辟之作，但在其列名为“20 世纪中国文学思潮”的一编中，却是由“‘五四’‘革命文学’思潮”讲起的。至于梁启超的种种主张，虽然更富实质性的倡导多发生于 20 世纪之初，但却统统被纳入了 19 世纪。而对于新建构面世的《二十世纪中国文学史》，尤其是该书把梁启超的“三界”革命视为中国文学现代转型的开端，有些学者更是难以接受，立即著文予以质疑，坚持认为“中国真正的新文学是从五四时期开始的”，“即以中国近世文学而论，在文艺思潮上起了巨大变化的，也不在 1900 年前后，而是在五四新文化运动”。[②] 有人还“进一步看问题”，指出对“二十世纪中国文学史”之说赞成与否，“两者之间根本性的分歧意见，其实在于是否承认：‘五四’新文学运动以其旗帜鲜明的倡导‘文学革命’（本质上为中国文学的现代化）而在整个中国文学发展史上具有划时代的伟大意义？”[③]

其实，在新的反思性建构中，即以拙编《二十世纪中国文学史》[④]而论，并没有表现出要否定五四文学革命伟大意义的企图，只不过是取了自以为更为客观的态度，将中国文学的现代转型理解为一个复杂的过程，按照历史发展的实际链条，把梁启超之“三界”革命与陈独秀之“文学革命”给以各安其位的梳理、整合而已。对此暂且不论。笔者倒是想向质疑者且发一问：为什么一些五四文学革命的亲历者对待梁启超“三界”革命的态度反而与近世论者不同呢？不妨且举几例。如，钱玄同可谓在“文学革命”时态度最激烈者之一，可他在“文学改良”（注意：胡适旗帜初张，讲的也是

① 此书为陈伯海主编，东方出版社 1997 年 10 月出版。

② 吴中杰：《世纪交替与文学史断限》，载 1998 年 11 月 6 日《文汇报》。

③ 朱文华：《也谈文学史断限》，载 1998 年 11 月 20 日《文汇报》。

④ 其时，率先出版且产生一定影响者即为由我主编的《二十世纪中国文学史》（上、下）一部。该书由山东文艺出版社于 1997 年 6 月出版。

"改良",足见"文学革命"初倡时与历史思路的承接)、"文学革命"刚提出之时,旋即致信陈独秀云:"梁任公实为创造新文学之一人。虽其政论诸作,因时变迁,不能得国人全体之赞同,即其文章,亦未能尽脱帖括蹊径,然输入日本新体文学,以新名词及俗语入文,视戏剧小说与论记之文平等,此皆其识力过人处。鄙意论现代文学之革新,必数梁君。"[①]又如,郭沫若虽属情绪激烈而善变的人,但在回顾"文学革命"时却并未忘记梁启超,而且称赞他说"他的许多很奔放的文字……虽然未能摆脱旧时的格调,然已不尽是旧时的文言,在他所受的时代的限制和社会的条件之下,他是充分地发挥尽了他的个性,他的自由的"[②]。再如,郑振铎为文学研究会创始人之一,他也说梁氏之"新文体","鼓荡了一支像生力军似的散文作家,将所谓恹恹无生气的桐城文坛打得个粉碎"。"像那样不守家法,非桐城亦非六朝,信笔取之而又舒卷自如,雄辩惊人的崭新的文笔,在当时文坛上,耳目实为之一新。"而且还指出:"打倒了所谓奄奄无生气的桐城古文,六朝体的古文,使一般的少年都能肆笔自如,畅所欲言,而不再受已僵死的散文套式与格调的拘束;可以说是前几年的文体改革(按:指五四文学革命)的先导。"[③]很显然,这些亲历者都在"现代文学之革新"的意义上热情肯定了梁启超的第一人与先导的作用,赞扬了他对其"个性"与"自由"的充分发挥。那么,为什么到了近几十年来,作为并非亲历者的后辈学者们,倒是另执一言,特别着意于强调本属同一转型过程的前后两段之间的异质性与对抗性呢?质而言之,根本原因就在于过分依附于这几十年来对历史新作的政治分期,因此拘牵于以"旧民主主义"与

---

① 钱玄同:《钱玄同致陈独秀》(1917 年 2 月 25 日),见水如编《陈独秀书信集》,新华出版社 1987 年版,第 98 页。

② 郭沫若:《文学革命之回顾》,《郭沫若全集 · 文学编》16 卷,人民出版社 1989 年版,第 88 页。

③ 郑振铎:《梁任公先生》,《中国文学论集》,中华书局 1983 年版,第 119 页。

“新民主主义”为界分的新谓“近代”与“现代”的历史判断,以致形成迄难有改的思维惯性,故而闻异而动,生怕错乱了被仍然奉为圭臬的“历史秩序”。

这种担心非为治“现代文学”者所仅有,治“近代文学”的人也已给予密切关注了。据报道,1995 年 6 月 18 日第五届上海近代文学研究者联谊会在复旦大学召开,发言者倾向于认为,“20 世纪(中国)文学”是一个不甚明晰的概念,表面上看,这是现代文学研究视界前移的结果,实际上这一说法,“忽视了五四新文化运动对于中国文学发展的重要转向作用。‘五四’前后的(中国)文学分别具有不同的性质,因此,‘20 世纪(中国)文学’的提出,显然会对(中国)文学进程的研究和阐述造成逻辑上的困难”[①]。近代文学研究界出现这种反应的原因,与前者实出一辙,并无二致。

海外的研究自然有所不同,由费正清、刘广京主编的《剑桥中国晚清史》,在评述到维新变法的失败时,表示了这样的识见:“但是维新运动绝不能算作是完全的失败。从一开始,它的下面便是一阵思想的巨浪。当 1895 年以后政治的活动展开时,它所唤起的感情和注意力反过来又加深和扩大了这阵巨浪。结果,尽管维新运动没有能达到它的政治目标,但它所引起的思想变化却对中国的社会和文化有着长期的和全国的规模的影响。”“首先,这一思想变化开创了中国文化的新阶段,即新的思想意识时代。……维新的时代出现了由于西方思想大规模涌进中国士大夫世界而造成的思想激荡。这便引起了原有的世界观和制度化了的价值观两者的崩溃,从而揭开了 20 世纪文化危机的序幕。从一开始,文化危机便伴随着狂热的探索,使得许多中国知识分子深刻地观察过去,并

① 刘诚:《第五届上海近代文学研究者联谊会在我校召开》,载《复旦学报》(哲社版)1995 年第 4 期。

且超越他们的文化局限去重新寻找思想的新方向。”[①]这种见解无疑是十分精到的。对维新运动作用的考察，能够超越其失败与局限，看到由其所引发的历史运动的深化和历史阶段的转换，这不能不说是一种慧眼独具的发现。但有一点又不能不令我们感到遗憾，那就是当其对维新运动作如是观时，却没有发现恰恰是戊戌变法的失败，才使得“新的思想意识时代”的实现真正成为可能，即梁启超在其时所发挥的独到作用。这不能不说是一种忽略。证之于由费正清独立主编的《剑桥中华民国史》上卷，则更足以见出此说不谬：“在中国思想史上，1898 年和 1919 年通常被认为是与儒家文化价值观决裂的两个分水岭。1898 年的改良运动，是一部分接近皇帝的高级知识分子在制度变革上的一次尝试。它开始是作为 1895 年被日本在军事上打败的一种反应，但却以摈弃传统的中国中心世界观和大规模吸收西方‘新学’的努力而结束。这一运动在晚清的现代化趋势和 1911 年帝国体制的崩溃中，产生了结果，随后引起了更彻底的思想重新评价浪潮。1898 年改革的锐利锋刃已直接指向继承下来的政治制度，而以 1919 年五四运动为其标志的彻底的‘新文化’思想运动，也被看成是对传统道德和社会秩序的一种冲击。”[②]可见，把 1898 年的改良运动及其在文化上的观念变动笼统视为一物，而与五四“新文化”思想运动分列、连缀，为其基本的认识。

由以上情况可知，海内外学者在评价该段历史时各有其见，也各有不同的原因，但有一点却是共同的，那就是对以梁启超为代表的文化启蒙和文学革新运动的独特意义有所忽略，没有看到历史

① 费正清、刘广京主编：《剑桥中国晚清史》（下），中国社会科学出版社 1985 年版，第 381～382 页。

② 费正清主编：《剑桥中华民国史》（上），中国社会科学出版社 1994 年版，第 358 页。

在这里所发生的深刻变化。因此，笔者认为，要正确评价梁启超及其在中国文学现代转型中的作用，首要的一点，即是吹拂掉遮盖历史皱褶的烟尘，明察以维新变法的失败为契机所引发的梁启超式的反思及其迥异于前的历史性行为。

见之于历史的事实是，维新变法失败后，梁启超亡命东瀛，但却得了机会在一个在他看来全新的社会文化语境中进行如饥似渴的学习和深刻的反思。他自陈："既旅日数月，肆业日本之文，读日本之书，畴昔所未见之籍，纷触于目，畴昔所未穷之理，腾跃于脑，如幽室见日，枯腹得酒。"[①]而且说："又自居东以来，广搜日本书而读之，若行山阴道上，应接不暇，脑质为之改易，思想言论，与前者若出两人。"[②]在日本的最初几年间，梁启超在学习与反思中观念大有改变，在政治与文化上都与原曾为其主帅的康有为发生了分歧，并走出了康有为的笼罩。他在致康有为的信中说："今日民族主义最发达之时代，非有此精神，决不能立国，弟子誓焦舌秃笔以倡之，决不能弃去者也。而所以唤起民族精神者，势不得不攻满洲。……清廷之无可望久矣，今日日望归政，望复辟，夫何可得？既得矣，满朝皆仇敌，百事腐败已久，虽召吾党归用之，而亦决不能行其志也。"[③]其态度于此可见大概。

对于"新法"，以及此前的种种变革努力，梁启超皆作了痛心疾首的深刻反思，并从两个方面力陈其弊：

第一，没有抓住根本。他认为："文明者，有形质焉，有精神焉，求形质之文明易，求精神之文明难。精神既具，则形质自生；精神

---

① 梁启超：《论学日本文之益》，《饮冰室合集》第 1 册，文集卷 4，中华书局 1994 年版，第 80 页。

② 梁启超：《夏威夷游记》，《饮冰室合集》第 7 册，专集卷 22，中华书局 1994 年版，第 186 页。

③ 转引自郭延礼《中国近代文学发展史》(二)，山东教育出版社 1991 年版，第 958 页。

不存，则形质无附。然则真文明者，只有精神而已。”[①]而已历之诸种努力，“至叩其术，最初则外交也，练兵也，购械也；稍进焉则商务也，开矿也，铁路也；进而至于最近，则练兵也，警察也，教育也。此荦荦诸大端者，是非当今文明国所最要不可缺之事耶。虽然，枝枝节节而行焉，步步趋趋而摹仿焉，其遂可以进于文明乎？其遂可以置国家于不败之地乎？吾知其必不能也”[②]。什么原因呢？他打比方说：“披绮罗于嫫毋，只增其丑；施金鞍于驽骀，只重其负；刻山龙于朽木，只驱其腐；筑高楼于松壤，只速其倾，未有如济者也。”就如教育，“夫一国之有公共教育也，所以养成将来之国民也。而今之言教育者何如？各省纷纷设学堂矣，而学堂之总办提调，大率皆最工于钻营奔竞能仰承长吏鼻息之候补人员也；学堂之教员，大率皆八股名家弋窃甲第武断乡曲之钜绅也；其学生之往就学也，亦不过曰此时世妆耳，此终南径耳……”[③]在梁启超看来，中国问题的症结所在，乃积久而成的文化痼疾及与此密切相关的国民素质的低劣，不触及此，“则虽今日变一法，明日易一人，东涂西抹，学步效颦，吾未见其能济也”。所以他断言：“夫吾国言新法数十年而效不睹者何也？则于新民之道未有留意焉者也。”[④]

第二，缺乏破坏力。梁启超列举教育、商务等方面的事例，力证不触动根本症结问题的变革行为的无效，然后说：“推诸凡百，莫不皆然。吾故有以知今日所谓新法者必无效也。何也？不破坏之

① 梁启超：《国民十大元气论》，《饮冰室合集》第1册，文集卷3，中华书局1994年版，第61页。

② 梁启超：《新民说》，《饮冰室合集》第6册，专集卷4，中华书局1994年版，第63页。

③ 梁启超：《新民说》，《饮冰室合集》第6册，专集卷4，中华书局1994年版，第63页。

④ 梁启超：《新民说》，《饮冰室合集》第6册，专集卷4，中华书局1994年版，第2页。

建设,未有能建设者也。夫今之朝野上下,所以汲汲然崇拜新法者,岂不以非如是则国将亡乎哉,而新法之无救于危亡也若此,有国家之责任者当何择矣?"[①]他指示的"进步之道"则为"必取数千年横暴混浊之政体,破坏而齑粉之,使数千万如虎如狼如蝗如蝻如蜮如蛆之官吏,失其社鼠城狐之凭借,然后能涤荡肠胃以上于进步之途也;必取数千年腐败柔媚之学说,廓清而辞辟之,使数百万如蠹鱼如鹦鹉如水母如畜犬之学子,毋得摇笔弄舌舞文嚼字为民贼之后援,然后能一新耳目以行进步之实也"[②]。把数千年横暴混浊的专制政体与数千年腐败柔媚之学说作一体反对,这明白不过地表明,梁启超在反思中思想认识的提升,确已大大超越了维新运动时的旧有观念。

正是在这里,历史发生了深刻的变化与转折,原有的维新运动已易帜换将,即已由原来以变革政治制度为中心的变法运动一变而为以"新民"为标志的文化启蒙运动,主将也已由康有为而转换为梁启超了。此时,君主立宪式的政治变革已被历史的巨浪推涌到了历史之河的边缘,而代表新的政治革命力量的孙中山所领导的革命尚处于萌动之时,恰恰在两者之间,可谓应运而生,由梁启超大力鼓动和代表的20世纪第一次文化启蒙运动入主历史中心,并有幸成了20世纪启蒙运动的开端。倡导变法时期,开启民智的主张虽然已经提出,但它只是被作为变法思想体系中的一个次要方面来对待的,所以那时康、梁等人虽也看到了文学独特的施教作用,但却不可能提出"文学革命"的口号。而到此时,文化启蒙已成为主要的责任承当,情况自然就有了很大的不同。考之以20世纪

① 梁启超:《新民说》,《饮冰室合集》第6册,专集卷4,中华书局1994年版,第64页。

② 梁启超:《新民说》,《饮冰室合集》第6册,专集卷4,中华书局1994年版,第64~65页。

文学发展的具体情况，似乎可以归纳出一个基本规律：几度“文学革命”的提出或发生，均发生于文化启蒙运动构成为历史主要潮流之时。梁启超倡导“新民”运动时如此，陈独秀、胡适等发动新文化运动时如此，新时期80年代中前期“人道主义”涌动时又是如此。其实这也不难索解，因为只有在这种启蒙思潮中，促成文学革命的思想基础和构成文学革命的基本观念内涵，才有可能被有效地提供，并使之成为活跃在历史中心处的一个引人注目的历史性行为。但现在的问题是，后两者自不必说，而作为前者的以梁启超为主将的启蒙运动，是否也具备了与后两者在基本性质上的一致性，也就是说，它是否在中国文学现代转型的意义上也有资格被纳入这一过程？笔者的答案无疑是肯定的。对此问题作如何结论，应该有一个测试的尺度。为取得这一尺度的共识性，不妨就以五四新文化运动为标的进行一个基本的归纳。笔者以为主要表现为以下几个方面：第一，以进化论为内涵的历史观念，与相伴而生的青春朝气；第二，在对历史症结问题的探寻上，历史的思考已由政治转移到文化方面，并在价值观念与价值判定模式上表现出明显的颠覆性重构；第三，对西方式“人权”与“民主”的大力提倡，及对“国民性”改造问题的高度重视；第四，激烈的历史态度及对批判力度的强调；第五，对“文学革命”的必然性提倡。倘若以上概括还算差强人意，那么笔者则要指出，梁启超时期的启蒙运动与五四新文化运动相比，虽然具有不同于后者的阶段性内涵和创辟时期不可避免的初级性特征，但就上述基本规定性而言，它不仅仅具备而且是应该说为后世之启蒙立下创辟与奠基之功的。对历史稍加翻检，便可发现，五四新文化运动和文学革命时期的许多基本命题，在此时均有触及或明确提出，而且不难找到它们之间前后的对应及衔接之处。

至此，有人可能会从相反的方向提出两个相关的问题：一是在梁启超此前的维新运动中这些问题多已触及，启蒙运动和文学现代转型的起点为何非自梁氏此时的鼓动算起？二是以梁氏为代表的启蒙运动、文学革命与五四新文化运动、文学革命之间是否真的存在现代转型意义上的一致性？如果是，那么后者还有什么发生的必要？而这，则正是本文在下面要作具体说明的问题。

的确，在梁启超发动启蒙运动和文学革命之前，包括他自己在内，人们对许多问题已有触及。再说，某一重要历史行为的出现，再怎么突兀，也需要有必要的历史铺垫。但有一点是必须明察的，那就是此前对这些问题的触及，都只是在政治性变革的总目的的笼罩中出现的，还不可能超越这一历史层面而形成服从于文化启蒙目的的统一与基本整合，因此，它们是散在的，有局限的，甚至在一人身上，也难以取得统一。譬如"进化论"，在变法失败前就已传布于世，但它当时所起的作用，则只是对变法必然性的阐释。以严复而论，他虽然力倡"进化论"和"民权"观念，但他同时又作为一位桐城熟手而坚持以古奥渊雅的古文写作，所以招致了梁启超的批评："吾辈所犹有憾者，其文章太务渊雅，刻意摹仿先秦文体，非多读古书之人，一缗殆难索解。""著译之业，将以播文明思想于国民也，非为藏山不朽之名誉也。文人结习，吾不能为贤者讳矣。"①又如林纾，他虽为译介西方文学的开山之人，亦对西方文学表示赞赏，当时及后世受其惠者颇多，但他在文化价值观念上却滞于人后，到后来甚至与新文化运动及文学革命发生抵牾。再如文学革新，虽然黄公度、夏穗卿、谭复生等人已在诗歌的革新上率先迈出了一步，似乎谈论文学转型应从他们起，然而在倡导"诗界革命"时的梁启超看来，至此真正在借鉴西方方面做得好、有资格成为"诗界革命"的代表者，"今尚未有其人也"。他认为："时彦中能为诗人之诗，而锐意欲造新国者，莫如黄公度，其集中有《今别离》四首，又吴太夫人寿诗等，皆纯以欧洲意境行之。然新语句尚少，盖由新语

① 《新民丛报》第1册。

句与古风格常相背驰。公度重风格者,故勉为之也。夏穗卿、谭复生,皆善选新语句,其语句则经子生涩语、佛典语、欧洲语杂用,颇错落可喜,然已不备诗家之资格。”[①]当然,这是就其创作实践而言,而且也未免以其理想的尺度要求过苛。事实上,即使在梁氏之“诗界革命”提出后,一时也很难找到那种理想之诗。但梁启超既如此讲,说明他在认识上已有新的要求。而当初黄公度关于“我手写我口”的主张,显然还与之距离不小。

较之以往的自己和朋辈而言,梁启超的得天独厚之处在于,作为一个先觉者,他已能够率先立于新的历史进境之中,实现了对各种观念意识的综合性整合,尽管这种整合常常亦难以避免其粗疏及自相矛盾之处。也就是说,只有到这时,原本散在的而目的又另有所属的各种关涉到历史、文化及文学的主张,才以新的目标环绕统合起来,使历史真正进入如《剑桥中国晚清史》所说的“新的思想意识时代”,“开创了中国文化的新阶段”。不妨依据前文所概括的几个方面,逐条予以具论。

第一,五四时期为人们时时标榜的“进化论”,实则正是此时予以奠基的。梁启超言必称“进化”,把“进化论”即“天演学”的“物竞天择、优胜劣败”视为立论的原则依据即“公例”,把“竞争”看作“进化之母”,并认为“此议殆既成铁案矣”。[②] 梁启超的贡献,并不在于单言进化,而是将进化之理引向民族痼疾之根本处,并由此而倡言文学革命。他说,若不自甘澌灭,“则诚不可不急起直追,务使一化今日之地位,而求可以与他人之适于天演者并立。夫我既受数千年之积痼,一切事物,无大无小,无上无下,而无不与时势相反。

① 梁启超:《夏威夷游记》,《饮冰室合集》第 7 册,专集卷 22,中华书局 1994 年版,第 68 页。

② 梁启超:《新民说》,《饮冰室合集》第 6 册,专集卷 4,中华书局 1994 年版,第 55、56 页。

于此而欲易其不适者以底于适,非从根柢处掀而翻之,廓清而辞辟之,乌乎可哉！乌乎可哉！"[①]为了矫正人们的既有之见,他又特别予以强调:"夫淘汰也,变革也,岂惟政治上为然耳。凡群治中一切万事万物莫不有焉。"实际的情况应该是"宗教有宗教之革命,道德有道德之革命,学术有学术之革命,文学有文学之革命,风俗有风俗之革命"[②]。基于对历史进化的坚信和力促其进化的满腔热情,梁启超竭力鼓吹"少年中国说",并作了这样的比较:

> 欲言国之老少,请先言人之老少。老年人常思既往,少年人常思将来。惟思既往也,故生留恋心;惟思将来也,故生希望也。惟留恋也故保守,惟希望也故进取。惟保守也故永旧,惟进取也故日新。惟思既往也,事事皆其所已经者,故惟知照例;惟思将来也,事事皆其所未经者,故常敢破格。老年人常多忧虑,少年人常好行乐。惟多忧也故灰心,惟行乐也故盛气。惟灰心也故怯懦,惟盛气也故豪壮。惟怯懦也故苟且,惟豪壮也故冒险。惟苟且也故能灭世界,惟冒险也故能造世界。老年人常厌事,少年人常喜事。惟厌事也,故常觉一切事无可为者;惟好事也,故常觉一切事无不可为者……[③]

梁启超这种取譬比较的方式,其实也内蕴着一个新旧文化之间的比照,这种方式与内蕴,直接影响到了五四新文化人物的思路与表述。由陈独秀向旧文化发难的《敬告青年》一文,就足以见出其承袭的痕迹。而梁启超所谓的"造成今日之老大帝国者,则中国老朽之冤业也;制出将来之少年中国者,则中国少年之责任也。彼

---

① 梁启超:《释革》,《饮冰室合集》第1册,文集卷9,中华书局1994年版,第41～42页。

② 梁启超:《释革》,《饮冰室合集》第1册,文集卷9,中华书局1994年版,第42页。

③ 梁启超:《少年中国说》,《饮冰室合集》第1册,文集卷5,中华书局1994年版,第7页。

老朽者何足道，彼与此世界作别之日不远矣，而我少年乃新来而与世界为缘"[1]，也直接影响到了鲁迅等一代代人的观念倾向。为其所热情营造的蓬勃青春之气，也绵延而为笼罩于整个世纪的历史氛围。

第二，梁启超此时已将思考的重心由政治转向了思想文化，明确提出"新民为今日中国第一急务"[2]，并对传统文化的积累结果表示了明确的批判态度。他指出："今日不欲强吾国则已，欲强吾国，则不可不博考各国民族所以自主之道，汇其长者而取之，以补我之所未及。今论者于政治、学术、技艺，皆莫不知取人长以补我短矣，而不知民德、民智、民力实为政治、学术、技艺之大原，不取于此而取于彼，弃其本而摹其末，是何异见他树之蓊郁，而欲移其枝以接我槁干；见他井之汩涌，而欲汲其流以实我眢源也。"[3]他还指出，由于世界风的簸荡冲激，已能使我国一变其千年来之旧状，但是，"所变者外界也，非内界也。内界不变，虽曰烘动之鞭策于外，其进无由。天下事无无果之因，亦无无因之果，我辈积数千年之恶因，以受恶果于今日，有志世道者，其勿遽责后此之果，而先改良今日之因而已"[4]。陈独秀揭橥文化批判之旗，其中一篇重要的文章是《吾人最后之觉悟》[5]，其对变革民族病因即传统深层文化的首要革命选择及对近世以来人们由末及本认识过程的推究，其取向与思路与梁启超极为相似，所受影响应是毋庸置疑的。只是在对

---

① 梁启超：《少年中国说》，《饮冰室合集》第1册，文集卷5，中华书局1994年版，第11页。

② 梁启超：《新民说》，《饮冰室合集》第6册，专集卷4，中华书局1994年版，第1页。

③ 梁启超：《新民说》，《饮冰室合集》第6册，专集卷4，中华书局1994年版，第6～7页。

④ 梁启超：《新民说》，《饮冰室合集》第6册，专集卷4，中华书局1994年版，第60页。

⑤ 该文刊于《青年杂志》一卷六号，1916年2月15日。

传统文化的批判性对象理解上，二人表现出明显的差异。梁启超对历史"恶因"的理解，是一种上下结合、长期积累的结果。梁启超并不批孔，因为"中国惟战国时代，九流杂兴，道术最广。自有史以来，黄族之名誉，未有盛于彼时者也"[①]。也就是说，当时的孔教是在百家争鸣的环境中产生的，且与其他学说并立而长，应该是被肯定的。问题出在"秦汉而还，孔教统一"，"必强一国人之思想使出于一途，其害于进化也莫大。自汉武表彰六艺，罢黜百家，凡非在六艺之科者勿进。尔后束缚驰骤，日获一日，虎皮羊质，霸者假之以为护符；社鼠城狐，贱儒缘之以谋口谋，变本加厉，而全国之思想界消沉极矣"。[②] 在这点上，陈独秀则不同，他及他的同道，首选的批判对象则为文化源头上的经典学说及其偶像。鲁迅虽也着力批孔，但他也更看重孔学流播变异的过程，在这方面又与梁氏有更多接近之处。此其一。其二，梁启超更为看重"恶因"生成的民间性、风俗性，即社会生成的普遍性。他十分痛心于"国民之腐败"，曾说："今之论国事者，每一启齿，未有不太息、痛恨、唾骂官吏之无状矣。夫吾与官吏，则岂有恕辞焉！……虽然，吾以为官吏之可责者固甚深，而我国民之可责者亦复不浅。何也？彼官吏者，亦不过自民间来，而非别一种族，与我国民渺不相属者也。故官吏由民间而生，犹果实从树干而出，树之甘者其果恒甘，树之苦者其果恒苦……"[③]当然，梁启超虽作如是观，但并未将形成这种状况的基本责任归之于民。他认为，作为社会之理想的传统观念，以及长期的专制政体，均为其基本原因。只不过长期以来因果互生，造成今日

---

① 梁启超：《新民说》，《饮冰室合集》第6册，专集卷4，中华书局1994年版，第59页。

② 梁启超：《新民说》，《饮冰室合集》第6册，专集卷4，中华书局1994年版，第59页。

③ 梁启超：《中国积弱溯源论》，《饮冰室合集》第1册，文集卷5，中华书局1994年版，第18页。

革新之更大难题而已。在此问题上虽然陈独秀等并未作如此侧重的强调，但由其对国民伦理觉悟的重视，可见也并无实质性分歧。另外，如梁启超对言文长期分离所带来的消极结果即“言文分而人智局也”的指陈，并不乏洞见，实际上也启迪了五四时期对言文问题的思考。而对传统文化中的家族制与专制，梁启超同样予以针砭：“夫古昔之中国者，虽有国之名，而未成国之形也。或为家族之国，或为酋长之国，或为诸侯封建之国，或为一王专制之国，虽种类不一，其于国家之体质也，有其一部而缺其一部。”“我中国畴昔，岂尝有国家哉，不过有朝廷耳！……朝也者，一家之私产也。”[①]五四时期对家族制与专制的批判亦源乎此。梁启超在文化价值观念上已作了根本性调整，而且已基本形成了向西方文化倾斜的价值认知模式，他明确声称：“宇内文明之流域，发源亚洲，而中国其最著也。以今日论之，中国与欧洲之文明，相去不啻霄壤。”[②]而且多次强调，中国的希望就在于向西方学习，自觉引进西方文明。应该说，五四时期的价值认知模式，正是在此时开辟成其基本架构的。

第三，对“国民性”的关注与批判，是20世纪启蒙运动中的中心话题，而这一话题，却是始自梁启超时期。梁启超深感国民素质之低劣，认为中国数千年来有朝廷而无国家，“有部民而无国民”，他们常常视野窄狭，视其国为天下。“耳目所接触，脑筋所濡染，圣哲所训示，祖宗所遗传，皆使之有可以为一个人之资格，有可以为一家人之资格，有可以为一乡一族人之资格，有可以为天下人之资格，而独无可以为一国国民之资格。”[③]梁启超将国民劣根性的表

① 梁启超：《少年中国说》，《饮冰室合集》第1册，文集卷5，中华书局1994年版，第9页。

② 梁启超：《论中国与欧洲国体异同》，《饮冰室合集》第1册，文集卷4，中华书局1994年版，第61页。

③ 梁启超：《新民说》，《饮冰室合集》第6册，专集卷4，中华书局1994年版，第6页。

现归纳为六个方面：一是“奴性”。他说：“数千年民贼之以奴隶视吾民，夫既言之矣。虽然，彼之以奴隶视吾民，犹可言也；吾民之以奴隶自居，不可言也。……嗟呼，吾不解吾国民之秉奴隶性者何其多也。其拥高官籍厚禄盘踞要津者，皆秉奴性独优之人也。……若是乎，举国之大，竟无一人不被人视为奴隶者，亦无一人不自居奴隶者。……是以一国之人转相效仿，如蚁附羶，如蝇逐臭，如疫症之播染，如肺病之传种。”[①]二是“愚昧”。三是“为我”。即所谓“不知群之物为何物，群之义为何义也。故人人心目中但有一身之我，不有一群之我。……谚有之曰：‘各人自扫门前雪，不管他人瓦上霜。’吾国民人人脑中，皆横亘此二语，奉为名论，视为秘传，于是四万万人遂成为四万万国焉”[②]。四是“好伪”。五是“怯懦”。六是“无动”。梁启超在谈到国民性时，常常用语峻急，意在借以棒喝麻木之人。他认为“以上六者，仅举大端，自余恶风，更仆难尽。递相为因，递相为果，其深根固蒂也”[③]。不以棒喝，不足以促人醒悟。为根治这一恶疾，梁启超才力倡“新民”之说，发动启蒙运动的。即其所谓：“余为新民说，欲以探求我国民腐败堕落之根源，而以他国所以发达进步者比较之，使国民知受病所在，以自警厉自策进。”[④]他对国民性问题的重视及对其病状的归纳，对后世颇有影响，尤其是对人人皆以奴隶自居又视他人为奴隶的独到发现与概括，以及对无血性之“旁观者”的指斥，都给鲁迅以深刻启发。在梁

---

① 梁启超：《中国积弱溯源论》，《饮冰室合集》第1册，文集卷5，中华书局1994年版，第18～19页。

② 梁启超：《中国积弱溯源论》，《饮冰室合集》第1册，文集卷5，中华书局1994年版，第23页。

③ 梁启超：《中国积弱溯源论》，《饮冰室合集》第1册，文集卷5，中华书局1994年版，第27页。

④ 梁启超：《新民议》，《饮冰室合集》第1册，文集卷7，中华书局1994年版，第105～106页。

启超头脑中，抓到了内部的症结和找到了疗治的药方，这是一个问题的两个方面。为了疗治积年痼疾，他对西方的“人权”、“民主”与“自由”极为崇尚，拼命加以鼓吹，这就必然同时鼓动起了民主与自由思想的潮涌。他宣传天赋人权观念，有所谓“天生人而赋之以权利，且赋之以扩充此权利之智识，保护此权利之能力”之说[①]；对于“自由”，更是鼓吹到无以复加的地步，把自由视为“立国之本原”，“天下之公理，人生之要具，无往而不适用者也”[②]，认为“今日欲救精神界之中国，舍自由美德外，其道无由！”[③]他还特别强调人的自尊与独立，以为这是克服奴性的不二法门，甚至发出这样的慨叹：“今日欲言独立，当先言个人之独立，乃能言全体之独立；先言道德上之独立，乃能言形势上之独立。危哉微哉，独立之民我国乎！”[④]当然与五四时期相比，梁启超的倡导远没有达到那种“个性”解放的高度，所言未免尚嫌空泛，而且同时强调了对它们的对立性规约。但事实上五四时期尽管一时解构了对立范畴之间的制约，把一个方面推向极端，可是在其思想深处，对立一方的要求也并未消失。譬如鲁迅，一方面强调“任个人而排众数”[⑤]，另一方面却又说：“人各有己，而群之大觉近矣。”[⑥]这就又显露出了梁启超影响的印迹。

---

① 梁启超：《新民说》，《饮冰室合集》第6册，专集卷4，中华书局1994年版，第58页。

② 梁启超：《新民说》，《饮冰室合集》第6册，专集卷4，中华书局1994年版，第40页。

③ 梁启超：《十种德性相反相成义》，《饮冰室合集》第1册，文集卷5，中华书局1994年版，第46页。

④ 梁启超：《十种德性相反相成义》，《饮冰室合集》第1册，文集卷5，中华书局1994年版，第44页。

⑤ 鲁迅：《文化偏执论》，《鲁迅全集》第1卷，人民文学出版社1981年版，第46页。

⑥ 鲁迅：《破恶声论》，《鲁迅全集》第8卷，人民文学出版社1981年版，第24页。

第四，与五四时期相比，梁启超采取的也是激进主义的历史态度。在梁氏的思想体系中，“破坏”是一个重要的范畴，也是接受日本影响的结果。他曾专门著文说：

日本明治之初，政府新易，国论纷糅。伊藤博文、大隈垂信、井上馨等共主破坏主义，又名突飞主义，务推倒数千年之旧物，行急激之手段。……饮冰子曰：甚矣破坏主义之不可以已也！譬之筑室于瓦砾之地，将欲命匠，必先荷插；譬之进药于痞痟之夫，将欲施补，必先垂泻。非经大刀阔斧，则输棰无所效其能；非经大黄芒硝，则参苓适足速其死。历观近世各国之兴，未有不先以破坏时代者。此一定之阶级，无可逃避者也。有所顾恋，有所爱惜，终不能成。①

在他看来，这是一条历史的定律，也应该是采取历史行动者的必循的原则。因此，在对待传统恶疾的问题上，他主张“苟欲救亡，非从此处拔其本、塞其源，变数千年之学说，改四百兆之脑质”②。并倡言“盖当夫破坏之运之相迫也，破坏亦破坏，不破坏亦破坏，破坏既终不可免，早一日则受一日之福，迟一日则重一日之害”。“夫孰与忍片刻而保百年，舍一部而养全体也。”③因此，他在宣传对旧物的批判时取如此之态度，在倡导文学界的革命上也取如此态度。这就不难明白，他为什么把文学尤其是小说的作用捧得那么高了。对此种态度，很难以学理的科学性论之，因为它们为当时所需要的本来就不是学理上的分寸，而是破坏旧物的冲击力。

第五，与五四时期相同，其启蒙思潮必升浮起文学革命之舟。此项无须多言，因为这是最显见的事实。

---

① 梁启超：《破坏主义》，《清议报》第30册，1899年10月15日出版。

② 梁启超：《中国积弱溯源论》，《饮冰室合集》第1册，文集卷5，中华书局1994年版，第17页。

③ 梁启超：《新民说》，《饮冰室合集》第6册，专集卷4，中华书局1994年版，第60、63页。

以上诸项，论述的重点是两次启蒙思潮之间的内在一致性及其施之于文学革命影响的一致性。但有此尚不能完全说明问题，因为学界将梁启超拒之于“现代转型”门外的另一理由，是他对文学的主张缺乏现代性内涵。笔者以为这也是为成见所囿，并不符合事实。因为至少有三点可以引之为据。第一，梁启超对“三界”革命的提倡，是在开放性的世界视野中提出的，而且主张从根本性上进行变革。无论是“诗界革命”、“文界革命”，还是“小说界革命”，其触媒无一不是来自域外的启发。比如在谈到诗歌时，梁启超即明确表示：“吾虽不能诗，惟将竭力输入欧洲之精神、思想，以供来者诗料可乎？要之，支那非有诗界革命，则诗运殆将绝。”[①]他所以认为黄公度等人尚“不具备诗家之资格”，原因就是他“皆片鳞只甲。未能确然成一家之言，且其所谓欧洲意境语句，多物质上琐碎粗疏者，于精神上未有之也”。[②]“文界革命”也是如此。梁启超在为严复的《原富》所写的书评中说：“夫文界之宜革命久之矣，欧美、日本诸国文体之变化，常与其文明程度成比例。”而为其所倡之“文界革命”，也同样强调了对“欧洲文思”的输入。“小说界革命”倡导的缘起，同样是受了西方的启示，即所谓“政治小说之体，自泰西人始也”[③]。正是西方小说在其社会中所起的独特作用，开启了梁启超倡导“小说界革命”的思路。

第二，梁启超的文学观念，与传统文论已明显不同，现代性已成为其基本属性。在诸种文体中，梁启超最为推重的是小说。可以他对小说理论的建构与阐释为例加以说明。梁氏的小说理论，

---

① 梁启超：《夏威夷游记》，《饮冰室合集》第7册，专集卷22，中华书局1994年版，第190～191页。

② 梁启超：《夏威夷游记》，《饮冰室合集》第7册，专集卷22，中华书局1994年版，第190页。

③ 梁启超：《译印政治小说序》，《饮冰室合集》第1册，文集卷3，中华书局1994年版，第34页。

包含着两个既不同又相关的内容:一个属于本体论,一个属于功能论。因为梁启超是由对文学独特功能的感受和认识而走近文学并对其作对象选择的,所以他有可能对文学作本体论方面的关注与思考。当时人们大多只是注意到了小说具有非同寻常的魅力,为人们所乐于接受,因"凡人之性,莫不惮庄严而喜谐谑……虽圣人无可如者也"①。梁启超在写《译印政治小说序》一文时,即持这样的观点。但待到撰写《论小说与群治之关系》时,其思考则有了明显的深化与发展。为什么小说会具有支配人道的不可思议之力,成了他首先思考的一个问题。在《译印政治小说序》中,他还只是就小说对身处社会下层的人们的宣传作用,推重其作用;而到此时,却是着眼于"人类之普通性",侧重于考察它的独特的审美艺术特征了。他认为,以"浅而易解"和"乐而多趣"来解释小说的魅力,固然有一定道理,但没有说到根本之处。首先,"浅而易解"的文字很多,人们何以偏偏以小说为阅读选择?更何况对那些饱学之士来说,对文字的渊古与浅易应无所择,而何以"独嗜小说"?其次,小说之以赏心乐事为目的者固多,但多不为世所重。最受欢迎的倒是那些读来令人心情沉重的悲剧故事,人们何为偏取此反比例之物以自苦呢?因此,上两种说法并未得其真谛。然后他从两个方面进行了全新的阐释,着实精彩得很。他著文说:

吾冥之,穷鞫之,殆有两因:凡人之性,常非能以现境界而自满足者也。而此蠢蠢躯壳,其所能触能受之境界,又顽狭短局而至有限也,故常欲于其直接以触以受之外,而间接有所触有所受,所谓身外之身、世界外之世界也。此等识想,不独利根众生有之,即钝根众生亦有焉。而导其根器使日趋于钝、日趋于利者,其力量无大于小说。小说者,常导人游于他境界,

① 梁启超:《译印政治小说序》,《饮冰室合集》第1册,文集卷3,中华书局1994年版,第34页。

而变换其常触常受之空气者也。此其一。人之恒情,于其所怀抱之想象,所以经阅之境界,往往有行之不知、习矣不察者,无论为哀为乐为怨为怒为恋为骇为忧为惭,常若知其然而不知其所以然。欲摹写其情状,而心不能自喻,口不能自宣,笔不能自传。有人焉和盘托出,彻底而发露之,则拍案叫绝曰:善哉善哉!如是如是!所谓"夫之言之,于我心有戚戚焉"。感人之深,莫此为甚。此其二。[①]

读此空前之论,确有叹服之感。如此深到而新警的剖析,岂可轻易将其完全排斥于现代心理学与美学之外!紧接着对小说所作的功能论方面的概括和分析,也是颇为独到而精彩的。他把小说对人的支配作用,归结为"熏"、"浸"、"刺"、"提"四种力。看似很近乎古典的用词及命意,而实则是用现代的时空观、心理学及美学所作的辨析,深富智慧且颇有逻辑力量,自然也应归属于"现代"之列。还值得一提的是,梁启超在对小说作本体性观照时,对小说之创作范型也进行了归纳。结合他对小说两种不同的本体性特征的阐释,提出"由前之说,则理想派小说尚焉;由后之说,则写实派小说尚焉。小说种目虽多,未有能出此两派范围外者也"[②]。此即为后世将小说分为写实主义(即现实主义)与理想主义(即浪漫主义)两类的开端。此外,梁启超对文学语言俗化的提倡,主张口语甚至俚语,这也是其文学观念具有现代倾向的一个方面,与后世亦一脉相通。

第三,以小说为诸种文体中心的现代文体格局,是与梁启超的不无偏激的鼓吹密不可分的。就此而论,梁启超也是头功。

---

① 梁启超:《论小说与群治之关系》,《饮冰室合集》第2册,文集卷10,中华书局1994年版,第6~7页。

② 梁启超:《论小说与群治之关系》,《饮冰室合集》第2册,文集卷10,中华书局1994年版,第7页。

与上述评价的基本思路不同,如果我们逸出目前学界的“共识”性范围,作一些别样的甚至是逆向的思考,那么笔者认为,在研究和评估梁启超与中国文学现代转型的关系及作用时,有两个问题似乎不应被忽略:一个是所谓别样的思考,即梁启超只是该时期的一个代表,而任何一个时期的历史都是一种结构,绝不会只有一种力量在,譬如在梁启超时期还有个大名鼎鼎的王国维,那么,你承认不承认他也是那个阶段的一个代表?不承认没有理由,如果承认,那好,你承认不承认王国维文学观念的现代性?众所周知,恰恰是这个王国维,在那时已经做了大量引进西方现代主义哲学和美学的工作,而且进行创辟性的研究与建构,他连现代主义的内涵都有了,你凭什么连同他一起把梁启超与之共享的时期排除在文学的现代转型之外?另一个是所谓逆向的思考,即我们应不应换个角度想想,对被人们视为当时历史局限或者说负面存在的东西也给予重视,给予重新认识呢?比如,激进主义的态度表现为对旧秩序的颠覆解构,在历史价值范畴里无疑应给以充分肯定,可是它在学理价值范畴中就未必是科学的了。再如,任何一种思想或事物,都一定会处在双重规约之中而与两端相系的,在某一历史关头会突出强调其某一方面,但对另一方面存在的冷静认识是否就永远不表现出价值呢?具体到梁启超,在对他进行评价时也会遇到这样的问题。他在当时,一方面以急激的态度对对立性观念范畴中的一极作极端强调,另一方面又时常强调对另一极作相关思考的必要性。这固然表现了他的自缚手脚的局限性,但我们转回头去看这百年时,你又不能不承认他的不无道理的冷静。比方他对于借洋说以行恶的文化畸形物生成之可能的警示,证之于百年来的实际状况,竟被他不幸而言中矣。

最后要说明的问题是:既然中国文学的现代转型从梁启超时就已起始,那么为什么陈独秀等人在此后还要发动新文化运动和文学革命?笔者以为这可从两方面得到解释:一为历史是一个过程,任何事物的生长都不可能毕其功于一役。相对而言,梁启超虽拥有中国文学现代转型的开创之功,但他的诸种主张毕竟远未达于成熟、圆满的状态。他本人对所处时代及所作努力的过程性性质就有着清醒的认识,认为船已离岸(故不能仍归之于此岸),但又未达于彼岸。二是历史又是回旋发展的。具体情况是,在梁启超鼓动启蒙、倡言文学"三界"革命不久,即被蓬勃而起的新的政治革命挤向了历史之河的边缘。新的政治革命以反清排满、保种保教为职志,在文化上势必就相应表现为向民族本位文化内收的趋势,构成了一次历史的回旋。正是在这种情势中,陈独秀等人凭借历史的蓄势,又掀动起了新一轮更为势大力猛的浪潮。如果据此判定某一历史行为的价值,那么仍然是由于历史回旋的原因,20 世纪的 80 年代又有新的浪涌,该又如何评价陈独秀等人发动的新文化运动和文学革命呢?同时,今天我们来评价梁启超在中国文学转型中的作用,所需要的就是一种尽量超越各种成见的科学的历史主义的态度。有了它,就会发现一个真实的梁启超。是为幸矣!

(原载《第二届清代学术研讨会论文集》,台湾高雄中山大学中国文学系编印,1999 年 11 月出版;后经删节,刊于《文史哲》2000 年第 2 期)

20 世纪 90 年代现实主义文学的两次冲刺

一

无论当前文坛如何地令人眼花缭乱，但有两个年代却会以极为醒目的字眼记载在 20 世纪 90 年代的文学大事记中，那就是 1996 年和 1999 年。因为在这两年里，现实主义又以异军突起之势，分别从不同的方向对文坛实施了力量相当密集的冲击。

20 世纪 80 年代中期以后，中国的历史变革围绕经济建设这一中心全面深化，各种矛盾也都越来越多地暴露和激化起来，其波及之广，几乎没有人不被它搅动起来；而其波及之深，则是所有的人无一不被触动了对命运的思考，并激发出前所未有的复杂心理感受。但是，我们的文学离它太远了。可以这样说，在我们的文学里，并没有表现出甚至哪怕是复制出这一现实世界真实而完整的图像，作为一种对象化结果的文学，与这一段历史现实在深度与广度上都不能形成对应的关系。正是这一令人瞠乎其然的巨大逆差，在一些并未忘情于现实的作家那里成了一种警示，且由此而获得了自信。他们开始寻找和调整自己与现实对话的关系与姿态,于是就有了1996年现实主义潮涌的前奏。1995年上半年,李肇正的中篇小说《女工》、何申的中篇小说《信访办主任》等已带有明显新现实主义特征的作品问世,使与现实主义久违了的读者耳目一新,并开始引起创作界与批评界的关注。凭着敏感,一些批评家迅即开始了对现实主义的基本精神及其当代性特征的探讨。这一年的下半年,《时代文学》发起了关于"现实主义重构"的讨论,连续数期刊发了多篇讨论文章,算是批评界对这一前奏最具规模的一次回应和对其发展的预期。

1996年现实主义冲击波的出现,批评界在应对上显得有点措手不及。因为从整体上和发展的基本倾向上来看,从80年代中期起,理论界和批评界对现实主义采取了弃置不用的态度,大家都忙于以西方为借鉴的最具当代性特征的基本理论与批评理论的建构,关于现实主义的议论已于无形中中止或者说被搁置起来。如果说现实主义创作在没有真正走出传统现实主义理解、更没有形成新的特征性生态时,便被挤出了文坛,那么,在对现实主义理论的研究方面,则也是在还没有对近一个世纪以来的现实主义历史作出科学而深透的研究和总结时,便匆忙弃之而去,上路追赶新的浪头去了。所以,在对1996年的现实主义进行评估时,作为主导性的意见,就不能不是旧的现实主义观念与新的现实主义生态之间的错位性对话与批评了。批评家们纷纷指责这种新现实主义文学缺乏明晰的是非立场和尖锐的批判力度,其结果大概使那些作家们都会因此而动摇了坚持下去的信心。

当然主要还是缘自创作主体自身的局限性,这种"分享艰难"式的现实主义有如潮起潮落,随着1996年日历的翻过,也就明显地显得后劲不足,难以为继了。但此时,现实主义已成为人们翘首以望的文学期待,所以时隔两三年,即到了1999年,它终以对现实批判的强化奔突而出,又构成了一次新的潮涌或者说冲击波。这一次主要以长篇小说为主，以王跃文的《国画》、张平的《十面埋伏》、周梅森的《中国制造》、李佩甫的《羊的门》等作品为代表，也是相当密集地推向了社会。这些作品虽然程度不同，追求也同中有异，但无疑都有明晰的是非立场和对现实弊端痛下针砭的批判强度，按传统现实主义的理解，似乎是无可指责的了。但人们却又觉得，它们在文学性上似乎有所欠缺，有的甚至走得更远。

1996 年与 1999 年两次现实主义的潮动，实则是两种不同取向的现实主义生态类型的试验与冲刺，不管它们的成败得失如何，但它们在当代现实主义生成上的多样性努力和多元化发展上的昭示作用，都应该是被充分注意的。

二

从历史渊源和各自发展的历史线路的承接上来看，1996 年“分享艰难”式的现实主义，主要是承接了新写实主义的文学基础，并与俄国托尔斯泰式的现实主义无意中形成呼应；而 1999 年的批判现实主义（有的论者为与历史上的批判现实主义区别开来，将它称之为“现实批判主义”，其实两种称谓没有实质上的区别，所以作家王跃文仍径直称作“批判现实主义”），则是力图越过新写实主义，径直与中外传统中的批判现实主义对接。

阅读 1996 年新现实主义的作品，一个突出的感觉便是它们对在中国盛行了几十年的那种革命现实主义的超越欲望。因为它们关注和表现的虽然无一不是中国当今改革的现实，但一般都没有把揭露、批判已成为人们话题中心的政治、经济腐败作为用笔的重点。在这些作品中，社会政治、经济的巨大变革，特别是与之俱生的种种矛盾与问题，当然也是从根本上影响和掣动着小说中众多人物命运变化的主要原因，但为作品所侧重于表现的，却是生活在社会最基层的种种小人物在当今近乎凡庸而又无法回避的两难性的艰难生存处境和受抑而又无奈的人性生存状态。那些具有掣动作用的中上层社会的人物和事件，那些具有弥散性影响的中上层社会在政治、经济方面的腐败，统统被作了背景式处理或隐形处理。作品中所出现的被针砭的人物，都是一些同样具有基层性，即能与故事中人物处于直接矛盾关系中的角色。如《大厂》里那个市委秘书长外甥的哥们、"滚刀肉"赵明，《九月还乡》里那个曾做过县委书记秘书的贾乡长的宝贝舅爷冯经理，《分享艰难》里的那个乡镇企业家洪塔山，就都是些这样的人物。他们或倚权势，或靠钱财，要蛮使横，贪财好色，都是一些十足的流氓、恶棍。但作家们塑造这些人物时，所着力予以凸现的也不是他们在政治、经济上如何的严重腐败，而是聚焦于他们的人性之恶。说实话，这些小角色与那些现在已被发现和大量未被发现的中上层腐败分子们根本无法相比，但在人性之恶方面，却是一路的货色，只不过多些社会基层所特有的流氓气和恶棍相而已。但是，作为当今社会实际存在的由上下交织而成的腐败网络的基层网脚而言，这些家伙却对众多生活于基层的人们直接构成了物质性生存和人性生存的严重威胁。所以，这些小说大多都是把他们作为影响和干扰人们生存和心灵安宁的恶势力的具象化存在，叙述于故事之中的。值得指出的是，这些作品的主要命意还并不在于对此类人物的鞭挞和批判，他们也只是作为改革时期的恶性孳生物，作为可被作品中直接或间接受其损害的群众直接指认的对象，而被置于否定性位置上的。实际上让一些基层干部和广大群众经常处于生存艰难和心灵痛苦之中的更根本的原因，却是一些时时处处可以感受到但又无法作具体指认的一种社会状况和氛围。它不是哪几个人的事，也不是哪一个地域的事，而是私欲与妄为和道德与原则之间界限模糊、互相渗透甚至可以进行交换的看似无序实则又有序的一种历史状态。对此，作家们没有把精力用在对这一状况背后黑幕的揭示上，也没有像传统的批判现实主义特别是革命现实主义那样,一定要先找出一个明晰的"意义"和确立一个是非分明的立场,然后再据此在文学表现上强化对所否定一方的揭露与批判。他们是把笔墨放在了对社会基层人物命运的关注上,力图原汁原味地展现出他们在这一特定社会状态中所有的艰难与无奈,以期达到题旨的非单一性与生活之本真性真实的统一。

1996年的新现实主义与此前的新写实主义确有相近之处,但它们在实质意义上的区别也是显而易见的。第一,新写实主义固然写的也是社会底层人物的凡庸人生与烦恼,但它在对这一切进行描写时,先行消解了它们的意义性特征,使之成为人生均不可避免的普遍性存在。而1996年新现实主义却是紧紧抓住了在当代改革现实中发生于社会基层人物身上的两难的生存困境和颇具悲剧意味的心理冲突,在看似原汁原味的写实中极为真实地凸显了为这一历史时期所独具的社会底层人们的生态特征。

这些作品主要描绘了两类人物的生存境遇,而其中普遍用墨最多的又是那些厂长、镇书记、村长一类的基层干部。他们虽然是干部,但却位卑言轻,根本无力改变其所面临的左右掣肘的艰难局面。然而职责所在,为了群众的公共利益,又不得不违心地做出一些连自己都为之汗颜的有损天良和人格的事。应该说吕建国(《大厂》)、兆田(《九月还乡》)、孔太平(《分享艰难》)这些人都还是一些有一定头脑、有一定胆识、也有一定办法的人,而且也算勤政敬业,在基层干部中也可称得上出类拔萃,但就是无法堂堂正正地做人做事,他们自己非常清楚地知道这种人所不齿的行为有多么卑下,但身在局中,又别无选择。当然,从道德的自我完善上来讲,他们也不是不可以愤然而起,或坚决斗争,或挂冠而去,但若如此,结果又会如何呢?这些作品在这里共同揭示了一个时下颇有悲剧意味的现实问题和文学的新发现,即在改革的艰难时世中,一些两肩担着群众基本生存利益但又没有决定他们命运权力的基层干部,常常在以自渎人格的方式来维护或者说换取公众的利益。你说他是道德的堕落,还是精神的崇高?我看还是一种令人备感苦涩的悲剧人生和至少是一种利他的难以指责的选择。

另一类人物是生活于最底层的工人、农民,即普通的百姓。他们的命运无一不在改革的艰难现实中受到触动,改革的两难处境又常常使他们首当其冲地成为历史需要付出代价的承当者。生计的艰难,内心的困惑和痛苦,都一起落在他们头上,使之不得不经受着灵与肉双重的生存熬煎。商品大潮的鼓荡,自然也会刺激起一些人的发财欲望,试图让自己也成为这一历史时机的受惠者。但是,既无钱又无势的他们,大多又要为此付出惨痛的代价,甚至造成终生都难抚平的心灵创伤。《分享艰难》里孔太平的表妹田毛毛,一心想攀上洪塔山的关系圆了发财梦,为将自己家的土地并改为洪氏公司的鱼塘而不惜与老父闹翻,结果却是被洪塔山奸污,白受了一场侮辱。九月和孙艳去城里打工,也只能是靠卖淫得了一点积蓄回村。更足以表明这些作品特点的,也还不是上述情况的惨痛,而是这些无助的人们在现实的两难选择中内心所受的伤害以及不得不主动去承受的痛苦。漂亮姑娘九月才从卖淫的苦海中被救拔而出,满以为靠这一点耻辱钱可以换回一个新的生活起点了,然而实际上等待她的,却是比在城市里卖淫更使她感觉委屈和耻辱的境遇。面对着兆田村长无奈的恳求和讷讷自责,为着顾全全村人的利益,九月不得不答应去和冯经理睡觉。李佩甫《学习微笑》里的那位命运多舛的女工,即便不是为了公众利益,但为着一家人的生计,在被厂里选定做三陪女后,也不得不强忍心中百般酸苦去学习微笑,读后真是令人为之心颤。

第二,这些作品所描述的不再是一些零散的、偶然的生活事件和庸常的细节堆积,而是已经被着意呈现为一种由复杂矛盾交织而成的结构性现实。上下左右互相关联、互相掣肘,但又不是平等制约的关系网络,而是每一个人在这一特定历史阶段都无法逃得掉的社会性或者毋宁说是生存性制约。在往昔的时候，除了主管局和上级党委、政府等领导部门的领导性干预之外，其他系统或地方的责任部门一般不会对吕建国、兆田村长和孔太平等人的工作有什么干扰和制约，但现在不同了，方方面面都可能成为让你寸步难行的阻碍。对私人或集团本位利益的不正当维护甚至攫取，在许多个人或部门那里已成为一种处理问题时心照不宣的原则，改变着过去在上下左右之间对责、权、利的认识内涵和行使方式。在这种情况下，许多原本不应该成为问题的问题都变得无比复杂，令人一筹莫展。因此，只得借用非正常的手段并通过非正常的渠道去解决问题。吕建国要取得主管局对工厂的支持，自己去找局长反而不行，没办法只得请与局长有私情传闻的党委书记贺玉梅出马；要请公安局放出嫖娼的客户（这要求本身也是不正当的），得要通过厂纪委书记齐志远与公安局陈局长的私人关系，请他到酒楼吃饭。类似的情况不光在基层干部们身上有，普通百姓则更是求告无门，他们连与那些基层干部们对抗不正常制约的能力也没有。当然，与 1999 年出现的批判现实主义相比，这类作品揭示这一切的重点尚不在揭露与批判方面，而是在于对这一不正常现实的客观性展示，为其所表现的人们在当今现实生存中的集体无奈提供一个合理的环境和氛围。而为其所实际达到的表现效果，也就不单单是一个“愤怒”所能包容得了的。

第三，这些作品在内蕴的情感与人生态度的倡导方面，与新写实主义有明显的不同。它们惯常在悖论性的关系中演绎人物的行为和心理，并且以平等对话的姿态作设身处地式的叙述和描绘，而不是把它的一切当作人生的常态作无动于衷的表现。面对种种由悖论性现实而制造出的人们生存的畸变状态，作家们以人道主义的人生态度和对在历史特定阶段人们无法不对其付出代价的认识与无奈，作了给予理解和极富同情心的艺术处理。这些作品打破了传统批判现实主义尤其是革命现实主义文学在道德价值判断上的简单化倾向，大胆地将对这一特定现实中的道德评价问题设置于一个超越既成性规约的基础之上。单独地看，作品中所表现的许多人物的行为是不道德的，不论是吕建国的为嫖娼的客户说情，兆田村长自责的“拉皮条”的行为，孔太平的以不正当手段为犯罪分子的开脱，还是九月同意去陪冯经理睡觉的举动，没有哪一个符合传统道德的律条。可是当这些行为一旦表现出无私的动机，即表现为一种利他的或至少并非完全为自己的不得已选择时，其中悲剧性意味的崇高也就油然而生了。对此，除了悲凉的感喟和给予深深的同情与理解之外，谁又能说什么呢？体味这些作品的命意，它们并不想强化固有的社会紧张，也不想制造读者与现实的紧张对抗关系；相反，倒是认为生存于不幸中的人们，或者说挣扎于两难处境中的人们，彼此之间应有更多一些的同情和理解，应该多一些“分享艰难”的人生觉悟。既然大家客观上都在承担着历史变革转型期的艰难，特别是社会基层的小人物们，还不得不承担着作为历史负面效应的诸多痛苦，那为什么不变得更自觉一点，以“分享艰难”的态度来共渡生存难关呢！

不少人批评这种现实主义未能充分反映生活的本质性真实与对社会不良行为和风气的批判力度。应该承认，在现实生活中，许多工厂、乡镇一级的干部确实比小说中所写的那些人物要专横、腐败得多，他们鱼肉乡里，称霸一方，已经发生了严重的质变。但这只是社会现实的一个方面，谁也不好说所有的基层干部都这样，更不能说他们都已经丧失了人性，完全没有了在两难性现实中的生存痛苦。现实生活本身是丰富而复杂的，文学对现实的观察和反映也会有不同的视角和关注点。1996 年的新现实主义呈现为明显的人文关怀与生存关怀的特征，实际上是一种人文性的现实主义，或者也可以叫做生存现实主义，不能用对传统批判现实主义或革命现实主义的理解对其作比照式批评。当时出现的那些作品确有让人遗憾之处，但主要并不在此，而是在于它们对所反映内容的悲剧性内蕴开掘不够，而且彼此之间存在着大量互相重复的现象，创作的后劲也明显地不足。

三

1999 年大量涌现的批判现实主义的小说，似乎是从另一个极端上对 1996 年现实主义的矫正。它们以对社会阴暗面的充分暴露为职责，故事的叙述也由社会底层转向了社会的中上层，重点揭示中上层（当然也涉及了基层）不同方面的人物是如何上下联手、以权谋私、制造腐败的。而且作者既是一个故事的叙述者，同时又是一个代表正义与道德的居高临下、洞明一切的旁观者。它们以其对官场、商场和情场相关存在的触目惊心的腐败现实的揭露以及对正义与邪恶冲突的紧张演绎，为读者提供了一种认识现实和发泄愤懑的文本渠道，因而又可以转化为一种阅读快感。暴露的充分性和文学的通俗性倾向，使之固然可以上接巴尔扎克式的批判现实主义传统，但更为明显的却是与 20 世纪初的谴责小说甚至是某些鸳蝴派小说的相类之处。当然，这些作品之间也有极明显的差异，比如有的作品就与上述倾向表现出深在的不同，不当一概论之。

王跃文的《国画》是比较典型的揭露官场黑幕的作品。先此一年出版的小说集《官场春秋》，就已经充分显露了他的这种创作追求。他对批判现实主义是一种自觉的选择。他说："我原本是一个理想主义者，可现实逐渐逼我明白，理想主义是最容易滑向颓废主义的。理想似乎永远是在彼岸，而此岸充斥着虚伪、不公、欺骗、暴虐、痛苦等等。颓废自然不是好事，但颓废到底还是理想干瘪之后遗下的皮囊。可现在很多人虽不至于颓废，却选择了麻木，就只有批判。这些年中国文坛制造'主义'的成就似乎超过了文学本身的成就。林林总总的'主义'来也匆匆,去也匆匆,你还没有来得及弄清某某'主义'是怎么回事,它已是明日黄花了。风过双肩,了无痕迹。我倒觉得,目前我们最需要的是批判现实主义。"[①]在创作的取材方向上,他虽然声言"不承认自己写的是什么官场题材小说",但在主张"人"永远是创作的"唯一的题材"时,却又打了一个分明在指示其取材方向的比方:"如果把小说比作化学试验,那么人就是试验品,把他们放进官场、商场、学界、战场或者情场等等不同的试剂里,就会有不同的反应。作家们将这种反应艺术地记录下来,就是小说。"[②]在描写作者所极为熟悉的官场人物及其生活时,《国画》以丰富而真实的细节描写赢得了人们对它的信任。不同等阶和从事不同工作的人物,各自都按照自己的角色认定行动和思考,作者的用笔从容不迫,丝丝入扣。如果不是一位在中上层机关从事过长期工作的人,那是很难写到如此真切的地步的。

《国画》重点揭露的是官场人物的两面性及其以权谋私的黑暗内幕。以朱怀镜为结构主线,围绕他的遭遇与命运的变迁,小说写到了上至市长,下至副市长、秘书长、副秘书长、厅长、处长、秘书,乃至县委书记、派出所所长等纵横交错关系中的各种人物。皮市长等上层人物,看起来道貌岸然,附庸风雅,可实际上却凭借着手中的权力,操纵着官场升迁、商场沉浮和情场中的悲欢,是一个个十足的贪官和流氓。而那些处于中下等等阶上的人们,也都是一群忙于攀附钻营,既互相排拒又互相利用的势利之徒。小说中几乎没有什么可作正面道德肯定的好人,就连世外之人圆真大师,也是一个心系利禄的市侩。酒店副总梅玉琴倒是一位尚未尽失纯真的不幸的女人,但她的悲剧又何尝不是来自她本人对世俗性荣耀的贪恋?小说也写到了几位为作者所肯定的人物,一个是隐居于

① 王跃文:《拒绝游戏(代后记)》,《国画》,人民文学出版社 1999 年版。

② 王跃文:《拒绝游戏(代后记)》,《国画》,人民文学出版社 1999 年版。

闹市的高人卜未之老先生，一个是行为怪僻的画家李明溪，还有一个是敢于直言又屡屡不能得志的记者曾俚。这三位都不能见容于由权与利编织而成的生活圈子，自己也都以与这个圈子不相容而作为守护人格的必然选择。但他们最后还是命定地将这种艰难的守护演绎成了对于人生常态的异化。这自然是一种悲剧，但须知在读者的阅读中，又无疑增加了几分奇趣。另外，小说不断重复着的对性行为、性感觉的近乎直观的描写，显然也增强了阅读中的感官刺激，实际上也成了吸引和刺激大众阅读的作料。

张平的《十面埋伏》，同样是一部具有明显大众文化特点的小说，但在创作方式和作品侧重表现的内容上，与《国画》又有较大不同。王跃文写的都是为自己熟悉的身边生活，而张平所写的，却是他并不熟悉的生活。而他又特别看重文学创作对生活真实的根本性依赖和作品的类似纪实性文学的特点，所以“每写一部作品，都必须进行大量的采访和调查”。在他看来，能否把作品写得像“大家正生活在其中的日子”，“这跟作家的想象力没有任何关系，再有想象力，也不可能把你没见过，没听过，一点儿不懂不知道不熟悉不了解的东西写得栩栩如生”。[①] 从对文学观应作的全面而准确的表述来看，他的这种说明难免有片面性和绝对化之嫌，然而事实上这正是他的文学观，是他基于自己对作家责任与文学“直面现实，直面社会”的强调，对文学所作的一种诠释。他坦言：“这除了跟自己的人生经历有关外，更多的大概是因为自己所写的其实是一种大众化的社会小说、政治小说。”[②]因此，他对表现带有政治内涵的腐败大案始终具有浓厚的兴趣。《十面埋伏》所讲述的就是一桩涉及狱内狱外社会各阶层的大案。权力与金钱的交易，黑白两道的内勾外联，如织就的一张黑网，使正义的力量反而如遇“十面

① 张平：《遭遇十面埋伏（代后记）》，《十面埋伏》，作家出版社 1999 年版。

② 张平：《遭遇十面埋伏（代后记）》，《十面埋伏》，作家出版社 1999 年版。

埋伏”,身陷重重包围之中。这部小说对“大众化”品格的呈现,并没有借助穿插于故事内外的猎奇之笔和性描写的刺激,而是集中精力将头绪繁多的故事如何叙述得跌宕起伏,一波三折。作者将为人们所关注的社会腐败问题与文学大众化阅读中所期待的故事情节发展的传奇性结合起来,以此为创作大众化的社会小说、政治小说的基本方式,应该说还是颇具成效的。但平心而论,这部小说比起《国画》来,作者在文学修养及文字表达能力方面,似乎要稍逊一筹。

相对来说,《中国制造》的作者周梅森和《羊的门》的作者李佩甫,并不像前两位作者那样,具有那么自觉而明显的大众化追求。他们都是新时期文学中的名家,在经营现实主义创作方面也都有了一定的根基,而且也不想在大众文化浪潮中放弃精英性的内核和追求。从这两部小说中,我们分明可以感觉到他们据此以力避流行性故事内容与理解的努力。比如《中国制造》就没有把批判性揭露的重点放在对种种经济腐败的罗列与堆积上,而《羊的门》也没有仅仅停留在对社会现实问题的表面性阐释和单纯的现实责任的追究上。但两位作家比以往更为强烈的对文学表现与社会现实客观真实性的契合的追求和对社会大众与其作品共鸣的期待,却也是显而易见的,而且都相应地增强了社会批判的力度。

《中国制造》对现实中严重的经济腐败问题也进行了揭露和批判,比如对烈山县以县委书记耿子敬为首的贪污集团的描写就颇具典型意义。然而在小说中这不是被主要表现的对象,因为在小说所提供的认知范围里,这还不是最难于解决的问题,像烈山县的那种问题,只要被揭发出来,总还可以解决。而被小说重点插叙的一些问题却倒真的成了问题,人们往往比较关注干部的贪污受贿等腐败问题,并对此表示极大的义愤,而对另外一些也极其严重而且更难于解决的问题反而注意不够,所以小说企图从更深广处对读者进行警示。比方说平阳轧钢厂的问题,连续 12 亿的投资几乎全部付诸东流，而厂长何卓孝和主管市长文春明却又都是相当敬业的干部，而且事实上也主要不是他们的责任。真正的原因是当初上级领导决策的失误，现在又投鼠忌器，无法从根上追究。再比方作为新任市委书记工作障碍的前任书记姜超林，不仅清廉，而且工作上也相当有作为，那么这又算作什么问题？这部小说的过人之处，是它超越了一般意义上对现实的批判，把改革中的现实置放于历史的动态发展之中，揭示由体制和观念滋生出来而又被改革现实激化了的种种既旧又新的矛盾，显现“中国制造”的基本矛盾和特征。所以这部作品好就好在不仅是批判的，而且是思考的。只是由于过于偏重于故事的曲折讲述，未能将人性生存的更丰富的内容，在历史内容的深刻处给予更多一些的融入，从而必然影响到对更丰厚文学性的创获。

《羊的门》比《中国制造》更多地触及了经济和干部任用即吏治方面的腐败问题，以及徇私枉法的种种不正之风。但它的特点是在对地理人文的历史传统的开掘及对其当代生存方式的探索上对上述问题由因及果、又由果及因地加以表现，而且比较成功地解决了传统国民性与当代改革现实的复杂关系问题。被评论者称之为“东方教父”的呼天成，是小说中最有意味、也最富创造性的一个形象。他既是一个中原传统文化和农业文明最自觉的承继者，即使在村子十分富足起来以后，也还是长期居住于桑园深处的平房里睡百草结成的草床，不愿切断生命与使之得以滋润存活的“母土”的血脉联系；同时，他又是一个并不拘泥于传统，不搞神鬼迷信，而且又拒斥新观念、新事物的人。在他身上，新政治、新观念、新道德与传统的观念、智慧和心理达到了水乳交融般的结合，使之成为一个永远随机变化而又永远不变的存在。他专横但又深通谋略，时常又颇重人情，重实际却又不急功近利，种下的“庄稼”未必当年就收。老省委副书记“文革”中遇难，是他冒着风险将他藏在果园里的房子里救了他一命，以至于若干年后成了他最可靠也最有力的支持者。他善待每一个下放的知青，在他们最困难时他都一一给予了最具关键意义的帮助，后来他们成了省里干部，金融、新闻等部门的头头，全都心甘情愿地听命于他的每一个吩咐。他说，别人经营的是商场，他经营的则是"人场"。经过多年的经营，他果然织就了一张大网，他就像一只沉雄的大蜘蛛，稳踞于中心，只要有必要，随时都可以发挥这张网的作用。因此，在或明或暗的官场角力中，他总能稳操胜券，甚至能于死局中反败为胜。这个人物塑造的成功，对于人们了解当前我国以民间性形态存在然而又严重影响着改革现实的某种力量，了解其政治、文化等的独特结构性内涵及其生存方式，应该是具有重要启发意义的。与此同时，小说在字里行间经常涉及众多人物的"国民性"问题。在这"绵羊地"生长着的人们，作为历史痼疾的"奴性"必然在骨子里成为他们在改革现实中的一种挥之不去的精神与心理的背负，影响着他们的直立与前行。呼伯几十年在人们心中成为一尊无可撼易的偶像，其实正是凭借着这一"国民性"土壤而成功的。当前，改革的刺激也会使一些人走向另一极端，那就是极为膨胀的权力欲望，而这则又成了互相倾轧、腐败犯罪的直接祸因。将近一个世纪以来新文学所一向关注的问题引入极富当代现实意义的文学作品中来，使作品无疑具有更为深刻的历史文化内涵和准确把握现实的重要意义。《羊的门》企图把这长期划定在雅文学圈子中的文学命意与为大众阅读所需要的曲折而传奇的故事和摇人心旌的言情穿插结合起来，这也是一种有效的尝试。但作者在对作为故事背景的地理、人文的介绍，《易筋经》之文字与图画的嵌入，以及故事情节的某些处理等方面，在整体上还不够圆通与成熟，这自然也是无可讳言的。

四

我以为，在批评界作为必要的反应，对这两种现实主义的努力进行评论的时候，有一个问题已经十分突出地摆到他们面前了，那就是对所持理论的反思与研究。

不客气地说，迄今我们对于现实主义的理解，仍未脱出过去那种革命现实主义理论的基本规范。如前所言，当我们的批评界（自然也包括理论界）把现实主义当作政治与历史的附庸弃之而去时，对现实主义的研究也便基本上中止了。可是，事过十年之后，当批评界不得不面对新的现实主义文学实践的冲击，而不能不对它表示一个态度时，其所持理论的陈旧与偏误便不由自主地显露出来了。

比如一接触 1996 年的新现实主义，头脑中立即就会冒出关于现实主义文学的种种戒律，什么“本质”与“深度”呀，什么特殊的界限与范围呀，什么批判的力度呀，等等，统统成了衡量这一新文学对象的价值尺度。殊不知，文学创作最首要的一条，那就是精神创造的自由与自然。而这种精神创造的自由与自然，又恰恰是文学突破成规、不断发展的必要前提。19 世纪前期，维克多 · 雨果就很反感古典主义的种种规约，而且正是靠着对自由的强调，突破了它的教条式约束的。他说，“我们整天听到有人谈起各种文学作品时就说要有这种气派、那种程度，这个界线、那个范围”，但实际的情况却是，“在精神作品中，唯一真正的区别就是‘好的’和‘坏的’之间的区别。思想是一片肥沃的处女地，上面的庄稼可以自由地生长，几乎可以说是听其自然，用不着分门别类，排列整齐”，而且

"不应该以为这种自由要导致混乱"。[①] 当然,雨果是在为浪漫主义文学进行辩护,所要实现的是对古典主义的超越。可是道理是一样的,即使在现实主义文学自身的生存与发展里,也应该有选择和创造的充分自由。事实上在前苏联的"社会主义的现实主义"到中国的"革命现实主义"这一理论系统出现之前,被这一理论系统名之为"批判现实主义"的时期,这种批判现实主义就是多元存在的,既有巴尔扎克式的批判现实主义,也有托尔斯泰式的批判现实主义。甚至,还可以有上两个世纪之交出现的已经动摇了以往现实主义"意义"信念的哈代式的现实主义,而它,则已经一脚在现实主义门里,一脚在现实主义门外了。

现在回过头去看看,像托尔斯泰式的现实主义是一直被摒弃在我们这一理论系统之外的。尽管谁也没有忽视托尔斯泰作为一个大作家的存在(在前苏联早期出现的"无产阶级文化派"和中国的"文化大革命"中是例外),但对他的接受是有条件的,就是对作为其现实主义根本特征的精神内核的剥离与扬弃。早在 1911 年,列宁就已明确指出:"在 25 年以前,尽管托尔斯泰主义具有反动的和空想的特点,但是托尔斯泰学说的批判成分有时实际上还能给某些居民阶层带来好处。然而在最近 10 年中,就不可能有这种事情了,因为从上世纪 80 年代到世纪末,历史的发展已经前进了不少。……在我们今天这样的时候,任何想把托尔斯泰的学说理想化,想袒护或冲淡他的'不抵抗主义'、他的向'精神'的呼吁、他的向'道德的自我修养'的号召、他的关于'良心'和'博爱'的教义、他的禁欲主义和寂静主义的说教等等的企图,都会造成最直接和最

① 《〈短曲与民谣集〉序》,《古典文学理论译丛》第 2 辑,人民文学出版社 1961 年版。

严重的危害。”[①]由此便不难理解托尔斯泰式的现实主义在社会主义现实主义和革命现实主义理论建构中的命运了。在我国近一个世纪的文学发展中,大概只有在两个时期它曾经被我们短暂地惠顾过:一个是在五四启蒙现实主义文学兴起时,鲁迅等人主动接受过它的影响,因为那时无产阶级革命尚处于初萌时期,革命的意识形态还没有形成;另一个是在 80 年代中前期,当时勃兴的以人道主义为主潮的文学在客观上消解了与它的距离,因为凭借着各种理论上的拨乱反正和对“人性”问题的解冻,这时的文学认识已逸出了政治化意识形态的规限。

如果我们不再单从政治历史层面上理解文学和托尔斯泰,而是从人类生存、人类精神与文学的关系上重新加以认识,你就会发现,托尔斯泰式的现实主义该是一笔多么宝贵的财富。与特别强调社会批判意义的作家不同,托尔斯泰是从人类情感传达这一基点来理解文学艺术的,他指出:“艺术活动是以下面这一事实为基础的:一个用听觉或视觉接受别人所表达的感情的人,能够体验到那个表达自己感情的人所体验过的同样的感情。”[②]在他看来,“艺术和理性活动——这种活动要求事先受过训练并且有一定的、系统性的知识(所以我们不可能教一个不懂几何的人学习三角)——之间的区别就在于:艺术能在任何人身上产生作用,不管他的文明的程度和受教育的程度如何,而且图画、声音和形象能感染每一个人,不管他处在某种进化的阶段上”[③]。所以他特别强调说:“艺术的目的与社会的目的是不能以同一单位计量的(如数学家所说的那样)。艺术家的目的不在于无可争辩地解决问题,而在于通过无

① 《列·尼·托尔斯泰和他的时代》,《列宁全集》第 17 卷,人民出版社 1985 年版,第 36 页。

② [俄]托尔斯泰:《艺术论》,人民文学出版社 1958 年版,第 46 页。

③ [俄]托尔斯泰:《艺术论》,人民文学出版社 1958 年版,第 103 页。

数的永不穷竭的一切生活现象使人热爱生活。如果有人告诉我，我可以写一部长篇小说，用它来毫无问题地断定一种我认为是正确的对一切社会问题的看法，那么，这样的小说我还用不了两小时的劳动。但如果告诉我，现在的孩子们二十年后还要读我所写的东西，他们还要为它哭，为它笑，而且热爱生活，那么，我就要为这样的小说献出我整个一生和全部力量。"[①]在托尔斯泰式的现实主义里，创作主体从来都不是一个"社会正义"和"历史原则"的代表者，也不是一个凌驾于故事人物之上的全知叙述者或裁判者。作家采取的是与那些幸与不幸的人们平等对话的姿态，是同样作为一个痛苦的承受者与思考者的介入，来感受、理解和表现他们的。所以在托尔斯泰的小说里，我们经常可以找到一个与作家对应的形象，如《战争与和平》中的彼尔、《安娜卡列尼娜》中的列文和《复活》中的聂赫留朵夫，实际上就构成了一个生活在作品世界中的不断思考与求索着的对应性形象系列，并由此可以感受到作家思考与自我完成的过程。如果说巴尔扎克重点表现的是人性的异化，那么托尔斯泰所侧重的则是异化的痛苦与救赎，是人类性的博爱和道德的自我完善。的确，在托尔斯泰式的现实主义里，人们很难感受到社会批判的力度，也很难找得到对政治历史意义的本质性深度，但是，它却同样赢得了文学巅峰的盛誉，甚至还更多地获得了人类性和文学性的丰厚内涵。假若我们今天能够重新找回并充分认识到这类现实主义文学的合理性与重要性，那对 1996 年新现实主义的认识和评价，无论是说长还是道短，我想就可能是另外一种情况。

我们并没有看轻巴尔扎克式的现实主义的意思。恰恰相反，

① 《致彼·德·波波雷金》，载《文艺理论译丛》第 1 辑，人民文学出版社 1957 年版。

倒是认为正是这一种现实主义，把在资本主义前期阶段金钱异化为“人间上帝”后人性异化的情形揭露得淋漓尽致，从而把这一种现实主义文学推向了巅峰。我们在这里想要指出的只是，从社会主义的现实主义到革命现实主义，更多予以借鉴的无疑是这种现实主义，但在其借鉴与革命性发展中，确实出现了明显的误解与偏离。众所周知，巴尔扎克十分看重作家对于历史的责任和“对一些原则的绝对忠诚”，而且强调“寻出隐藏在广大的人物、热情和故事里面的意义”的重要性[①]，但就是在这里，社会主义的现实主义理论对它进行了“发展”。不妨引述两段其最为权威的表述，一段出自《苏联作家协会章程》：“社会主义的现实主义，作为苏联文学与苏联文学批评的基本方法，要求艺术家从现实的革命发展中真实地、历史具体地去描写现实。同时艺术描写的真实性和历史具体性必须与用社会主义精神从思想上改造和教育劳动人民的任务结合起来。”[②]另一段出自苏联大百科全书对“现实主义”的社会基础所作的诠释：“现实主义的社会基础，从根本上说，是人民生活，是社会的革命力量争取新的、先进的事物获胜而进行的斗争。”[③]很显然，如果拿这种解释与巴尔扎克的认识相比照，会发现在相关性的两个问题上进行了矫正或者在今天看来是发生了偏离。

一个是对历史的责任和文学与历史的关系问题。如果细审一下巴尔扎克自己的解释，可知二者的差异是如何之大。巴尔扎克说要当“历史的书记”，原话是这样讲的：“法国社会将要作历史家，我只能当它的书记，编制恶习和德行的清单、搜集情欲的主要事实、刻画性格、选择社会上主要事件、结合几个性质相同的性格的

---

① [法]巴尔扎克：《〈人间喜剧〉前言》，载《文艺理论译丛》第2辑，人民文学出版社1957年版。

② 见《苏联文学艺术问题》，人民文学出版社1959年版，第26页。

③ 《现实主义》，《文艺理论译丛》第2辑，人民文学出版社1957年版，第89页。

特点揉成典型人物，这样我也许可以写出许多历史家忘记了写的那部历史，就是说风俗史。”同时，他还指出：“作家的法则，作家所以成为作家，作家（我不怕这样说）能与政治家分庭抗礼，或者比政治家还要杰出的法则，就是由于他对人类事务的某种抉择，由于他对一些原则的绝对忠诚。”[①]如果没有理解错的话，我以为他说要做的其实不仅是历史之主导行为和政治的书记，而且目的是从与历史相关的另外一个角度，力图写出的“许多历史家忘记了写的那部历史”。他甚至把能与政治家分庭抗礼、坚持对“人类事务”的“某种抉择”的原则的绝对忠诚，视为作家之所以为作家的基本条件。应该说这一些才是他的本意。

另一个问题是对其所提倡的“意义”内涵的置换。巴尔扎克主张必须探寻所描写内容的“意义”，指的是所写内容的动因和自然法则，“看看各个社会在什么地方离开了永恒的法则，离开了真，离开了美”[②]；而社会主义的现实主义则将它置换成了与历史主导行为相一致的思想与精神。作为由“社会主义的现实主义”到“革命现实主义”这一理论系统的文学历史资源，当我们对它——巴尔扎克式的现实主义——作了一番正本清源的辨析后，至少不应再笼统地把现实主义作为政治历史的附庸或工具来理解和对待，既不要把它当作政治的工具来拒斥，也不要把它当作政治的工具来实施文学式的对抗，因为它毕竟是文学的，有着它独特的关注点和独特的“意义”领域。1999年的批判现实主义如果说有什么失误，其实就是不少作品在这方面没有认识得十分清楚。

不必讳言，不论是巴尔扎克式的现实主义还是托尔斯泰式的

---

① [法]巴尔扎克：《〈人间喜剧〉前言》，载《文艺理论译丛》第2辑，人民文学出版社1957年版。

② [法]巴尔扎克：《〈人间喜剧〉前言》，载《文艺理论译丛》第2辑，人民文学出版社1957年版。

现实主义，都已经成了远去的历史。但现实主义没有过时，它们对于我们如何在开放、创新和多元的状态中促进中国当代现实主义的发展，还有着重要的启发意义。

时至今日，虽然时隔不久，但不仅1996年的那种新现实主义的潮涌早已波平浪静，就是1999年批判现实主义的新冲击，势头也已大大弱化。面对此情此景，文学创作和理论批评这两张皮应该努力贴在一起，以一种契合的共谋关系，来探求和实现现实主义的新发展了。我想，这样的提倡与努力，大约不会错。

（原载《时代文学》2000年第4期）

治史者的角色定位

半个多世纪以来，在传统性的现代文学史编撰中，存在着严重的以“评”代“史”的倾向。这里所说的“评”与“史”，与通常治史模式中所谈论的“论”（主体性评说）与“史”（对象性材料）不同，指的是“批评”与“治史”两种具有不同责任承当的社会文化行为。

“批评”，比如文学批评，与“治史”，比如治文学史，自然应该是互有兼容、相得益彰的。没有史识的批评，难得有深刻的内涵；而缺乏批评之敏感与新锐的治史，也不会有氤氲其间的生命活力。但是，二者毕竟又是不能混淆，更是不能互相取代的。文学批评，通常采取与批评对象近距离直接性对话的姿态，且常以当事者的角色设定介入与对象共时性担承的是非纠葛。特别是当这种文学批评被自觉地衍生为历史文化和思想现实的批评时，则更是如此。回想中国现代文学在历史艰难转型中的回环奔突，正是这种批评鼓涌起一次次与社会、文化思潮相表里的文学潮动，并成为一个世纪以来历史、文化与文学变革的前锋，其价值自然是不能低估。即使到了今天，由于历史的纠葛也会延续至当今，许多历史的旧物依然是今天活的现实，于是，批评者们也必然会以现实的立场选择，仍以当事者的身份处理历史的话题。恰恰是这种选择，表现为当今社会中一种对抗性的精神支撑，其意义亦自不待言。

但是毋庸讳言,这种批评所选择的已经不是或者不尽是学术性立场。如果我们以这种立场或角色承当治史,则虽然名之曰“史”,但其实质却仍然是批评者的言说。治史自有其独特的要求,概而言之,即必须超越与所研究对象任何一方的共时性立场,走出“当事者”的角色选择,在新的历史高度上以超越性的智慧叙述和评说已发生过的一切。古人云“隔代写史”,所讲的就是这个意思。否则,就无法科学地解释中国文学在现代转型中所发生的一系列错位性冲突中的是是非非,也不能领略其互动互补的多维性独特结构效应。比如,鲁迅与梁实秋关于“人性与文学”的论争,二人分别从历史与学理的不同价值范畴立论,自然各有各的道理。对此,治史者需要在不同的价值层面上进行认真的辨析,不能只是满足于在二人之间搞什么立场选择,倘如此,那文学史的更新岂不就成了只是在是非上的颠颠倒倒?又如对现代市民通俗文学的评价,如果仍然坚持“文学革命”时期的立场,那么对它就仍会采取贬抑和排斥的态度;而如果虽然对它采取了宽容甚至欣赏的态度,但所持立场却仍为新文学即雅文学的,则照样不能从根本上解决科学评价的问题。因为通俗文学和雅文学在功能上本不属于一类,不能在也很难在后者的价值立场上对其“收编”。事实上在20世纪中国文学中,工具的、审美的、娱乐的三类文学支撑着文学不同的功能空间,倘从这一功能性结构上研究它们的不同特征及其结构作用,其认识大约就可以接近史学建构的基本要求了。

其实,鲁迅、胡适等新文化、新文学的先驱者,倒是深知“批评者”与“治史者”两种角色之间的不同的。作为战士的鲁迅,对传统文化实施了最猛烈、最彻底的批判,一再呼吁青年不要埋头于故纸堆,甚至说中国的书一本都不要看;但作为文学史家的鲁迅,却是披阅万卷、探幽钩沉,以极其严谨认真的态度,撰写出了《中国小说史略》和《汉文学史纲要》。胡适的情况也多有相似。前人给我们留下的多方面的丰富的精神财富和启示,看来迄今似未被我们全部领会。

当然,治文学史也应有“当代性”的内涵和特色,而同样作为介入当代话语的一种方式,文学史的当代性表现为当代的智慧、当代的精神高度和当代的学术水准。比如现在,新世纪的学者已经进入了能够对历史作整体综合性把握与反思的新进境,这应该是最富学术魅力的当代性体现。

(原载《文学评论》2000 年第 4 期)

历史现代转型中的文学潮涌

——20 世纪中国文学回望

站在 20 世纪的终点回望这一个世纪以来中国文学的发展，一种凛然的历史感和难抑的激动会不期而生。不管人们对这一段文学历史的评价存有多少分歧，但有一点却毋庸置疑，那就是它与中国历史的巨变紧密纠结，为历史也为自身的现代转型作出了艰难然而也卓有成效的努力。在这个世纪里，文学已不再仅仅是历史河床中的波澜，在一些特定的时期，它还直接成了历史中心行为制导者用来开凿历史河床的工具。前所未有的沉重与激情，前所未有的深度与张力，使文学之潮波涌浪迭，回环奔突，形成了一道道迥异于前的文学景观。它既留给了我们丰富的财富，也留给了我们许多的思考。

20 世纪无疑是个“革命”的世纪，而 20 世纪中国文学也无疑是以其“革命性”为特色。纵览百年，从梁启超高倡“诗界革命”、“文界革命”、“小说界革命”，到陈独秀、胡适等人声势更为凌厉的“文学革命”鼓吹，到 80 年代中前期再次标举五四文学精神的人道主义文学潮涌，这三次文学界革命的大澜，既凸显了文学发展的基本动势，也提供了多元性文学时空拓展的基本动能。“革命性”显然包括否定性和探索性两种内涵，即便是那些在文学革命退潮与分流发展时期出现的各种文学现象,相对于古典文学来说,在生存状态上也无一不是革故鼎新的结果。

文学观不同于文化观,但文学作为文化的一部分,二者在内在价值观念和心理结构取向上则是密不可分的。因此,作为历史转型重要构成因素的文化变革,势在必然地成了20世纪中国文学革命性变化的直接前提,而事实上三次"文学革命"主张的提出和大潮的酿成,也都正是在文化启蒙主义运动勃兴之时,这几乎成了百年来明显可见的一个规律。早在19世纪与20世纪之交,戊戌变法的失败为启蒙主义初潮和梁氏的"三界"革命提供了契机。梁启超在日本期间如饥似渴地读习西方文化,"脑质"为之变易,有幸走出了康有为式今文经学的笼罩,率先觉悟到苟欲救亡,必须拔本塞源,"变数千年之学说,改四百兆之脑质",并据此发出了"新民为今日中国第一急务"的召唤。为通达"新民"的目的,他首选的方式和工具便是文学,尤其是小说。基于对小说魅力之所在即读者借此可以超越个体生命体验有限性的本体论阐释,及对小说功能的无限夸大,梁启超在把小说推向各种文体的中心位置的同时,也把文学的变革推进了历史变革的中心,从而启动了中国文学现代转型的艰难历程。加之现代造纸、印刷工业和传媒形式的初步形成,于20世纪初的十余年间出现了小说译作和创作的热潮。李宝嘉的《官场现形记》、吴沃尧的《二十年目睹之怪现状》、刘鹗的《老残游记》和曾朴的《孽海花》等一批"谴责小说"便于此时适时而出。

当然,最足以引为20世纪骄傲的还是发生于五四新文化运动中的"文学革命"运动。新文化运动以对中国文化元典精神的彻底否定强化了中西文化的价值对立,并以"重新估定一切"的决绝的批判精神向封建专制主义文化发起了猛烈攻击。"文学革命"是这场文化批判运动发展的必然结果,也是它的重要组成部分。与梁氏的"三界"革命相比,这次"文学革命"虽然没有直接把文学尤其是小说抬到那么高的位置,但从语言革命到思想革命却对文学进行了全面的颠覆与建构，其影响之深远自不待言。以“人的文学”为标志的一代五四新文学，不仅自觉遵循着启蒙主义改良社会人生的基本规约，以新的形与质显现了文学与历史要求的深度结合，而且以实践的方式矫正着文化批判中的认识偏执，在艺术的领域中努力实现着对中外艺术精神与艺术经验的综合性创造。其间，不但有鲁迅这一思想、文化和文学巨人的崛起，而且也有叶绍钧、冰心、朱自清和郭沫若、郁达夫等灿若星辰的一批文学大家脱颖而出。鲁迅的小说、杂文以其内容的深刻和艺术的精湛，堪称世纪的绝唱、不朽的经典；其他作家、诗人也无不以其创作的新异而引人注目，并由此而开始了光耀世纪文坛的文学生涯。就如周作人这样的人，在当时也尽显风采，只可惜后来走上了人格自毁的道路。而且也正是在这个时期，白话诗、白话“美文”和独创的话剧剧本开始出现，真正开启了所有文体的现代转型与创造。在 80 年代中前期以文化启蒙为内涵的文学潮涌中，并没有“文学革命”口号的提出，但其对五四文化价值观念的重新确认和赓续五四文学传统的渴望，又分明地表示着在历史新时期文学界所做的革命性努力，看作一次“文学革命”亦无不可，只是与五四时期相比，增加了更多一些的社会政治批判和历史反思的内容。如果说五四文学革命时期更多侧重于对国人悲剧性文化生存的关注，那么在新时期中前期，则主要表现为对造成政治性悲剧的文化原因的历史追寻了，政治力量与传统专制主义文化的深层结盟，在这里成了文学关注的焦点。王蒙、邓友梅、陆文夫等一大批在 50 年代崭露头角的作家此时又重现了青春，而张贤亮、张承志、刘心武、张洁等新作家也蓬勃而出，以浓墨重彩一起谱写了新时期文学历史的第一页。

然而，文化启蒙只是中国历史现代转型中的一个环节，它虽然重要，但不可能取代历史在政治、经济等方面所必须进行的变革。因此，当历史转换了它的基本选择时，就必然要导致文学主导话语的置换。其中最典型亦即在长时间内决定了 20 世纪文学史架构的,则莫过于由“文学革命”到“革命文学”的转变了。由于历史变革由文化启蒙到政治革命的转换,文学的历史功利追求也必然地由文化而转向政治,使文学的政治工具性得到了极大甚至是极端的强化。这固然不可避免地会对文学独立品格的实现带来影响,乃至严重影响到作家“个人性”主体因素的发挥,但它却也有效地规约或保证了文学对新生历史内容和历史主导精神的关注,且使文学在审美表现方面获得了颇富阳刚之气的新型创造。左翼文学巨匠茅盾以其对转型期基本历史结构的触摸而使其作品率先触及现代史诗的创造问题,丁玲、萧红、吴组缃、艾芜等则又无不以其颇具个性化的风格为左翼文学的丰富性增添了色彩。延安时期,以赵树理为代表的作家、诗人,在将政治性历史内涵与民族和民间的艺术形式乃至艺术趣味的结合与创造上,可以说达到了很高的水平。

中华人民共和国的建立,将革命文学的发展推进到一个新阶段。建国前那种由政治区域隔离和文学价值观念的差异所造成的作家队伍与文学发展的分立状态,此时已归于一统;而国家意志、阶级政治和个人追求的统一,也成了文学艺术工作者新的精神综合和力求遵循的准则。作为革命事业的一个重要部分并倾力为其服务的文学,这时开始以历史主人公的叙事态度,由过去那种专注于现实性社会政治批判转向对革命历史传统的开掘与对新的中心性历史行为的跟踪了。在当代中国的十七年中,表现革命历史传统和工农业社会主义改造与建设,成了文学的两大母题。也正是在这种表现中,革命文学在延安文学的基础上,将革命现实主义这种前所未有的新型文学发展到一种完备的形态。现实与理想的结合,历史走势与精神制导的一致,都在阶级对抗、新旧对立的基本模式中得到了近乎得心应手的实现。作家们固然首先看重的是对在历史基本撞击中所闪耀出的精神光芒的颂扬,而同时又在许多“中间”状态的生活内容中尽可能地搜寻更富文学意味的表现,梁斌、柳青、欧阳山、杨沫等人都曾经创作了不止激动过一代人的长篇巨构,可以视为这类创作的代表。当然,由于对“现实”与“理想”的认识受到政治走势的规约和影响,这类创作难以避免地表现出共同的时代局限,而且愈来愈呈现为对生活和文学的双重背离。值得指出的是,还有另一种声音、另一种创作,它们在同一政治笼罩中却更多地强调和突显了表现“人性”复杂性和针砭时弊之于文学的重要,它们对文学与生活的双重质疑,事实上是对文学与生活现状的双重规谏。虽然它们都遭受到了不公正的待遇,但却时隐时现,不绝如缕,客观上形成了十七年文学发展中的一种内在制约和张力。遗憾的是,这种制约并不能从根本上解决艺术创造与政治规约之间的矛盾,在那个时代,不仅以政治取代艺术的倾向经常出现,而且有时甚至发展到以政治运动和残酷斗争的形式解决艺术分歧问题,教训不可谓不深。

人们在谈论文学价值的置换时,多是叹惋于置换后的非文学性效应,殊不知每次置换的发生都是在作为被置换者的单向度追求因其极端而走入末途之时。比如五四文学即启蒙文学,人们通常是把它作为对从“文学革命”提出到“革命文学”出现这一时期文学的统一性称谓,但事实上进入20年代不久文化启蒙的空想性即悲剧性就已被先驱者们感受到,缘之于启蒙效果的质疑与困惑很快就成了对原初统一理解的解构力,表现在文学上的“统一性”亦不复存在。应该说,是文化启蒙把“文学革命”推进了历史的旋涡,使文学的现代转型获取了巨大推动力,而文化启蒙的落潮,则使文学向主体心灵的深化与多元发展获得了可能。比如鲁迅,如果仅有《呐喊》而无《彷徨》,那他的价值或许得另当别论,因为在《彷徨》中,他已从原先那种对被启蒙者文化生存悲剧单向性的写实性关注与警示,变为主客体之间的双向交流与对主体心灵世界矛盾和痛苦的正面开掘,使启蒙中的“个性主义”提倡,在创作中真正落实为作家“自我”的表现。更为重要的是,正是在文化启蒙价值观念被相对解构中,“问题”式的文学表现的统一状态才得以衍生为多元分流的渐趋繁盛的局面,不仅以“新月派”为代表的其他文学派别能够同时领骚于文坛,而且现代主义也才得以以“原型移植”的方式在文坛标新立异、独树一帜,虽然它们这种方式并不能长期为继。

假如说由“文学革命”到“革命文学”的转化是在多元中强化了政治的一元为文坛主导选择的话,那么,发生于 20 世纪 80 年代中期的启蒙性文学主潮的消解与转化,则是在历史由政治为中心向经济建设为中心转移的背景中所发生的不同于历史的文学转移的新形式了。文学价值观念和艺术追求的持续的相对自由的多元选择与变异,始终是自 80 年代中期以来迄未有改的文坛盛景。对文化与政治两种工具性规约的超越,文学真正实现了在相对独立意义上的自我审思与发展。崭新的开放性的文学视野与借鉴,痛定思痛后对人生与历史的重新理解与发现,使文学有效地解构了先前那些对各种创作姿态、创作方法的“意义”指涉和界限厘定,得以在更宽松、更自主,但也更急迫的氛围中进行各种实验和探索。各种超越了既有阅读经验的崭新的文学生成状态,一方面在挑战中改变着受众对文学的理解,一方面也在既多元分生又融通发展中竞新求异。传统启蒙的或政治的现实主义,此时已为生存现实主义所取代,意义的模糊性或多元性,生命体验的个人性与日常性,成了区别于传统写实的“新写实主义”的基本特征。而文学对历史与人生的新理解,即在文学视野中对历史中人性与生命内容的新发现,和对传统“意义”之外偶然性因素的感性把握,则使所谓“新历史主义”的写作在超越“新写实主义”的基础上,向新的史诗的架构逼近。而同时令人欣慰的是,我们的文学在此时也并没有放弃关心民瘼和鞭挞丑恶的社会良知与责任,1996 年以“三驾马车”为代表的新现实主义的冲击,和近两年批判性现实主义创作的崛起,就是很好的证明。当然,在文学走向自主和多元时,种种误解也必然发生，比如近几年围绕“边缘化”、“个人化”所发的某些议论和据此所进行的一些创作，就很需要认真地进行一番辨析研究，而这，则是留给21世纪的话题了。但新时期的文学却无疑是幸运的。在这一历史的也是文学的新时期，王安忆、余华、苏童、陈忠实、张炜、史铁生、张平等众多作家的才华得以充分展现，他们在对文学之于历史、人生的理解上已多有突破，相信他们中的一些作品会长期流传。

其实，就是在历史制约着文学作出主导性选择并作一元化强调时，文学生存的本身也是一种复杂的结构状态。就如在左翼文学乃至延安文学占主导地位时，其他的一些在倾向上相近或相异的作家也同时活跃于文坛。习惯上称之为民主主义作家的巴金、老舍、曹禺就均为在20世纪横跨新旧两个时代、屈指可数的文学大家，他们的一些作品以独到而深厚的历史文化内涵、人生况味和艺术造诣，实际上已成为世纪的丰碑。而作为自由主义诗人、作家的徐志摩、闻一多、沈从文、钱钟书等，实际上也都是文坛上的重镇。见之于历史的实际状况，远比我们的叙述还要复杂得多。历史突出的单向度努力与实际存在的结构性制约，二者之间的制动与调适，构成了文学运动发展的实际历史图式。而极端性强调与制衡力量之间所形成的张力，又无疑开拓了文学多元发展的空间。就以文学的雅、俗而论，尽管对抗了近一个世纪，但各自的强化性发展和互渗性影响，却不能不说是公认的事实。历史上诸多的事实已是存在，需要调整的是我们的认识。

现在，新世纪朝暾崭露，历史的新行程已经起步。有了20世纪长达百年的历史基础，我相信，只要我们对它进行认真的总结与反思，已到的21世纪也必将成为文学发展的新世纪。

（原载2000年12月31日《人民日报》，发表时略作删节）

对视，并不是取其反

价值重建之于21世纪中国文学的重要性自不待言，而价值重建则须对20世纪90年代文学乃至20世纪文学取反思的态度也是不言而喻的事。然而，为我们所期待的价值建构，应该是在对由相关知识参与并互相制约而成的既有知识系统进行全面拆解的基础上所作的综合性思辨的结果，而不应是对20世纪那种两极反弹式价值建构模式的延续。

任何一种文学价值观念的形成和确立，都脱离不开与之相契合的历史观、哲学观、人生观等诸多观念的支持与制约。看似一种本体论的表述，实则均非所谓"纯文学"的自言自语。就以文学和历史的关系而论，就是文学在思考自己的价值时所无法回避的一种基本关系。回头看看20世纪中国文学，其主导性价值观的确立，就是既得之于此又失之于此。所谓得之于此，是指因对历史变革的责任承当而一改文学与历史中心性行为的张力关系，并在对历史性崇高的真切体验中改写了旧日的文学；而所谓失之于此，指的则是因与历史中心性行为的价值同构，而从或启蒙或救亡的不同方向上对文学自身特性的削弱或失落。相对于自20世纪初以来主导性文学价值重建的基本方式而言，90年代文学在价值重构上已不再是不同历史功能选择上的置换，而是表现为对启蒙与救亡的双重拒绝。这固然是文学企图自主的一种努力，但细审之则不难发现，为其所标榜的所谓“边缘化写作”与“私人化写作”，在对“历史”的基本理解上与此前的历史观念并无二致，依然是把它界定在历史中心性行为及其价值指向上，只不过采取了疏离的态度而已。在价值选择上，虽已有别于既往对不同历史行为的寻找，但在文学与历史的关系上也依然是没有走出两极反弹的模式。既然如此，如果我们在今天的价值重构时再取其反，那就只有重回到既有的“历史”之中了。

所以，关键的问题是在价值重建时对历史观作一体调整。在我看来，第一，“历史”应该是一个结构性而且更富包容性的概念，人类的一切生存活动都在其包容之中。文学作为生命存在和价值呈现的一种方式，自然也不可能立于“历史”之外，而其介入方式和责任承当也会因“历史”的包容性和结构性另有所属。第二，文学视野中的历史观应该有别于政治家乃至史学家的历史观。以往的失误，在于将二者混为一谈，使文学在追逐历史中心性行为的进步上失落了自己。殊不知文学在人的生命乃至历史的健全发展上实则另有担承，为其尤为关注的应是人性生存的现实状态，在历史中所起的也应是对那些哪怕是历史中心性进步行为的撑拒与张力作用。所以，优秀的文学常常与历史中心性行为事实上存在着对视乃至质疑的关系，比如巴尔扎克时代的资本主义显然还处于进步阶段，而为他所关注的却是由此而形成的人性的严重异化。20世纪中国文学的“现代性”呈现，也往往是表现在对“历史”之“现代性”的质疑上。明乎此，文学的独立性足以自保，又何须非要声言什么“边缘”，以致导致文学的另一种误解呢？

（原载《文学评论》2001年第4期）

绝对化思维无助于文学史的科学建构

吴炫《一个非文学性命题——“20 世纪中国文学”观局限分析》一文(以下简称“吴文”),对一个世纪以来文学及文学研究所存在问题的针砭,尤其是对那种忽略文学“个体化”生成特点,仅在政治或文化层面上作趋同式意义研究的习见模式所作的批评,都具有一定的启发意义。但就其立论的基本认识及由其所表现出来的思维方式而言,我却以为大有可商榷之处。

先是吴文对“20 世纪中国文学”所作的判断,就已使我颇为不解。“20 世纪中国文学”作为一种断代性专门史的概念,明明已标示出“文学”这一研究对象的类别特征,而且与某些以政治区划为文学断代的史著不同,是依据对象自身历史发展过程的相对完整性来进行时空界定的,怎么就成了“一个非文学性命题”呢?其实,就“20 世纪中国文学”这一文学史概念来说,它只是对概念外延的一种限定,至于怎么理解,却是包容了见仁见智的诸多可能性。即使作为“观”来说,就我所知,在使用这一概念者中事实上虽不能说人言言殊,但却也是理解不一,甚至是彼此抵牾的。从吴文用作批评对象的征引来看,主要是出自黄子平、陈平原、钱理群的《二十世纪中国文学三人谈》一书,究其实它只能算是一家之言,岂能以对其内涵的一种理解,用作对这一概念的否定呢?

不过相对而言，吴文的问题更为突出的还是表现在它对所提出问题的理论阐释之中。吴文认为，在“20 世纪中国文学”观中隐含着一个“重大局限”，那就是“用‘现代性、共同性和技术性’体现的对文学的把握、描述，主要是从文化角度、思潮角度、技术和材料等角度对文学的观照，而难以触及到文学‘穿越’这些要求、建立独特的‘个体化世界’所达到的程度”。而对这一“重大局限”的发现，则是得之于作者用一种“本体性否定”的理论进行检验的结果，因为其所谓难以触及的东西，就正是“文学对文化”的被其称之为“本体性否定”的特性。据此，吴文断言：“‘20 世纪中国文学’虽然突破了政治对文学的束缚，但并没有突破文化对文学的束缚。”细审全文，我们就会发现，吴文这种用以自证又用以证人的理论，是其在一系列问题上进行否定性判断的认识基础，但同时也不难发现，它在对文学与文化关系的理解上已明显地走入绝对化一途。

吴文认为，“文学在性质上与文化是一种‘本体性否定’关系”，具体说来就是“文学在材料上源于文化，但在性质上与文化不同而分立”。众所周知，按照科学性思维的要求，当我们表述两个概念之间的关系时，首先必须在理解上明确界定两个概念在使用中各自的内涵及外延，并且应该明确对所论关系的角度的设定。譬如在“文化”与“文学”之间，事实上就存在着整体与部分、一般与特殊等不同的关系角度，而且在不同的关系设定中，概念的指涉也有所不同。在其整体与部分的关系中，“文化”是一个包括“文学”在内的总体概念，没有任何理由将“文学”排除于“文化”的范围之外，即便把“文化”缩小在“精神文明”的范围内，“文学”也是其中极为重要和极为活跃的一部分。如果从这个角度说“文学”与“文化”在性质上不同而分立，显然是不妥当的。倘若是从一般与特殊的关系立论，那么“文化”就只是一个由许多特殊的具体中细绎出的“共性”，是存在于诸种互不相同的“个体”中的“一般”；而每一个“个体”的生成与存在，也绝不可能将这一“共性”的内容全部挤出。吴文笼统地将“文学”与“文化”在性质上判然两分首先就不对,即使仅就后者而言其理解也是经不住推敲的。吴文说:“文学的生存状态受文化的制约”,“但文学的存在状态(即文学实现文学性的程度),则体现为对文化制约的摆脱,以及对文化性生活材料的个体性穿越”。就是说,文化对于文学来说只是一种生存的制约和必须穿越的生活材料,文学要想获得文学性,就必须摆脱和实现穿越。这种表述显然与实际不符。第一,历史积淀而成的文化传统、现实的文化环境,尤其是与作家产生亲和力或由其直接参与推波助澜的文化思潮,对作家固然是一种制约,但同时也是一种塑造。文化绝不仅是外在于作家生命的东西,他们感受、认识世界的角度,特定敏感区域的形成,以及运思和酝酿的取向与方式,无不与其规定性有关。因此,从另一角度说,文化对于作家不仅是一种“生活材料”,更是一种文化精神和生命内涵。第二,文学创作的“个体化”过程,所要求的只是对从内容到形式全面的个体悟解和创造,不能将它简单地理解为断裂式的摆脱或穿越。实际上文化的内涵不但表现在创作的“起点”上,而且也必然表现在它的过程和结果中。因为文化的发展也只能在个体性的理解与生成中才能实现,同时也因为文学无论怎样“个体化”、怎样“文学性”,但它毕竟既不能因“文学性”离文化而去,也不能因“个体化”而凭空产生。

与对文化与文学关系的否定性认识相关,对文学的文化研究在吴文中自然也在被否定之列。不可否认,以非文学性的目的对文学做文化研究的现象确实存在,而且直到今天也还是一种最具影响力的学术倾向,那就是由文化启蒙主义立场出发对文学进行观照的基本态度与方式。看起来它也在甚至以更高扬的激情在维护着文学的独立性,但那是相对于政治干预而言的,为其实质性坚持的说到底还是启蒙主义与政治两种不同历史立场的对抗。对此,从文学性研究的要求进行批评,应该说是很有现实针对性和意义的。但是吴文在这里又出现了两个问题:第一,中国在 20 世纪如潮起潮落般出现的“文学革命”倡导和文学的实际转型、变革，事实上都与启蒙主义的历史运动密切相关，以鲁迅为代表的新文学即便在“文学性”的生成与内涵上也不能与它毫不相干。因此，以“文学性”为由将其排除在本体性研究之外，那是于理于实都不相宜的。第二，对文学的文化研究实际上包括了功利主义和非功利主义的诸多差异，更不应笼统地进行否定。比如王国维，他就特别反对对待文学的功利主义态度，但他也以现代哲学、美学观念对《红楼梦》重新进行阐释，对他所做的努力，你能否定吗？可以这样说，同是以文学研究为目的，文化研究一方面可以成为文学研究的一种独特方式，另一方面从普遍性的意义上说，又为所有文学研究所必需。试想，若非如此，那文学研究还有什么可以说得清的东西？其实，即如吴文，它在用作例证时对鲁迅、钱钟书、孙犁、茹志鹃等人作品的分析，固然是“文学性”的，但又何尝不是“文化研究”呢？

吴文之所以对文学与文化的关系作如此论断，目的显然是为了保证其所提供的一种逻辑推论的合理性。这种推论则是：既然文学与文化在性质上不同而分立，而“‘现代性’首先是对文化而言的”，那么“文学与文化的现代性也是两回事”，所谓“现代性”只是对文学的一种文化制约。再推下去，那就是它所认为的“以‘现代性’为首要内涵的‘20 世纪中国文学’”的“非文学性”了。平心而论，吴文的愿望还是好的，因为现实中以对“现代性”的认识而束缚了文学研究的现象确实是比较严重的，在此问题上我与吴文作者亦有同感。但遗憾的是，吴文与现代流行的“现代性”理解实际上存在着“共识”认同的态度，因此认为要实现“文学性”研究的突围，就只有想办法将文学从与“现代性”的关联中摘离出来。殊不知，这并不是一条科学的通途，要解决问题最关键的首先还是从根本上解决对“现代性”的认识问题。在我看来，所谓“现代性”应该是一个包容更宽泛的概念，作为对历史转型的综合性要求，它在对象指涉上无疑包括经济、政治、文化、艺术乃至心态与民俗等方方面面。单就文化而言,当然也包括激进主义、新传统主义甚至是由“现代”确认的崇古倾向等不同的理解、态度和介入方式。不仅新文化运动先驱者们的文化观念属于“现代性”的归属对象,从“国粹派”到“学衡派”也当之无愧地应纳入它的范围之内。例如以章太炎为代表的“国粹派”,从20世纪初开始,就对传统文化进行了“国学”与“君学”的分解,并在文化开放的视野中提出了对中西方文化进行个性特征比较研究的思路,只是惜乎长期以来它一直为占主导地位的“中西/古今”的价值比较方式所排拒和遮蔽罢了。中国文化的“现代性”努力,实际上表现于一种多维度构成的动态的结构之中,正是不同力量之间既互相制约又互动互补的不断结构性调适,才有效地保证了“现代性”在其实现过程中的自我矫正与补偿,并保证了其多元性内容的共时生成和整体上的中国特色。

既然文化的“现代性”既非单一取向的“整体”,又非仅功利主义的一脉,那也就没有必要在谈论文学的“文学性”时对它采取排拒的态度了。事实上20世纪中国文学中的“现代性”内涵是毋庸讳言的。文学创作的艺术魅力可以超越时空虽为不争之论,但文学创作的时代性特色也是不容否认的事实。吴文认为《红楼梦》中的贾宝玉既不是“传统”所能说明的,也不是当时的“现代”所能说明的,固然不错,可这只是问题的一个方面,完整起来还应有另一面的表述:他既是“传统”(明中期以来的个性解放思潮和世情小说的发展)的,又是“现代”(曹雪芹时代)的。曹雪芹所创造的“个体化世界”不论怎样与众不同,但总不能将它抛出于曹雪芹时代之外。再如钱钟书的《围城》,且不说它的艺术成就是否已达到如吴文所赞誉的高度(至少在我就觉得恰恰在其“个体化”创造里,创作主体对人物悲剧性生存所采取的超然物外的名士态度,就与小说所要表现的生存悖论的普遍性这一题旨不太和谐),仅就方鸿渐而论,谁又能怀疑他是一个现代人呢?其实说白了,所谓文学的“现代性”不过就是个包容更为宽泛的“时代性”问题，它与文学的“个体化世界”并不是一种矛盾关系的设置。因为在这种理解里，文学的“现代性”同时又是对文学个体化生成的无限多元性的指称与概括。比如鲁迅，缘于对传统文化症结所在的独到理解，他比任何人都更为清醒地认识到了被启蒙者身上“被食”与“食人”两种角色难以分解的严重现实，在小说中深刻表现了国人既是传统文化的承载者又是传统文化的生成者、既是悲剧命运的承当者又是悲剧命运的制造者这一主题性理解。但你只能说他是不同于或超越了同时代人的，而不能说是置身于“现代”之外的。另外，《百合花》一类的作品亦然，你可以说《百合花》超越了50年代“共同性”的政治观念的制约，但不能把它理解为普遍性人性观照的无根之花。

由于吴文对流行“现代性”认识取认同态度，所以对文学的“现代性”又因对“历史进步论”的否定而否定。诚如吴文所说，简单化的“历史进步论”确实不足为据，但是却不能因此而否定历史是一发展的过程这一事实，也不能因此而否定中国文化与文学现代转型的必要性与必然性。历史的发展也应该是一个多维性的动态结构，其中既有解构性、制导性的力量存在，又一定有对这一力量的质疑性因素产生。文化乃至文学的发生与发展，就一方面可以表现为前者的组成部分，一方面又可以表现为后者与其抗衡。就文学而言，它所担承的本来就不是对既成现实合理性进行形象阐释或对某一主导观念进行形象演绎的任务，而是对“历史表述”之外的更为丰富的内容的发现和由人性生存角度对历史所作的质疑性补偿。比如鲁迅在《在酒楼上》和《伤逝》等作品中对启蒙者悲剧的敏锐感受与深刻自省，对娜拉走后悲剧命运必然性的揭示；沈从文在其创造的“湘西世界”里对传统愚昧文化与现代文明的双重抗拒，就都属于此类。但这恰恰是文学“现代性”的独特内涵，不能因其独特而排除在“现代性”之外。当吴文排除了历史发展的内容之后，文学史势必就只剩下他所说的“以经典为龙头”的“不同的空间结构”了。我们不反对文学史建构的多样性，但如果像吴文所倡导的那样，它将会是什么状况？与通常人们所理解的对经典作品的鉴赏和比较研究又有何区别？

本来，吴文的初衷是要反对一种绝对化的思维，但当吴文作者自己又偏向了另一极端时，在思维方式上所走的仍然是过去的老路。其结果不仅是将文学与“现代性”强行分离，而且最后还违背常识地把文体变革与文学“本体”也强行撕裂，甚至推导出了 20 世纪并没有出现真正的文学革命的结论。我不认为这对文学史的科学建构会有什么真正的好处。

（原载《中国社会科学》2001 年第 4 期）

跨越了一个世纪的启示

——重读石评梅

在20世纪20年代中国文坛上，忠情才女石评梅如一颗璀璨的小星悄然而升，又倏然而逝。在这个世界上她只生活了26年，而在痛苦的人生求索和自我搏斗中迸闪出生命光华的时间，更是只有其最后短短的五六年。在中国历史波涌浪迭的长河中，这不过是浪起浪落间短短的一瞬，然而，那却是一个非凡的年代，一个由不得你不对生命意义和历史命运重新进行审视和抉择的特殊时期。或许，对于一向具有孤僻的素志和特异的理想的石评梅来说，恰恰是遭逢到一个难得的历史机缘。就在这短短的几年间，她不仅以自己特立独行的方式演绎了与革命家高君宇之间令人闻之动容的爱情故事，创辟了一个具有浓重古典意味的现代爱情神话；而且，也在自己的生命之树上迅然绽放出了簇簇特异的文学之花，在诗、文、小说等诸方面都给后人留下了虽并不怎么显达于时，但却与众不同的成果。

可是石评梅毕竟一不是革命家，二不是文学大家，随着斗转星移，人世沧桑的变化，她似乎在随着那段历史的流逝而远去，在人们心目中只剩下一个美丽的模糊的身影。

新时期以来，她的家乡人和学界的一部分有识之士开始多方收集其作品及相关资料，经过钩沉编校，其作品大多于20世纪80年代中前期又付梓面世。但令人遗憾的是，除了一般的社会阅读外，石评梅迄今没有真正进入文学及文学史研究者的价值视阈，即使有人在类似著作中讲到她，也没有超脱出既有观念的制约。

随着文学与文学史研究领域发生的深刻变化，如果我们不再囿于既有传统认识的成见，在对文学史对象的重新审视和文学的价值重建中认真读一下石评梅，我相信，我们由此所获得的，必然是诸多发人深省的宝贵启示。

一

人类要想捕捉住并总结出过往的历史，总是充满了艰难而最终又不得不留下遗憾的。因为，一则是现实性历史对象的繁富、驳杂及其难以尽数的无限性，使后世的治史者不得不有所选择，只能是择其要而取之；二则是任何一种原生性的历史活体一旦逝去，都不可能作事实性的再生或重演，人们对所谓“历史”的记忆和总结，实际上不过是在主体认识范畴里所从事的一种精神活动而已，而这样做的结果，又必然是对历史对象自身血肉的不断销蚀与淘洗。当然，历史科学的发展也自有其补救之计，那就是一边对历史对象进行剪裁和淘洗，一边又十分认真地着意于某些历史对象的去蔽和挖掘，哪怕是特别以历史研究的“当代性”和“主观性”相标榜的人，也不会忽略这后一方面的工作。富有成效的历史研究，离不开认识，也离不开感受，因此，当一种湮没已久但却具有独特标示意义的历史对象以其原生面貌被钩沉而出或重被发现时，它带给认识者的激动和喜悦将是不言而喻的。

对石评梅的重读，我所产生的首先便是这样一种激动和喜悦。我发现，今天来评价石评梅，对作为一个作家的她，如何评价其创作的意义固然是题中应有之义，但更为重要的，还是她以生命与文学互为表里的痛苦求索过程，为我们认识一个时代所提供的非凡的意义。在那个历史和文学都面临重新选择的特殊时代里，表现选择中的困惑乃至生命痛苦的并不乏人在，但能够像石评梅这样既主动追寻历史发展的大势，又在文学中自触伤痛，将现实与理想、情与理之间近乎不可调和的冲突尽数表现于生命的自我搏斗之中的人却并不多见。或者可以说，就其生命"自剖"式表现的大胆、细密和诚实而言，她实属罕见的一例。从她所留给我们的一系列作品和相关文本中，我们能够真切感受到一种难见于史册的心灵的真实，一种在血肉丰盈中的生命律动。而这，对于丰润我们对历史的干枯的把握和矫正我们对历史的简单化理解，该是多么重要。

按照一般的认识，石评梅不过是在过去艰难岁月中创造了一个革命的浪漫传奇爱情故事的女主角，作为一个作家，也不过是在时代洪流中实现了向革命性文学的必然转变而已。这是在我们简单化的文学史认识中必然出现的结果。在数十年一贯制的文学史写作中，20 世纪 20 年代中国文学的转型常常是比较粗疏的一笔，实际上十分复杂的内容和不乏逡巡彷徨的过程只剩下了文化启蒙与政治革命这两种历史行为在文学功利选择中的置换或纠葛而已。不错，就决定中国历史的命运而言，在那个年代所发生的历史选择的转换确然是该时期最深刻的历史内容，不可能不对文学的发展构成深巨的影响。然而，人们却常常忽略了，在启蒙运动落潮和历史的选择迅即转换为社会政治革命时，知识界尤其是以感性思维活动为特征的文学界，对"人生是什么"的人生观思考，也作为历史的一个构成环节而浮出地表。20 年代初在文化、思想界所发生的"科玄论战"，应该就是一个佐证。在文学界，诚如茅盾的总结所言，自有其表现的普遍性与独特性："这一时期，两种不同的对于'人生'问题的态度，是颇显著的。这时期以前——'五四'初期的追求‘人生观’的热烈的气氛，一方面从感性的到理智的，从抽象的到具体的，于是像一定的‘药方’在潜行深入，另一方面则从感性的到感觉的，从抽象的到物质的，于是苦闷彷徨与要求刺激成了循环。然而前者在文学上并没有积极的表现，只成了冷观的虚弱的写实主义的倾向；后者却热狂而风靡了大多数的青年。到‘五卅’的前后为止，苦闷彷徨的空气支配了整个文坛，即使外形上有冷观苦笑与要求享乐和麻醉的分别，但内心是同一的苦闷彷徨。走向十字街头的当时的文坛只在十字街头徘徊。”[①]茅盾的意思自然是叹惋于文学对于表现社会性生活内容的滞后，而如果换个角度看，就像瞿秋白在《饿乡纪程》中所指出的，这时期“青年思想，渐渐的转移，趋重于哲学方面，人生观方面”，其实这种变化也未必是坏事，尤其是对于文学。在当时几乎是同时发生的历史转折、人生观转折和文学转折的关系中，人生观的转折，特别是由其导入的带有浓重哲学意蕴的人生意义乃至生命意义的思考和探讨，无疑为历史选择与文学选择之间提供了一个最可靠的中介；否则，两者之间是无法进行贴合的，更不用说使两者的结合成为一种有机的文学生命体的创造与表现。虽然，思考的结果未必是历史行为在文学中的意义确立，正如20年代中前期“人生”派作家在文学价值确认上所必然发生的分化那样，但这都是正常的。

十分难得的是，石评梅始终抓住了“生命”这一人生与文学应共同关注的焦点。在其思想观念和文学创作的变化里，一直凸显着她对生命意义的求索与理解。石评梅原本就是一个多愁善感、易于忧郁的女孩，五四启蒙运动落潮期的困惑与迷茫，使她特别敏感地承受起了这份孤苦和悲哀。如其他同时代的许多青年知识者一样，她被这一空前的思想启蒙唤醒，但这一思想的启蒙却并不能

---

① 《〈中国新文学大系·小说一集〉导言》，见吴福辉编《二十世纪中国小说理论资料》第3卷，北京大学出版社1997年版，第313页。

为之安排下一个安放自由生命的理想环境，环顾四周，依然是无尽的黑暗。因此她伤感地写道："生命之花同时灿烂芬芳的时候，命运之神呵：/在未来的光辉里，/闪烁着懊恼的残影，/笼罩着人间的悲哀！"（《别后》）可她毕竟是接受过新思潮孕育的青年，被纳入人生观的崇高的使命意识又使其不至于安居于"梅窠"里自苦，企图到社会人间去寻找生命的新意义，又是她精神世界的另一面："'使命'！/令我离了旧巢，/把人间的余痕都留在梦内。/将振荡着银铃，/曼声低歌，/走向人间！"（《迷茫的残梦——谢晶清》）在石评梅文学道路的前期即1925年之前，她所发出的这种声音未免有着过多的虚幻；1925年之后感受到的社会人生的内容更多也更实际了，而所给予她的更多的又是更为深在的幻灭之感。现实的种种残酷和每一次希望的破灭，都给她以巨大的震撼，逼迫她作出生命的坚忍的选择。她明白了，在其求索的历程中，"有惟一指导我，呼唤我的朋友，是谁呢？便是我认识了的生命"（《涛语·最后的一幕》）。她明确地一再表示："我已不是先前那样呜咽哀号，颓丧沉沦，我如今是沉默深刻，容忍含蓄人间一切的哀痛，努力去寻找真实生命的战士。"（《寄海滨故人》）"颠沛搏斗中我是生命的战士，是极勇敢、极郑重、极严肃的向未来的城垒进攻的战士。我是不断地有新境遇，不断地有新生命的；我是为了真实而斗争，不是追逐幻象而疲奔的。"（《缄情寄向黄泉》）在《给庐隐》这篇文章中，她还说出了以下一段就是现在读来也令人十分动情的话：

朋友！以后我不再因自己的失意而诅咒世界的得意，因为我自己未曾得到而怒恨人间未曾有了；如今漠漠干枯的寒林，安知不是将来如云如盖的绿阴呢！人生是时时在追求挣扎中，虽明知是幻象虚影，然终于不能不前去追求，明知是深涧悬崖，然终于不能不勉强扎挣；你我是这样，许多众生也是这样，然而谁也不能逃此网罗以自救拔。大概也是因此罢！才有许多伟大反抗的志士英雄，在辗转颠沛中，演出些惊人心魂的悲剧。在一套陈旧的历史上，滴着鲜明的血痕和泪迹。朋友！追求扎挣着向前去罢！我们生命之痕用我们的血泪画写在历史之一页上，我们弱小的灵魂，所滴沥下的血泪何尝不能惊人心魂，这惊人心魂的血泪之痕又何尝不能得到人类伟大的同情。

由此，我们就不难理解，为什么自 1925 年起她的创作会发生那么大的变化。正是生命与历史的崇高缔结，才使她的创作由浅吟低唱个人的感伤而转向了对社会斗争内容的惨烈与悲壮的表现。就诗歌而言，构成与前期最明显对比的就是那首撼人心魂的《断头台畔》。这首诗一改前期那种自由体的舒缓或一咏三叹，采用了顿挫的累积式的整齐长句排列的形式，表达了一种压抑的深蓄于心的生命的愤怒和一种极富张力的情感状态。应该说，这是反动派血腥绞杀李大钊等人的罪恶发生后，在文学创作中较早作出的反映。

在表达这种强烈的情绪的同时，同胞们的国难家仇，使石评梅还时常表达出要做行动着的历史主体的愿望。她在日记中曾经这样写道："我还是希望比较的有作为一点，不仅是文艺家，并且是社会革命家呢？"[①]事实上她也确实打算南下，并因未能成行而抱憾。她把这种愿望都表现在文学创作中，使之成为阳刚的主体性特征。1928 年济南"五三惨案"发生后，她在《我告诉你母亲》这首诗里写道：

我告诉你母亲！/你那忍看中华凋零到如此模样，/这碧水青山呵任狂奴到处徜徉，/晨光熹微中强扶起颓败的病身；/母亲你让我去吧战鼓正在催行。/你莫过分悲痛这晚景荒凉凄清，/我有四万万同胞他们都还年轻，/有一日国富兵强誓把

---

① 转引自袁君珊《我所认识的石评梅》，见《石评梅作品集（戏剧·游记·书信）》，书目文献出版社 1985 年版。

敌人擒杀！/沸我热血燃我火把重兴我中华！

石评梅在其创作的后期，主要采用了散文与小说两种文体，以更适合于记叙、抒情的结合，并写出了散文《涛语》、《偶然草》和小说《白云庵》、《红鬃马》、《匹马嘶风录》等颇具特色的篇什，这与她对生命意义追求的变化有着至为密切的关系。

随着历史选择的转换，在石评梅人生观念和文学创作发生变化的过程中，她与高君宇堪称千古绝唱的革命爱情悲剧，对她产生了至关重要的影响。而当我们今天重新翻检一切与之相关的文本，并沉思默想它所形成的文学效应时，我蓦然想到，由其所标示的这一特定人生内容，实际上既表征着一个特定时代的特征性人生内涵，同时也必然构成为对文学创作的人性魅力的导引。

在长期形成的文学史观念中，人们对新文学第一个十年中期文坛上大量出现的以恋爱为内容的创作，大都是采取了不以为然的态度。这缘之于茅盾当年对这种创作倾向所作的批评。批评的理由是“那时候最多的恋爱小说不是写婚姻不自由，便是写没有办法解决的多角恋爱”。“大多数创作家对于农村和城市劳动者的生活很疏远，对于全般的社会现象不注意，他们最感兴味还是恋爱，而且个人主义的享乐的倾向也很显然。”[①]批评的理由还有一条，就是艺术表现的“观念化”和缺少“水磨”的功夫，但因这一条与表现其他内容的作品所共有，在这里可置之不论。单说第一条，从茅盾的角度看自然有他的道理，试想：一个正着力于鼓动文学表现社会性人生的批评家，那些更多是属于青年知识者的情爱问题，怎么能入于他的法眼呢？可是，茅公的批评却未免有点脱离彼时时代生活的实际。在20年代初期，从封建网罗中奔突而出的青年知识者，首先希望实现的便是生命的自由和人性生存的理想形式，说白

---

① 《〈中国新文学大系·小说一集〉导言》，见吴福辉编《二十世纪中国小说理论资料》第3卷，北京大学出版社1997年版，第310页。

了，也就是自主爱情的获得和事业上抱负的实现。五四启蒙运动所培养出来的一代新的历史主体，势在必然地会把事业与爱情视为生命的基本形式。至于新与旧、情与理、既成与追求等种种现实性纠葛，又会使之备尝失望与希望永远如影随形、分拆不开的痛苦。这些没有理由不成为这一特定时期文学表现的内容和主题。其实，就是嗣后，即到了20年代的中后期，以工农为代表的新的历史力量已进入舞台中心，并演出着有声有色的历史壮剧时，知识者们也没有忘记对这种生命状态的渴望和努力。尽管现实斗争的残酷和其理想之间会发生冲突，由启蒙所得的生命觉悟和新的历史行为之间也并不协调，但是，知识者们仍然没有放弃对这一人生理想的执守，这应当就是在革命文学早期，以"革命＋恋爱"为基本内容的革命浪漫蒂克风潮一度弥漫文坛的原因。有意味的是，就连茅公，在大革命失败后的苦闷中也写作了具有类似内容的小说《蚀》，只不过与那些风行文坛的公式化作品不同，它以对一群青年知识者在迷茫中生命状态的真实再现而赢得了文学上的成功。

石评梅与高君宇的爱情故事，并没有一般爱情故事中那种花前月下、私订终身的浪漫。高君宇是一位兼有新的生命觉悟和历史觉悟的知识者和革命家，就是对自己倾心已久的石评梅，他也磊磊落落地作出这样的表述："我是有两个世界的：一个世界一切都是属于你的，我是连灵魂都永禁的俘虏；在另一个世界里，我不是属于你，更不属于我自己，我只是历史使命的走卒。"[①]在爱情和革命上同时作出如此无私的选择，看似互相抵牾，实则使我们感到的却是一种属于那一代人的崇高境界的互印互证。面对评梅的疑虑，他深情地表示："你还有什么不放心，我是飞入你手心的雪花，在你面前我没有自己。你所愿，我愿赴汤蹈火以寻求，你所不愿，

① 转引自石评梅《梦回寂寂残灯后》，见《石评梅作品集（散文）》，书目文献出版社1983年版。

我愿赴汤蹈火以避免。"(《涛语·殉尸》)由此又足见这个铮铮硬汉的柔情万缕。石评梅虽然敬重也爱戴高君宇,但对其求爱的表示却一直是迟疑不决,充满矛盾和痛苦的。经历过情感伤害的她,自视为"情场逃囚",经历多少痛苦才得以超拔,对情感的发展极为谨慎。她说:"心上插着利剑,剑头一面是情,一面是理,一直任它深刺在心底,鲜血流到身边时,我们辗转哀泣在血泊中而不能逃逸。"(《婧君》)直到高君宇抱病而死,石评梅于无限遗恨和哀痛中才锁定这份感情,并使之升华为至纯至真、超越生死的爱情的精灵。高、石之间刻骨铭心的生死恋,事实上是1925年后石评梅生命的最重要的精神情感支柱,是她"生命的盾牌",也是她"灵魂的主宰。"(《缄情寄向黄泉》)这当然要反映到她的创作当中,不仅使其创作出了一批时而昂扬激越时而哀婉悱恻的诗文,而且作为一种内在的生命力,改变了她此后的所有创作。

在石评梅的创作中,我们发现始终存在着一个由隐到显、由朦胧到具体的"英雄儿女"情结。在早期诗作中就有过这样的诗句:"在虚幻的生内,/原可留点余痕啊?/美人的艳迹,/英雄的伟业,/都在淡淡的湖色中映着!"(《烟水余影——西湖》)她还有《宝剑赠与英雄》一首,表达的更是作者对于英雄主义精神的向往。

在其后期的叙事性作品中,英雄儿女的侠骨柔情常常是其结撰故事的基本骨架。其中以小说《白云庵》和《红鬃马》最为典型。《白云庵》中的隐者"刘伯伯",当初曾是一个风流潇洒的美少年,西湖边留下他不少的马蹄芳踪,帽影鞭痕,后因与少女梅林的爱情悲剧而投身革命,十余年湖海飘零,最后仍萧然一身。是一位勇武柔美、霜雪凛然的女郎,激发他做出了许多轰轰烈烈的事业,而最终又以对这份情感的坚守而孤寂地退居山林。《红鬃马》的故事更曲折跌宕一些,基调更昂扬,而悲剧意味则更重。革命军将领郝梦雄英武潇洒,是一位为国为民辗转征战的英雄,后因不满于现代军阀的倒行逆施而遇害。英雄多情,他一生所钟爱的美丽妻子冯小珊和伴他征战的坐骑红鬃马,都是他生命和事业的一部分。在他牺牲后,妻子和红鬃马也移居山林,在那里伴着他静默的英魂。故事写得让人读来荡气回肠,欷歔不已,具有很强的文学感染力。由它们,我们可以了解到在这新旧交替、弃旧图新的“过渡时代”,中国审美文化传统中深在的“英雄儿女”的原型意识,如何地嬗变为一代新的青年知识者特别是新的知识女性的新英雄儿女情结,又如何地在现实人生和文学创作中演绎成故事的。其实,在那时,它们既是想象的,也是真实的。

在石评梅的变化过程中,还有一种现象颇令人回味和思索。就是她思想情绪的发展变化,并不是一条线索的单向拓进,而是经常有两种相反的观念和情绪交替出现或激烈冲突。由于其个人的性格、气质、人生遭际和时代现实交互作用的结果,石评梅始终没有完全放弃属于她的“另一世界”。她说:“在这万象变幻的世界,在这表演一切的人间,我听见哭声笑声琴声,看着老的少的俊的丑的,都感到了疲倦。因之我在众人兴高采烈,沉迷醺醉,花香月圆的时候,常愿悄悄地退出这妃色幕帷的人间,回到我那凄枯冷寂的另一世界。”“我自己常怨恨我愚傻——或是聪明,将世界的现在和未来都分析成只有秋风枯叶,只有荒冢白骨;虽然是花开红紫,叶浮翠绿,人当红颜,景当美丽的时候。我是愈想超脱,愈自沉溺,愈要撒手,愈自系恋的人,我的烦恼便绞锁在这不能解脱的矛盾中。”(《涛语·最后的一幕》)对于从戊戌变法一直到辛亥革命、北伐战争等一幕幕历史壮剧,石评梅都是给予肯定的,而且愈来愈昂扬甚至热烈地予以鼓呼,乃至认为若解救生命只有“革命”一途。但她同时却又滋生着挥之不去的疑虑和恐怖:“看起来中国目前似乎都是太积极了,‘希望’故意把人都变成了猛兽,随时随地都可以使烈火燃烧起来!鲜血喷洒起来!尸体堆积起来!枪炮烟火中,一切幸福和安宁都被恶魔的旗帜卷去了,这几乎退化到原始的世界,我时时都在恐怖着!暴动残杀,疯狂般的领袖,都是令我们歌爱的英雄吧！只是他们的旗帜永远那么鲜明正大，而他们的功绩却永远是这样暗淡悲惨呢！不知为什么？”她想：“假如后人的幸福欢乐真能建筑在现今牺牲者的枯骨血迹之上，那也是一件值得赞颂的事；不过恐怕这也终于是个幻影，只是在人们心中低低唤你前进的一个声音。”（《冰场上》）这是她所得出的一个虽使其痛苦但又终未致其消极的基本认识。虽然，她由此已叩开了哲学的门扉，她明确地把自己的理解表述为：“我愿建我的希望在灰烬之上，然而我的希望依然要变成灰烬。灰烬是时时刻刻的寓在建设里面，但建设也时时刻刻化作灰烬。”（《灰烬》）在这里，生命意识与哲学意识已浑然为一，在相当深刻的层面上获得了升华。石评梅的这种既肯定又质疑的精神求索状态，为我们了解那个时代提供了一份重要的思想资源，不仅有助于我们把握那个时代知识者的思想发展脉络，而且有助于感受其为我们所始料未及的复杂与深刻。

二

石评梅与庐隐、陆晶清志趣相投，交往较多；在文学理解和创作趋势上也比较接近，应该属于共同的一类，尽管她们之间实际的差异也很明显。庐隐和石评梅、陆晶清都是或应该算作是文学研究会系列的人，但她们在创作上所表现出来的极为鲜明的“个人性”倾向，却和文研会的主导性倾向不同：与之相比，她们尤其是庐隐和石评梅，实际上是个“另类”。和庐隐相较，石评梅不如庐隐在文坛上的名气大，也不如她的文学成就高，可是在“个人性”表现这点上，她却是有过之而无不及的。可以这样说，石评梅为我们认识20年代的文坛状况，提供了另一类型的文本。

在20年代的中前期，文学团体和刊物大量涌现，大群的青年作家也纷纷登场，文坛上出现了极为热闹的景象。茅盾曾把这比作“尼罗河的大泛滥”，认为它“使得新文学史上第一个‘十年’的后半期顿然有声有色”。[①] 可是茅公并没有对与此俱来的文坛的分化作出分析，作为“人生”派主导倾向的代表人物，他也不可能在当时就对这种种相异的发展作出更客观、准确的评价。当时的实际情况是，启蒙运动的低潮，固然给人们造成了苦闷和困惑，但却给文学的相对独立的发展带来了可能。在此之前，即如茅公所说：“民国六七年的时候，好像还没有纯然文艺性质的社团。那时的《新青年》杂志自然是鼓吹‘新文学’的大本营，然而从全体上看来，《新青年》到底是一个文化批判的刊物；而《新青年》的主要人物也大多数是文化批判者，或以文化批判者的立场发表他们对于文学的议论。他们的文学理论的出发点是‘新旧思想的冲突’，他们是站在反封建的自觉上去攻击封建制度的形象的作物——旧文艺。”[②]这种状况一直延续到20年代初文研会、创造社等大大小小的社团蜂涌出现时才告结束。启蒙思潮的低落和弱化，松解了笼罩在文学头上的非文学性的历史功利主义的禁锢，使文学在失去了一种坚定的历史信念时，却得到了一份自我想象发展的自由。而这时，文学取向的统一性已不再是文坛的整体性需求，各自循着自己对文学的理解而发展自己，倒是在崭露着文学发展的新希望。好在启蒙运动已经培养出一批具有强烈个性自觉的新青年，在他们作为一代新的文学主体出现时，适足适应了文学相对独立发展的要求。所以这几年的文坛上，先是文研会和创造社以“为人生”还是“为艺术”而构成壁垒，紧接着其他大小社团也各自忙活着自己的主张。而同一社团或类型中人也出现了彼此间的不同。比

---

① 《〈中国新文学大系·小说一集〉导言》，见吴福辉编《二十世纪中国小说理论资料》第3卷，北京大学出版社1997年版，第309页。

② 《〈中国新文学大系·小说一集〉导言》，见吴福辉编《二十世纪中国小说理论资料》第3卷，北京大学出版社1997年版，第303页。

如，同样是写乡土文学，许杰、王鲁彦、蹇先艾等着力表现的是古老乡土中的落后与苦难，仍还能与先前的启蒙主旨相呼应；而废名就不同了，他此时已经在"桃园"的世界中与所谓历史的进步拉开了距离。

文学研究会这时的情况其实也很复杂，但由于其在主导性的倡导方面依然是"和那时候一般的文化批判的态度相应和"[①]，并且在以茅公为代表的一些人身上，已经表现出贴近并服从于新的历史选择的明显倾向，所以这一主导性的评价倾向事实上始终占据支配地位，并影响到嗣后长时间内的文学史评价。本来，就文学发展的多样性和表现人生的丰富性而言，无论是侧重于表现"社会性"内容还是"个人性"内容，也无论是侧重于表现历史进步及其对人生的意义，还是重在表现想象中的人文理想之境，都应该是被允许的，而且是不可或缺的。因为衡量某一种文学的价值，毕竟它们都不是最基本的尺度。可是由于长期以来流行的主导性认识，在"个人性"与"社会性"（或曰"社会整体性"）、客观性"再现"与主体性"表现"的关系问题上，以未免失之于简单化的思维作了对峙性的理解和阐释，以至于必然形成文学评价中的遮蔽和偏颇。废名因追求与历史进步保持距离的理想人文境界在评价上大打折扣，而庐隐尽管追趋历史的进步，但却又以其浓重的"个人性"也被有所保留。至于石评梅，在文学上的成就就更不予提及了。研究者们偶有涉及，也不过主要是《断头台畔》、《红鬃马》、《匹马嘶风录》之类。

庐隐、石评梅是从不讳言自己的文学见解的。在文学是"为人生"还是"为艺术"两种观念对抗中，作为文研会成员的庐隐公然表示了与文研会同人不同的态度。她说："我个人的意见对于两者亦

① 《〈中国新文学大系·小说一集〉导言》，见吴福辉编《二十世纪中国小说理论资料》第3卷，北京大学出版社1997年版，第304页。

正无偏向。创作者当时的感情的冲动,异常神秘,此时即就其本色描写出来,因感情的节调,而成一种和谐的美,这种作品,虽说是艺术的艺术,但其价值是万不容否认的了。"她认为创作中"惟一不可或缺的就是个性——艺术的结晶,便是主观——个性的情感"[①]。石评梅服膺于厨川白村的文学理论,她的表述则更为深切。她说:"艺术的天才,是将纯真无杂的生命之火红焰焰地燃烧着自己,就照本来面目投给世间。把横在生命的跃进的路上的魔障相冲突的火花,捉住它呈献于自己所爱的面前,将真的自己赤裸地、忠诚地、整个地表现出。"(《再读〈兰生弟的日记〉》)在实际的创作中,她们大胆地践行了自己的观点,以勇敢地表现生命真实的"个人性"为其基本取向。苏雪林在《关于庐隐的回忆》一文中说:"在庐隐的作品中尤其是《象牙戒指》,我们可以看出她矛盾的性格……庐隐的苦闷,现代有几个人不曾感受到?经验过?但别人讳莫如深,唯恐人知,庐隐却很坦白地自如地暴露,又能从世俗非笑中毅然决然找寻她苦闷的出路。这是她的天真可爱和过人处。"殊不知石评梅在表现个性的生命经历,尤其其中几乎无处不在的现实与理想、希望与幻灭、情与智、生与死的痛彻心扉的冲突方面,却是有过于庐隐的。庐隐除了自己的经验,还要借用所熟悉的人的生命经历结撰小说,例如《象牙戒指》,实际上就是采用了石评梅与高君宇的爱情故事,而石评梅则主要是个人的心灵和生命的自传。她们二人为达到亲历性、自传性的表现效果,都很看重日记和书信体的运用,但石评梅更重视非虚构性真实,在文体的采用上也与庐隐有别,庐隐以小说为主,石评梅虽也写小说,但更多的却是散文,而且她的小说也常因亲历与虚构之间界限的模糊,而与其散文并没有多么明显的区别。

值得注意的是,石评梅既很看重亲历性的生命真实,又很重视

---

① 庐隐:《创作的我见》,载《小说月报》12卷7号,1921年7月。

对回忆、梦想和幻觉的表现，因为在她看来，生命本来就是一半生活在现实里，一半生活在幻想中，生命感受的真实性实则就来自于这两个世界的永不休止的冲撞和恼人的纠缠中。为了更有利于这种表现，石评梅的散文常常采用自语或对话的“私语式”的文体形式，将自己几乎所有的心理真实都极其直率大胆地和盘托出，凄婉幽微，却无遮无拦。不妨举两个例子。一个是在《给庐隐》中的一段：

廿余年来在人间受尽了畸零，忍痛含泪挣扎着，虽弄得遍体鳞伤，鲜血淋淋，仍紧嚼着牙齿作勉强的微笑！我希望在颠沛流离中求一星星同情和安慰以鼓舞我在这人世间战斗的勇气；然而得到的只是些冷讽热笑，每次都跌落在人心的冷森阴险中而饮泣！此后我禁受不住这无情的箭镞，才想逃避远离冷酷的世界和人类，因之我脱离了学校生活，踏入了世界的黑洞后，我往昔天真烂漫的童心，都改换成冷枯孤傲的性情。一年一年送去可爱的青春，一步一步陷落在满是荆棘的深洞，嘲笑讪讽包围了我，同情安慰远离着我，我才诅咒世界，厌恶人类，怨我的希望欺骗了自己。

另一段是取之于《我只合独葬荒丘》：

雪下得更紧了，一片一片落到我的襟肩，一直融化到我心里，我愿雪把我深深地掩埋，深深地掩埋在这若干生命归宿的坟里。寒风吹着，雪花飞着，我像一座石膏人形一样矗立在荒郊孤冢之前，我昂首向苍白的天宇默祷；这时候我真觉空无所有，亦无所恋，生命的灵焰已渐渐地模糊，忘了母亲，忘了一切爱我怜我同情我的朋友们。

正是我心神宁静的如死去一样的时候，芦塘里忽然飞出一对白鸽，落到一棵松树上；我用哀怜的声音告诉它，告诉它不要轻易泄露了我这悲哀，给我的母亲，和一切爱我怜我同情我的朋友们。

尤其是题为《涛语》的一组文章，几乎尽数都是关乎与高君宇情感经历和生命经历的悼念文字，与其说是写给别人看，不如说是说给自己听，是沥血的生命诉说，也是锻造新的生命意义的心灵的淬火。她曾对朋友说："我一直写《涛语》的缘故，便是堑壁深垒的建造我们的坟，令一切的人们知道我已是这样一个活尸般毫无希望的人。"[①]石评梅的散文，如果单理解为消极绝望，那是不准确的。李健吾读出了她作品中的真味："所有她的诗文几乎多半是她奋斗以后失了望底哀词，在那里她的始元的精神超过了我们今日所谓底颓废文学，无病而吟底作家与前代消极的愁吟底女子。她的情感几乎高尚到神圣的程度，即使她自己不吟不写，以她一生的无名的不幸而论，已经够我们的诗人兴感讽咏的了。"[②]

在石评梅这种鲜明"个人性"的表现里，实际上极真切地蕴涵着当时的"时代女性"对那一特定时代的最直接的感受，这些作品应该是时代的生命投影。也很重视"个人性"的郁达夫，在总结新文学第一个十年的散文创作时，为这种写作方式作过辩护。他说："现代的散文之最大特征，是每一个作家的每一篇散文里所表现的个性，比从前的任何散文都来得强。""在尤重个性的散文里，所写的文字更是与作者的个人经验不能离开；我们难道因为若写身边杂事，不免要受人骂，反而故意去写些完全为我们所不知道，不经验过的谎话倒算真实么？这我想无论是如何客观的写实论家，也不会如此立论的。"[③]如果拿郁达夫的这番话来解释石评梅的散文创作，那也是一样的合适。郁达夫是个大家，我们不好拿石评梅与

---

① 转引自袁君珊《我所认识的石评梅》，见《石评梅作品集（戏剧·游记·书信）》，书目文献出版社 1985 年版。

② 《悼评梅先生》，见《石评梅作品集（戏剧·游记·书集）》，书目文献出版社 1985 年版。

③ 《〈中国新文学大系·散文二集〉导言》，《郁达夫全集》第 6 卷，浙江文艺出版社 1992 年版，第 197 页。

他比高下，事实上艺术成就的差距也是明显的，但有一点却可以一比，那就是在表现内容和表现方式上的区别。大致地说，郁达夫也常在文字里流露感伤和无所凭借的生命零余感，但他对行动的着墨还比较多，石评梅则更为内敛，文字中表现的大多都是心理情绪的内容。在“私语式”方式的采用上，也是石评梅有别于郁达夫的地方。所以，石评梅的散文将以其突出的个别性，在20年代文坛上永占一个位置。

石评梅创作的“个人性”特点，在她的小说里表现得也很突出。在她小说的故事和情绪结构里，叙述者常常带有明显的属于作者的“个人性”，她既是他人故事的倾听者或见证者，又是这一故事的实际叙述者。她经常是一个有过痛苦生命经历的女性青年，与故事交相呼应的则是她的时而感奋、时而忧伤的人生喟叹和对她个人情绪的直接抒写。这种主客互映的处理方式，收到了很好的艺术效果。小说的故事一般虽有一定的传奇性，但讲述得都比较简单，可是由于主客互映所形成的情绪张力，却将它烘托为意蕴相对饱满的有感染力的娓娓叙说。比如《白云庵》，本来主要讲的是“刘伯伯”的故事，可是叙述者告诉大家的却是其自抒伤情的一段文字：

> 有一天父亲去了村里看我的叔祖母，我独自到松林里的石桌上读书，那时我望着将要归去的夕阳，有意留恋；我觉一个人对于她的青春和愿望也是和残阳一样，她将悄悄地逝去了不再回来，而遗留在人们心头的创痕，只是这日暮时刹那间渺茫的微感，想到这里我用自来水笔写了两行字在书上：
>
> 黄昏带去了我的愿望走进坟茔，
>
> 只剩下萋萋茅草是我青春之魂。

叙事者的这种自诉，恰恰与下面刘伯伯讲的故事在情绪上交渗互映。《红鬃马》采取的也是这种方式，只不过更曲折跌宕的故事与叙事者自诉互映的效果更佳而已。庐隐认为石评梅作品的“缺点是在字句方面，有时失之堆砌。长篇小说的布局，有时失于松懈”[①]。说字句有些堆砌，倒是有几分属实，至于小说的结构，那就似乎有不同理解之间的隔膜了。因为这种主客互映的叙事方式恰恰是石评梅的追求和特点，否则，受到损伤的将是它们中氤氲的氛围和生命的诗意。在石评梅的小说中，《匹马嘶风录》是个特例。它是创作主体在故事中作主角式虚构的一个尝试。凭借想象，她把自己塑造成一个对革命抱负的践行者，小说描写的就是“她”几经辗转，终于到达前线进行战地救护的故事。然而就是这篇小说，我们也处处都能感受到只有石评梅才具有的那种心路历程和那份生命的真实。而且，即使在这样的作品里，也时时可感她与高君宇关系的内在铺陈，有些细节和人物语言甚至是对现实材料的直接运用。

石评梅和庐隐都有自己明确的文学主张，而且见解相近，都崇尚悲剧。可是在对悲剧的解释上，如果说庐隐和流行的观念还相差不多，那么石评梅就更多一些关于悲剧起因的哲理性认识了。也还是因为受了厨川白村的影响，她坚持人生与生存境遇的“缺陷”说。她说：“我常想只有缺陷才能构成理想中圆满的希望，只有缺陷才能感到人生旅途中追求的兴味。”她称赞《兰生弟的日记》写得好，就是因为在这部作品中，“兰生弟或者正因为能爱琴子而不去爱，不能爱薰南姊而必须去爱的缘故，才能有勇气表示这四五年浸在恋爱史中的一颗沉潜迂回的心，才能有这本燃烧着生命火焰的日记告白给我们……或许是因为罗兰生的缺陷成全了他”。所以，她毫不掩饰地主张：“我愿大文学家大艺术家的成就，是源于他生命中有深的缺陷。惨痛苦恼中，描写着过去，又追求着未来的。”(《再读〈兰生弟的日记〉》)

---

① 《石评梅略传》，见《石评梅作品集〈戏剧·游记·书信〉》，书目文献出版社1985年版。

石评梅躬行自己的这种主张，不仅如前所述，在她的所有创作中都表现着生命的深深的创痛，弥漫着一种源之于生命内部的浓浓的悲剧氛围，而且，她还创作出一些饶有意味的反思性作品，而反思的对象都直接指向为社会公认的历史进步行为。比如小说《弃妇》，写的就是一个女子被弃后无奈自杀的故事。走出了家门的表哥追求自由爱情另有所爱，异常坚决地与妻子离婚，而且目的同时也是为着“解放了她”。可是结果呢，客观上却将她推到了绝境，作品写道：“表哥呢，他杀了一个人却鸿飞渺渺地不知哪里去了。”“表哥去了，或者还有回来的一天，表嫂呢，她永远不能归来了！”还有石评梅生前写成的最后一篇小说《林楠的日记》，表现的是一个遭到另有所爱的丈夫冷遇的妻子所承受的生命的种种痛苦。两篇作品揭橥的都是婚姻解放亦即人的解放所必然带出的悖论性难题：一部分人解放了，而另一部分人呢？或者说既有婚姻中的男的一方自由了，而女的一方呢？另外，石评梅在《流浪的歌者》等作品中对革命事业中的腐败、丑恶也进行了大胆揭示，并深刻表现了这种“缺陷”给生命造成的悲剧。这种反诘历史的文学行为，无疑是一种更深在的历史自觉，也无疑是文学对于生命的一种更为自觉的责任担承。就是现在看，也是值得我们深长思之的。

（原载《文艺研究》2002 年专刊“石评梅研究”）

论中国文学的现代转型与文学史重构

所谓“中国文学的现代转型”，这一概念在本文中提出和使用的基本命意，既是对与古代文学相区别的现代文学发生发展的最基本的整体性历史特征的概括和指称，同时也是将其作为一种新的研究视角和新的学术视阈，或不妨说是作为文学史重构的一种核心概念即基本范畴来理解和使用的。

一如社会发展史和其他各类专门史的写作，文学史的写作也因治史者所处时空的差异及其各自观念的不同而互有不同。历史资料的局限及对新历史材料的发现，固然会极大地影响到史学文本的建构及更变，但相对而言，治史者的史学观念尤其是其价值预设，其影响则更为显著，因为它起着规约文本内在价值结构及其导向的决定性作用。这在中国新文学发展史的不断建构与重构中表现得尤为明显。

众所周知，将其视为一种相对独立的文学史观照对象，治史者对中国新文学发展史的内涵和外延作出明晰的确认，并作出较为完整的史学建构，始之于新中国建立之初。半个世纪以来，世事沧桑，治史的语境也几经转换，其间新文学即现、当代文学史的研究也随之发展，各种著本则越出越多，几不可胜数。如果对这五十余年的新文学史写作做个考察，人们会发现，作为主导性的观念，实际上存在着两种相异而又相近的认知系统：

一种是表现为政治革命立场并以阶级斗争理论和阶级分析方法为特征的观念建构，其代表性文本当为王瑶的《中国新文学史稿》。这部上册出版于1951年9月，下册出版于1953年8月的皇皇巨编，对于中国新文学史这一学科的独立建制无疑具有筚路蓝缕的开创之功，其对后学的规约与影响已不下半个世纪。可也正是这部新文学史相对完整的开篇之作，由其开始，就把新文学的特性及历史发展纳入了新民主主义革命的历史与观念范畴之中，从而对非常复杂的对象构成作了简单化的处理。当然，早在40年代之初，毛泽东的《新民主主义论》甫一发表，周扬在为鲁迅艺术文学院讲授"中国文艺运动史"课编写的《新文学运动史讲义提纲》中，就对如何认识新文学作出了基本规范，指出"新文学运动正式形成，是在'五四'以后"，而且"是在意识形态上反映民族斗争、社会斗争的"。何况此后郭沫若在第一次文代会上的总结报告，尤其是教育部组织拟定的《〈中国新文学史〉教学大纲（初稿）》，都又对这一观念作了强调。所以，王瑶近乎机械地拿《新民主主义论》对新文学的性质阐释及历史分期作了对应式的处理，也是时势使然，既非个人之功，亦非个人之过。而且据实而论，这部《史稿》并未能在对作家作品的具体分析中将这一政治原则贯彻到底，比较而言，倒是稍后出版的丁易的《中国现代文学史略》和张毕来的《新文学史纲》等史著在向政治化倾向方面走得更远。这种新文学史观的局限性，质言之，就是其立足于"政治标准第一"的泛政治化、泛意识形态化倾向。这种倾向对新文学研究所造成的误读误导，以及嗣后该倾向日渐严重的发展，已为学界所共知，无须具论。

另一种是文化启蒙主义的认知系统。它是作为政治性文学史观念的对立物也就是反拨性的价值重设，而于80年代中期倡兴于学坛，并成为新时期主导性文学史观的。其基本特点是将新文学的发展史设定在启蒙（文化）与救亡（政治）之间不能回避却难以相能的对峙变奏的历史框架内，以启蒙文化价值观对文学史现象进行重评的。其代表性著本为1987年出版，由钱理群、吴福辉、温儒敏等四人合著的《中国现代文学三十年》。该书在《绪论》中明确宣示："作为'改造民族灵魂'的文学，其所具有的思想启蒙性质是现代文学的一个带有根本性的特征。"这与其师当年的持论已大不相同，显然是在两个不同历史维度间进行了价值置换。应该说，相对于政治化的文学史观来说，文化启蒙主义的文学史观距对新文学及其历史发展的把握更接近了一步，因为中国新文学的发生发展，在历史运动的螺旋里毕竟与文化启蒙运动有着原生性的亲缘关系，历次"文学革命"旗帜的高张，无不与之密切相关；而且以人之尊严与个性主义倡导为文化内涵和价值指归的创作，也毕竟与文学之于人类生存的实质性关联更为贴近。但应指出的是，所谓"启蒙"，是具有特指性的历史对象，在20世纪的中国，主要是指梁启超时期的"新民"鼓吹和陈独秀在其后以更凌厉之势发动的新文化运动。80年代中前期思想文化界所出现的人道主义潮涌，亦当属于这一历史范畴。这是一种将历史问题聚焦于思想文化的症结，通过对西方民主、科学和理性精神的借鉴，对封建性传统文化和民族文化心理习惯进行批判的价值重建运动，并不能等同于一般的思想文化教育和道德熏陶。而启蒙主义文学史观一方面以"启蒙"为视点论定是非，未免生出另一种偏颇；而另一方面，则是泛启蒙化倾向的发生，将凡是具有较明显之生命文化内涵及人性感召倾向的创作，统统纳入"启蒙"的范围。

也许人们很难相信，上述两种对立性的认知系统或曰两种文学史观，事实上却存在着深在的一致性，甚至是在从不同的方面，共同维护和强化着一种认知和评价的模式。在中国历史现代转型的过程中，文化启蒙和政治革命虽属两种不同的历史行为，解决历史问题的聚焦点、价值建构和行为方式也各不相同，但在民族自救、弃旧图新的深在历史性目的上却是一致的，只不过是历史转型变革之诸种诉求在悖论性结构里对不同行为方式和手段的选择变换而已。文化启蒙运动固然十分看重文学变革的意义,其实政治革命也是很重视文学的改造及其作用的。它们对文学的内涵与形式上的要求尽管迥然有别,可都是把文学设定在服务其历史选择的工具层面上加以理解的,这一点当无异议。既然如此,那就应该看到,无论是从政治革命还是文化启蒙的哪一个历史维度上建构的文学史观,实质上都必然是历史变革价值范畴中的话语言说。而且,无论取的是哪一种立场,持论人又必定是以当事人的角色认定去主动选择并担承其历史责任的。直到现在,还有人提倡新文学史研究对应于现实社会的直接真切的意义,实则就是这一思路的延续。其对社会历史变革的参与意识与舍我其谁的责任承当,固然可敬可佩,但作为一种文学史观,它却只能规限住治史者的对象视野并使其评价失当。更为令人忧虑不安的是,两种指向迥异的文学史观居然在思维认识模式和文学史建构模式上有着惊人的相似。长期以来由文学教育和文学研究的训练所形成的思维与心理倾向,已成为近乎超验性的习惯性模式。二元对立式的思维模式,从所选择的历史行为的向度上寻绎文学的同构性意义,对所崇敬的人物的膜拜心态和对众多作家之序列整合的求同性倾向,以及历史叙述中重论轻史、重思想轻艺术的文本状态,即其基本特征。大约有近二十年的光景了,人们渴望重写文学史并付之于实践,在对许多文学史对象的重新评价和对对象世界的拓展上,确有令人耳目一新之感,但在文学史建构的基本模式和格局上却罕有更多的突破。本文所以提倡以文学的“现代转型”作为文学史考察的对象和文学史重构的新视点,其目的即在于超越上述两种认知系统,改变过去那种主要依据对某一单向度历史选择确立价值立场、核定文学意义的研究方式,并使文学史的价值建构从文学与历史进步行为意义同构的简单化倾向中解脱出来,无疑,这是一种学理性的学术性立场。其实,所谓“学理”或“学术”的,无非言其走出了历史当事人的立场和与之同在的排异性的价值局限，并非是什么超历史的研究。倒是这种挣脱了或此或彼“在场”的褊狭认识羁绊的新观念，才有可能解蔽去障，在一个原本属于对象世界的阔大时空中，把握住对象之复杂构成及历史发展的完整性。同时，“现代转型”研究重视的是历史发展的过程和各种力量参与的方式及作用，不再特别偏重于对某一种文学范式的研究和价值袒护。因此，治史者不仅会对与对象对话的姿态进行调整，而且在对待古与今的关系上也会克服过去那种壁垒式、价值逆反式的考察方式，从而使文学史重构真正走出“古今/中外”的观念框架。很久以来，人们对各种学术性的治史方式已经不太在意甚至是否弃了，这其实是一件很值得反思的事。

在中国新文学史的重构中，任何有价值的个性化的努力都应给以应有的尊重。人们完全可以从不同的时空切割、不同的对象限定和不同的价值侧重上进行各不相同的文学史建构，这是不言而喻的。然而有一点也是大家都知晓的，那就是无论你如何与众不同，都面临着一个自我超越的问题。《中国现代文学三十年》于1998 年重新出版的修订本，其最根本的变化就是在核心观念上将“启蒙性”置换为“现代性”，在文学史的基本格局和评价系统上都作了相应的调整，因此颇受好评。20 世纪 80 年代后期以来，新文学史的重构表现出多样发展的态势，这是十分可喜的现象。本文所论“现代转型”的研究，同理，第一不是排他的，第二它本身在重构性实践中也应是多种多样的。

二

在新的文学史视野里，新文学发展史的起点要比半个世纪以来的一贯说法大为提前，而中国文学实现现代转型的途径和方式也并非一种，起点自然亦有所不同。

中国文学现代转型创辟性的，也是最基本、最主导的形式，乃是由现代文化启蒙运动所引发的文学革命运动。中国现代文化启蒙运动的特征，是以文化激进主义的态度对本土传统价值观念和民族文化心理进行根本性的否定，并意欲以西方文化价值观念取而代之。现代文化启蒙运动一向是既把文学视为文化变革的一个重要方面，又把它看作实现其目的的重要的甚或是根本的手段。文学革命不仅由其推拥而出，而且由它而获得价值支持和观念内涵。如果这一共识性的立论没错，那么我则要指出，梁启超在戊戌变法失败后所发动的以“新民”为主导的文化启蒙运动，即已具有这种“现代”特征。而与此前变革观念区别开来的标志，就是他已走出今文经学的笼罩，实现了对这一作为近代社会变革思潮基本价值观与方法规约的突围与超越。而这，也正是他有可能高张文学“三界”革命（“诗界革命”、“文界革命”、“小说界革命”）的旗帜并为其提供必要的观念支持的原因。

有清一代，学术形势几经变易。以今文治经学对抗并取代为乾隆以来主流治学方式的朴学，始盛于龚自珍和魏源，成大势于康有为时期。今文经学不像古文经学那样硁硁自守，为训诂名物所拘束，而是着重在“微言大义”的发现，而且思想相对解放，能够容纳异派，所以西方的民权主义、东方的佛学观念，均能为其吸纳。但即使在康有为时期，其今文经学的治学原则与方法也不过是以“六经注我”的方式，为其观念重构找到了一个合理的依据，且撑开一个富有弹性的自我发挥的空间，说到底也还不能从根本上走出经学阐释的范畴，也就是说，基本性质也还是属于中国传统以经学为本的价值观念。

梁启超在戊戌变法时追随康有为，少有他独自的思想。但变法失败后，他的观念发生了根本变化，冲决了今文经学的樊篱。他开始反对拿近世新学新理而缘附孔子之教：“今之言保教者，取近世新学新理而缘附之，曰：某某孔子所已知也，某某孔子所曾言也，……然则非以此新学新理厘然有当于吾心而从之也，不过以其暗合于我孔子，而从之耳。是所爱者仍在孔子，非在真理也；万一偏索诸四书六经而终无可比附者，则将明知为真理而亦不敢从矣；万一吾所比附者，有人剔之曰：孔子不如是，斯亦不敢不弃之矣。若是乎真理之终不能饷遗我国民也。故吾所恶乎舞文贱儒，动以西学缘附中学者，以其名为开新，实则保守，煽思想界之奴性而滋益之也。”[①]嗣后他对今文经学的流弊又进行过不止一次的批判。梁启超所针砭的，就是变法时期及其后一些人所沿袭的今文经学的痼疾，他正是从对“好依傍”与“名实相混淆”的否弃中走上价值重构的新路的。

这一切都发生在亡命日本之后。他自陈：“既旅日数月，肆业日本之文，读日本之书，畴昔所未见之籍，纷触于目，畴昔所未穷之理，腾跃于脑，如幽室见日，枯腹得酒。”[②]而且说自居东以来，“脑质为之改易，思想言论，与前者若出两人”[③]。这时的他，对“新法”以及此前种种变革努力进行了深刻的反思，并从两方面力陈其弊：第一，没有抓住根本。他认为文明有“形质”的，有“精神”的，“求形质之文明易，求精神文明难。精神既具，则形质自生；精神不存，则形质无附”[④]。不解决精神文明问题，“则虽今日变一法，明日易一人，东涂西抹，学步效颦，吾未见其能也”。梁启超在对历史的反思中，根本改变了“中学为体”的价值认知模式，且率先获得了现代文

① 转引自杨东莼《中国学术史讲话》，东方出版社 1996 年版，第 326 页。

② 梁启超：《论学日本文之益》，载《饮冰室合集》第 1 卷，文集卷 4，中华书局 1994 年版，第 80 页。

③ 梁启超：《夏威夷游记》，载《饮冰室合集》第 7 卷，专集卷 22，中华书局 1994 年版，第 186 页。

④ 梁启超：《国民十大元气论》，载《饮冰室合集》第 1 卷，文集卷 3，中华书局 1994 年版，第 61 页。

化启蒙的历史觉悟。他之“新民为今日中国第一急务”[①]的宣告，无疑是对中国现代文化启蒙的对象(国民)、基本任务(“新”民，即解决“国民性”问题)及其在历史变革中的根本性作用(第一急务)的最先昭示。第二，缺乏破坏力。他说：“吾故有知今日所谓新法者必无效也。何也？不破坏之建设，未有能建设者也。”[②]他著专文鼓吹“破坏主义”，以为这是在特定历史阶段无可逃避的选择，“历视近世各国之兴，未有不先以破坏时代者”，若“有所顾恋，有所爱惜，终不能成”。[③] 正是在这一前所未有的历史反思基础上，梁启超开启了一个影响了一个世纪的启蒙性文化价值模式，即“中西/古今”的价值确认和文化比较方式。他明确声称：“以今日论之，中国与欧洲之文明，相去不啻霄壤。”[④]他认为解决问题之途，就在于以西方的价值观念更新中国传统的价值观和精神状态，即其所谓：“苟欲救亡，非从此处拔其本，塞其源，变数千年之学说，改四百兆之脑质。”[⑤]由此不难看出，梁氏的启蒙与其后的新文化运动之间在诸多根本问题上的一致性和发展之中的承传关系。其实要讲创辟性，梁启超当为第一人。

梁启超之“三界”革命，是在其启蒙的思想观念和价值范畴内被认识和提出的，它们是把文学作为实现其启蒙目的的最有效途径和最佳工具而被选择和倍加推重的。但正因如此，其启蒙思想文化内涵的“现代性”(梁启超的思想观念并非全是“现代”的，但作

① 梁启超：《新民说》，载《饮冰室合集》第6卷，专集卷4，中华书局1994年版，第1页。

② 梁启超：《新民说》，载《饮冰室合集》第6卷，专集卷4，中华书局1994年版，第64页。

③ 梁启超：《破坏主义》，《清议报》第30册，1899年10月15日出版。

④ 梁启超：《论中国与欧洲国体异同》，载《饮冰室合集》第1卷，文集卷4，第61页。

⑤ 梁启超：《破坏主义》，《清议报》第30册，1899年10月15日出版。

为中国文化现代转型的实质性启动者，其价值支点和基本倾向的“现代性”则是毋庸置疑的）也就必然地决定了“三界”革命基本思想质素的“现代性”。应该看到，梁氏酿成“三界”革命之思，是发生于新的历史觉悟和价值观基础之上，他是在古今对立的架构内倡导“三界”革命并阐发其主张的。他对中国诗歌、散文、小说的传统恶习和现状均有颇为尖锐的批评，将“诗界革命”喻为哥伦布、玛赛郎的出世，而对文界、小说界革命的热情鼓吹，也无不是在新旧对立的意义上大行其道的。为突出其“新”，梁启超将“三界”革命设置于开放性的世界视野之中，特别强调向西方与日本学习。照他的理解，中国传统文学即如诗歌，纵然历史上有过很见成效的变革，然时至今日，也“已成旧世界。今欲易之，不可不求之于欧洲”①。为强化其为启蒙服务的有效性，他一方面时时不忘强调文学作品的教化功能，另一方面还特别关注文体的特性及其效用的差异。较之于五四文学革命，梁启超似乎有着更为自觉的文体意识，在其“三界”革命初倡时，即同时对三种文体作了各自不同的阐发。他打破传统文体格局，将小说抬高到“文学之最上乘”，并纳入新文体格局的中心，这本身就是极富现代精神的叛逆之举。对于小说这种为其特别推重的文体，他从“体”（本体论）、“用”（功能论）两方面作了别开生面的阐释，依据的又是现代心理学的原理，深刻而有说服力。② 正如他本人所言：“小说之为体，其易人人也既如彼，其为用之易感人也又如此，故人类之普通性，嗜他文不如其嗜小说，此殆心理学自然之作用，非人力之所得而易也。”③梁启超在“三界”革命上，最重视的是内容，同时也兼顾到形式，这与五四文

① 梁启超：《夏威夷游记》，载《饮冰室合集》第 7 卷，专集卷 22，中华书局 1994 年版，第 189 页。

② 对梁启超小说理论的具论，可参见拙著《二十世纪中国文学史·导论》，山东文艺出版社 1997 年版。

③ 梁启超：《论小说与群治之关系》，《新小说》第 1 号，1902 年。

学革命也稍见差异。如他在谈到“诗界革命”时就认为“然革命者，当革其精神，非革其形式。吾党近好言诗界革命，虽然，若以堆积满纸新名词为革命，是又满洲政府维新之类也”①。应该说这种以史为鉴，又有现实针对性的主张还是很有见地的，而且事实上，梁启超对作品语言和艺术形式的革新也是非常重视的。比如，他认为：“文学之进化有一大关键，即由古语之文学为俗语之文学是也。各国文学史之开端，靡不循此轨道。”②这就足见其对文学语言向俗白化变革的高度重视了。在“新派诗”、“新文体”（报章体）和“新小说”的提倡与创作实践中，他始终重视语言的通俗畅达和表现形式上的创新探索。其影响之深巨，为后来新文化人和新文学家所屡屡首肯。

或有论者会发一问：无论是对西方观念的认同与引进，还是文学革新主张的提出，都有人早于梁启超，何以要将中国文学进入现代转型的起点，确定在梁启超之“三界”革命提出之时？其实个中缘由并不难索解。在戊戌变法失败之前，社会历史变革的主导形式由经济而政治，尚未转入思想文化变革的层面，因此在那时，先觉者也还没有将其所服膺的西方观念与文学革命联系起来，更未将二者的关联置入新历史变革的关键所在理解其意义，并进行必要的历史综合。譬如严复，谁人不知他是将“进化论”介绍给国人的第一人？可也正是他，却并不认为文学上需要什么革命，在译作中则坚持用古文写作，信守桐城家法，被胡适喻为“前清官员戴着红顶子演说”③，且遭到了梁启超的批评。又如黄遵宪，他在思想观念上较早认同西方，在诗歌领域也曾率先提出过“我手写吾口”

① 梁启超：《饮冰室诗话·六三》，载《饮冰室合集》第5卷，文集卷45（上），第41页。

② 梁启超：《小说丛话》，《新小说》第7号，1903年。

③ 胡适：《五十年来中国之文学》，载《胡适文存二集》第1卷，黄山书社1996年版，第115页。

的主张，而且还对严复“文界无革命”说表示过不同意见，可是他毕竟没有达于梁氏启蒙的认识高度，文学观念也仍未超出传统文学的基本规约。就其与夏穗卿、谭复生对“新派诗”的先行尝试而言，从观念内涵到形式，虽令人耳目一新，但未达于可期待之境也是事实。所以在倡导“诗界革命”时的梁启超看来，有资格成为“诗界革命”的代表者，“今尚未有其人也”。①

更有论者会从另一角度提出问题：梁氏“三界”革命的观念固然如是，但当时实践其主张和因势而起的创作却要么直露无文，要么新旧参半，以它们来做“现代”文学的起点，这是否合适？笔者以为，以中国文学的“现代转型”为视点，关注的是历史过程的完整性，而非仅限于对成熟阶段中一或两三种文学范式的考察辨析。是否起点，应看其制导性的价值观念与审美趋向是否已基本具备“现代”的属性。不妨以梁启超的创作为例。其观念新异、雄辩惊人的“报章体”写作的“现代性”创辟，已为时人和今人高度评价，大约没有什么异议。为人们诟病较多的是他的诗歌与小说创作。其实这两类创作虽然表现出极为严重的概念化倾向，甚至没有多少文学性可言，但其强烈的对现代观念的阐释欲望和情感倾诉，以及在表现方式上弃旧图新的刻意所为，则不能不说是已立足于“现代”的表征，即使其为人所诟病者，也是新辟起点时必然会出现的特点，五四文学革命时胡适的《尝试集》又何尝不是如此？试读一下他的《二十世纪太平洋歌》、《志未酬》、《爱国歌四章》等诗作，那种在世界范围内以新世纪精神纵论古今的恢弘气象和以现代价值观念激励同胞为民族振兴自立自强的爱国情怀，就是今天，也还为其所动，并无隔世之感。他的小说《新中国未来记》有更为凸显的现代说教倾向，以致难以卒篇，然而其政治、文化等一系列观念的现代性以及对倒叙等新表现方式的大胆尝试，却也是颇为显明的。

① 梁启超：《夏威夷游记》，载《饮冰室合集》第7卷，专集卷4，第189页。

至于其以观念斫伤艺术的缺点，则属于启蒙运动文学革命初期的常见现象，即“问题小说”本身难以避免的历史局限①，只不过梁氏的小说比五四文学革命时表现得更为严重罢了。更为重要的是，正是在梁氏的倡导期，以文学事业为职志的新创作主体的群体性出现，而以小说翻译和创作热潮为两翼的文坛新格局也初步形成。成一时之盛的所谓“谴责小说”，尤其是其中几部传世名篇，不仅内容、观念以及举发社会现实问题的强烈批判精神已与传统小说有异，而且在艺术表现上也可见出其更新之处。夏志清在分析《老残游记》时曾指出：“这游记对于布局或多或少是漫不经心的，又钟意貌属枝节或有始无终的事情，使它大类于现代的抒情小说，而不似任何型态的传统中国小说。”②这当为确论。

在中国文学的现代转型中，还有一种情况我以为应该引起我们的注意了，那就是所谓“鸳鸯蝴蝶派”文学（主要是小说）的发生与发展。因为在我看来，它的出现与屡遭挞伐而不止的发展，恰恰反映了中国文学现代转型非止一种的历史需求和以不同方式实现的可能性。而新文学阵营与其长期难解的抵牾，又足以说明新文学自身的所有努力，终不能洞彻与包容历史的现代转型在文学乃至文化上的所有需要。人们都知道，社会现代化的重要标志之一就是现代都市的形成与发展，可是人们也该知道，随着现代都市的形成发展，人们对消费型大众文化的需要必然是其题中应有之义。而这一点，我们所一向理解的“新文学”，是无论如何也做不到而且也取代不了的。鸳鸯蝴蝶派小说其实就正是这样一种性质和这样一种类型的文学，它紧贴在上海这一现代大都市的形成与发展上，

① 对于《新中国未来记》的“问题小说”性质，有学者已有明见。见王学钧《“问题小说”发端——论〈新中国未来记〉及其群类》，载《明清小说研究》1989 年第 4 期。

② 夏志清：《〈老残游记〉新论》，《刘鹗及老残游记资料》，四川人民出版社 1985 年版，第 480 页。

似乎是自然而生自然而长，表现的是上海广义市民社会的观念状况与新奇的生活内容，而其本身又是上海都市现代化内容的一个部分。就其创作主体率先成为现代职业写作者，及其与现代媒体更为亲和与互动互生的关系而言，它确实为无法讳言其“现代性”的一种饶有意味的存在。贾植芳尝言：“他们笔下出现的生活场景和人物形象的多样性、丰富性和复杂性往往为新文学作家所望尘莫及。即便是他们的文学观点，我认为也反映了某种文学价值观念：它看重文艺的欣赏价值和娱乐性质这种艺术功能，从市民文化的角度对传统文学中占统治地位的儒家‘文以载道’、‘诗以言志’的正统文艺观加以否定，这正是中国社会由长期的封闭状态走向开放这个历史特征的反映，也是商品经济社会开始出现后的一种标志。”“这一文学流派的出现和流行本身也是中国社会……由传统走向现代的反映。”[①]域外学者在研究为“上海小说”所专注的“妓女”题材时，也发现了其中非同寻常的意义：“19 世纪末在上海出现了一批小说，它们在文学手法上实际上是延续了传统文学的妓女在文学中的许多功能，但是在形象上，她们基本上颠覆了这个从唐代以来的奇女子的形象。”“上海妓女小说的诞生，可以说是城市小说的开始，围绕着城市娱乐生活或经济人文生活，出现了一批专门与城市有关系的小说，这些小说中第一次出现了现代大都市的城市人物，即上海妓女形象，这是中国近代文学中的第一批现代都市的人物形象。”[②]中外这两位学者的阐发，有着一个共同的指向：这类小说的“现代性”呈现及其独到的意义。

如果我们不再执守成见，承认以上海为中心出现的鸳鸯蝴蝶派小说即现代都市通俗小说也是文化、文学现代转型的一种独特

---

① 《〈中国近现代通俗文学史〉序》，载范伯群主编《中国近现代通俗文学史》，江苏教育出版社 1999 年版。

② 叶凯蒂：《妓女与城市文学》，载《中国现代文学研究丛刊》2001 年第 2 期。

需要和方式，那么，它的起点问题，也应为治新文学史者所关注。只是惜乎各种相关的文学史著述，无论对此类文学抱何种态度，但在其起点的界定上不是认识有误，以致以讹传讹，比如将吴沃尧的《恨悔》定为标志，就是模糊不清，在对"狭邪小说"之更久远的追溯中有意无意地掩过了这一问题，所以，这实际上仍然是个迄未解决的问题。而我认为，以19世纪90年代前期刊行的韩邦庆的《海上花列传》为其起点标志是比较符合实际的。首先，韩邦庆在上海现代都市化进程中率先实现了创作主体的"现代"转变，而且由其开启了文学传播的现代方式。据悉，他"常年旅居沪渎，与《申报》主笔钱忻伯、何桂笙诸人暨沪上诸名士互以诗唱酬，亦尝担任《申报》撰著；顾性格落拓不耐拘束，除倡作论说外，若琐碎繁冗之编辑，掉头不屑也"[①]。且兼有阿芙蓉癖，"所得笔墨之资悉挥霍于花丛"[②]。显然，他既先行实现了由传统知识分子向以现代型报刊编辑和文学写作为业的自由文化人的蜕变，同时又具备了鸳鸯蝴蝶派作家上海洋场诗酒名士的基本类型特征。而为其所创办、依附于《申报》代售的半月刊《海上奇书》，事实上也开了"现今各小说杂志之先河"[③]。其次，《海上花列传》最先开辟了为鸳鸯蝴蝶派早期作家所特别中意的独特题材领域——上海妓女及其与社会各阶层人物的复杂纠葛。再次，在艺术表现上的重大突破和开拓。人物塑造上形神兼备的个性化表现，结构上对"穿插藏闪之法"的成功创辟，对人物对白使用吴语方言的大胆尝试，都是为现代学者和作家们颇为称赞甚至推崇的。比如对吴语的使用，胡适就认为："韩君认为《石头记》用京话是一大成功，故他也决计用苏州话作小说。这是有意的主张，是有计划的文学革命。""韩子云与他的《海上花列

① 颠公：《〈海上花列传〉之著作者》，转引自胡适《〈海上花列传〉序》。

② 《谭瀛室笔记》，转引自蒋瑞藻《小说考证》，上海古籍出版社1984年版。

③ 颠公：《〈海上花列传〉之著作者》，转引自胡适《〈海上花列传〉序》。

传》真可以说是给中国文学开一个新局面了。”[1]其实，早于胡适，鲁迅就已表述过类似的意思，认为这部作品“开宗明义，已异前人，而《红楼梦》在狭邪小说之泽，亦自此而斩也”[2]。鲁迅此语可谓言之凿凿，但是我们的诸多学者却仍将它归之为《青楼梦》、《品花宝鉴》、《花月痕》一类，至今不敢把它纳入新一类的范畴。因为那样一来，现代都市通俗小说的发生期将大大提前，这是叫人不敢贸然认定的事情。可殊不知中国社会现代转型的进程就是不平衡的，上海现代都市形成的先期性和特殊性，恰恰为《海上花列传》的出现提供了合理的依据，这是不足为怪的。事实上，被公认为鸳鸯蝴蝶派作家的孙玉声，据他的记忆，其被公认为鸳鸯蝴蝶派作品的《海上繁华梦》，就几乎是与《海上花列传》同时开笔写作的，不然的话，这又当作何解释？

三

着眼于“现代转型”研究的文学史建构，会非常看重这一过程多维度因素介入的结构性意义，并无可规避地要对治史者主体自身的价值观进行必要的调整。

按照过去一贯的理解，中国新文学发生发展的基本价值支持，无疑来自于对西方文化的认同和对传统文化的反叛。这种被长期奉为不争之论的认识固然反映了历史生成发展的某种真实，但如果我们不再囿于以西方为中心的偏执态度，不再固守一元论线性

---

① 《〈海上花列传〉序》，载《胡适文存三集》第5卷，黄山书社1996年版，第364页。

② 《中国小说史略》，载《鲁迅全集》第9卷，人民文学出版社1981年版，第263～264页。

历史观念，那么，就有可能发现，这原来只是历史事实的一个侧面，而不是全部。

为梁启超、陈独秀等历史先觉者在不同时期所发动的文化启蒙运动和文学革命，其历史的必然性、合理性以及实际的重大历史业绩，当然是毋庸置疑的。其激进主义的文化态度，在当时毋宁说是一种难得的历史觉悟。对于这种历史行为的作用，就连并非其同道者的梁漱溟在事后也作过肯定性的评价："胡先生的白话文运动是当时新文化运动的主干。然未若新人生思想之更属新文化运动的灵魂。此则唯借陈先生对于旧道德的勇猛进攻，乃得引发开展。自清末以来数十年中西文化的较量斗争，至此乃追究到最后，乃彻见根底。尽管现在人们看他两位已经过时，不复能领导后进。然而今日的局面、今日的风气（不问是好是坏）都是那时他们打出来的，虽甚不喜之者亦埋没不得。"[①]直到 20 年后，梁启超进行反思时，依然认为："平心论之，以二十年前思想界之闭塞委靡，非用此种鲁莽疏阔手段，不能烈山泽以辟新局；就此点论，梁启超可谓新思想界之陈涉。"[②]这个比喻还是相当贴切的。

但问题在于，以满足于历史特定需要的某种真理性或曰片面的合理性，并不能改变其缘自民族文化虚无主义的新文化建构理想的虚妄性，以及由其坚持的统合主义、普遍主义的一元论史观和认识原则，与为其所力倡的平等、自由、个性之间的深刻悖论。

历史的非线性发展，在今天应为不争之论。据此考察中外历史的发展，无论什么时候都无不表现为一种多维介入的复式结构，甚至是逆向式构成的结构状态，这在历史的剧变和转型期将表现

---

① 《纪念蔡元培先生——为蔡先生逝世二周年作》，载《梁漱溟全集》第 6 卷，山东人民出版社 1993 年版，第 330 页。

② 《清代学术概论》，载《饮冰室合集》第 8 卷，专集卷 34，中华书局 1994 年版，第 65 页。

得尤为突出。中国历史的现代转型,较之于西方的这一变化又有不同,它是将西方相对展开的数百年时间内发生的事紧缩在共时性场域内进行,这就使这一特点变得更为醒目且饶有意味。在这里我们发现,几乎与文化激进主义同时发生且相伴而行的反派角色——文化复古主义或曰文化保守主义,事实上,也是作为文化、文学现代转型的一种特殊责任的担荷者而登上历史舞台的。作为历史行为,文化启蒙和文学革命无疑是历史破障前行的制导性力量,而作为毕竟是中华民族文化的更新与建设,后者却是不可或缺的必要方面。这正如车之两轮,只有制动的一方而无另一方的支撑,那是不可能实现其前行的。日本学者本山英雄在论及"文学复古"问题时说:"与排满种族革命运动相结合的晚清'文学复古'潮流,可以说是'文学革命'前史的一个侧面,然而其内容却不可能以'文学革命'的逻辑全部加以穷尽。特别是章炳麟的'反古复始'之'文学复古'论,凝聚了他全部心血,成为直面本世纪初世界史现实、致力于将中国文明从其自律性基础开始重建的不懈努力的重要部分。在其中,极端的反时代性与超越了同时代乃至其后的'文学革命'时代观念之局限的远见卓识不可分割地糅合在一起,难以用进步—反动的尺度来衡量。"[①]这种见解,应该说还是别具慧眼的。

当然,这需要作较具体的说明。首先应该厘清一个事实。活跃于20世纪中国文坛上的文化复古主义人物,并不尽然是泥古不化的观念隔世之人,真正能与文化激进主义潮流对立申辩的,其实都是一些既通国学又懂西学甚至对西方自然科学也有一定了解的又一类"新人物"。就像梁漱溟所说,激进派中固数不到他,因他"不是属于这新派的一伙,同时旧派学者中亦数不到我。那是自有

① 《〈"文学复古"与"文学革命"〉内容提要》,载《学人》第10辑,江苏文艺出版社1996年版。

辜汤生(鸿铭)、刘申叔(师培)、黄季刚(侃)、陈伯弢(汉章)、马夷初(叙伦)等等诸位先生的"[①]。这些自认与"新派"不同而又自别于"旧派"的人物,与"旧派"的区别是变与不变,与"新派"的分歧则为如何去变,属于求变之中两种不同理解的抗衡。说是对抗,又实为历史文化转型两大需要之间的互相补充和在整体意义上的互动发展。最显见者,激进派将新文化建构设置在民族文化虚无的基础上,而复古派对"国粹"、"国魂"的标榜却正有效地在其缺失处作了强调:"国粹者,一国精神之所寄也。"[②]倘要建构新文化"必洞察本族之特性,因其势而利导之,不然勿济也"[③]。与之同时,在一系列根本性问题上,复古派都另有思路开启,相对于激进派而言,也无不具有为其缺失的真理性价值。比如,当激进派奉为"公理"的由生物而社会的进化论大行天下时,章太炎就表述了其名为"俱分进化"的不同见解:"进化之所以为进化者,非由一方直进,而必由双方并进。专举一方,唯言智识进化可尔。若以道德者,则善亦进化,恶亦进化;若以生计者,则乐亦进化,苦亦进化。双方并进,如影之随形,如罔之逐景。……然则以善与乐为目的者,果以进化为最幸耶?其抑以进化为最不幸耶?进化之实不可非,而进化之用无所取。"[④]回看历史,环顾世界,这话今天读起来,未始没有醍醐灌顶之感。在对文化的价值认识和在对不同文化系统如何进行比较上,他们也发表了许多很可取的意见。王国维认为:"学无新旧,无中西,无有用无用。""中西二字,盛则俱盛,衰则俱衰,风气既开,

① 《纪念蔡元培先生——为蔡先生逝世二周年作》,载《梁漱溟全集》第 6 卷,山东人民出版社 1993 年版,第 330 页。

② 许守微:《论国粹无阻于欧化》,载《国粹学报》第 1 期。

③ 飞生:《国魂篇》,载《浙江潮》1903 年第 1 期。

④ 章太炎:《俱分进化论》,载 1906 年 9 月 5 日《民报》第 7 号。

互相推动。”[①]这实则是对功利主义文化观和守成与西化两种极端倾向的批评。他对于文化价值的超时空性、超功利性的大胆肯定，开启了嗣后包括新文化、新文学阵营中某些人在内的或一种观念之流。章太炎有一种弥足珍贵的思想，那就是在其《齐物论释》中所表现出来的为天下个体存在的差异之物争平等的见解："体非用器，故自在而无对；理绝名言，故平等而咸适。”[②]与这一认识相一致，他与“国粹派”的人一般都认为中西文化是各具特性的文化传统，应做平等的个性研究，不能盲目地以西化为是。这对于抗衡以西方为中心的价值立场，自然是一种最具学理性的立场选择和认识依据。而其尊重个性价值的比较研究思路，也在“古今/中外”的认识模式之外，为其后另一研究方式的存在与发展奠定了基础。

较之于以“文化”为视点的文化而言，作为审美文化之重要构成部分的文学，其情形就更复杂了。当关涉历史变革场域中种种文化、政治方面的纠葛一旦演绎为文学场域中的分歧与冲突时，任何一种倡导和与之分立的追求之间有形无形的冲突，都是在更具有张力的理念对峙和更具感性特征的触摸领悟中发生。其合理性价值的根据则尤应认真地分辨。在文学场域所发生的形形色色的冲突，始于20世纪20年代。到20年代初，启蒙阵营的分解和统合主义的弱化，不仅使同盟者向马克思主义政治和自由主义文化两个方向分化，而且也使文学因此得到了一个相对自主的发展空间。自此，各种有“宣言”的、无“宣言”的社团、派别渐次登场，代表各自创作倾向和业绩的文学刊物也渐次面世。尤其是在历史变革的中心性行为由文化启蒙转换为政治革命后，由政治立场规约所

① 《国学丛刊序》，转引自王运熙、顾易生主编《中国文学批评通史》第7卷，上海古籍出版社1996年版，第809页。

② 《〈齐物论释〉序》，载《章太炎全集》第6卷，上海人民出版社1986年版，第3页。

必然形成的政治性文学主张及其新统合主义倾向，与启蒙主义和自由主义的不同文学诉求三线交织，相互抗衡，又互动互补，构成了文坛有声有色的热闹局面。自 20 年代中期以后，文学的对立与冲突已主要发生于新文学领域，至此时，文学的新旧与有用无用问题虽仍为人提及，但主要话题或分歧的焦点则已变为文学为何写、写什么和如何写的问题了。

这些对立与冲突通常是发生在不同的基本立场之间，因此通常又表现为各说各话、针锋不接的错位性对话。虽然各方在彼此不同的角度或层面上都讲了些不无道理的话，但出于强烈的“立场意识”则很难做到“兼听则明”。这在占据主导性位置的一方来说，表现得尤为突出。不妨以“左翼文学”时期为例。其间，除了与“民族主义文学运动”的斗争属于政治性对抗之外，其他一系列的“笔墨官司”都是在对文学的不同理解与要求中发生的。从文学是表现“阶级性”还是“普遍人性”的笔战，到在文学与政治关系问题上对“自由人”与“第三种人”的批判，无不是如此。对方讲的分明是政治化“文学观”所忽视和所缺失的东西，但被左翼文学方面一律视为政治立场问题而予以批驳，即使你以“自由人”、“第三种人”的身份一再申明，也全然无济于事。相对于左翼文学早期那些未免有些简单化的论辩而言，在 30 年代中期由沈从文批判文坛“差不多”现象引发的争论，倒是更为展开，也有更多的声音发出，可惜未为历来的文学史著给予应有的重视。1936 年 10 月，沈从文著文指出，文坛上存在着一种“差不多”现象，“大多数青年作家的文章，都‘差不多’。文章内容差不多，表现的观念也差不多，有时看完一册厚厚的刊物，好像毫无所得；有时看过五本书，竟似乎只看过一本书。凡事都缺少系统的中国，到这时非有独创性不能存在的作品上，恰恰见出个一元现象，实在不可理解。这个现象说得蕴藉一点，是作者都不大长进，因为缺少独立识见，只知追逐时髦，所以在作品上把自己完全失去了”[1]。因为沈从文牵扯到了时代、政治、商业、习惯心理等诸多方面与文学的关系问题，试图从其综合效应上实施针砭，且锋芒直指观念一元论及其统合主义倾向，故而引起文坛多方面在不同认识层面上的可谓强烈的反应，即如唐弢所说，自“差不多”的口号提出后，“文坛上又热闹起来了，北平和上海的有些报纸上，还曾经出过专页，‘京’、‘海’两派角色，一齐登了台，生丑互见，悲喜杂陈，一时也真看不出结论来”[2]。这本来是一个切中时弊，具有一定的认识深度的警示，但结果仍然遭到了来自“左联”中坚人物的反击。茅盾在文章中虽然承认“所谓‘差不多’未尝不是文坛现象之一”，可是却依然在立场问题上上纲批判，指斥沈从文“只抓住了‘差不多’来做敌意的挑战”[3]。因此，这场争论只在反“公式主义”的层面上产生了互动的效果，更深层的问题则难得解决。

面对中国文学现代转型中这类特殊但却常见的现象，我认为在文学史重构中应对不同的价值范畴和文学主张进行审慎的辨析。在历史的转型期，历史之于文学的特定功利性要求与文学必然对应生成的自主性坚持，二者之间的紧张既保证了文学与历史的调适发展，又可使其自主性不至于随之丧失。认真考察这种特定历史规定性中文学与历史胶着与疏离的种种表现，会发现其间事实上存在着不同的价值范畴，不可一概而论。而且，由于中国文学现代转型中的种种对立与冲突，其具体的展开又常常是多方面的复杂交织，并非只是简单的两元构成，所谓价值范畴的辨析，其实也应该是一种对多方面价值合理性的尊重与细审的过程。反折中主义即否定中间状态的存在，是服膺于历史功利要求的主流文

① 沈从文：《作家间需要一种新运动》，载 1936 年 10 月 25 日《大公报 · 文艺》。

② 唐弢：《“提起时代”》，载《中流》第 2 卷第 1 期，1937 年 3 月。

③ 茅盾：《新文学前途有危机么？》，载《文学》第 9 卷第 1 期，1937 年 7 月。

化与文学的一贯传统，而事实上多维度的构成则始终是中国文化与文学现代转型的基本结构状态。比如众所周知的“京派”、“海派”冲突，看起来是京、海两方面的不能相能，但实际上却是主流文学、京派文学与海派文学三者的交相对峙，这只要看看沈从文与苏汶的对辩和鲁迅先生的另有说辞便知。被沈从文引为同道的朱光潜，在其理论建构中则把文艺分作三类：一类是“为艺术而艺术”，一类是“文以载道”，这两者均为他所反对，因为在他看来，“‘为文艺而文艺’的倡导者把艺术和人生的关系斩断，专在形式上做功夫，结果总不免流于空虚纤巧”，而“文以载道”则“钳制想象，阻碍纯文学的尽量发展”。[1] 他所标榜的则是一种“为我自己而艺术”的文艺观，因为这种“最上乘”的文艺类型，“永远是真诚朴素的”[2]。其实，仔细看看，在文学转型历史发展的细微纹路里，即使在同一价值范畴甚至同一思想、艺术思潮流脉中，不同流派和个体在文学主张和创作上的分歧与差异是在在都有的。比如同为自由主义作家的一脉，但朱光潜、沈从文与论语派在幽默小品上就见解抵牾。朱光潜公开指出那些“滥调的小品文和低级的幽默合在一起”，让人“实在看腻了”。[3] 沈从文也认为“它目的在给人幽默，相去一间就是恶趣”[4]。若对两者的得失与价值作出合理的评价，仅凭单方面的价值认同那是不可能做到的。

说来有趣，文学界上百年的纷争可谓热热闹闹，可是往里一

① 《文艺心理学》，载《朱光潜全集》第 1 卷，安徽教育出版社 1987 年版，第 306 页。

② 《论小品文（一封公开信）——给〈天地人〉编辑徐先生》，《天地人》创刊号，1936 年 3 月出版。

③ 《论小品文（一封公开信）——给〈天地人〉编辑徐先生》，《天地人》创刊号，1936 年 3 月出版。

④ 《谈上海的刊物》，载《沈从文文集》第 12 卷，花城出版社、三联书店香港分店 1981 年版，第 175 页。

看，却无不与文学的基本问题有关。文学是什么，它能做什么，又该怎样做，这些属于元问题范畴的问题，就其基本的规定性而言，都是具有相当的包容性的，可以说每一个问题都是一个极富张力的约定。但如果把其合理约定中的内容拆解开甚至对立起来，那就要使你所选定的合理性不能不同时产生片面性了。当然，在文学历史的具体展开中，不同的派别对其不同的方面加以强调，以至在紧张的对峙中强化对某一方面的发展，这是正常的，属于历史合理性的范畴，也符合文学发展的正常规律。但是，假若文学史家也站在极具排他性的立场上来作价值评判，那就不是科学的态度了。比如在文学的功能问题上，长期以来对鸳鸯蝴蝶派的批判就很有代表性。但只要冷静地想一想，就不难发现，在中国文学现代转型中，难道不正是由于有了以“娱乐”、“消闲”为标榜的现代都市通俗文学，以及它与看重历史功利和崇尚艺术审美两种倾向的三边对峙，才相对完整地支撑起了这段文学历史的功能性空间吗？对不同功能的侧重，决定了彼此之间在文学的价值、追求、表现内容与角度和审美趣味等一系列问题上互不相同。这也就决定了，在对它们进行评价时不能使用依据于某一功能倾向的一元价值观论断其他，否则，必定会导致错位性理解。近几年，在对金庸作品评价上发生的激烈争论，或褒或贬，其实都是在所谓“纯文学”的价值范畴进行的，所以说到底，都无非是与对象错位对话的结果。当然，这一切自有一个共同的底线，那就是它必须是有益于生命健康发展并依各自不同的规定性而有所创新的艺术品。

四

与上一节的问题相关，在中国文学现代转型的复杂结构中，还有一种更有意味和当下思考价值的结构内容与方式，需要提出来单独立论，那就是“京派”文学及与其有相类之处的文学与历史进步即历史“现代性”之间所呈现的疏离与质疑的关系。

从“文学革命”到“革命文学”，主流文学对自身“现代性”的实现，始终是与历史“现代性”的实现作一体化思考的，也就是说，文学与历史现代性的实现是在历史进化律的必然性中共谋达至的结果。正因如此，审美现代性与历史现代性内在价值同构的追求和发展趋势，也就成了主流文学的一个基本特征。文学这种与历史进步寻求意义同构的对话关系，必定在历史与文学的双重转型中遭遇到并非一般的磨砺和挑战；而担承着历史主体和创作主体双重职责的一代代作家，也必定在历史与文学看似契合而实为紧张的关系中经受着近乎严酷的考验。因此，其中所蕴涵的丰富历史内容将是文学史研究难得的矿藏，而为其所创造的新的审美范型和卓有成效的创作实践，也应该成为治史者认真揣摩和细加考辨的对象。然而审美现代性与历史现代性之间是一种极为复杂的关系，这段文学史所提供给我们的材料也并非主流文学一种。以沈从文为代表的京派作家，在二者关系的理解和处理上就表现出与之完全不同的立场和态度。而这，恰恰是我们在过去长时间内未加深思的问题。

“京派”与“海派”的对峙，从历史现代性与审美现代性的复杂关系上来看，是中国新文学史上另有深意的一种表征。沈从文对“海派”文学以及都市文明的厌恶与批判，本是文学史界共知的事，但过去也仅仅是在维护文学的“纯正性”和艺术理想的特殊表达上予以肯定，而对其与“历史”的疏离又一向都是表示遗憾的。对于沈从文作品内涵的独异性，夏志清有着敏锐的感受，他在其对中国大陆学界影响至巨的《中国现代小说史》专论沈从文的一章中，征引了人们所熟知的沈从文小说《凤子》中人物“城里客人”对总爷说的一段话。这段议论乡村、神性、牧歌与艺术关系的文字，直可视为沈从文的艺术宣言，夏志清很具眼光地把它摘出来，而且指出：

“在这里，沈从文并没有提出任何超自然的新秩序；他只肯定了神话的想象力之重要性，认为这是使我们在现代的社会中，唯一能够保全生命完整的力量。在这方面，他创作的目标是与叶慈相仿的：他们都强调，在唯物主义文化的笼罩下，人类得跟神和自然，保持着一种协调和谐的关系。只有这样才可以使我们保全做人的原始血性和骄傲，不流于贪婪与奸诈。……他的作品显露着一种坚强的信念，那就是，除非我们保持着对人生的虔诚态度和信念，否则中国人——或推而广之，全人类——都会逐渐地变得野蛮起来。”[①]在夏志清这里，沈从文作品意义的奥秘才露出端倪，可惜的是他并未在两种“现代性”的关系上展开论证。

沈从文借小说人物之口说的那段话，传达出来的信息，很明显是对历史“现代性”和现代都市文明的质疑。证之于他关于这一方面的其他言论，可以明断，使沈从文对历史的“现代性”最具切肤之感的，是其体现在文化上的变与异。在他看来，历史的“现代性”在文化上引进一个“‘神’之解体的时代”，变得已远离了自然，也远离了生命。“在过去时代能激你发狂引你入梦的生物，都在时间漂流中消失了匀称与丰腴，典雅与清芬。能教育你的正是从过去时代培植成功的典型。时间在成毁一切，都行将消灭了。代替而来的将是无计划无选择随同海上时髦和政治需要繁殖的一种简单范本。”[②]而且，这种“现代性”已呈由城市向乡村的辐射、蔓延之势，现代都市既已使人生厌，而向乡村的渗透则更令人无奈。他在《〈长河〉题记》里谈到辰河流域的变化时，是这样说的：“表面上看来，事事物物自然都有了极大进步，试仔细注意注意，便见出在变

① 夏志清：《中国现代小说史》，刘绍明等译，香港中文大学出版社 2001 年版，第 162 页。

② 夏志清：《水云——我怎么创造故事，故事怎么创造我》，载《沈从文文集》第 10 卷，花城出版社、三联书店香港分店 1981 年版，第 295 页。

化中那点堕落趋势。最明显的事，即农村社会所保有那点正直素朴人情美，几乎快要消失无余，代替而来的却是近二十年实际社会培养成功的一种唯实唯利庸俗人生观。敬鬼神畏天命的迷信固然已经被常识所摧毁，然而做人时的义利取舍是非辨别也随同泯灭了。'现代'二字已到了湘西，可是具体的东西，不过是点缀都市文明的奢侈品大量输入，上等纸烟和各样罐头，在各阶层间作广泛的消费。抽象的东西，竟只有流行政治中的公文八股和交际世故。"有鉴于此，沈从文痛心疾首，决心"用一支笔来好好地保留最后一个浪漫派在二十世纪生命予取的形式，也结束了这个时代这种情感发炎的症候"[①]。他所要做的，就是"还得在'神'之解体的时代，重新给神作一种赞颂。在充满古典庄严与雅致的诗歌失去光辉和意义时，来谨谨慎慎写最后一首抒情诗"[②]。他当然知道这会遭到误解、嘲笑甚至失败，但也深知："你只要想到你要处理的也是一种历史，属于受时代带走行将消灭的一种人我关系的历史，你就不至于迟疑了。"[③]

沈从文在这里无疑是触及或者说是揭示了历史、文化现代发展进程中的两个重要问题：

第一，人文文化与科学文化、健康的人文文化与唯实唯利庸俗人生观的差异与对立。沈从文并不反对科学文化，但坚持认为人文文化与科学文化是根本不同的东西，不能以"科学"的价值观和认识论否定体现为生命需要并作为艺术源泉的人文文化传统的不可或缺的价值。在人们梦寐以求实现文化、文学的"现代性"的历

---

① 《水云——我怎么创造故事，故事怎么创造我》，载《沈从文文集》第10卷，花城出版社、三联书店香港分店1981年版，第294页。

② 《水云——我怎么创造故事，故事怎么创造我》，载《沈从文文集》第10卷，花城出版社、三联书店香港分店1981年版，第294页。

③ 《水云——我怎么创造故事，故事怎么创造我》，载《沈从文文集》第10卷，花城出版社、三联书店香港分店1981年版，第294页。

史潮流中，这似乎是一种逆向性的标榜，但正是这种对抗性的强调，难能可贵地为人们揭示出了文化、文学现代发展的复杂性和独特性。在新文学发展过程中，对科学文化与精神的提倡和高扬，曾为文学注进了新的精神，为作家在把握与现实的关系上提供了新的认识依据，也为新文学主体增强了随历史潮流而更新变易的热情和信心。可是，就在强调文学与科学的亲和关系时，却在长时间内忽略了至少是轻视了二者之间深刻的区别。五四文学时期，傅斯年就曾断言："今后文学既非古典主义则不但不与科学作反比例，且可与科学作同一方向之消长焉。写实表象论者，每利用科学之理，以造其文学。"甚至认为，"方今科学输入中国，违反科学之文，势不相容，利用科学之文，理必孳育。此则天演公理，非人力所能逆从者类"[①]。茅盾更是作了这样的结论："文学到现在也成了一种科学，有它的研究对象，便是人生——现代的人生；有它的研究的工具，便是诗(Poetry)、剧本(Diction)。"[②]这种观念在当时及其后影响很大，对文学理论建构和文学创作的发展都起了支配性的作用。沈从文以其泛神倾向的生命悟解另张一帜，至少保证了另有一类虽在当时不合时宜但却又更贴近艺术之生命特质的文学的生成与发展，而且对于流行于世的科学主义、本质主义等倾向，也构成为一种虽然抵触无力但却与之相异的艺术想象的人生空间。这实在是难能可贵的。至于对唯实唯利庸俗人生观的批判与否定，则是护卫了生命的庄严和文学精神的纯正，对于他所坚守的这一类文学的立场来说，当然也是必要之举。

第二，历史进步与人文文化关系的特异性。在通常理解中，人

① 《中国新文学大系·建设理论集》(影印本)，上海文艺出版社 1984 年版，第 119 页。

②《文学和人的关系及中国古来对于文学者身份的误认》，载《小说月报》1922 年 12 卷第 1 号。

文文化与历史进步也必定是同步发展的。这如果是从人文文化通过与历史所进行的特定方式的对话及所做的特殊努力所达到的总体效应来看，应该说是不错的。但须指出的是，这种对话不是同一意义指向的相互阐释，而是更多地表现为质疑与被质疑的关系。历史不是一元的线性发展，历史进步行为与人文文化尤其是具有丰富生命内涵的人文精神传统常常表现为一种逆向的复调结构。历史的进步常以人文精神传统不同程度的沦落为代价，而要保持人们生存或曰历史行进的健全发展，就须找回失落的东西作当代的强调。而文学，就常常承担着这一特殊的使命。沈从文和“京派”作家常常说到“回忆”对其创作的关系，究其因盖缘于此。而为其所写的，也多是与现实不同的“梦想”，原因也在于文学的另有担承。沈从文说：“有人用文字写人类行为的历史。我要写我自己的心和梦的历史。”①他所表述的就是这个意思。

在这方面，沈从文是有强烈的自觉意识的。为了表示与现代都市文明的两极性差异，他总是强调自己是个“乡下人”，说：“我是个乡下人，走到任何一处照例都带了一把尺，一把秤，和普遍社会总是不合。”②在其创作里，所着意表现的也是一种氤氲着生命之气与现代都市之风迥然有异的湘西乡野世界。美丽而忧伤的《边城》固然是其经典之作，就连小说的短制《三三》，也分明就是对两种文化作生命力比照的艺术象征。不只沈从文，“京派”作家中大多都有与他类似的倾向。比如废名，就是很特异的一个作家。他曾对初涉文坛时的自己作过反思：“我曾经为了‘呐喊’写了一篇小文，现在我几乎害怕想到这篇小文，因为他是那样的不确实。我曾

① 《水云——我怎么创造故事，故事怎么创造我》，载《沈从文文集》第 10 卷，花城出版社、三联书店香港分店 1981 年版，第 273 页。

② 《水云——我怎么创造故事，故事怎么创造我》，载《沈从文文集》第 10 卷，花城出版社、三联书店香港分店 1981 年版，第 296 页。

经以为他是怎样的确实呵，以自己的梦去说人家的梦。”[①]他所写的自己的“梦”，在心境中是真正地与“历史”疏离了。废名创造的是一种静到几近于佛禅的境界，而沈从文终不能忘情于对“历史”的关注。如果说《边城》所写的还是一个与现代都市阻隔的湘西“传奇”，只是在客观上与现代都市形成对照，但面对“现代性”的蔓延，沈从文就必然地有了变化：“我不再写什么传奇故事了，因为生活本身即为一种动人的传奇。”[②]于是就有了《长河》。

其实不光是“京派”，在现代都市文学中以此为思考和艺术表现基点的作家也有人在，只不过感受与追求有所不同而已。张爱玲是个悲观主义者，她对“历史”的感觉是：“时代是仓促的，已经在破坏中，还有更大的破坏要来。有一天我们的文明，不论是升华还是浮华，都要成为过去。如果我最常用的字是‘荒凉’，那是因为思想背景里有这惘惘的威胁。”[③]她以对人性畸变近乎残酷的艺术表现，事实上构成了对历史进步及其乐观主义态度的逼视与拷问。徐訏、无名氏的创作，所表现的是在文化哲学层面上对人的生命意义的追问，这也有别于历史价值认识的对生命的关注。不仅如此，即使在主流文学中，作为构成其创作主体内在矛盾的诸多因素中，事实上也有这一维的存在。比如写作《彷徨》、《野草》时期的鲁迅，即是如此。而这一切，都应该是文学史重构中应给予关注和研究的问题。

（原载《文学评论》2003 年第 4 期）

---

① 废名：《说梦》，《语丝》第 133 期，1927 年 5 月。

② 《水云——我怎么创造故事，故事怎么创造我》，载《沈从文文集》第 10 卷，花城出版社、三联书店香港分店 1981 年版，第 295 页。

③ 《〈传奇〉再版的话》，载柯灵主编《中国现代文学序跋丛书 1919～1949》（小说卷），海南人民出版社 1988 年版，第 1316 页。

五四启蒙运动与文学变革关系新论

在通常理解中，中国现代新文学既由现代启蒙运动所力倡的“文学革命”开其端，而其发展又是紧随着现代启蒙历史命运的沉浮而变化的。应该说，这种看法在由启蒙立场所张开的特定视阈中是揭示了历史的某种真相和发展规律的，有一定的合理性。但是，与某种历史对象作共时性理解的同一立场选择，在带给你激情和敏锐观察力的同时，也必定会在你眼前构筑起一道难以洞穿的障蔽。以某种历史当事者的立场观察、认识和整合历史时，会夸大所认同历史行为的“普遍性”作用，也会简化、缩紧某些事物之间的历史关联。在这个问题上亦是如此。如果我们能够以超越的态度，走出长期相沿的认识规约，重新面对这一段历史，细究其复杂、独异之处，并将其被缩紧了的关系舒展开来重新审视，就会发现，原来问题并非如此简单。而对这一问题的重新思考和更为准确的把握，所触及的，无疑是关系到更新、推进20世纪中国文学研究和新文学史建构的一个症结性问题。

有必要说明，中国现代启蒙运动既非自五四启蒙运动始，亦非至其而终，但鉴于其在中国现代启蒙运动史上无与伦比的地位和作用，本文仅是就这一特定对象与文学变革的关系重作考察与辨析，并以冀由此进而获得超越个案认识的意义。

一

包括"文学革命"在内并以之作为其重要内容的五四启蒙运动,对中国文学现代变革的开辟之功及其对嗣后整个发展过程的深在影响,是毋庸置疑的。但在其中,最主要的作用还是表现在对现代知识型"历史主体"的塑造,以及为其所提供的进行自我调适发展的内在可能性和极具张力的精神场域上。而这一切,又只能在对这一对象的独特性和复杂历史内涵的准确把握中才能得到接近于本真的理解。

在中国历史的现代转型中,五四启蒙运动是其十分重要的一个环节,而对于文学变革而言,它又是一个启动其发生的不可或缺的特定历史方式。关于它的基本历史属性即启蒙性,早已由该时期先驱者们对于科学理性的由衷服膺所表明,是不应该有什么怀疑的。但是,问题的复杂性在于,我们现在却很难拿它与欧洲的启蒙运动作对应的比照性阐释,因为它实际上又分明包蕴着欧洲启蒙运动之前和之后不同历史阶段的内容。五四文学革命作为一个历史性的事件过去以后,作为这一运动重要倡导者的胡适,曾在许多场合发表意见,把它称之为"中国的文艺复兴"①,并且将它作为对新文化运动、新思潮运动、文学革命运动的统称。胡适这一概括,自有其欠妥之处,但也未必就没有一点道理。布克哈特对意大利文艺复兴曾作过这样的精辟分析:"在中世纪,人类意识的两方

① 比如,胡适 1935 年 1 月 4 日在香港大学的演讲,记录稿的题目就叫《中国文艺复兴》;1961 年 1 月 10 日在台北中山路美军军官眷属俱乐部的英文演讲,中文译题为《四十年来的文学革命》,内中云:"这一运动——一般称为文学革命,但是我个人愿意将它叫做'中国的文艺复兴'。"

面——内心自省和外界观察都一样——一直是在一层共同的纱幕之下,处于睡眠或者半醒状态。这层纱幕是由信仰、幻想和幼稚的偏见织成的,透过它向外看,世界和历史都罩上了一层奇怪的色彩。人类只是作为一个种族、党派、家族或社团的一员——只是通过某些一般的范畴,而意识到自己。在意大利,这层纱幕最先烟消云散;对于国家和这个世界上的一切事物做客观的处理和考虑成为可能了。同时,主观方面也相应地强调表现了它自己;人成了精神的个体,并且也这样来认识自己。"[①](重点号为原文所有)同时他还指出,文艺复兴的一项"尤为伟大的成就",就在于"它首先认识和揭示了丰满的完整的人性"[②],即对于"人"的发现。在文艺复兴时期,对人实现为"精神的个体"的努力与自信,对人的感性生存大胆地予以肯定,使众多诗人、作家、艺术家蓬勃而生,使整个时代都氤氲着浓重的人文气氛。也就是罗素所说的:"文艺复兴通过复活希腊时代的知识,创造出一种精神气氛。在这种气氛里再度有可能媲美希腊人的成就,而且个人天才也能够在自从亚历山大时代以来就绝迹了的自由状况下蓬勃生长。"[③]假若作些比较,会发现中国的五四启蒙运动与之颇多相似之处。五四启蒙运动的基本特征是"批判的态度"[④],即对"固有之伦理,法律,学术,礼俗"等"封建制度之遗"的彻底批判,实际上也是个"去蔽"的过程。而其目的则也是由此建立"以自身为本位"的"个人独立平等之人

---

① 雅各布·布克哈特:《意大利文艺复兴时期的文化》,商务印书馆1983年版,第302页。

② 雅各布·布克哈特:《意大利文艺复兴时期的文化》,商务印书馆1983年版,第268~269页。

③ 《西方哲学史》(下),商务印书馆1982年版,第17页。

④ 胡适:《新思潮的意义》,载《新青年》第7卷第1号。

格”[①]。郁达夫说“五四运动的最大的成功，第一要算‘个人’的发现”[②]，当为切中肯綮之论。蔡元培在《中国的新文学运动》一文中所说的“由神相而转为人相，弃鬼话而取人话”，表达的也是同一个意思。比较而言，五四启蒙运动虽然是以欧洲启蒙运动的基本理念为标榜，但它又确实没有像法国乃至欧洲的启蒙运动那样实现对文艺复兴时期的超越，而是将二者混熔于一炉了。一个有意味的现象是，从梁启超到陈独秀乃至以后，中国现代启蒙运动的一大特点，就是每次都与文学革命相并发生，而每次文学革命都成为其极被看重且有声有色的方面。这确实是引人深思的。

问题的复杂性还不止于此。当中国现代启蒙运动尤其是五四启蒙运动发生之时，欧洲的历史早已超越了这一阶段且已又走过了一个 19 世纪。在这一个多世纪中，欧洲又发生了巨大而深刻的变化：工业、技术的发展及实利主义倾向的发生；生物进化论等重大科学成果的出现，及其必然相随而至的科学精神的更大张扬以至于“科学主义”倾向的形成；空想社会主义思潮的勃发和马克思主义的诞生；哲学上二水分流，一方面是向传统的理性主义公开挑战，形成了所谓“人本主义”或者说是“非理性主义”思潮，一方面则是着重批判传统形而上学的思辨性，向着实证主义发展；文学艺术方面则是浪漫主义、现实主义、自然主义、新浪漫主义（现代主义）的浪涌与更迭。这一切，也都必然地影响到五四启蒙运动的价值取向和观念建构。这一运动一开始，陈独秀就有这样的表述：“近代文明之特征，最足以变古之道而使人心社会划然一新者，厥有三事：一曰人权说，一曰生物进化论，一曰社会主义是也。”[③]其中的

① 陈独秀：《敬告青年》，载《青年杂志》第 1 卷第 1 号。

② 《中国新文学大系散文选集导言》，《郁达夫全集》第 6 卷，浙江文艺出版社 1992 年版，第 194 页。

③ 陈独秀：《法兰西人与近世文明》，载《青年杂志》第 1 卷第 1 号。

后两事,即均出之于19世纪。在《敬告青年》一文中,他在对中西文化观念所做的正反对应的评价里,所举欧洲先进之例,也大多取之于19世纪。如说到欧洲文化是"实利的而非虚文的"一条时,所举之例就尽为19世纪的内容,尽管里面夹杂着误解:"自约翰弥尔(J. S. Mill)'实利主义'唱道于英,孔特(Comte)之'实验哲学'唱道于法,欧洲社会之制度,人心之思想为之一变。最近德意志科学大兴,物质文明,造乎其极,制度人心,为之再变,举凡政治之所营,教育之所期,文学技术之所风尚,万马奔驰,无不齐集于厚生利用之一途。一切虚文空想之无裨于现实生活者,吐弃殆尽。当代大哲,若德意志之倭根(R. Eucken),若法兰西之柏格林,虽不以现实物质文明为美备,咸揭橥生活(英文曰 Life,德文曰 Leben,法文曰 La vie)问题,为立言之的。"[①]在五四启蒙运动乃至沉浮于整个20世纪的中国现代启蒙运动和启蒙观念中,被作为"公理"认定的历史进化论、历史功利主义的价值观和实利主义的文化态度,以及在倡导科学精神中所流露出来的科学主义倾向等,无不与19世纪欧洲的新发展有关。这就使得五四启蒙运动明显有别于欧洲的启蒙运动,从而构成了中国现代启蒙的新内涵。

上述复杂状况的形成,其原因还应求索于中国这一段历史发展的独特性。在20世纪之前,中国的历史发展都是在传统社会的稳态系统中通过自行调节的方式进行的。而作为这一整体性稳态系统价值支撑和心理依托的文化,自然也具有迥异于西方的诸多特点。数千年来,在天人合一和血缘宗亲关系基础上建构起来的文化观念,可以超验地成为整个中华民族的文化心理积淀,有知识者和无知识者、劳心者与劳力者、位尊者和位卑者,无论社会性的差异有多大,在传统文化的承传发展中却可达致默契的共谋状态。这也就是梁启超、鲁迅、陈独秀所说的"国民性"改造的艰难所在。

① 陈独秀:《敬告青年》,载《青年杂志》第1卷第1号。

因此，当有识者将中国历史现代变革根本性的制胜的一役聚焦于文化问题时，他们也就无可规避地要面临价值观念的更易、发展模式的解构和民族心理的重塑等相互关联的多重性问题。不管我们今天对五四启蒙运动作何评价，也不论它的种种负面效应如何应该被人们冷静地反思，但在当时，对传统文化采取多重性否定的整体颠覆行为，却是历史自然选择的结果。而此时，所幸的是进入先觉者视野的西方世界不仅启迪了他们的历史灵感，而且也为之提供了美意迭出令其激动不已的参照对象。首先触动他们的，不是西方文化在不同时空中发展的差异，而是它们几乎能在同一时空中对中国历史累积物——传统文化构成多重性对应否定的效果。这就决定了，按这种独特历史方式行动的人们，势在必然地对西方自文艺复兴以来原本存在着超越性否定关系的各历史阶段的精神成果，采取了共时性迭合吸纳的态度。应该说这又是一个很有意味的现象。倡导启蒙的人们对本土文化采取了那么偏执的态度，但对异质的西方文化却什么都往筐里捡，究其原因，除了上述道理和因价值崇拜而伴生的盲目性以外，我以为还有一个迄今为人们所忽略的道理，就是潜在心理中来自于传统的多相整合的思维模式和能力。正是这种种缘故，使其能够在启蒙目的的统合下，以“正解”和“误读”共存的方式，至少在思变的知识界制造了一种全新的综合性文化场域和氛围。

五四启蒙运动，实现了对现代文学主体作为现代型“历史主体”的塑造，这是不争的事实。正是通过它，构成现代启蒙核心观念的对“人”的发现和理解，诸如人性、个性、人权、自由、民主等一系列观念，都以无可争辩的正义性融入了现代文学主体的历史价值观和文化人格，并由此形成了他们作为新型历史主体的基本质素。不论他们在文学观上会发生多大的分歧，但在这一基本点上的共同性都是不会动摇的。而应予注意的是，由五四启蒙运动的复杂性所造成的这一历史主体的复杂性。本来，在欧洲是属于不同阶段而彼此间又有明显差异的观念，在五四启蒙的精神氛围里，它们却能够表现为一种共时性的彼此制衡互补的状态，这就必然地影响到新型历史主体们的观念建构和内在心态。比如，在实际上作为启蒙文学纲领的周作人关于“人的文学”的主张里，就对西方不同时期的标榜作了互补性的综合。对于“人”，他突出强调的是两点：“(一)‘从动物’进化的；(二)从动物‘进化’的。”他认为“人性有灵肉二元”，但更为其强调的却是二者之间的有机关系，即所谓“兽性与神性，合起来便只是人性”。[①] 不仅如此，在对人生命欲望的阐释上，他还借鉴了出现于启蒙运动后的西方性心理学的内容，这都是人们所熟知的事实。当然，这种制衡性综合并不意味着内中不同观念因素之间差异的消失。鲁迅就对许广平说过：“其实，我的意见原也一时不容易了然，因为其中本含有许多矛盾，教我自己说，或者是人道主义与个人主义这两种思想的消长起伏罢。所以我忽而爱人，忽而憎人；做事的时候，有时候确为别人，有时却为自己玩玩，有时竟因为希望生命从速消磨，所以故意拼命的做。”[②]这种主体的矛盾性在启蒙文学乃至嗣后新文学的发展中是一种很普遍的现象，但由这种内在矛盾所形成的认识和心理的张力，对于文学的发展来说却未必不是一件好事。应当看到，在五四启蒙运动和先驱者们义无反顾的激进态度里，实际上其本身又内蕴着制衡回转的因素。由此，我们就不难理解，为什么在原初的观念受阻的时候，他们均能作出必要的调适。

再者，这种对于西方照单全收的丰富性、复杂性，在其初起之时，其内部即已包含着发生裂变的隐性现实。虽然在主观态度上，他们的文字时常流露出“真理唯在我手中”的霸气，然而仅就思想文化方面而言，他们就有两个问题无法解决：一是他们对本土传统

---

① 周作人：《人的文学》，载《新青年》第5卷第6号。

② 《两地书·二四》，《鲁迅全集》第11卷，人民文学出版社1981年版，第79页。

文化的批判不可谓不全也不可谓不深，是从根底处作了否定，可在实际上，却是既不能在文化破坏上将它所有的价值全部轰毁，也不能在文化建设上实施有效的置换。在这些基本问题尤其是文化建设问题上，本来认识就未必一致，所以用不了多久，就会在新文化阵营内部有另类声音发出，这就是1919年初出现的"国故学"主张。二是对西方的各种思潮虽有粗略的时空性梳理，但毕竟缺乏冷静、系统的学理性研究，这就不能不在客观上表现为一种多少有点无序的散点并陈的状态。而在这种情况下，引进者们既杂取又有不完全相同的亲和倾向，在阐释引进对象和建构、表述主张上，自然也就有了差异。所以，后来陈独秀也承认："本志具体的主张，从来未曾完全发表。社员各人持论，也往往不能尽同。读者诸君或不免怀疑，社会上颇因此发生误会。"①随着启蒙运动的高涨，文化批判的高蹈，使大家愈觉距离解决实际社会历史问题的茫远，而一战后列强"公理"假面的撕破和西方对于文化的反思，这内外的原因则更激化了内在的分歧，导致了1919年《新青年》同人在社会政治等基本观念上的严重分歧并终于分道扬镳。随之，在文化、艺术观念上的不同择取倾向也日渐显豁。成仿吾批评"国学运动"时说过这样一段话："我们的学术界自从所谓新文化运动以来，真不知道经过多少变迁了。变迁本是进步的一个条件，可惜我们所经过的变迁，不幸而是向退步一方向去的。"②此话自然不能算作确论，我们是很难指责这些"变迁"的，但变个角度看，其所叹惋的这一历史"变迁"过程，难道不正是五四启蒙运动潮起潮落的必然走向吗？现在看来，也正是启蒙观念由聚合到裂变的发展，才使得一部中国现代史从政治到文化到文学多元性的发展成为可能，而同时也为其提供了可供多元性借鉴的思想文化资源。在其间，文学

---

① 陈独秀：《本志宣言》，载《新青年》第7卷第1号。

② 成仿吾：《国学运动的我见》，载1923年11月18日《创造周报》第28号。

的变革自然是受益良多。从社会政治观念方面的民主主义、自由主义、无政府主义、社会主义，到文化哲学方面的人道主义、个性主义、生命哲学、实证哲学、心理学及性心理学，再到文学艺术观方面的自然主义、写实主义、浪漫主义、唯美主义、现代主义，等等，在嗣后新文学的多元发展中，我们都可以找到受这些思想文化资源影响的印迹。

二

五四启蒙运动势在必然地推出了"文学革命"，换言之，没有五四启蒙运动也就不会有这场文学革命运动的发生；但是，文学相对独立意义上的"文学革命"或者说文学现代变革的实现，却只能是出现在这一启蒙运动落潮之后。

新文学史研究者一向把从 20 世纪第一个十年末至第二个十年后期的文学通称之为"启蒙文学"，以至于成了一种社会集体认同的观念。殊不知在这十年左右的时间里，事实上含纳着历史内涵前后有别的两个阶段，而发生、发展于这两个不同时段中的新文学，因此也就有了诸多深刻的差异。

从"文学革命"口号的提出到 20 年代初五四启蒙运动落潮时，为其前期。在这一阶段的前四五年里，以思想文化批判为职志的五四启蒙运动正值高涨时期，由启蒙这一历史中心性行为所呈现的空前的历史觉悟和精神魅力，对急随历史主潮、意在文化价值重建的一切文化行为，也正表现出巨大而深在的统合力。在这种情况下，文学只是作为一种独特的精神呈现形式和文化性行为被人们认识，其作为启蒙工具和启蒙运动全面展开与深化表征的历史宿命便是无可回避的了。事隔十几年后，茅盾曾对五四文学运动初期的主要特性作过这样的阐释："那时的《新青年》杂志自然是鼓吹'新文学'的大本营，然而从全体上看来，《新青年》到底是一个文化批判的刊物，而新青年社的主要人物也大多数是文化批判者，或以文化批判者的立场发表他们对于文学的议论。他们的文学理论的出发点是'新旧思想的冲突'，他们是站在反封建的自觉上去攻击封建制度的形象的作物——旧文艺。"[①]因此，在这四五年里，新文学创作寥若晨星，虽然"尝试者"也出了一些，但成功的作品极少。其实真正能够代表五四启蒙文学特征和实际成绩的，倒是一二十年代之交那三两年内的创作，比如，到现在还能为我们记住的一批"问题小说"。这时候，新文化阵营已出现分化，参与者们在社会政治观念和对知识者历史责任承当的理解上也滋生出诸多分歧，但恰恰是这种新的形势，反而有可能使学术文化、文学艺术等部门增强了对社会人生各有其不同职责的历史合理性的认识。1921 年年初，第一个纯文艺社团——文学研究会堂而皇之地宣告成立，紧接着革新《小说月报》，又堂而皇之地推出新文学方面的第一份纯文学杂志，就是一个明证。但同时又应看到，新文化阵营虽然出现了分化，但主要是表现在对社会政治观念领域中各种"主义"的不同态度上，而对文化问题上的启蒙立场一时还不会那么快就出现大的改变。那些仍以文化重建为目标的人，依然坚持着启蒙的初衷，因此在这时的新文坛上，启蒙性文化批判的统合力仍然对文学发生着支配作用。这就不难理解，"问题小说"何以成了该时期文学生长的基本状态，就连清雅温婉的冰心、属感伤型气质的庐隐也都无一例外地以"问题小说"登上文坛。

在此期间，只有鲁迅是一个特例。在他 1918 年发表中国新文学史上的第一篇白话小说《狂人日记》时，就是一鸣惊人，起点很高。而随后创作于这一时期的小说作品（它们都收在《呐喊》集中）

① 《〈中国新文学大系·小说一集〉导言》，载《茅盾文艺杂论集》（上），上海文艺出版社 1981 年版，第 520 页。

尽管对鲁迅而言水平未必尽同，但它们却高标一帜地彰显出其在文坛上的非同凡响。他的小说，不是像当时的“问题小说”那样，只是用文学提出社会人生的问题，而是用文学来表现有问题的社会人生。而且在对所谓“问题”的把握上，也具有为人所不及的深刻和体悟。鲁迅何以能够在当时同样的启蒙规约之中作出如此出众的创造？我认为个中原因主要是他的人生阅历和作为“过来人”的感喟与冷静。此时的鲁迅，已有了太多的经历，特别是在东京时启蒙梦想的破灭，使他先于“五四”就早已经历了启蒙失败的痛苦并感悟到它的悲哀所在了。在与《狂人日记》同年发表的杂文《我之节烈观》里，与人们只是对着纲常名教文化猛施炮火的做法不同，鲁迅则是发出了惊世骇俗的另一种议论：“社会上多数古人模模糊糊传下来的道理，实在无理可讲；能用历史和数目的力量，挤死不合意的人。”他把这种势力称之为“无主名无意识的杀人团”，这正与《狂人日记》里人人都是食人者和被食者的艺术呈现一脉相通。在《呐喊》的大部分小说中，鲁迅都采取了一种极具创造力和思想、艺术张力的故事结构和精神观照的方式，即对在现实生存情景中作不同表演而命运也似乎有别的人们，作复线交映的同源性精神批判。比如《孔乙己》，一方面固然是表现一个饱受封建士大夫文化之害、已走进生活末路的不幸者，但同时甚至可以说主要“是在描写一般社会对于苦人的凉薄”①。这种结构方式和交映性复合批判指向，在《药》、《祝福》、《明天》、《阿Q正传》等作品中都能得到解释。应该说，在这个时期的作品中，鲁迅就已注入对历史变革和思想启蒙的质疑性因素。《明天》中单四嫂子的希望在于儿子，儿子死了，“明天”在哪里？《药》中的革命者夏瑜和贫病愚昧的华小栓也既相干又不相干地都走向了同样的归宿——坟。当然，这

① 孙伏园：《鲁迅先生二三事》，载孙郁、黄乔生主编《鲁迅先生二三事——前期弟子忆鲁迅》，河北教育出版社2000年版，第59页。

时的鲁迅不仅认同启蒙而且是以“呐喊”的姿态积极参与的，所以作品所表现出来的还是明显的启蒙倾向。

1920年陈独秀对“新文化”的内容重作解释时，对知识和本能的重要性同时作了强调，认为人类对外界的刺激反应不反应，用什么方法反应，“知识固然可以居间指导，真正反应进行底司令，最大部分还是本能上的感情冲动。利导本能上的情感冲动，叫他浓厚、挚真、高尚，知识上的理性、德义都不及美术、音乐、宗教的力量大。知识本能倘不相并发达，不能算人间性完全发达”。他还因此作了自责：“现在主张新文化运动的人，既不注意美术、音乐，又要反对宗教，不知道要把人类生活弄成一种什么机械的状况，这是完全不曾了解我们生活活动的本源，这是一桩大错，我就是首先认错的一个人。”[①]这种已经突破了原启蒙文化价值框架的新认识，只能出现在启蒙运动落潮之际。可是也正是这种更具包容性的多元性文化观，才给文学对自身相对独立的理解提供了契机。有意味的是，也就在这一年，新文学界对文学的解释出现了新的内容。周作人说，“人生派这派的流弊，是容易讲到功利里边去，以文艺为伦理的工具，变成一种坛上的说教。正当的解说，是仍以文艺为究极的目的；但文艺应当通过了著者的情思，与人生的接触”[②]。茅盾则说：“文学是思想一面的东西，这话是不错的。然而文学的构成，却全靠艺术。……由此可知欲创造新文学，思想固然要紧，艺术更不容忽视。思想能一日千里的猛进，艺术怕不是‘探本穷源’便办不到。因为艺术都是根据旧张本而美化的。不探到了旧张本按次做去，冒冒失失‘唯新是摹’，是立不住脚的。”又说：“最新的不就是最美的最好的。凡是一个新，都是带着时代的色彩，适应于某时代的，在某时代便是新，唯独‘美’‘好’不然。‘美’‘好’是真实（Real-

---

① 陈独秀：《新文化运动是什么》，载《新青年》第7卷第5号。

② 周作人：《新文学的要求》，载1920年1月8日北京《晨报》。

ity)。真实的价值不因时代而改变。"[①]这些论述透露出来的新信息，分明是对文学的功利与非功利、思想与艺术的关系、文学的时代性与超时空性价值等问题的重新阐释，这无疑是对文学之相对独立性的强调，从中可以感受到对原来文学与启蒙捆绑关系的松解。还有一个令人不免感到惊异的现象，是一年后茅盾对文学"国民性"问题所作出的新解释："所谓国民性并非指一国的风土人情，乃是指这一国国民共有的美的特性。……我相信，一个民族既有了几千年的历史，他的民族性里一定藏着善美的特点；把他发扬光大起来，是该民族不容辞的神圣的职任。中华这么一个民族，其国民性岂遂无一些美点？从前的文学家因为把文学的目的弄错了，所以不曾发挥这些美点，反把劣点发挥了。"[②]"国民性"批判本为五四启蒙运动的一个基本关注点，也是启蒙文学的基本主题，其意义所指和批判的指向是众所周知的，茅盾能对这一核心性概念作出异向性的全新阐发，而且并非只他一人持有这种观点[③]，足见文学观念的变化之巨了。但须指出，一个文学相对独立发展局面的出现，和一个思想运动趋于成熟的标志是不同的，后者是价值指向相对集中的统合性，前者则是多元性发展格局的形成。由于人生派深在的启蒙情结，文学研究会作家虽然在观念上已有一系列的重要突破，各成员间的意见也并非一致，但为其所表现出的主导性倾向，则仍然是与启蒙观念血脉相连的，其统合主义倾向也仍然有迹可寻。直到创造社等各种文学社团和流派主张出现，文学研究会事实上也发生了分化时，中国新文学发展的相对独立性才算是在一个大的格局中实现了。综观这一段历史，我们会得到一个令

① 茅盾：《小说新潮栏宣言》，载《小说月报》第11卷第1号。

② 茅盾：《新文学研究者的责任与努力》，载《小说月报》第12卷第2号。

③ 愈之在《新文学与创作》中也明确提出这一观点，该文载《小说月报》第12卷第2号，与茅盾的文章同期刊出。

人悲怆然而有益的启示：思想启蒙运动必然是在分化中落潮，而文学相对独立的发展则只能是在分化中实现。

文学相对独立性的实现，与“文学主体”的形成密不可分。五四启蒙运动着力塑造的是新的“历史主体”，但历史的自觉并不能等同于文学的自觉，它在为新文学主体提供必要的历史质素时，同时也规限了这一独特角色主体的最终形成。所以，倒是在它的解构和落潮中，一代新的文学主体才真正得以形成。新文化阵营的分化和启蒙运动对于解决中国现实问题的无能为力，使人们陷入苦闷和迷惘之中，陷入对启蒙的痛苦反思与重新审视和对于社会人生再行逼问的焦虑与无奈。这在文化哲学领域引发了人生观问题的讨论，而在文学界，则是导致了文学表现“向内转”的倾向。由对被启蒙者悲剧性文化生存的批判性揭示，到对启蒙者自身内心痛苦的剖露；由全知型的启蒙叙事转变为知识者对自身精神生存的悲剧性感受的自剖式言说，这就改变了原来那种社会人生批评者的观照姿态和作为“局外人”角色的叙事态度，而将对“人”的表现真正落实到了创作主体自己身上。

最具典范意义的还是鲁迅。他对新文化阵营的分化和启蒙运动的落潮，有极敏锐的感受，曾不只一次地谈起过由它们所带来的后果。新的现实，使他更加感受到中国问题尤其是国民性问题的难以解决，同时也看清了“一切理论家，不是怀念‘过去’，就是希望‘将来’，而对于‘现在’这一题目，都缴了白卷”的现实状况，从而更深地陷入了“觉得惟‘黑暗与虚无’乃是‘实有’”，又“终于不能证实：惟黑暗与虚无乃是实有”的矛盾之中。[①] 而同时，他也更发现自己灵魂中深埋的一些东西的根深蒂固：“我自己总觉得我的灵魂

① 《两地书·四》，《鲁迅全集》第 11 卷，人民文学出版社 1981 年版，第 20～21 页。

里有毒气和鬼气，我极端憎恶他，想除去他，而不能。”[①]因此，“彷徨”期间的鲁迅将创作内容的重点，转向了对启蒙者精神变异的考索并自入精神炼狱，不啻于抉心自食的心灵剖露和升华。应该说，在“呐喊”期，他在《一件小事》、《端午节》等小说中，就没有“忘记自己也分有这本性上的脆弱和潜伏的矛盾”[②]，但在此时，他却是依据启蒙落潮后启蒙者们的历史宿命进行了重点表现。《在酒楼上》中的吕纬甫，一个早先敢于“到城隍庙里去拔掉神像的胡子”的角色，现在却变成了完全向命运屈服的“敷敷衍衍，模模糊糊”的人。他所取譬的蜂子或蝇子飞了一个小圈子又回来停在原地点，实际上就是众多吕纬甫式人物历史宿命的真实写照。《孤独者》中的魏连殳有所不同。从“自以为是失败者”到知道“现在才真是失败者了”，他没有走入吕纬甫式的一途，而是躬行“先前所憎恶，所反对的一切”，拒斥“先前所崇仰，所主张的一切”了。他以精神自戕的方式既报复这个无望的现实，又惩罚自己重创的心灵。“像一匹受伤的狼，当深夜在旷野中嗥叫，惨伤里夹杂着愤怒和悲哀。”在这些小说中，鲁迅采用了审他与自审互动的创作手法，一方面将自己的深在感受对象化在所描写的人物身上，使之既能在“他者”的形式中展现出此类状态的普遍性，又能达到借以自剖的目的；一方面则又作有距离的谛视，于深重的忧愤与感慨中保持了一种冷静的否定性态度，因为终不愿也不信被历史点燃的精神之火会就此一下子被黑暗吞没。与《彷徨》写作于同一时期的散文诗集《野草》，是作者主体性发挥和艺术创造几臻于极致的作品，它是作者在精神炼狱中淬出的诗与思的结晶，也是在中国新文学中不可多得的瑰宝。

---

① 《致李秉中》，载《鲁迅全集》第11卷，人民文学出版社1981年版，第431页。

② 茅盾：《鲁迅论》，载查国华、杨美兰编《茅盾论鲁迅》，山东人民出版社1982年版，第12页。

在那个时期,作家们向生命感受的深处开发,并照着自己理解的方向进行创作,实际上是一个较为普遍的现象。文学研究会中的冰心、庐隐,此时也告别了先前那种故事简单、观念显露的"问题小说"的写作,冰心开始了宁馨清雅的小诗与美文的创作,而庐隐也自《或人的悲哀》、《海滨故人》,转向了对置身于理想与现实悖反状态中的青年知识者,尤其是女性的苦恼与无奈的描写。郁达夫不属于人生派作家,而且他所归属的创造社正以新的文化建设者自命,但他在自《沉沦》起的一系列小说中所创造的"零余者"形象,所描写和抒发的却是青年知识者在人生中既找不到价值凭借,又找不到自我价值归宿的"多余的人"的境遇和迷茫,同时也是他个人的生存自况。在那时,"个人化"写作成了多数作家的呼吁和自觉追求。冰心说:"能表现自己的文学,是创造的,个性的,自然的,是未经人道的,是充满了特别的感情和趣味的,是心灵里的笑语和泪珠。""这样的作品,才可以称为文学,这样的作者,才可以称为文学家。"[①]庐隐也说:"足称创作的作品,惟一不可缺的就是个性,——艺术的结晶,便是主观——个性的情感。"[②]不用说,郁达夫自然是更为标榜"个人性"了,直到后来为《中国新文学大系·散文集》写导言时,还特别要为这个问题辩白。现在道理已经明白,其实这种"个人化"写作意识的自觉和创作实践,正是新文学开始走上成熟之路的一个重要标志。

五四启蒙运动落潮后,新文学表现的主题也在发生着明显的变化。最足以说明这一变化的,还是启蒙情结最重的人生派文学。自 20 年代初以后,人生派文学的重镇即转向了乡土文学方面,在其初起之时,基本的主题意向显然还是在于对五四文化批判和国民性剖示传统的自觉承续。农村中诸如野蛮、愚昧的陈规陋习,如

---

① 冰心:《文艺丛谈(二)》,载《小说月报》第 12 卷第 4 号。

② 《创作的我见》,载《小说月报》第 12 卷第 7 号。

械斗、沉河、典妻、冥婚等一时间成了乡土作家们竞相表现的内容。但是，一方面是因为贴近现实人生后所得的感受日渐丰富，这与他们这些离乡者的怀乡情绪一拍即合；一方面是对文学民族性问题的思考已提上新文学发展的议程，这对自己所承袭的传统本身就构成了一种否定性的叩问，所以，到20年代中期，乡土文学的主题便发生了背反性的变易和分化。譬如台静农的《新坟》，写一个因女儿、儿子被大兵残害致疯的四太太，其令人心颤的疯状和周遭人们的反应，这本是一个可以充分发挥国民性批判力量的题材，然而作者却只是把它描写成了一出原汁原味的人间悲剧。而黎锦明的《出阁》写一个农村姑娘的出嫁，则不仅见不着批判的笔墨，也见不着一点生活的沉重，所展示给读者的只是一种饱胀着青春活力、欢快而富有机趣的生命的舞蹈。写过《水葬》的蹇先艾，写于20年代末的《在贵州道上》，也一改前者那种侧重文化批判的追求，不惜重墨挥洒，淋淋漓漓地描制了一幅充满"奇"与"趣"的人生苦乐图。这些作品，偏重于对人生原生态的撷取和表现，主题也成为一种多义性的蕴涵，很难用某一单一的意义指向来概括了。深受周作人影响的废名，此时也很快就确定了自己艺术追求的方位，以充满佛禅意味的安静的人性生存境界的营造，来区别于历史现代化所带来的人性生存之扰。他这种与历史现代性构成对峙效果的审美追求，与新月派中的一些作家一起，很快就成了崛起于文坛的所谓"京派"的一脉。

三

五四启蒙运动张扬科学理性的目的在于"祛魅"，而一味祛魅的结果却不能不伤害到文学的感性特征和作为审美文化生成的特质性；相反，倒是在其落潮时必然出现的"返魅"过程中，文学才又找回到了这一切原本属于它的东西。

在五四启蒙运动一开始，陈独秀即将“想象”设置于“科学”的对立面，明确宣告：“科学者何？吾人对于事物之概念，综合客观之现象，诉之主观之理性而不矛盾之谓也。想象者何？既超脱客观之现象，复抛弃主观之理性，凭空构造，有假定而无实证，不可以人间已有之智灵，明其理由，道其法则者也。在昔蒙昧之世，当今浅化之民，有想象而无科学。……今且日新月异，举凡一事之兴，一物之细，罔不诉之科学法则，以定其得失从违；其效将使人间之思想云为，一遵理性，而迷信斩焉，而无知妄作之风息焉。”[①]经由19世纪后期开始宣传后，又经五四启蒙运动的大力鼓吹，“科学”一词已成为社会最为崇尚的一个概念。1923年胡适为《科学与人生观》作序时，就充分肯定了这一社会效果：“这三十年来，有一个名词在国内几乎做到了无上尊严的地位；无论懂与不懂的人，无论守旧和维新的人，都不敢公然对他表示轻视或戏侮的态度。那名词就是科学。”[②]在此种情况下，用科学来统驭文学，换言之，文学也必然服从科学的原则，也势在必然地成了新文学界不少人的共识，只不过有的人表述得更为尖锐些罢了。如茅盾说：“文学到现在也成了一种科学，有它的研究对象，便是人生——现代的人生；有它研究的工具，便是诗(Poetry)、剧本(Diction)。”[③]而傅斯年说得更见极端：“方今科学输入中国，违反科学之文，势不相容，利用科学之文，理必孳育。此则天演公理，非人力所能逆从者矣。”[④]因此，周作人在对“人的文学”进行阐释时，把所谓的“迷信的鬼神书类

---

① 陈独秀：《敬告青年》，载《青年杂志》第1卷第1号。

② 胡适：《〈科学与人生观〉序》，载《中国新文学大系·史料索引》(影印本)，上海文艺出版社1981年版，第241页。

③ 茅盾：《文学和人的关系及中国古来对于文学者身份的误认》，载《小说月报》第12卷第1号。

④ 傅斯年：《文学革新申议》，载《新年青》第4卷第1号。

(《封神传》、《西游记》等)”、“神仙书类(《绿野仙踪》等)”、“妖怪书类(《聊斋志异》、《子不语》等)”、“强盗书类(《水浒》、《七侠五义》、《施公案》等)”,统统归入“非人的文学”而予以否定。理由是“这几类全是妨碍人性的生长,破坏人类的平和的东西,统应该排斥”。他大约也觉得这话说得未免有些绝对,所以紧接着又作了一个释疑性的解释:“这宗著作,在民族心理研究上,原都极有价值。在文艺批评上,也有几种可以容许。但在主义上,一切都该排斥。”①启蒙主义在文学观上求真求实,必然强调写实主义,因为写实主义作为一种创作原则,更容易与科学和经验哲学达成一致。“人生派”文学一度特别鼓吹左拉的自然主义,就是因为他的“自然主义是经过近代科学洗礼的;他的描写法,题材,以及思想,都和近代科学有关系”,所以号召“我们应该学自然派作家,把科学上发现的原理应用到小说里,并该研究社会问题,男女问题,进化论种种学说”。②

这种启蒙文学观的偏颇是显而易见的。它以对科学和理性的普遍主义态度和一元性价值论定,严重忽略了人类文化在基本属性和意义指向上的深刻差异,忽略了与科学文化既相关又相左的人文文化不可被取代的价值。“启蒙运动认为,把科学的方法从大自然的领域扩大到人的领域,可以把男男女女都解放出来。”③但是却没有看到,“科学的了不起的成功所依靠的方法,只能应用于那种可以毫不含糊地观察和精确地测量的现象。而艺术和人文学的传统对象——信仰、价值观、感情对艺术的各种反应、人类经验的暧昧模糊性以及社会相互作用的复杂性——却不是容易地可以

---

① 周作人:《人的文学》,载《新青年》第5卷第6号。

② 茅盾:《自然主义与中国现代小说》,载《小说月报》第13卷第7期。

③ 阿伦·布洛克:《西方人文主义传统》,董乐山译,三联书店1998年版,第249页。

用这种方法来研究的”[1]。人作为一种高级的秉有异常灵性的生命存在,具有把握世界的几种不同的能力和方式,除了被启蒙运动所极力推崇的科学——理性的方式之外,还有宗教的、艺术的即想象的方式。这种方式,是生命与自然、社会、生命之间的一种非理性即非分析与非逻辑的独特对话方式,它以超现实的想象和对想象中的关系与功能的形象模拟,来达致表述欲望、补偿缺憾即生命抚慰的目的,同时也表示出面对超越自我之力必须自我约制的敬畏之心。不同的文化系统都有自己的神话、传说、巫术和民间礼俗,而这些东西都又无一例外地对形成本民族的原型文化意识和各具异彩的审美文化特征起着决定性的作用。早在1912年,周作人曾提出一个“种业”的概念,并对其形成及作用作过这样的表述:“盖闻之,一国文明之消长,以种业的因依,其由来者远。欲探厥极,当上涉于幽冥之界。种业者,本于国人彝德,附以习惯所安,宗信所仰,重之以岁月,积渐乃成。其期常以千年,近者亦数百岁。逮其宁一,则思感咸通,之为公意,虽有圣者,莫赞一辞。故造成种业,不在上智,而在中人;不在生人,而在死者。二者以其为数之多,与为时之永,立其权威;后世子孙,承其血胤者,亦并袭其感情,发念致能,莫克自外。……遗传之可畏,有如此也。”[2]当然他在此处的倾向还是说“种性”即“国民性”的形成和可畏,但也道出了原型文化意识和民族心理积淀形成的规律和文化“因依”在文化发展中的作用。五四启蒙运动崛起后,随着“祛魅”过程的偏至性展开,就连周作人,对类似问题的论说也绝对地偏于负性的一面,其对新文学的影响也就可想而知了。夏志清认为:“现代中国人‘摒弃了

① 阿伦·布洛克:《西方人文主义传统》,董乐山译,三联书店1998年版,第250页。

② 《望越篇》,载1912年1月18日《越铎日报》,署名为“独立”。一说作者为鲁迅;一说为周作人,他自云手稿尚保存在手中。此处从后一说。

传统的宗教信仰'，推崇理性，所以写出来的小说也显得浅显而不能抓住人类道德问题的微妙之处了。"[1]这一看法还是不无道理的。

在启蒙运动落潮时，人们相对冷静下来，开始意识到科学对于文学的不可替代性。瞿世英就指出："科学顾得到知识却顾不到感情，顾到物质却顾不到精神，对于人生的一面固然很清楚，但对于人生的全部却遗漏了不少，便是人的心理活动，也用机械的心理学去看他，这是很容易减少人的同情的。这也是文学吃了科学的亏。"[2]周作人也一改原来的看法，认为："古今的传奇文学里，多有异物——怪异精灵出现，在唯物的人们看来，都是些荒唐无稽的话，即使不必立刻排除，也总是了无价值的东西了。但是唯物的论断不能为文艺批评的标准，而且赏识文艺不用心神体会，却'胶柱鼓瑟'的把一切叙说的都认作真理与事实，当作历史与科学去研究他，原是自己走错了路，无怪不能得到正当的理解。"[3]他指出："拿了科学常识来反驳文艺上的鬼神等字样，或者用数学方程来表示文章的结构；这些办法或者都是不错的，但用在文艺批评上总是太科学的了。"[4]因为，"文艺不是历史或科学的记载……如见了化石的故事，便相信人真能变石头，固然是个愚人，或者又背着科学来破除迷信，断断地争论化石故事之不合物理，也未免成为笨伯了"[5]。在那时，一方面是启蒙运动落潮所与之俱来的反思，一方

① 夏志清：《中国现代小说史》，传记文学出版社 1979 年版，第 12 页。

② 瞿世英：《小说的研究》，载《小说月报》第 13 卷第 7 号。

③ 《文艺上的异物》，载《周作人文类编》第 6 卷，湖南文艺出版社 1998 年版，第 351 页。

④ 《文艺批评杂话》，载《周作人文类编》第 3 卷，湖南文艺出版社 1998 年版，第 576 页。

⑤ 《神话的辩护》，载《周作人文类编》第 5 卷，湖南文艺出版社 1998 年版，第 716 页。

面则是西方的人类学观念和其他一些人文文化见解的引入，也无形中成了帮助他们矫正思维的依据。周作人就不无兴奋地大谈西方人类学的价值，而且由此以后写了大量关于神话、鬼故事和民间礼俗方面的介绍和研究心得方面的文字。而且还应指出，这时人们已开始注意中国审美文化的特点，茅盾就曾指出："大凡一个人种，总有他的特质，东方民族多含神秘性，因此，他们的文学也是超现实的。民族的性质，和文学也有关系。"[①]这些与前有别的认识，无疑代表着文学思潮的新质，并会对文学创作实践发生影响。

在创作实践方面，自然也有与之相副的倾向发生。最具特征性的，仍然得属鲁迅的作品，即回忆性散文《朝花夕拾》。在这部散文集里，虽然也时时可见对残害人性的愚妄文化观念的批判和在议论里对现实中"正人君子"之徒针砭的机趣，然而更让我们受到感染的，却是化得如水的乡情、遥远而永难忘怀的童趣和生命得以活跃的质朴而怪异的民间想象和礼俗——让我们感受到了鲁迅难得的"轻松"。长妈妈与《山海经》诱人的图画和神怪故事，百草园中的种种乐趣和美丽而可怖的传说，迎神赛会打破所谓"阴阳界"的可参与性表演的独特魅力，读后都令我们如置身其中，余味无穷。在《无常》一文中，鲁迅说："我至今还确凿记得，在故乡时候，和'下等人'一同，常常这样高兴地正视过这鬼而人，理而情，可怖而可爱的无常；而且欣赏脸上的哭或笑，口头的硬语与谐谈……"一句"鬼而人，理而情"，正是对民间鬼文化精髓和特征的准确把握，所以无怪乎迎神赛会中"无常"表演得有趣，也无怪乎鲁迅何以会写得如此出神入化。除《朝花夕拾》集外，鲁迅在1936年写的《女吊》中，也仍然有对类似表演的记述。其中的一段描写，着实叫人神往：

---

① 茅盾：《文学与人生》，载《文学研究会资料》（上），河南人民出版社1985年版，第89页。

> 在薄暮中，十几匹马，站在台下了；戏子扮好一个鬼王，蓝面鳞纹，手执钢叉，还得有十几名鬼卒，则普通的孩子都可以应募。我在十余岁的时候，就曾经充过这样的义勇鬼，爬上台去，说明志愿，他们就给在脸上涂上几笔彩色，交付一柄钢叉。待到有十多人了，即一拥上马，疾驰到野外的许多无主孤坟之处，环绕三匝，下马大叫，将钢叉用力的连连刺在坟墓上，然后拔叉驰回，上了前台，一同大叫一声，将钢叉一掷，钉在台板上。

这哪里是什么封建迷信，其实就是一种淋漓尽致的令人悚然而又快活的生命表演！这种倾向在乡土文学中多有呈现。比如台静农的小说《拜堂》，写贫穷而娶不起妻的汪二，同守寡了一年而又和他有了身孕的嫂子成亲，将当掉蓝布小袄所得的四百大钱统统买了香烛，在邻居田大娘和赵二嫂的热心参与中认真行了拜堂之礼。所表现的就未必是什么愚昧，更多的倒是民间草民对仪式的敬畏之心和对生命的认真态度。

闻一多曾经指出："理性铸成的成见是艺术的致命伤，诗人应该能超脱这一点。"①经过新文化观念洗礼后的"返魅"，最根本和普遍的意义，就是文学在其现代变革中对想象、情感和魅力等审美文化特质的关注与创造，从而既保证了以与历史现代性意义同构为追求的主流性文学的审美创造力，同时也为与历史现代性保持疏离甚至对峙态度的其他多元生成的各派文学的生成发展，提供了可以堂皇言之的合理依据，所以所谓"返魅"的意义自然也就不可小视。

（原载《中国社会科学》2004 年第 3 期）

---

① 《文艺与爱国——纪念三月十八》，载《闻一多全集》第 2 卷，湖北人民出版社 1993 年版，第 134 页。

《孔范今自选集》前言

这个集子中所收的文字，是我从自20世纪80年代后期至今所写的文章中选出来的。本来时间并不是太久，似乎并没有再做一个"选集"的必要，但朋友和学生们都说那些出版物已难以找到，因此就希望能再出这样一个东西。我想也好，这样做一方面能便于大家阅读，另一方面对我本人来讲也因此有了一个回头检讨自己思路进程的机会。

20世纪80年代的中前期，随着整个国家命运的改变，我国在思想、文化、学术和文学艺术领域都出现了一个令人振奋的拨乱反正的新局面。在现当代文学研究领域，一批新锐的中青年学者自然也成了这一局面中的亮点。那时大家所做的，主要是重评的工作，即在过去被褒或被贬的作家、流派乃至理论主张的另一面去寻找被认为是更逼近对象的本真意义和价值。对象是大家久已熟悉的，但意义却是崭新的。这看似散点式的研究更新，里面事实上却有一个共同的价值期待，那就是以五四时期的文化和文学价值观，或者说至少是以它为价值建构起点的即时性理解，所完成的对政治化的学术研究模式和学术格局的解构与替代。一时间，因历史的曲曲折折而睽违已久的"五四"，似乎又重新被大家找回，而在新时期如何重续和发扬这一历史的文化精神传统，也就成了一代学人为之激动和思考的基本问题。想想那个时候,一篇硕士或博士的学位论文就可以名噪天下,因为它们所带给大家的,无一不是迥异于过去那种政治化研究的令人耳目一新的文化学术信息。可以毫不夸张地说,它们当时所起的作用,无异于破冰期在坚冰上引爆的一枚枚炸弹。

那时候,处在边缘区的我自然也因此而无比激动,这样的文章我几乎是每篇必读。这些新锐的学者大都是我的同辈人,有的比我年长些,有的则比我还要年轻很多。我深深地为这一代人作为新时期引领学术潮流的新一代学术主体的崛起与成长而振奋而骄傲,更为由其开拓的崭新的学术局面所鼓舞。但惭愧的是,那时我并没有写出什么像样子的文章来,相反,多方叩问和思考的习惯却使我陷入了更多更深的困惑。当时,困扰我的问题主要集中在两个方面:一是如何才能算是回复到或者说把握住了对象及其意义存在的本真性;一是为什么近百年内在文化、文学乃至学术观念的历史发展中会数次发生自我否定性的反复回旋的现象。

我知道,要弄明白这些问题需要花费时日,而且,也不是仅凭对单一个学科历史的了解所能解决的。但是,一旦有问题纠缠住你,不弄个明白,你自己也不会放过自己。于是,我也就不再急着去参与眼前的学术发言,而是把心沉静下来,开始了自觉未免有几分旷远之感的学术之旅。似乎是一切都得从头做起,一切都得重新做起,虽然过去也有了不少本专业和相关学科的学术积累,但到此时,忽然觉得它们都靠不住了。现在人们时兴说“知识考古”、“田野调查”,其实如果不是拘泥于它们特定的学术性规范,而是更为宽泛地理解为对研究对象的发现性开掘、相对全面的资料搜集辨析,以及与其所进行的直接的对话与解读,那它们就是对包括现当代文学在内的许多学科研究共同的要求。如果没有为解决上述问题所经历的长达五六年的类似的学术实践,那我就既不会产生这一认识,也不会发出这样的感慨。

从20世纪80年代中期开始一直到90年代初，我所做的第一件事，就是对对象世界的完整修复与再现，我把它视之为"去蔽"的工作。在历史发展中，任何一个过往时段的事物，都会因地理、历史和人文的种种缘故而发生一种遮蔽，过往的作家和作品也会如此，其中有正常的原因，也有非正常的原因。就文学历史的发展而言，有些遮蔽是正常的，它是由接受流传过程中择优汰劣的客观法则所决定的，经由后人所辑，即使叫做《全唐诗》、《全宋文》者也未必就能包容了当时的全部。而有些情况则是不正常甚至是很不正常的，譬如时间虽然过去还不久，或者说正因为其过去不久，但因择取者方面政治的或文化价值观方面的偏见，而采取的非个人性的排他行为。特别是当这种择取者实际为政治权力和话语权力的持有者时，由其偏取偏解所形成的遮蔽则更为严重。历史上是如此，20世纪也是如此。从当时研究者和学生们所能阅读的出版物来看，当代时期对现代时期的遮蔽，相对于对近代或对当代自身的遮蔽更见严重。许多在当时很有影响的作家作品既不见有任何方式的再版重印，也不见于我们所习见的文学史的记述，致使像张爱玲、徐讦、无名氏、梅娘等现在已为人们所熟知的名字，那时连许多现当代文学研究者也不知为何人。即使是知道有这些人在，也没有读过他们的作品，所知道的不过仅仅是被偏见所强加给他们的恶谥而已。想想多少年来我们的研究乃至大学的文学教育，理论的政治化不说，就是研究对象也被一张大幕严重遮蔽，所展示给人们的只是对象世界的一部分，甚至还对其作了修剪处理，以这样的前提提供给大家，其后果如何，岂不可想而知。

看起来不过是资料的收集和筛选工作，可是做起来却比预想的要艰难得多。有些过去私下看过的，要一一找出来重新审定；有些只是知道作家作品名目的，要千方百计地去搜求；而有些连名目也不知道的，就要从翻检旧时的报章杂志中寻觅线索，再按图索骥地各方寻找。当时参与我这一工作的有五六人，断断续续地为此用去了五六年的时间。这期间，北到东北三省，南到福建、广东，大家奔波于各地，足迹所至遍及大半个中国，有的资料还是托朋友从境外觅来的，可谓辛苦备尝。可是一旦帷幕揭开，大家也就惊喜地发现，原来现代文学竟是如此丰富的存在，尤其是40年代，过去一直觉得乏善可陈，没想到它竟然也是一个色彩斑斓、意味深长的富矿，因此激动之情自然也难以言表。其间遇到的另一个难题是观念的调整问题。问题很显然，如果仍然执守政治的或者是启蒙的理念，那么那些重新发掘出来的各具异彩的文学成果会依然难入我们的法眼，所谓“去蔽”最终也仍然是“排他”。所以也就是在这一过程里，我意识到了观念调整的必要性并对自己的观念作了必要的调整。这一几近于崭新的文学现实使我认识到，现代文学是一个多维性的结构，各方面的意义也都或者说只能发生于结构之中，任何简单化绝对化的价值评议都会使你远离对象。这项工作最后的成果应该既是被遮蔽作品的系列展示，同时也是一种新的文学史观的展现，惟其如此，才能保证这一工作原初目的有效实现。90年代之初作为其最后成果的《中国现代文学补遗书系》终于出版了，虽然仍然带有种种遗憾（我一直在想，如果不是因为当时特定的社会气氛，恐怕这书将难以面世，而不得不于匆促之间将其付梓，如果时间再从容一点，那肯定会做得更好一些），可尽管如此，这套书出版后，还是受到了好评和欢迎，每为海内外学界的朋友们所提及。

与此同时，我所做的另一件事，是对中国历史现代转型的具体过程，尤其是对其制导性变革行为变易特征的考察与思考。这是我寄希望于“揭秘”的一种努力。我一直坚信文学与历史相关发生的原则。文学的相对独立性，充分地表现在它独有的那种审美创造的过程与方式，其成果蕴涵的兼具历时性、共时性特质的丰富的精神情感内容，以及它对历史的独特感受和独特的参与方式上，但这些都不足以动摇我们对这一原则的认同。显见的事实是，如果没有中国历史的现代巨变，怎么会有现代文学思潮的波迭浪涌；如果不是历史对文学的现实功利性要求所引发的文学的种种反应，又怎么会有文坛中层出不穷的复杂纠葛？再进一步说，文学现代品格的生成与发展，包括那些以审美现代性对峙与制衡历史现代性的文学主张与实践，其实无一例外地都是这段历史活动所制造的结果。由此可见，这个道理应该是不难理解的。而也正是因为这个道理，要探究一段文学历史的发展变化，尤其是像20世纪中国文学这样充满冲突和变革的时期，是不能单从文学自身的考察来进行的。倘若以为只从文学自身考察才算是维护了文学和文学史的独立性，那就大错而特错了。作为对以往那种以政治取代文学、以政治史取代文学史的倾向的反拨，产生一种疏离性的心理，甚至标榜一种完全脱离历史的文学史研究，是可以理解的，但这另一种倾向在学理和事实上的站不住脚，也应该早一点明白才好。

基于这一认识，我对中国历史的现代转型过程作了一番考察，对其中经济、政治、文化等重要构成因素的起伏变化、关联方式和制动作用都进行了较为认真的探究与揣摩，用现在时尚的话说，就是做了一点“交叉学科”的研究。当然，比起研究历史包括研究经济史、政治史、文化史的专家来，我所做的仅为皮毛，自然是自愧不如；但因为我是带着一种多学科交叉聚焦的特殊目的来进行考察探索的，自觉倒是便于发现为人们所可能忽略的一些问题，而自有所得。结果我发现，在中国历史现代转型的过程中，经济、政治、文化这三个重要历史变革因素即历史基元之间，存在着一种悖论性的结构特征。按道理来说，历史的整体性转型变化，是需要由这三个方面的变革来共同支撑和完成的。在其具体展开的过程中彼此之间会有不协调的现象发生，甚至是不可避免，但一般来说只能是表现于新与旧之间，即其中一项的变革与其原来的旧物以及与其他两项的旧物之间的矛盾中。然而，在中国历史的现代转型变革中，这三项历史基元的变革虽然在客观上产生了极为重要的互动作用，但在历史行动者的主观认识和价值取向上却是将彼此设置于对抗之中的。常见的模式是此项变革的出台必是以对此前彼项变革的否定为前提，即以之作为自己深悟历史要义并秉有充分合理性的基本依据。比如戊戌变法者对洋务运动的否定，梁启超倡导启蒙时对戊戌变法的反思，陈独秀发动新文化运动时对政治革命的反拨，以及"革命文学"对"文学革命"的取代和阶级政治革命对新文化运动价值立场的转换等，都可以明显见出这一特点。即使在其后，把政治与经济与文化对立起来的倾向也是时有发生，对此，人们至今也还是记忆犹新的。

这种情况的发生说来也并不费解。中国历史的现代转型并不是由其身自足发展的结果，而是在列强步步紧逼国势危如累卵之"数千年来未有之变局"中被动发生的。但也正是这种特定的历史情势，在有识之士中所激发出来的倒是越发峻急的强国之志和更为强烈的历史功利之心。他们不可能也没有条件对历史的更新、国家的雄强或者说历史现代性实现的总体要求作出全面统筹的综合考虑，历史给定的条件只能是对变革突破口的选择与转换。这样，对某一历史基元变革的意义锁定和单向度选择，也就成了实现历史突破或者说"革命"的基本方式，而当这种排他性的单向度选择在实践中必然地要走向与全面变革历史的原初目的严重背离时，具有另一新的觉悟的历史行动者便又势在必然地以对它的否定为前提，用一种新的选择对其进行置换。对于这种选择与转换行进的方式，我也深感遗憾，因为它在推动历史前行的同时又对历史造成了伤害，但我却并不能同意有的学者以假设为前提来对历史进行评判的做法，因为那样做，实际上是以西方即他者历史发展的模式或者是以个人一厢情愿的构想，取代了历史研究应从对象出发的基本要求，忽略甚至是抹杀了中国历史发展的特殊性。所以，在与《中国现代文学补遗书系》同时出版的论文集《悖论与选择》中，我在指出这一历史结构的悖论性特征的同时，还提出了历史发展的"自然法则"的问题,目的是标示出对历史选择必然性的尊重。一个具有科学态度的学者,应该充分重视历史发展的个性,并有责任对已然性历史现象作出实事求是的剖析研究。应该看到就这一段历史而言,它所提供给我们的是前所未有的新范型、新内容和新的功能机制,这对我们这一代学人来说虽然是一种新的学术难题,但也未必不是一种新的学术机遇。

悖论性的结构,必然形成独特的功能机制。倘若能把这个东西把握住,则无异于执住了牛耳,许多复杂的现象都将不难解释。依我的理解,这是一种悖论性转换和补偿性调适发展的功能机制,历史转型的总体趋势和需求在三个基元之间的悖论性转换和补偿性调适中得以实现,而文学观念发展中左冲右突的种种现象的发生和回旋式运转的基本轨迹,也正是在这一功能机制的制动中衍生为现实的。虽然因为文学有其自身独特的历史理解和表现规律,不会完全服膺于历史的现实性功利要求,但在林林总总的文坛现象中,即使是看起来最远离历史中心内容的文学主张,事实上也是在这种极具张力的功能性结构中应运而生的一种制衡性的补偿因素,只不过是更增加了广义性历史构成的复杂性而已。而随之而来的问题是,面对这样一个多维性制衡发展的结构性现实,应如何对其进行价值判断?为解决这一问题,我提出了一个对不同价值范畴(或价值层面)进行辨析研究的主张,并结合对某些个案的意义辨析进行了尝试。我认为,即使在某种文化、文学的强势话语主导文坛时,共时性出现的不同主张之间事实上也存在着不同价值范畴的差异,有的比如表现为历史功利主义倾向的更多的是在历史价值范畴内彰显出它的意义,而有的比如反历史功利主义倾向的则更多的是在学理性价值范畴或艺术审美的层面上,表现出了前者所欠缺的合理性,对它们应该作出审慎的辨析。文学史研究不同于文学批评,它应该对特定历史时期文学发展变化的内在历史机制、文坛变动的原因及新的审美特征生成的价值一一作出阐释。当然，搞文学批评的人也最好具有一定的史识，否则，就像从森林中拔起一棵树放在你的面前，你所做的也只能就此树论此树而已。

自《中国现代文学补遗书系》和《悖论与选择》出版后，我就开始着手于“20世纪中国文学史”的结撰工作了。其实此前所做的资料收集即对象修复的工作以及相应的观念重构，都是为这一想法所做的准备，自觉准备已经相当充分了，但是真到要做这件事的时候，却发现原来还有不少问题有待于进一步解决。比如，在观念建构上，就对两个相关的关键性问题还不是十分自觉，也没有取得明晰的认识。一个是对五四启蒙文化观的反思问题。虽然这之前特别强调过调整文化眼光的必要，而且事实上那已经是对五四文化观念所作的质疑与反思，但毕竟还没有把这个问题挑明了来说，更没有作出更具实质性的评说。要知道，那个时候五四启蒙的文化立场仍为现当代文学研究领域主导性的选择，以质疑性立场触及这个问题是多少有些不识相的。但以我的考察和思考所得出的认识，又确实不能违心地去附庸学界的人们所追趋的那种中心话语。起初我还是只管按自己的思路去思考问题，按自己的理解去结撰文学史，不想多什么嘴，但后来想想，有不同的想法还是应该讲出来，不对的话供大家批评也好，所以终于写出了总题为《二十世纪中国文学研究中的两个问题》的两篇文章，一篇是《走出历史的峡谷》，一篇是《超越五四文化模式》，一起发表在《文学世界》1995年第2期上，后又为《新华文摘》全文转发。在关于五四文化模式的那篇文章中，我对西方中心主义的价值立场和以西为今、以中为古的文化认知模式的利弊得失进行了批评，并明确指出了在今天应该超越这一模式认识问题的必要性。而关于走出历史峡谷的那篇文章，针对的则是观念上的另一个问题。当时学界仍然存在一种倾向，即走不出为历史所拘囿的对启蒙与救亡两种立场的背反性选择，这篇文章就是有感于此才写的。我认为要推动现当代文学研究，特别是完成对文学史的重构，必须跳出历史的拘牵，这样，才有可能达至一个新的学术视野，上述目的才能实现。

在文学史的重构上，也有些问题。首先遇到的一个问题，就是其所赖以建构的核心概念即基本范畴该如何确定。过去，要么是以政治革命的历史立场和价值观念为本，要么则取其反，以文化启蒙的历史立场和价值观念做立足点，而这两种倾向在治史方面所表现出来的历史局限性已越来越清楚地为大家所认识，如何辨析出一个更具超越性也更具包容性的立史的依据，已成为一个亟待解决的问题。自 80 年代中期以来，"重写文学史"已成为学界极为关注也极具吸引力的宏大课题，但经历了十年仍无令人满意的成果出现，其根本原因我以为就是在这个问题上没有出现实质性的突破。一直到 90 年代中后期，才陆续出现了几种颇具新意的文学史著，大家各有特色地走出了新路。在这个问题上，我所努力的结果是推出了一个新的概念——文学的现代转型，我认为这个概念比较契合中国文学现代转型发展的历史实际，它既能更为准确地复现这一转型的完整过程，也能合理地拓展开这一过程中复杂多变的空间结构，用它来作为建构"20 世纪中国文学史"的立足点，应该是比较合适而且是有效的。在实际的文学史重构中，我感觉正是因为明确了这一轴心，才使许多问题迎刃而解，新建构起来的史学理念和历史对象的梳理整合也才能够取得互为参证、契合无间的效果。

当然，具体的文学史结撰并没有那么简单，无论在时间的长度还是空间的结构上，对许多关节点要作出有说服力的论析，那是需要下很大工夫的。仅仅是为了拿出一个《二十世纪中国文学史》的写作提纲，就整整用去了三年多的时间。这个近三万字的提纲，对这部文学史的核心性概念和基本的史学理念，中国文学现代转型的起点和发展过程的分期，每个时期的结构性特点及评价取向，都作了具体的规定与说明。为了尽早成为引玉之砖，况且我也深知仅靠自己一人在短时间内也难以完成，于是就邀请了一些朋友一起来做，全书得以于 1997 年春完稿，并于当年秋季出版。这部文学史面世后虽然引起了关注，好评也不少，不过说实话，在我是兴奋与遗憾各居一半的。由于参撰者所做的是填空式书写的工作，而各人的见解与学术准备又终不能一致，所以有些章节之间就难免显得水平不一，对全书观念架构的贴近凸显也未必处处得力，这是我始终引以为憾的。但是，不管如何，为我所倾注心力的一种新的理解、新的建构终于成了人们能够面对的东西，哪怕仅仅是一种启发，于我愿也就足矣。与这部文学史同时出版的，还有论文集《走出历史的峡谷》，其中收入的除文学史的《导论》之外，还有这一时期所写的若干篇文章，既有对文学史个案的重新解读，也有对文坛现实的关注和观念剖析，由它们也都可以看出我在那一时期的所思所想。

在此后的一段时间内我又写过一些文章，也是长则很长，短则很短，只要觉得有点意思的，也都收在了这个集子之中。在这几年里，虽然写下的文字不多，但却又感觉颇有些收获，不妨也在此作个交代。

对中国文学现代转型的研究，至《二十世纪中国文学史》的出版似乎应该是告一段落，但在实际上却又始终放不下它，有诸多问题萦绕心中，不由得你不再去想它。而事实上也的确是在一些基本问题甚至是某些关键性细节上，或者是认识更明晰更深刻了，或者是又萌生出了一些新的认识，比起前一段来有了发展或者可以说是超越。但在这一时期使我感到最受触动也最让我振奋的，还是对以下两个问题的发现和思考。如果从两个问题的相关性以及它们与中国现代启蒙文化观念之间的因果关系来看，实则是对这种文化观念尤其是五四启蒙文化观的又一种或者说另一层面的反思。

一个是在启蒙文化观规约下人文文化的历史处境及文学的现

代性问题。人们都知道，所谓“文化”，其实是一个极具包容性的概念，对它进行分类，事实上存在着多种多样既必要又不同的依据和方式，对科学文化与人文文化的界分就是其中一种具有特别意义内涵的类分角度。由此所确认的两种指称，实则是两个既相通又不相同的类概念，把它们完全对立起来不妥，等同起来就更不妥。在历史发展中所起的作用二者也是不相同的，彼此不能互为替代。一般说来，以对人类凭借自身的理性和创造力不断认识和改造自然（包括社会）见长的科学精神，对于推动人类历史的发展来说自然是须臾不可稍离的，不然的话人类将永远走不出原始蒙昧的境地。而决非理性精神所能完全涵盖，乃是以包蕴着人之生命智慧与情感在内的人文性内涵和指向为其特征的人文文化，则因其能够有效地抑制历史发展中不可避免要发生的生命、人性及其生存环境的异化倾向（其中也包括科学技术的发展所可能造成的异化），同样为历史的发展永远地需要。人类社会一如万物的发展，在其破旧立新的过程中每每会有所得也必有所失，而且纵观中外历史，每当历史发生转型变革的时期，首先受到轻慢甚至是破除扬弃的就是人文文化方面的东西。因为人文文化的发展不会像科学认识那样快捷地更新，也不会像生产关系那样随着生产力的发展而否定，在“变”与“不变”的问题上，它常常以被当作历史前行的障碍物而予以否定。可愈是在这种时候，它作为对历史不可或缺的作用愈是应该为人们所认识，因为在这时，它会以一种质疑性的因素介入历史，起着制衡其发展的重要作用。可是在中国现代启蒙尤其是五四新文化运动时期，偏重于强调甚至被绝对起来的是“古/今、中/外”的历史功利性文化意识，而人文文化与科学文化的类分和价值内涵的差异，基本上都不在其思考的范围之内。当时并举提出的“科学”与“民主”，实质上无不统一在科学精神即科学认识之内，并不是对科学与人文两种文化根本性差异的标示。那时表现为科学主义倾向的对科学“万能”的宣传，实际上是把人文文化至少是其质疑科学万能和线性进步历史观的那一大部分，被设置在了被绝对否定的对立面上。这从20年代初“科玄论战”中胡适、陈独秀等人所持的态度即可明显见出。这样的倾向，对健全发展历史意识和文化建设固然无益，对作为人文文化的文学艺术的发展，其负面的作用也是显而易见的。

文学现代转型的目标就是其“现代性”的实现。历来人们谈论“现代性”问题，更多地都是着眼于历史现代性的要求，当然也会涉及文化乃至文学艺术问题，不过多数走的也是与历史进步作意义同构性律定的思路。殊不知只要涉及这类对象，问题便会立时变得复杂起来。就文学而言，固然有表现为历史功利主义倾向的创作，其创作主体追求的就是与历史进步意义的同构，说它们具有与历史现代性相一致的“现代性”内涵，也并非说不过去。但据我的理解，“现代性”本来就是属于历史范畴中的一个概念，其实并没有多少必要非要拿它来做文学意义内涵和品位高下的判断标准。当然，文学也有个历时性发展的特征性呈现问题，但就是具备了最为“现代”的意义或表现方面的特征，也未必就是现代最好的作品。如果非要拿“现代性”来说事，那也应该更多地关注一下它们在“审美现代性”方面所作出的努力如何。“审美现代性”作为一个另具特指意义的概念，其独特的内涵理解与要求，实则大不同于“历史现代性”的基本规范，它并不专注于对历史“现代性”发展的认同或追趋，而是着眼于“现代”之审美创造所应达到的无愧于时代也无愧于艺术的理想水准。由前面对人文文化的新的认识可知，“审美现代性”与“历史现代性”之间既有其深在的相通性，但又是根本不同的两种指称。它们之间还经常表现为一种互动性的对峙关系。比如以沈从文为代表的京派文学，它们那种由质疑现代都市文明的立场所创造出来的美好的人性氛围和艺术境界，难道不是现代时期“审美现代性”或一种创造的极好说明吗？

另一个问题是文化与文学视阈中“祛魅”与“反魅”的问题。现代启蒙文化观标榜的是理性，到五四新文化运动时更把这一认识推向了极端，凡是理性认识所不能把握的东西一概都在否定和扫荡之列。对此，我们可以视之为“祛魅”的努力。这种做法在破除迷信、推进科学精神方面确实起了不小的积极作用，但作为一把双刃剑，同时也发生了否定非理性文化的合理性和审美创造之想象特征的负面效果。这对文学创作相对独立的丰富发展自然是极为不利的。作为对这一倾向的矫正，文学乃至文化方面都又出现了一个“返魅”的过程。从文化方面来看，有积极的成效，也有消极的后果，情况比较复杂。积极方面的成效，是在价值确认中扩大了文化的包容量，尤其是为人文文化的合理性存在开拓出了一定的空间。但消极性的后果也很显然，在“五四”高倡“破坏偶像”数十年后，政治和文化学术领域中“造神”现象仍时有发生，就是一个很好的说明。在文学方面的积极作用则更大一些。正是在“返魅”的过程中，新文学在表现内容的独特性、丰富性和艺术魅力的展示方面的追求才变成了现实。倘若从这一角度回看 20 世纪中国文学的历史长卷，其中所蕴涵的丰富内容和深刻启示，也当在不少。

要说的话已基本说过，近二十年来的情况大抵如此。不管别人怎么看，反正是自己走过来的路，有几分珍惜，也有几分遗憾。其实感慨最深的，还不是学术建树如何，而是自己的治学状态和感受，给这多年来的生活所灌注的意义。学术乃天下之公器，此书出版后，希望能听到各方面的批评，以冀将来能对自己有所提升。

（原载《孔范今自选集》，山东文艺出版社 2004 年出版）

《中国现代新人文文学书系》总序

一

十五六年前，我曾主编出版过一套《中国现代文学补遗书系》，意在展示为历史和成见的流播所长期遮蔽的现代文学的丰富性，不想此举还果真起了些作用。现在，我又主持编选了这套《中国现代新人文文学书系》，目的则在于仍然以作品集束出版的方式，向人们揭示中国新文学发展中所实际存在，而迄未为人们所明确认识到并作为特定价值视阈给予认定的现代新人文主义内涵及其意义。

此之所谓"现代新人文主义"，其实就是现代人文主义，特指在中国历史、文化现代转型即现代化过程中与理性主义、科学主义以及现代科技工商对生命与人性产生的异化力量抗衡的人文性文化倾向。书题于"现代"和"人文"之间着一"新"字，并非是对美国白壁德"新人文主义"主张的格外青睐，而在此书系中专事对受其影响作品的收集。在西方，与历史现代化对峙的人文主义主张非自白氏始，更远不止他一种；在中国，作为一种制衡性的力量，它也是以其丰富的多维性构成与中国历史的现代化进程互动互生、颉颃而行的，非只服膺于白氏主张的"学衡派"这一个方面。因此，加这个"新"字，无非是和称"五四文化"为"五四新文化"、称"五四文学"为"五四新文学"一样，更加凸显其时间阈限和性质归属而已。

关于"人文主义"这个概念，目前国内外学界还没有也很难有一个规范性的定义。《西方人文主义传统》一书的作者阿伦·布洛克，在该书的开头就讲述了他面对这一问题的无能为力和无奈选择："我发现对人文主义、人文主义者、人文主义的以及人文学这些名词，没有人能够成功地作出别人也满意的定义。"[①]"作为暂行的假设，我姑且不把人文主义当做一种思想派别或者哲学学说，而是当做一种宽泛的倾向，一个思想和信仰的维度，一场持续不断的辩论。"[②]严格地说，他这种假设未免太过宽泛，以致使其在对西方人文主义传统的梳理中失去了更为确定性的选择。其实这也难怪，因为正如他所说，这些名词意义多变，不同的人有不同的理解，使得辞典和百科全书的编辑者也伤透脑筋。事实也正是如此。就以我们一般读者所能读到的中文版的《简明不列颠百科全书》来说，它也只能是倚重于西方所习惯使用的学科分类的方法，在"人文学科"的条目中对其特征作了较为凸显和贴近的介绍。它指出："人文学科是那些既非自然科学也非社会科学的学科的总和。一般认为人文学科构成一种独特的知识，即关于人类价值和精神表现的人文主义的学科。"在20世纪，"坚持人文学科与科学之间存在根本区别的理论认为，科学和人文学科可以互相补充，因为它们在探究和解释的方式上存在根本区别，它们属于不同的思维能力，使用不同的概念，并用不同的语言形式进行表达。科学是理性的产物，使用事实、规律、原因诸概念，并通过客观语言沟通信息；人文学科

① 阿伦·布洛克：《西方人文主义传统》，董乐山译，三联书店1997年版，第2页。

② 阿伦·布洛克：《西方人文主义传统》，董乐山译，三联书店1997年版，第3页。

是想象的产物，使用现象与实在、命运与自由意志等概念并用感情性和目的性的语言表达。所以彼此是无法比较的。人文学科和科学还存在研究对象和论据来源方面的区别”①。而在“人文主义”这一条目中，大约是因为直接面对这一概念定义的困难，解释得反而更简略更模糊一些，认为“凡重视人与上帝的关系、人的自由意志和人对于自然的优越性的态度，都是人文主义。从哲学上讲，人文主义以人为衡量一切事物的标准。……人文主义从复古活动中获得启发，注重人对于真与善的追求。人文主义扬弃褊狭的哲学系统、宗教教条和抽象推理，重视人的价值”②。综合上两条概述来看，其对“人文主义”的感情性内涵和信念伦理方面的特征，对其与科学的系统性歧异及其把握世界的独特方式等方面的特别重视，还是勾勒出了“人文主义”的基本特征的。不过倘若加以细审，就会发现在对其内涵与外延的界定上，这种解说还依然存在着既“越界”(泛化)又“窄化”(片面化)的问题。

对“人文主义”进行定义在阐释学意义上所遭遇的困难，是原因有自的。“人文主义”和其他“主义”一样，只是一种思想态度、一种价值指向，其所内含的核心概念是“人文文化”，而在“人文文化”和科学文化等非人文性文化之间，本来就并不存在一个判然两分的边界线。它对抗理性主义、科学主义，但并不摒弃理性和科学；它持守的是信念伦理，但并不排除其与责任伦理之间的互通性关系；它重想象、重悟性，可并不否定逻辑思维存在的必然性与重要性。惟其如此，也才造成了人文文化内涵的丰富性、复杂性及其在具体历史文化结构的调适中所表现出来的不同侧重性，同时也必然会导致其与其他文化边缘交合的模糊性。但是有一点是毋庸置

① 《简明不列颠百科全书》第6卷，中国大百科全书出版社1986年版，第760～761页。

② 《简明不列颠百科全书》第6卷，中国大百科全书出版社1986年版，第761页。

疑的，那就是在人文文化的内核即基本规定性方面，是不能与非人文性文化错置或者混淆的。所谓“人文文化”，要而言之，可以作这样的表述：它是以生命、人性为基点所构成的生命意识、信念伦理及其以想象和通悟与世界（自然、社会）进行沟通与对话的独特能力和方式。在我看来，至少在这几个方面是不能有所动摇的。人文文化也非常看重“人”的价值和人之可贵之处，但它是由尊重生命和企望人性健全发展的角度来理解这一切的。它尊重人之生命，也视宇宙万物为秉有灵性的存在而给予充分的尊重，祈求在彼此会通、契合的和谐中生息发展。这样，它就与“人类中心主义”的观念划清了界限。在人与人的关系上也是一样，人文文化重视的是彼此平等、友爱、互助及对所有不幸都会产生悲悯之心的人性化氛围和生存原则，与“个人中心主义”的标榜是严格有别的。西方学者已经有人认识到：“现代世界的弊病都是来自把人与人之间的个人‘我与你’关系，把人与上帝之间的个人‘我与你’关系降为一种非个人的主体与客体的‘我与它’经验，而不是把这种对待自然的‘我与它’态度提高到‘我与你’关系。”[①]应该说这是一个重要的发现。是把人与自然、社会视为互为主体的“我与你”关系，还是以“我”为中心的“我与它”关系，的确是问题的关键所在。我们说上面词条中存在着“越界”现象，指的就是它们对人文文化的理解中还依然包蕴“人类中心主义”和“个人中心主义”的观念遗存或者说是文化基因。

再者，人文文化重视的是对人生终极目的的关怀，是生命对于具体历史功利目的和欲望性世俗人生追求的形上超越，属于信念伦理的范畴。它不相信理性（科学）万能，也不相信人的力量可以主宰一切；相反，对于未可知的世界和人类命运倒是永怀着一种虔

① 阿伦·布洛克：《西方人文主义传统》，董乐山译，三联书店 1997 年版，第 248 页。

诚的敬畏之心，且把人文关怀和对人文信念的自觉持守与践行，看作个体生命乃至人类全体对随时都可能发生的异化危机的自我救赎。人文文化的价值认同几乎无不指向一种伦理性信念或者毋宁说是一种超越时空的永恒性信仰，但这种信念（信仰）却会因地域文化特征的差异和人文文化传统的不同而有所不同。西方的宗教文化可以信仰上帝，而中国的儒学传统却更强调君子由“仁”入“圣”的人格至境，并不会轻易地拿“上帝”说事。所以只简单化地把与“上帝”相关联的文化叫做人文文化，就难免既“窄化”又西方化了。还有，从思维方式即把握世界的方式来看，人文文化也具有有别于它的明显特征。与偏重理性的逻辑思维不同，它则偏重于情感、悟性和想象，通常人们把它称之为“形象思维”，实则是情感、通悟力和形象共同作用的一种诗性的把握世界的能力和方式。由于人文文化具有感性的心理性的特征，这就决定了它以“教化”为基本特点和基本途径的生成与传播方式。伽达默尔把人文主义称为“精神科学”，曾就其传统性特征和作用作出过这样的表述：“精神科学之所以成为科学，与其说从现代科学的方法论概念中，不如说从教化概念的传统中更容易得到理解。这个传统就是我们要回顾的人文主义传统。这个传统在与现代科学要求的对抗中赢得了某种新的意义。”[1]虽然我并不认同他视人文主义为“精神科学”的观点（人文文化是不能以精神科学来作概括的，但倘若论及“人文学”或“人文学科”，这样指称倒也未尝不可），但他对人文“教化”传统的重视和对其“新的意义”的点豁，却不能不说是极为清醒而深刻的。

人类生存历史的发展，从来都离不开理智的开拓和人文精神这两种人之特殊能力的协调与补偿。历史的进步，尤其是价值观

① 《真理与方法》（上），上海译文出版社1999年版，第21页。着重号系原著所有。

念的系统更新和生存方式与社会秩序的大调整时期，人对客观世界的认识与改造力量固然会成为首选的推动力，但相对缺失的人文精神则愈显出其对历史进步之负性作用的抑制与对历史健全发展之所必需的制衡作用的必要。历史在其现代发展期，尤其如此。西方现代人文主义思潮源于18世纪中后期对启蒙现代性的质疑，早出于中国一个多世纪，而其启蒙运动的发生则更早于中国二百余年。中国的现代启蒙运动，一般认为始之于上两个世纪之交梁启超“新民”主张的鼓动，而激越且深化于五四新文化运动时期，虽然晚于西方，但由于中国历史发展的特殊性，却使之产生了不同于西方的种种特异性与复杂性，并使现代人文主义思潮的发生和发展，也就不得不面对更为复杂而艰难的局面。

众所周知，西方的启蒙运动是其历史、文化自身发展的结果，而且是在哲学和文化、思想领域中展开的，并没有直接历史变革目标的具体设置。而中国的现代启蒙运动却是因救亡图强的功利性历史目的所由起，所以虽然也是在文化、思想领域中展开，但从一开始便被规定为工具理性的行为，表现为实用的历史态度，这就势在必然地将中西文化纳入“中西古今”的价值判断的框架之内，对以人文性为特征的中国传统文化进行了整体性的否定。陈独秀对此曾作过这样的解释：“吾宁忍过去国粹之消亡，而不忍现在及将来之民族，不适世界之生存而归削灭也。”[①]这确为五四启蒙主义者的由衷之言。在陈独秀看来，西方与中国文化的差异，主要表现在“以战争为本位”与“以安息为本位”、“以个人为本位”与“以家族为本位”、“以法治为本位”与“以情感为本位”、“以实利为本位”与“以虚文为本位”的不同上。[②] 不难看出，其条条之针砭所指，皆为中国传统文化的人文性特征。陈独秀判断的依据，来自于为其所

① 陈独秀：《敬告青年》，载《青年杂志》第1卷第1号。

② 参见陈独秀《东西民族根本思想之差异》，载《青年杂志》第1卷第4号。

由衷服膺的孔德主义文化进化论，认为当今世界已进入科学实证时代，传统的人文性文化早已成为历史进步的障碍。他指出，对于作为人文传统之基本内容的“吾人所不满意者，以其为不适于现代社会之伦理学说，然犹支配今日之人心，以为文明改进之大阻力耳。且其说已成完全之系统，未可枝枝节节以图改良，故不得不起而根本排斥之。盖以其伦理学说，与现代思想及生活，绝无牵就调和之余地也”[①]。其决绝的态度在他及其他启蒙主义者当时的文字中是处处可见的。五四时期启蒙主义者引以自得并为之信心大增的历史觉悟，便是锁定了传统文化的伦理性内核为革命目标，并在世界一体化的文化价值格局中对其进行异质性置换。这场实质为伦理革命的文化批判运动，所期待的效果则是以西方式的法理社会取代传统礼俗社会的价值体系与生活秩序。为其所极力推崇的“科学”与“民主”，是为新历史立基的新价值观念得以建构所觅到的两块基石，也明显地统属于政治、法理的范畴，即使是“民主”一词，也决无与“科学”及社会现代化对峙、抗衡的人文性意义。所以，当周作人在说到“人道主义”这一概念时，也要加以特别的说明：“我所说的人道主义，并非世间所谓‘悲天悯人’或‘博施济众’的慈善主义，乃是一种个人主义的人间本位主义。”[②]由这一特定的启蒙观念所决定，现代启蒙主义者对宗教和表现为传统人文性内容的民俗文化一概给予了否定。陈独秀相信：“人类将来真实之信解行证，必以科学为正轨，一切宗教，皆在废弃之列”，故“主张以科学代宗教”。[③] 钱玄同则明确提出了“反孔”与“非道”应该并行的主张。他认为，“欲袪除三纲五伦之奴隶道德，当然以废孔学为唯一之办法”，而“欲袪除妖精鬼怪，炼丹画符的野蛮思想”，当然是

① 《独秀文存》，上海亚东图书馆 1922 年版，第 679 页。

② 《人的文学》，载《新青年》第 5 卷第 6 号。

③ 《独秀文存》，上海亚东图书馆 1922 年版，第 91 页。

以"剿灭道教"为唯一之法。因此,"欲使中国不亡,欲使中国民族为二十世纪文明之民族,必以废孔学,灭道教为根本之解决"。[①]由此,则从另一方面证明了现代启蒙之主导观念中现代人文自觉的缺失。

这一切,当然都不应成为否定现代启蒙运动之成为历史必然选择和伟大历史功绩的理由。但作为今天所应具有的历史、文化觉悟而言,同时还应该包括对曾被视之为"逆流"的现代人文主义思潮应运而生的历史必然性及其不可或缺的重要作用的正确认识。事实上,主导性启蒙观念的极端性一经标举,立即便引发了它的历史对应物——人文主义思潮的出现。颇有意味的是,欧洲的人文主义思潮是到了启蒙的第二阶段才开始发生,而在中国则几乎是同步发生的。其原因无他,全在于中国历史、文化现代转型的独特方式和价值体系异质性置换中所无法规避的文化认同危机。早在20世纪初欧化倾向出现时,"国粹派"就迅即作出了反应。章太炎说得明白:"为什么提倡国粹?不是要人尊信孔教,只是要人爱惜我们汉种的历史。……近来有一种欧化主义的人,总说中国人比西洋人所差甚远,所以自甘暴弃,说中国必定灭亡,黄种必然剿绝。因为他不晓得中国的长处,见得别无可爱,就把爱国爱种的心,一日衰薄一日。若他晓得,我想就是全无心肝的人,那爱国爱种的心,必定风发泉涌,不可遏抑的。"[②]足见得"国粹派"起而倡言"国粹",其目的就是以之消解已经发生的民族文化认同的危机。"新儒家"则是在文化认同危机中出现的一种更有意味的文化现象,其代表人物梁漱溟等企图在中西人文文化的会通处重新阐释儒学的要义与现代价值,所做的其实也是同一文化维度上的努力。

---

① 钱玄同:《中国今后之文字问题》,载《新青年》第4卷第4号。

② 《东京留学生欢迎会演说词》,载《章太炎政论选集》上册,中华书局1977年版,第276页。

这一派流传长远，播及海内外，就其努力“大致而言，新儒家为他们信仰之皈依的人文精神赋予社会意义所作的尝试努力，较之他们证成这个人文主义的形上学意涵——换言之，证成道德行动有本体论意义——所作的努力，其成果是逊色的”[①]。如果说“新儒家”从一战后欧洲出现的文化危机和文化反思中获得了信心上的支持，那么“学衡派”则是直接引进了美国白壁德新人文主义的观念来认同中国传统儒学的人文精神，这派主张虽因与启蒙主导观念的直接交锋而处境难免尴尬，但其影响却也是在学界的发展中颇能见其脉络的。而发生于1923年的“科玄论战”，则是人文主义与科学主义在人生观层面上的直接冲突。张君劢直陈人生观之人文属性非科学所能为力，并借欧洲之势申言：“抑知一国偏重工商，是否为正当之人生观，是否为正当之文化，在欧洲人观之，已成大疑问矣。欧战终后，有结算二三百年之总账者，对于物质文明，不胜务外逐物之感。厌恶之论，已屡见不一见矣。”[②]丁文江则奋起反击，坚信“科学方法是万能”的，且对欧洲出现的文化转势进行了批评：“在德法两国都有新派的玄学家出来宣传他们的非科学主义，间接给神学做辩护人。德国浪漫派的海格尔的嫡派，变成忠君卫道的守旧党，法国的柏格森拿直觉来抵制知识，都是间接直接反对科学的人。”[③]这次论辩，论辩双方持论的不周延甚至失之于偏激，虽明显可见，但却是首次在人生观层面上将人文主义与科学主义对阵列出，而其中所显现出来的文化、思想史价值，以及中国所谓正反两种文化价值观念的选择与欧洲现实文化走势适成逆向构成的复杂状态，都很值得人们认真地品味。纵览百余年来，不论历史

① 傅乐诗(Charlotte Furth)：《现代中国保守主义的文化和政治》，载《港台及海外学者论近代中国文化》，重庆出版社1987年版，第218～219页。

② 张君劢：《人生观》，载《清华周刊》1923年第272期。

③ 《玄学与科学》，载《努力周报》1923年第48、49期。

的主潮如何跌宕流转，历史的选择如何转换更替，现代人文主义思潮或急或缓或明或暗，始终都在发挥着自己独到的作用。这应该是不争的事实。

如果说上述对抗还只是发生在人们一向习惯指称的"新"与"旧"之间，或者说是新文化阵营的内与外之间，彼此之间的界限还是大致清晰的，那么，启蒙阵营新文化观念自身所呈现出来的庞杂与矛盾，则使问题表现出了更多的特异性与复杂性。在中国历史、文化现代转型的特殊历史情势中，启蒙主义者对欧洲文化思想观念的接受既博又杂，可以说是从文艺复兴时期的人本主义到启蒙时期的理性主义到19世纪的科学主义乃至到20世纪的各色现代主义，统统被兼收并蓄过来。从表面上来看，这些本身其实并不兼容的各种观念因其都能与中国传统文化各各找到性质相异的对应点，而均能被历史功利主义的原则加以统合，作为可以用以"攻玉"的"他山之石"，并不碍于启蒙文化观念组合的有机性。但是撕开来看，其内蕴的矛盾却是交错而深刻的。从借鉴来的思想资源来看，文艺复兴时期的感性生命肯定、托尔斯泰的人道主义，还有被视为颓废的世纪末情绪等等，怎么能和理性主义、科学主义、个性主义等观念熔为一炉呢？从中国现代启蒙主义者对这些观念的理解来看，也彼此有所不同甚至是易变的。陈独秀认为，一切都应在科学之光的彻照之中，主张"以科学代宗教"；而蔡元培则强调"美"的超越性，认为"纯粹之美育，所以陶养吾人感情，使有高尚纯洁之习惯，而使人我之见、利己损人之思念，以渐消沮者也"，故主张"以美育代宗教"。[①] 有意思的是，陈独秀后来也一改前态，倡导起信仰基督教来："基督教的'创世说'、'三位一体说'和各种灵异，大半是古代的传说、附会，已经被历史学和科学破坏了，我们应该抛弃旧信仰另寻新信仰。新信仰是什么？就是耶稣崇高的、伟大的人

① 蔡元培：《以美育代宗教说》，载《新青年》第3卷第6号。

格和热烈的、深厚的感情。”“这种根本教义，科学家不曾破坏，将来也不会破坏。”[①]这显然是一种进步，说明他已认识到人之信仰伦理的不可或缺。即使在批孔这一最为核心也最为尖锐的问题上，情况也不是像他们在批判言辞中所表现得那么彻底。他们对儒家伦理中更为意识形态化的社会伦理层面的“礼教”和“仁学”中表现为普遍主义的道德价值态度是有所不同的。[②] 正如陈独秀在答读者信中所说：“论者之非孔，非谓其温良恭俭让信义廉耻诸德及忠恕之道不足取；不过谓此等道德名词，乃世界普遍实践道德，不认为孔教自矜特有者耳。……唯期期以为孔道，为害中国者，乃在以周代礼教齐家治国平天下，且以为天经地义，强人人之同然。否则为名教罪人。”[③]中国的启蒙主义者，虽经欧风美雨的主体性改塑，但其在本土人文教化传统中积淀而成的内在文化人格，是不可能被连根拔除的，所以即使在面对最直接的批判对象时，也很难将其深在的人文精神之根一齐斩断。

在中国现代启蒙主义观念中，人道主义是一个重要的组成内容。但人道主义是一个内涵比较宽泛的概念，它既可以从启蒙的主导观念中获得解释，如对“人”、“人权”、“个性主义”等概念所作的阐释，就主要是在法理性的层面上或者说在更为意识形态化的社会伦理层面上进行的。现代启蒙中对所谓“人”的发现，主要也是表现在对人之作为“个性主体”与“历史主体”的主体性自觉和对这一自觉的期待。另一方面，它又可以成为传统性人文内涵的载体，侧重于表现的却正是“悲天悯人”、“博施济众”方面的观念与情怀，五四启蒙时期对托尔斯泰人道主义的推崇与传播便是很好的

---

① 《独秀文存》，上海亚东图书馆 1922 年版，第 283、286 页。

② 参见高瑞泉主编《中国近代启蒙思潮》，华东师范大学出版社 1996 年版，第 276 页。

③ 《独秀文存》，上海亚东图书馆 1922 年版，第 741 页。

说明。鲁迅坦言自己内心处有这种人道主义，李大钊也曾由衷地肯定托尔斯泰“倡导博爱主义，传播博爱之福音于天下”[①]，对于俄国社会主义道德基础形成的重要作用。特别应予提出的是，在五四启蒙运动发展的过程中，也就是当人们已从传统文化的批判渐次转向侧重于对理想的“人的生活”及其实现途径的思考和寻索时，无政府主义、空想社会主义和新村主义等思潮大量涌入，尤其是以其交叉鼓吹的“互助文化”对“竞争论”的取代，客观上将人道主义问题更为凸显出来，且在无形中呈现出向托尔斯泰式人道主义倾斜的倾向。其中，尤以新村主义的影响为巨。自1919年3月周作人在《新青年》上发表《日本的新村》一文后，在新文化阵营中反响极为热烈，迅即形成了一种颇具声势的社会思潮。源自日本武者小路实笃的“新村主义”，标榜“互助主义”与“泛劳动主义”，试图以自给自足的劳动方式来实现理想的“人的生活”。周作人说：“这种理想，从前已经有人想到，如托尔斯泰所说的原始基督教徒的生活，同他实行的泛劳动主义就是。”[②]当然，他认为目下的新村实验，在对待工具与文化的态度上实在又比托氏前进一截，新村的精神在他心目中几乎臻于完美。当时思想、文化界的人们受到很大的鼓舞，许多人都以为找到了精神立足点和如何前行的路径。李大钊就曾紧跟着发表了自己的意见，主张“精神改造运动”，认为所谓“精神改造运动，就是本着人道主义的精神，宣传‘互助’‘博爱’的道理，改造现代堕落的人心，使人人把‘人’的面目拿出来对他的同胞”[③]。即使在新村运动作为一种社会改造的实践形式（在中国更多地是以“互助工读团”的形式出现的）必然落败之时，不少人对新村精神依然极力予以肯定，认为“本着人道主义神髓，宣传

① 《阶级竞争与互助》，载《李大钊文集》，人民出版社1984年版，第98页。

② 《新村的精神》，载1919年11月《民国日报》。

③ 《“少年中国”的“少年运动”》，载《少年中国》1919年9月第1卷第3号。

互助、博爱的道理，改造现代人心的堕落”[①]，还是行之有效的精神改造之途。周作人也强调说：“即使照现状看去，一时没有建立新村的希望，但能正当理解新村的精神，改去旧来谬误的人生观，建立新道德的基本，也就利益很大了。”[②]其实，周作人及其众多现代知识者、求索者对这种精神价值的虔诚认同，即使在现在，我们也不能因相对于“历史主潮”的选择所显现出来的“迂阔”而予以否定。虽然看起来这不过是由外来刺激所引发的思想波澜和实践性尝试，而且事实也证明了它与生俱来的乌托邦性质，但是，如果不是因其搔到了中国现代知识者、求索者的“痒处”，那是无论如何也不会在中国演绎得如此有声有色的。究其实质，这正是在五四启蒙运动落潮时由其基本观念在人文精神方面的严重缺失所必然引发的人文主义的思潮，一种历史结构性调节中的补偿性寻找和追求。

可是我们必须要说的是，在中国历史、文化现代转型过程中，其价值取向和行为方式的决定性力量，毕竟来自于“救亡图强”这一形成独特历史机制深在动力源的历史要求。尽管如上所述，现代启蒙观念从一开始便引发了人文主义方面的质疑与抗衡，尽管在其内部也存在着多义性的文化内涵并形成了内在的歧异、变易甚至衍生出分化倾向，但一方面由于其主导观念的理性主义、科学主义倾向本身即有的统合主义的内质，一方面则是因其占有历史先机和对历史担责的正义性所必然秉有的自信与霸气，势必使人文主义不仅不可能成为历史范畴中基本变革途径的选项，而且，即使在文化价值层面上也很难占到上风。当然造成这一结果的更重要的原因，还是人文文化自身的基本特质与规约性，已然先在地决定了它在历史变革中人文性持守的角色地位和发挥制衡互动作用

① 郃光典：《文化运动中的新村谭》，载《新人》1920年8月第1卷第4期。

② 《新村的精神》，载1919年11月《民国日报》。

的独特方式。正因如此,一旦被人们察觉启蒙主义的冲击在历史规定的向度内已难以为继,其对历史整体变革目标的期许已成为虚幻时,历史变革的新选项便迅即出台,那便是曾延续了半个世纪之久的轰轰烈烈的政治革命的开始。历史在这里选择了以武器的批判替代批判的武器,但其批判性和理念指向上的统合主义倾向却有着内在的一致性,而且比较而言,政治革命以其所拥有的政治手段,具有比启蒙运动远为有效的排异力与整合力。因此,在政治革命时期,人文文化只能是被抑制和被改造的对象,其被认可的部分如忠孝诚信友爱等也必须被纳入社会伦理层面而被作出阶级意识形态方面的解释。可就是在这一时期,人文主义作为一种潜在的潮流,也并没有终止它的涌动。其常态的表现方式是在意识形态的基本规约内,作为一种张力性结构必不可少的制衡性因素而存在。虽然有时由内在的历史蓄势所致,破栏而出,一抒胸臆,但这种反弹式的越轨行为所带来的后果却只能是更见严厉的批判与否弃。逝去并不太远的历史表明,一旦以政治的整合力挤去所有的人文性成分,这种政治必然走向极端而失去所有的活力。“文革”的开始与终结,便是明证。及至到了历史的新时期,随着以经济建设为中心的社会发展新格局的出现,上述情况相应发生了深刻的变化。在历史主导观念建构的支点由政治变革转变为经济变革的过程中,其对人文主义的态度和作用已与前大不相同。原先那种政治革命的观念内涵和统合主义的价值指向,已为“以经济建设为中心”这一新的历史要求和历史格局所改变,人文主义所主要面对的,也由政治的统合力变换成了商品经济大潮中流行观念对人文文化无所不在的巨大消解力。当然,我并不是说思想启蒙的、革命政治的观念和发挥其统合性作用的社会性欲求已不复存在(事实上,部分知识者对启蒙立场的持守和执政者对政治性基本规范的一再重申,都正说明历史的复杂性及其复杂构成的合理性),而只是要说明,由商品经济大潮所滋生的唯实唯利的价值观、人生观，业已成为人文精神最为严重的异化力量，而近些年来人文主义思潮的复涌与高涨，则正是对这一严峻趋势的对应性抗衡。相对宽松的政治环境（经济的开放发展所必须具备的前提）和对于建设和谐社会的决策性自觉，也为人文精神的高扬提供了相应的发展空间和合理性认同的保障。这不能不说是历史发展的一个新的契机的出现。

中国历史、文化现代转型中人文主义与代表历史推进力量的主导性观念的种种复杂纠葛与对峙，不能不反映在以人文属性为根本归属的文学领域中。特别是自现代启蒙运动始，为历史变换着选择的所有主导性变革行为，无不把文学视为其实施变革的工具，且因其独特的艺术感化力而对其尤为属意。而这，则愈加凸显和激化了这种抗衡在文学领域中的表现。现代启蒙强调以科学律定文学，甚至鼓吹“方今科学输入中国，违反科学之文，势不相容，利用科学之文，理必孳育。此则天演公例，非人力所能逆从者矣”[①]；强调新文学对新思想的承载与宣传的意义。政治革命则将文学事业视为革命事业的齿轮与螺丝钉，以阶级论否定人性表现的普遍性，要求文学成为政治和阶级斗争的工具。这两种偏至性的倾向虽然先后已被历史消解，但作为两种基本范型的思维模式和由其所形成的心理印迹，却是迄今依然不绝如缕的。在经济建设成为历史发展的中心环节后，从解读历史意义的角度来营造文学的世界，仍是文学界对承担历史使命的基本理解，虽然它又同时受到了如潮水一般袭来的大众消费文化的挤压。始终围绕着历史变革的主导线索构建而成的文学景观，可以说百年来一直占据着文坛的中心。这种文学以对主导性历史变革意义的阐释为己任，力求从与世界相一致的对历史的现代性追求中，或者说在与历史进步意义的同构中实现自身的价值，自有其独特的历史价值乃至

① 傅斯年：《文学革新申议》，载《新青年》第4卷第1号。

文学价值所在。而对历史现代性持质疑态度，表现为人文主义倾向的文学观念和创作，则构成了另一种别具风采的文学景观。长期以来，这类文学中有的作者因持有与主流文学异质性的文学立场而一直处于被排斥、被贬抑的地位。有的作者虽然在某类或某时期创作中表现出了深刻而丰富的人文主义内涵，但也终因其为文学主流中人而被误读遮蔽了其真正的价值。它们没有主流文学那种搏击于历史潮流中的弄潮者的感受与荣光，也没有对历史开拓前行的力量作出些什么实用性承诺，然而，它们却自甘边缘或自甘孤独地信守着原属于文学的根本信念，关注着时变与永恒。海明威曾经说过一段很深刻的话，他说："写作，在最成功的时候，是一种孤寂的生涯。作家的组织，固然可以排遣他们的孤独，但是我怀疑它们未必能够促进作家的创作。一个在人稠广众之中成长起来的作家自然可以免除孤苦寂寥之虑，但他的作品往往流于平庸。而一个在岑寂中独立工作的作家，假若他确实不同凡响，就必须天天面对永恒的东西，或者面对缺乏永恒的状况。"①其实早于他，为我们主流现实主义文学所看重的巴尔扎克，也明确强调过文学必须坚持对"人类事务"的"某种抉择"的原则的绝对忠诚，尽力写出为"许多历史家忘记了写的那部历史"，"看看各个社会在什么地方离开了永恒的法则，离开了真，离开了美"。② 这两位西方作家的夫子自道，恰恰印证了中国现代人文主义文学选择的合理性，只不过中国的这种文学又与之不同，它们是在中国复杂历史情势中孕生的一种文学追求与实践，有其自身的特点。但惟其复杂，我们更应该明辨它们的价值，对由其所呈现的有别于主流文学的另一意义领域的价值给予充分的认同。

---

① 董衡巽选编：《海明威谈创作》，三联书店 1986 年版，第 25 页。

② 《〈人间喜剧〉前言》，载《文艺理论译丛》1957 年第 2 辑。

二

中国现代人文主义在文学领域的表现，丰富而多样，但就其比较显明的倾向而言，则可以概括为以下几种类型：

一种类型是以传统乡土生活的想象抗衡现代都市文化。

在中国现代文学中，沈从文是一个敢于公开对主导性观念叫板的特色作家。在《〈凤子〉题记》中，一起笔他就“异帜”高张：“近年来一般新的文学理论，自从把文学作品的目的，解释成为‘向社会即日兑现’的工具后，一个忠诚于自己信仰的作者，若还不缺少勇气，想把他的文字，来替他所见到的这个民族较高的智慧，完美的品德，以及其特殊社会组织，试作一种善意的记录，作品便常常不免成为一种罪恶的标志。”“本书的写作与付印，可以说明作者本人缺少攀缘这个时代的能力，而俨然还向罪恶进取，所走的路又是一条怎样孤僻的小路，故这本书在新的或旧的观点下批判，皆不会得到如何好感。……唯本人意思，却以为目前明白了把自己一点力量搁放在为大众苦闷而有所写作的作者，已有很多人——我尊敬这些人。也应当还有些敢担当罪恶，为这个民族理智与德性而来有所写作的作者——我爱这些人！不吓怕与罪恶为缘的读者，方是这一卷书最好的读者。”到了写作《边城》时，他再次表述了自己的立场：“照目前风气说来，文学理论家，批评家，及大多数读者，对于这种作品是极容易引起不愉快的感情的。前者表示‘不落伍’，告给人中国不需要这类作品，后者‘太担心落伍’，目前也不愿意读这类作品。这自然是真事。‘落伍’是什么？一个有点理性的人，也许就永远无法明白，但多数人谁不害怕‘落伍’？我有句话想说：‘我这本书不是为这种多数人而写的。’”他甚至还表示：“这个作品即或与当前某种文学理论相符合，批评家便加以各种赞美，这种批评其实仍然不免成为作者的侮辱。他们既不想明白这个民族真正的爱憎与哀乐,便无法说明这个作品的得失,——这本书不是为他们而写的。"这种态度乍一看来似乎叫人无法理解其倔强,对其一开始便另有异志的做法也难免心生疑虑,但只要看看他在下文中所倾吐的衷曲,便不难理解其深在的企望了。他说,他这本书是准备给一些并无深在成见的人看的,是给那些"极关心全个民族在空间与时间下所有的好处与坏处"的人去看的。接着便自抒怀抱:

> 我所写到的世界,即或在他们全然是一个陌生的世界,然而他们的宽容,他们向一本书去求取安慰与知识的热忱,却一定使他能够把这本书很从容读下去的。我并不即此而止,还准备给他们一种对照的机会,将在另外一个作品里,来提到二十年来的内战,使一些首当其冲的农民,性格灵魂被大力所压,失去了原来的朴质,勤俭,和平,正直的型范以后,成了一个什么样子的新东西。他们受横征暴敛以及鸦片烟的毒害,变成了如何穷困与懒惰!我将把这个民族为历史所带走向一个不可知的命运中前进时,一些小人物在变动中的忧患,与由于营养不足所产生的"活下去"以及"怎样活下去"的观念和欲望,来作朴素的叙述。我的读者应是有理性,而这点理性便基于对中国现在社会变动有所关心,认识这个民族的过去伟大处与目前堕落处,各在那里很寂寞的从事于民族复兴大业的人。这作品或者只能给他们一点怀古的幽情,或者只能给他们一次苦笑,或者又将给他们一个噩梦,便同时说不定,也许尚能给他们一种勇气和同情心![1]

要想了解沈从文相关的或者说系统性的诸种观念与建构,不可不读一下小说《凤子》。严格说来,从多年流行的小说观念来看,

[1] 《〈边城〉题记》,载《沈从文全集》第8卷,北岳文艺出版社2002年版,第59页。

这不是一部规范的甚至不能说是一部成功的小说，因为里面的人物大多具有符号化的倾向，连一个偏僻之地的堡主都能比哲学家还哲学家地高谈阔论。但对神性自然与生命本真的元气淋漓的气氛营造与诗意抒写，对类似然而却胜似哲学思辨录的城乡文化对话在这一特定氛围中的率性表达，读来自会有一种动情动意的别样效果。《凤子》中先是在××省××岛海滨一老一少男女二人的对话，后又转入湘西边地堡主与城里客人的一系列触景生情的交谈，内容涉及自然与人、神性与科学、传统人文与艺术等多方面相关的问题，听来确为别发“异声”，十分新鲜。比如，在×岛海滨那个隐者对凤子关于我们自己能否支配自己这一问题的回答：

> 谁能够支配自己？凤子。……是的，哲学就正在那里告给我们思索一切，让我们明白：谁应当归神支配，谁应当由人支配。科学则正在那里支配人所有的一部分。但我说的是另外一件东西，你若多知道一点，便可以明白，我们并无能力支配自己。一切还都是有一只看不见的手在捉弄，一切都近于凑巧。

又如笔触转入湘西后堡主就“神即自然”与科学关系的话题对城市客人的解答：

> 老师，你问得对。但我应当告诉你，这不会有什么矛盾的。我们这地方的神不像基督教那个上帝那么顽固的。神的意义想我们这里只是“自然”，一切生成的现象，不是人为的，由他来处置。他常常是合理的，宽容的，美的。人作不到算是他所作，人作得的归人去作。人类更聪明一点，也永远不妨碍到他的权力。科学只能同迷信相冲突，或被迷信所阻碍，或消灭迷信。我这里的神无迷信，他不拒绝知识，他同科学无关。科学即或能在空中创造一条虹霓，但不过是人类因历史进步聪明了一点，明白如何可以成一条虹，但原来那一条非人力的虹的价值还依然存在。

在作者所倾力描绘的"神性自然"和与之相生相契的人性社会的情景中,这种对话与情景互证,其精神贯穿全篇。城市客人则正是在这样的情境中,即他所说的"正生活在一个想象的桃源里",大受触动,观念亦为之大变。他在给友人的信中有了一种全新的表达:

……老友,我们应当承认我们一同在那个政府里办公厅的角上时,我们每个日子的生活,都被事务和责任所支配;我们所见的只是无数标本,无量表格,一些数目,一堆历史:在我们那一群同事方面的脸上,间或也许还可以发现一个微笑,但那算什么呢?那种微笑实在说来是悲惨的,无味的,那种微笑不过说明每一个活人在事务上过分疲倦以后,无聊和空虚的自觉罢了。在那种情形下,我们自然而然也变成一个表格和一个很小的数目了。可是这地方到处都是活的,到处都是生命,这生命洋溢于每一个最僻静的角隅,泛滥到各个人的心上。一切永远是安静的,但只需要一个人一点点歌声,这歌声就生了无形的翅膀各处飞去,凡属歌声所及处,就有光辉与快乐。我到了这里我明白这是一个活人,且明白许多书上永远说得糊涂的种种。

"城里的客人"在看完苗人敬神仪式的表演后,对王杉堡总爷发表了一通关于"神"与艺术的新认识,读来也觉新奇且多有启发:

……我自以为是个新人,一个尊重理性反抗迷信的人,平时厌恶和尚,轻视庙宇,把这两件东西外加上一群到庙宇对偶像许愿的角色,总拢来以为简直是一出恶劣不堪的戏文。在哲学观念上,我以为神之一字在人生方面虽有它的意义,但它已成历史的,已给都市文明弄下流,不必须存在,不能够存在了。在都市里它竟可说是虚伪的象征,保护人类的愚昧,遮饰人类的残忍,更从而增加人类的丑恶。但看看刚才的仪式,我才明白神之存在,依然如故。不过它的庄严和美丽,是需要某种条件的，这条件就是人生情感的素朴，观念的单纯，以及环境的牧歌性。神仰赖这种条件方能产生，方能增加人生的美丽。缺少了这些条件，神就灭亡。我刚才看到的并不是什么敬神谢神，完全是一出好戏，一出不可形容不可描绘的好戏。是诗和戏剧音乐的源泉，也是它的本身。声音颜色光影的交错，织就一片云锦，神就存在于全体。在那光景中我全然见到了你们那个神。我心想，这是一种如何奇迹！我现在才明白你口中不离神的理由。你有理由。我现在才明白为什么二千年前中国会产生一个屈原，写出那么一些美丽神奇的诗歌，原来他不过是来到这地方的风景记录人罢了。屈原虽死了两千年，九歌的本事还依然如故。若有人好事，我相信还可以从这口古井中，汲取新鲜透明的泉水！

沈从文的意思在以上引文中表达得够清楚了，用不着我再来饶舌做什么阐释。《凤子》可以看作是沈从文创作倾向的纲领性表达，而《边城》则是其着意打造的一个生命与人性自然生存的亦真亦幻的艺术化的"理想国"。先于《边城》，在《凤子》中作者就说过湘西这个故事的发生地，是"以另外一个意义无所依附而独立存在"，到了《边城》，又强调说这是"中国另外一个地方另外一种事情"[①]，即汪曾祺所说的"《边城》是大城市的对立面"[②]。

在这部小说中已没有《凤子》中那样醒目直白的哲学对话，全凭更为确定也更为小说化的叙述与铺写，为人们创造了一个从未受过都市文化浸染的山水清丽、人性真淳、民风古朴的边城故事。故事中没有人性的缺憾，美丽的哀愁也只是人性的善意所演绎出的悲剧。难怪刘西渭在评价《边城》时先要谈论能与之对话的批评

---

① 《〈边城〉题记》，载《沈从文全集》第8卷，北岳文艺出版社2002年版，第59页。

② 《又读〈边城〉》，载《汪曾祺文集·文论卷》，江苏文艺出版社1993年版，第99页。

标准问题，他指出："在文学上，在性灵的开花结实上，谁给我们一种绝对的权威，掌握无上的生死？因为，一个批评家，第一先得承认一切人性的存在，接受一切灵性活动的可能，所有人类最可贵的自由，然后才有完成一个批评家的使命的机会。"据此，他对《边城》说："这不是一个大东西，然而这是一颗千古不磨的珠玉。在现在大都市病了的男女，我保险这是一副可口的良药。"[①]这确为切中肯綮之谈。

如果说《边城》追求的是"纯"与"安静"，那么《长河》所表现的就是"杂"与"扰动"了。沈从文在《长河》这部小说的《题记》中谈到了家乡的变化，指出："表现上看来，事事物物自然都有了极大进步，试仔细注意注意，便见出在变化中那点堕落趋势。最明显的事，即农村社会所保有那点正直素朴人情美，几乎快要消失无余，代替而来的却是近二十年实际社会培养成功的一种唯实唯利庸俗人生观。敬鬼神畏天命的迷信固然已经被常识所摧毁，然而做人时的义利取舍是非辨别也随同泯没了。'现代'二字已到了湘西，可是具体的东西，不过是点缀都市文明的奢侈品，大量输入，上等纸烟和各样罐头，在各阶层间作广泛的消费。抽象的东西，竟只有流行政治中的公文八股和交际世故。"因此，他要在《长河》这部小说中，"用长河流域一个小小水码头作背景"，就他"所熟习的人事作题材，来写写这个地方一些平凡人物生活上的'常'与'变'，以及在两相乘除中所有的哀乐"。若拿《长河》与《边城》作对比，变化是相当大的。《边城》写的是茶峒一地的人和事，而《长河》则以吕家坪码头为中心，辐射、统摄萝十溪、枫树坳等各地，结构撒开了，新的行政贸易与人际关系也被凸现出来。"世界在变"已成为使用频率较多的词语，这里的老水手已不是《边城》中那个用不着思考的

① 《〈边城〉——沈从文先生作》，载《李健吾创作评论选集》，人民文学出版社1984年版，第447页。

老船工，这里的码头也失去了彼时互相谦让的淳朴民风，而驻守的治安队则失去了那种融为民众中一员的旧时风貌。而这些新的因素、新的关系和新的角色面貌，在社会进步的同时，又无一不是破坏传统、趋向于堕落的因子。作者自述："作品设计注重在将常与变错综，写出'过去''当前'与那个发展中的'未来'，因此前一部分所能见到的，除了自然景物的明朗，和生长于这个环境中几个小儿女性情上的天真纯粹还可见出一点希望，其余笔下所涉及的人和事，自然便不免黯淡无光。尤其是叙述到地方特权者时，一支笔即再残忍也不能写下去，有意作成的乡村幽默，终无从中和那点沉痛感慨。"[①]由此我们真切感受到了沈从文在"关注民族品德的消失与重造"方面的内在焦虑与持守。

其实不仅沈从文，有着这种感受的作家还大有人在，应该说是一个比较普遍的现象。刘西渭就说过："我先得承认我是个乡下孩子，然而七错八错，不知怎么，却总呼吸着都市的烟氛。身子落在柏油马路上，眼睛触着光怪陆离的现代，我这沾满了黑星星的心，每当夜阑人静，不由想望绿的草，绿的河，绿的树和绿的茅舍。"[②]萧乾在解释到《篱下集》时，也明确表示："《篱下》企图以乡下人衬托出都会生活。虽然你是地道的都市产物，我明白你的梦，你的想望却都寄托在乡村。"[③]师陀则是将在上海的生活感受表达为"流落洋场，如釜底游魂，如梦如魇"[④]，所以在《果园城》这篇小说中，"我"一到果园城首先想做的，便是"我要用脚踩一踩这里的土地，我怀想着的，先前曾经走过无数次的土地"。在"我"的感受里，"这

① 《〈长河〉题记》，载《沈从文全集》第10卷，北岳文艺出版社2002年版，第7页。

② 《〈画廊集〉——李广田先生作》，载《李健吾创作评论选集》，人民文学出版社1984年版，第474页。

③ 《给自己的信》，载《水星》第1卷第4期。

④ 《〈果园城记〉序》，载《师陀全集》第1卷（下），河南大学出版社2004年版，第452页。

里的一切全对我怀着情意”：

> 这里的每一粒沙都留着我的童年，我的青春，我的生命。就在这岸上，我曾无数次背了晚风坐着，面向将堕的红红的落日。你曾看见夕阳照着寂静的河上的景象吗？你曾看见夕阳照着古城树林的景象吗？你曾看见被照得嫣红的帆在慢慢移动着的景象吗？那些以船为家的人，他们沿河顺流而下，一天，一月……他们直航入大海。春天过去了，夏天过去了，秋天也过去了，他们从海上带来像龙女一样动人的消息。

在被这些文字所感动的共鸣中，我们可以了解，作者在这里，为自己的乡土生活情景的想象所产生的该是一种什么样的生命慰藉与向往。诗人穆旦更是将现代都市文明对生命的异化力视为“蛇”的第二次诱惑。在《蛇的诱惑——小资产阶级的手势之一》一诗中，他在诗行的前面写下了这样一段令人惊悚的文字：

> 创世以后，人住在伊甸乐园里，而撒旦变成了一条蛇来对人说，上帝岂是真说，不许你们吃园当中那棵树上的果子么？
>
> 人受了蛇的诱惑，吃了那棵树上的果子，就被放逐到地上来。
>
> 无数年来，我们还是住在这块地上。可是在我们生人群中，为什么有些人不见了呢？在惊异中，我就觉出了第二次蛇的出现。
>
> 这条蛇诱惑我们。有些人就要放逐到这贫苦的土地以外去了。

在穆旦看来，抵制和消弭这场劫难的途径，就是他在《阻滞的路》中所说的：“我要回去，回到我已失迷的故乡，/趁这次绝望给我引路，在泥淖里，/摸索那为时间遗落的一块精美的宝藏。”在中国现代作家中，沈从文多次强调自己是“乡下人”，许多人也都以“乡下人”、“地之子”之类的身份自居，以致成了现代文学中的一个特征，其中的深意是应该为我们所认真思考的。

在中国现代文学中，有许多对于旧时乡土情景和人性化氛围的倾情描绘和情感的依恋，这种对乡土性精神家园的文学想象，构成了中国现代文学中一道别有意味的文学景观。这些作家虽然各有其互不相同的创作个性和艺术追求，但他们的这种种表现都有着深在的精神走向的契合和一致性。被沈从文认为"同样去努力为仿佛我们世界以外那一个被人疏忽遗忘的世界，加以详细的注解，使人有对于那另一世界憧憬以外的认识"[①]的废名，就在《竹林的故事》、《桃园》、《菱荡》等一系列作品中，以极简约的文字又颇见纤细地为人们勾绘出一幅幅农村的生活图景。在他的笔下没有沈从文"湘西世界"的阔大和人际间漫溢着的真淳与自然的神韵，他的作品多是在一角自然中展现人物的苦乐和无迹可见而又处处透显着的以"平静"为底蕴的人生精神，内蕴的禅意与古典诗歌的意境相得益彰。对沈从文执弟子礼的汪曾祺，也是写作人性化乡野生活的能手。他既承续了沈从文笔下的性情与自然，但又少了一点沈氏作品中生命的灵动与飞扬，多了些内地边缘人生中的古朴与意趣。两者相比，沈从文对其描绘的世界是融入，汪曾祺则有着小有距离的主体性品味的保留，在他笔下呈现的是主体与对象互证认同的满足，可见出一点名士气。此外，在师陀、萧红、李健吾、萧乾、施蛰存等许多作家的作品中，都有着对与自己生命相关的乡土生活情景的出色描写，它们无不给读者留下深刻的印象和异常的感动。

周作人在讲到废名的小说时说："文学不是实录，乃是一个梦。"[②]废名也曾以"说梦"来谈论自己的创作，说"《竹林的故事》、《河上柳》、《去乡》，是我过去的生命的结晶，现在我还时常回顾他

---

① 《论冯文炳》，载《沈从文全集》第16卷，北岳文艺出版社2002年版，第150页。
② 《〈竹林的故事〉序》，载1925年10月《语丝》第48期。

一下，简直是一个梦”[1]。以“回忆”的材料来做像“梦”一样的想象和虚构，本是文学创作的普遍性特点，但上述人文主义作家在描绘乡村故土生活时对“回忆”和“梦”的特别强调，则另有一种意味，实际上是对自身特征的特别揭示。他们有意地要来表现“被疏忽遗忘的世界”，这是一个遗落的“梦”，也是一个面对都市文明时的心灵渴求。废名说：“我有一个时候非常之爱黄昏，黄昏时分常是一个人出去走路，尤其喜欢在深巷子里走。《竹林的故事》最初想以‘黄昏’为名，以一位希腊诗人的话做卷头语——‘黄昏呵，你招回一切，光明的早晨所驱散的一切，你招回绵羊，招回山羊，招回小孩到母亲的旁边。’”[2]他所说的虽然只是一件旧事，但其中的寓意岂不正可喻示上述的一切？因此，他们所描写的乡村故土的生活情景，既有令人心驰神往的美丽与安宁，又大多有几分叫人情动的凄清与忧伤。而这些，却又正是它们别具魅力的所在。

这种倾向的作品所写的人物、故事多是发生在具有浓重传统色彩的小城镇中，以致在中国现代文学丰富多彩的文学想象中，形成了一个醒目的“小城镇”的意象群落。沈从文的“边城”、师陀的“果园城”、萧红的“呼兰河”、施蛰存《上元灯》中的故事发生地，它们或南或北，虽景致各别，民风有异，但都属于小城镇，且总有某些共通之处。废名写的似乎多在城郊，但他总是让他们的人物活动在城墙内外的一个角隅，不会失去其与城相关的联系。《浣衣母》中李妈家的茅草房“建筑在沙滩的一个土坡上，背后是城墙，左是沙滩，右是通到城门的一条大路”；《竹林的故乡》中三姑娘不上街看灯，但能听到“敲在城里响在城外的锣鼓”；《菱荡》里的“陶家村在菱荡圩的坝上，离城不过半里，下坝过桥，走一个沙洲，到西城门”；《桃园》就更明白了，它的故事干脆就发生在城墙内的一角。

---

① 《说梦》，载 1927 年 5 月《语丝》第 133 期。

② 《说梦》，载 1927 年 5 月《语丝》第 133 期。

这些小城镇都是作家幼时成长的故土，与其生命有着血脉相连的联系，它们事实上都已经先在地规定并模塑了作家们终生都难以彻改的心理文化基因和生命基质，成为世事沧桑中远行者的“乡魂”和精神家园。而这些小城镇，既无都市的浮华与喧嚣，也无未开化之地的粗野无文，它们处于都市与乡野之间，是近平原生态的自然、丰饶的民俗传统与城镇型知识文化、价值观念建构互参共生的理想场域，也是亲和人文传统的知识者适宜的宁静安身之地，更是其构筑人文之梦的最佳选择。作为人文主义倾向的凭借，“小城镇”意象群落在文学想象中的浮出，实在是一种意味深长的现象。

值得一提的是，这类倾向的作品大都表现出对民间礼俗文化的极大亲和力，它们对民间的敬神仪式、节庆、庙会、集市、放河灯、野台子戏乃至婚丧嫁娶都有着特别的关注和出色的描绘。而一旦作家们游笔至此，便立即使人感受到一种充盈于字里行间的生命的内在张力、会通幽冥古今的心灵的悸动和人际间现世的温情及欢悦。汪曾祺说：“我认为，民俗，不论是自然形成的，还是包含一定的人为的成分（如自上而下的推行），都反映了一个民族对生活的挚爱，对‘活着’所感到的欢悦。它们把生活中的诗情用一定的外部的形式固定下来，并且相互交流，融为一体。风俗中保留一个民族的常绿的童心，并对这种童心加以圣化。风俗使一个民族永不衰老。风俗是民族感情的重要的组成部分。”[①]这个话应该是他们共识性的表达。对于民俗，尤其是作为其基本内容的各种仪式，在“唯新”派看来可能是陈旧的，在“唯实利”派看来可能是虚饰，在“唯科学”派看来可能是愚妄，但其作为人文之维、审美之维的价值，是绝对不能忽视的。我想，一位美国学者讲的这段话可以供我们思考：“我们可能忘了，仪式庆典中固有的程式化为人类在其整

① 《谈谈风俗画》，载《汪曾棋文集·文论卷》，江苏文艺出版社 1993 年版，第 61 页。

个历史中体验艺术提供了重要的契利，而这些艺术本身是重要的集体信仰和真理不可或缺的饱含情绪的强化刺激。在把这些当作太烦琐或太过时的东西抛弃之时，我们也就失去了艺术对生活的中心地位。于是，我们也就取消了古老的、自然形成的和经过时间检验的那些理解人类生存的方式。在整个人类历史中，艺术就是作为塑造和美化我们生活中重要而严肃的事件标示出来的过度的和超常的手段，我们放弃的与其说是我们的虚伪，还不如说是我们的人性。”①

就这类作家或这类作品所表现的理想情景而言，本来就是已经被历史遗落的东西，要想在现实中实现，几乎近于虚妄，但其作为一种人文主义的张扬，对于现实社会与历史整体性发展却又是具有实际裨益的。这一点又不当怀疑。只要人类历史没有到尽头，它的存在也就有其不可或缺的价值。到了当代，尤其是 20 世纪 80 年代末期以后，这一倾向再度成为非常引人注目的现象，就很说明了这个道理。

再一种类型是，对历史进化过程中弱势群体的同情与对人性异化趋势的关注。

在历史转型变化的时期，新的生产力的发展和生产关系的形成，是以对传统生产能力的超越性否定和对旧有生产关系与生存秩序的颠覆为伴生条件和必然结果的。而且，作为其正义性表述和信心支撑的新价值观念的确立与建构，又必定首先是以对传统人文伦理观念的否定为前提。这一切，道理自然简单明了，历史要前行总要有所破坏，有所丢弃，一句话，总要付出代价。可是就其对现实人生的影响而言，这一代价中却容含着新含义中的弱势群体的出现和人性异变趋势的发生。

首先受到影响的便是广大的农民。在现代生产与经营方式波

① 埃伦·迪萨纳亚克：《审美的人》，户晓辉译，商务印书馆 2004 年版，第 371 页。

及农村之后，一种新的灾难便接踵而至。刘西渭曾感叹：中国以农立国，传说中的第一首民歌(《击壤歌》)便是关于农耕的，“这表示快乐，也象征反抗，充满了独立自得的情绪。我们在这里听到一个黄金时代农人骄傲的自白”。可是，“经了三四千年封建制度的统治，物质文明(工商的造诣)与享受的发扬开始把农人投入地狱。正常成了反常，基本成了附着，丰收成了饥荒”。[①] 这当然会在文学中有所反映，那便是20世纪30年代前期一批反映农民生存危机的作品的出现，即如刘西渭所言：“自从《春蚕》问世，或者不如说，自从农业崩溃，如火如荼，我们的文学开了一阵绚烂的野花，结了一阵奇异的山果。在这些花果之中，不算戏剧在内，鲜妍有萧红女士的《生死场》，功力有吴组缃先生的《一千八百担》，稍早便有《丰收》的作者叶紫。”[②]但应指出，鉴于当时特殊的历史情况和语境，这些作品大多是被纳入主导性认识范围内作社会分析表现的，如《春蚕》、《丰收》等均属此类，即便是《一千八百担》也大略属于这种类型。这类作品的题旨当另有归属，虽然它们的反映中也客观地显现出了我们所关注的历史性倾向，而且艺术上也有其独到的创造。还有的是被长期误读，如《生死场》，就一向被作着社会政治方面的解读，直到近几年，对其更具根本意义的对人性与生命生存状况的关注，才有了新的认识。

这种影响在城市中的反应应该说是更为敏感而深刻的，尤其是在对弱势群体生存状态方面所产生的影响就更见显著。在中国现代文学中，能称得上现代“城市文学”的作品实在数量有限，但在大家所给定的这一概念视阈之外，却存在着大量的以表现城市中

---

① 《叶紫的小说》，载《李健吾创作评论选集》，人民文学出版社1984年版，第513页。

② 《叶紫的小说》，载《李健吾创作评论选集》，人民文学出版社1984年版，第517页。

这一人生倾向为内容的作品，其中所涉及的人生内容的丰富与复杂和所包蕴的人文意义的新警与深广，皆已达至空前的高度，正是它们，为新文学增加了特别辉煌的一笔。

谁都知道老舍擅长描写北京的市民社会，但若准确一点说，为其所特别关注的则是历史转型中北京市民人生的艰难与变异。他写过一个短篇小说《老字号》，篇幅虽短而意味深长。在新兴的市场竞争中，老字号“三合祥”颇具君子之风的传统经营方式已难以为继，新聘的周掌柜来了还没有两天，就“要把三合祥改成蹦蹦戏的棚子：门前扎起血丝胡拉的一座彩牌，‘大减价’每个字有五尺见方，两盏煤气灯，把人们照得脸上发绿。这还不够，门口一档子洋鼓洋号，从天亮吹到三更；四个徒弟，都戴上红帽子，在门口，在马路上，见人就给传单……”你看不顺眼吗？那好，到年终一算，生意还就是没赔！周掌柜为利益驱使“跳槽”后，钱掌柜重新入主“三合祥”，和伙计辛德治企图力挽“颓风”，结果是过了一年，“三合祥”就倒给为周掌柜领东的“天成”了。就像辛德治所感觉到的“年头是变了”，“老规矩”已成了“永难恢复的东西”。这篇小说无异于是对人性化经营传统的一曲为之无奈而又为之扼腕的挽歌，而为其所指涉的意义又远远超出于商业经营范围之外。社会变动和老北京的种种“改良”固然对社会的方方面面都会有所影响，但其负面作用乃至灾难性后果的主要承受者却是生活于社会底层的那些普通人和劳动者，而这才是老舍创作真正予以关注的基本内容。如果说《月牙儿》以低回凄婉的倾诉，表现了母女两代人无论如何努力，都只能在承受灵肉双重苦难的悲剧中越陷越深的命运遭际；那么，《我这一辈子》则是以质朴的口语，自诉了“我这一辈子”挣扎挪移而仍是脱不了每况愈下、贫苦终老的命运和难解的不平。《我这一辈子》中的“我”，本来靠裱糊手艺为生，但“年头真是变了”啊，有钱人“房子改为洋式的，棚顶抹灰，一劳永逸；窗子改成玻璃的，也用不着再糊上纸或纱。什么都是洋式好，要手艺的可就没了饭吃”。

他说:“我们自己也不是不努力呀,洋车时行,我们就照样糊洋车;汽车时行,我们就糊汽车,我们知道改良。可是有几家死了人来糊一辆洋车或汽车呢?年头一旦大改良起来,我们的小改良全算白饶,水大漫不过鸭子去,有什么法儿呢?”“我”这一辈子由做裱褙匠到改做巡警再到去河南做警察,越过身子越往下出溜,因为“年头儿的改变不是个人所能抵抗的,胳臂扭不过大腿去”。

老舍在这方面最有代表性也最具深刻意义的还当属《骆驼祥子》。它告诉人们,在社会的变动和“改良”中,祥子无论如何努力,也无法从贫穷中自救,而更严重的是人性的异化和精神的无可挽回的堕落。无论过去人们对它进行过怎样的阐释,但只有这才是它真正的题旨。祥子的故事依然是发生在北京,但这时的北京“已渐渐失去原有的排场,点心铺中过了九月九还可以买到花糕,卖元宵的也许在秋天就下了市,那二三百年的老铺户也忽然想起作周年纪念,借此好散出大减价的传单……经济的压迫使排场去另找出路,体面当不了饭吃”。在这变动期的无序中,由历史的必然变革而催生的各种正常和不正常的改良和变异都在实际上滋生着祥子之类底层劳动者的不幸。祥子本是乡下人,因失去父母和田地,“带着乡间小伙子的足壮与诚实”流入北平,他像一棵树那样坚壮而有生气,即使是拉洋车也能证明出他的能力和聪明,“仿佛就是在地狱里也能作个好鬼似的”。然而,这儿并没有为他提供一个良性生存的环境。环绕于他周围的,无论是“改了良”的刘四爷父女,还是由“孙排长”摇身一变而成的“孙侦探”,抑或是思想更为激进却又告发了曹先生的阮明,无一不是制造新的人间悲剧的参与者。正是他们以及由他们这种人一手制造的种种人间惨剧,不期然“共谋”地演绎出了祥子生存的不幸和人性的悲剧,不仅使其买车的人生之梦彻底破灭,而且彻底摧垮了他的人生信念,蚀坏了他的灵魂。“人把自己从野兽中提拔出。可是到现在人还把自己的同类驱逐到野兽里去。祥子还在那文化之城,可是变成了走兽。……

他不再有希望，就那么迷迷糊糊的往下坠，坠入那无底的深坑。”终于，“体面的，要强的，好梦想的，利己的，个人的，健壮的，伟大的”祥子，变成了一个“堕落的，自私的，不幸的，社会病态里的产儿，个人主义的末路鬼”！可以说，这部作品丰富的文化、思想含量和深在的历史启示，至今还没有被人们完全解读出来。

20世纪40年代的巴金发生了深刻的变化，启蒙的、社会革命的观念已经淡出，或者说已被转换为一种新的历史觉悟，历史的立场也已由人文的立场所取代。在《憩园》中，他给读者讲述了一个与主流文学意味迥异的故事：在历史业已达成的“新”与“旧”的转换中，“转换”在某种意义上成了“替代”。旧式封建家庭的不肖子杨梦痴搬出憩园并最终流落街头凄惨而死，而新贵姚国栋则入主憩园正生活于踌躇满志之中。然而，杨梦痴的儿子寒儿却在社会下层的环境和父亲的悲剧性境遇中懂事明理，好学上进，充满了成长的朝气；而姚国栋的儿子小虎这一新的富家子却娇惯成了一个骄横无理、贪赌废学的败家胚子。他的被水流冲走，似在宣布姚家发展希望的破灭。这一世事沧桑中的天道循环，难道不是对线性进化史观的否定与警示吗？在这非人意所能左右的轮回循环中，新的强者出现的时候，新的弱者将与之伴生。杨梦痴就既是一个被过去的历史造成的一个废物，又是一个在新的历史中无所附着的落魄者。他没有谋取生存的能力，也没有损世害人的居心，但他极为凄惨的景况却在实际上成为对人们良知的一个验证。作者在小说中对他也给予了特别的关注与同情。当然更为作者所感伤的，还是众多普通百姓终不见希望的悲苦命运。小说中的“我”——那个姓黎的作家，在他正写作中的作品里描写了人间的悲剧，姚太太读后善意地要求他“给人间多一点温暖，揩干每只流泪的眼睛”。不让那个瞎眼女人跳水死，不让那个老车夫发疯。“我”被感动了，决计改变自己的思路。可是在现实中他与两位瞎眼艺人的不期而遇，却又终于否定了自己一厢情愿的想法：“我忽然想起了我们的小说里的老车夫和瞎眼女人。眼前这对贫穷的夫妇不就是那两个人的影子么？我能够给他们安排一个什么样的结局呢？难道我还能够给他们带来幸福么？”这些，就正是巴金内心痛苦的表达。在《第四病室》中，巴金则直接为读者展开了一幅社会底层的众生病苦图。在这个空气污浊的三等病室里，各种病员杂处，有人不断地死去，有人又不断地进来，他们缺钱少助，在这里受着百般难忍的煎熬。他们的饮食便溺，都需要人照料，但工人老郑却因有人没钱打点他便变得极为冷漠。他的表现，与其说是国民性的顽疾，倒不如说是金钱锈蚀了心灵更为准确。这篇小说用金钱正在支配人间关系的酷烈现实，张扬着对于人间情怀和人道主义的呼唤。小说中的杨大夫实为人道主义的化身，她用女性特有的温柔和对病人一视同仁的关爱，慰藉着所有的病员的心灵。小说开头巴金给日记作者陆怀民的复信中对杨大夫下落的种种猜想，正喻示着他对人道主义情怀依然活着或“再生”的渴望。

《寒夜》则是在向社会的不公进行着控诉。这篇小说里的主要人物汪文宣和曾树生，虽然也都是社会底层的人物，但他们却又不同于一般的那种穷苦的体力劳动者，都是受过新式教育的新型的知识者。然而他们所受的教育并没有给他们预备下好的命运，他们同样也只能在没有自由没有尊严的辛劳中艰难度日，受着争吵、贫病、苦恼日甚一日的折磨。曾树生的出走，也与五四启蒙感召下出走的“娜拉”不能同日而语。虽然她的出走自有其可以理解的原因——婆婆的责难与唠叨，对懦弱丈夫的失望和对“自由与幸福”的追求，都可以算作一种理由；但她所要逃离的毕竟不是一个完全旧式的封建家庭，而为其所舍弃的又是贫病交加中的丈夫和尚在求学中的幼子，无论怎么说都不能成为让人完全信服的说辞。究其实质，不过是一种经不住另一世界的诱惑所作出的不无自私的择枝另就的行为而已，虽然这也是小人物生存选择的别一种悲剧。小说《寒夜》没有安置一个光明的尾巴，汪文宣在抗战胜利纪念日死去，汪母不知去了何地，回来探视他们的曾树生所感受到的也只能是寒夜中的孤清与阴冷。《寒夜》会使读者的心灵震颤，会引发读者的共鸣与思索，而这却正是巴金寄寓深思与所希望的。

曹禺的思绪似乎是在更具超越性的层面中盘旋。对于《雷雨》的意义，他自己就已说得再清楚不过了。他拒绝了批评家所加于作品的重大现实意义的阐释，坦言自己动笔之时，“并没有明显地意识着我是要匡正讽刺或攻击些什么”。他说：“《雷雨》对我是个诱惑。与《雷雨》俱来的情绪蕴成我对宇宙间许多神秘的事物一种不可言喻的憧憬。《雷雨》可以说是我的‘蛮性的遗留’，我如原始的祖先们对那些不可理解的现象睁大了惊奇的眼。我不能断定《雷雨》的推动是由于神鬼，起于命运或源于哪种显明的力量。情感上《雷雨》所象征的对我是一种神秘的吸引，一种抓牢我心灵的魔手，《雷雨》所显示的，并不是因果，并不是报应，而是我所觉得的天地间的‘残忍’（这种自然的‘冷酷’，四凤与周冲的遭际最足以代表，他们的死亡，自己并无过咎）。如若读者肯细心体会这番心意，这篇戏虽然有时为几段较紧张的场面或一两个性格吸引了注意，但连绵不断地若有若无地闪示这一点隐秘——这种种宇宙斗争的‘残忍’与‘冷酷’。”曹禺是在企图以超越历史与现实的形上之感和形上之思来回观“残忍”与“冷酷”的历史与现实。他声称：“写《雷雨》是一种情感的迫切需要。我念起人类是怎样可怜的动物，带着踌躇满志的心情，仿佛是自己来主宰自己的运命，而时常不是自己来主宰着。受着自己——情感的或者理解的——捉弄，一种不可知的力量的——机遇的，或者环境的——捉弄；生活在狭的笼里而洋洋地骄傲着，以为是徜徉在自由的天地里，称为万物之灵的人物不是做着最愚蠢的事么？我用一种悲悯的心情来写剧中人物的争执。我诚恳地祈望着看戏的人们也以一种悲悯的眼来俯视这群地上的人们。”[①]显然，曹禺是从人类普遍人性的角度思量人世间的一切的，他悲悯于人们的不能自知，祈望人们能够在悲悯的彻悟中归于和解，以求得众生生存的和谐。

与上述作家相比，张爱玲又自有其独特的感受和主张。她说：“我发现弄文学的人向来是注重人生飞扬的一面，而忽视人生安稳的一面。其实，后者正是前者的底子。又如，他们多是注重人生的斗争，而忽略和谐一面。其实，人是为了要求和谐的一面才斗争的。”“强调人生飞扬的一面，多少有点超人的气质。超人是生在一个时代里的。而人生安稳的一面则有着永恒的意味，虽然这种安稳常是不完全的，而且每隔多少时候就要破坏一次，但仍然是永恒的。它存在于一切时代。它是人的神性，也可以说是妇人性。”[②]这些话的意思，与其他人文主义作家的标榜原也没有什么大的不同，与沈从文一类作家的主张在客观上倒成呼应之势。在创作上也很有意思，沈从文是竭力展现边远乡野之美，而张爱玲则是在极力地表现城市中人性异化畸变的种种现实。读张爱玲的这类作品，使人心里发冷，虽然她声称所写的都是些“不彻底的”人物，是这个时代的“广大的”负荷者，但源于她对历史发展趋势的一种特别急迫而悲凉的感受，实际上大都写得人性灰暗，感受不到丝毫人间的温暖。她对时代的发展是悲观的，认为“时代是仓促的，已经在破坏中，还有更大的破坏要来。有一天我们的文明，不论是升华还是浮华，都要成为过去”。所以她提示读者，“如果我最常用的字是‘荒凉’，那是因为思想背景里有这惘惘的威胁”。[③] 其实，其中所透露出来的正是对人文缺乏的焦虑，也正是她的过人之处。

---

① 《〈雷雨〉序》，载《中国现代戏剧序跋集》，北京广播学院出版社 2003 年版，第 239～240 页。

② 《自己的文章》，载《张爱玲全集·流言》，大连出版社 1996 年版，第 11 页。

③ 《〈传奇〉再版的话》，载《中国现代文学序跋丛书·小说卷》，海南人民出版社 1988 年版，第 1316 页。

在中国现代文学中,从人文主义的角度感受和表现多样的现实,已成为许多作家对创作主体的一种基本要求。正如林徽因所说的:"一个生活丰富者不在客观的见过若干事物,而在主观的能激发很复杂,很不同的情感,和能够同情于人性的许多方面的人。"[1]事实上许多作家都在尽着自己的努力,创造着多样的人性化的文学世界。这已经成了一个传统。这个传统在当代新时期文学中得到了继承和发展,比如由"三驾马车"掀起的新现实主义文学的冲击波,近些年间出现的文学中对历史与成长问题的焦虑和人文性书写等等,都取得了很可观的成绩,只可惜其人文性意义至今还未被批评界完全领悟。

又一种类型是,对主导性历史变革的反思与质疑。

从历史发展的实际状况来看,任何一种历史变革从其应运而生的那一刻起,就已经包蕴着自身难以逾越的历史局限和导致异化的解构性因素。这大约就是历史发展的一种悖论。而作为这一变革活动的参与者或将其目标的实现视为安身立命之希望的人,如果他们同时又是一个作家或诗人,那他对历史局限或异变的反思和感受,就必然具有极为独特而深刻的人文性内涵。

鲁迅在小说《在酒楼上》中设置过一个很经典的譬喻,就是吕纬甫自述身世时所用的那个比方:"我在少年时,看见蜂子或蝇子停在一个地方,给什么来一吓,即刻飞去了,但在飞了一个小圈子,便又回来停在原地点,便以为这实在很可笑,也可怜。可不料现在我自己也飞回来了,不过绕了一点小圈子。"五四启蒙运动落潮后,许多知识者醒来后又无路可走,陷入无边的苦闷之中,有的也就如吕纬甫那样回到了原来的老路,虽然心里不无苦恼。其实,启蒙运动本身又何尝不是经历了如此的回旋,鲁迅因此而在彷徨中苦苦

---

① 《〈文艺丛刊小说选〉题记》,载《中国现代文学序跋丛书·小说卷》,海南人民出版社 1988 年版,第 872 页。

求索和作心灵内的搏斗。此时,他在小说创作中一改《呐喊》时期那种主客逆向对话的叙述姿态,而变为笔下写人、内心写己,实为作同向考察的即同构性的复线结构方式。在《祝福》中,作者已经显露了"我"即新知识者面对酷烈的精神悲剧的现实时的窘迫与无能为力,而到《在酒楼上》,"我"与吕纬甫的对话性结构设置,则已开始了对启蒙主义者自身悲剧的表现与探寻。如果说对于吕纬甫人生态度的变异"我"还保有一定的心理距离,虽有触动但仍还本能最终予以认同,那么到了《孤独者》,情势就有所不同了。魏连殳最终虽也"顺应"了为自己所反对的现实,其玩世不恭、易善为"恶"的行径似乎比吕纬甫的敷衍走得更远,但其实质却迥然不同。魏连殳是在彻底绝望后以自戕的方式所作的最后的抗争,他用自己的毁灭表示了对这个无望世界的战胜。就像他对"我"所说的:"我已经躬行我先前所憎恶,所反对的一切,拒斥我先前所崇仰,所主张的一切了。我已经真的失败,——然而我胜利了。"试想,在这几近残忍的精神自戕和生命自我毁灭的过程中,魏连殳经历过何等惨烈的内心伤痛!痛苦而挣扎中的他,实在就"像一匹受伤的狼,当深夜在旷野中嗥叫,惨伤里夹杂着愤怒和悲哀"。鲁迅这种转向主体性反思的作品,内中分明贯穿着一种"我与镜"式的结构主线。被叙述者的命运遭际和心灵悸动事实上就是"我"的一面镜子,从这面镜子里,"我"看着"他",也审视着我,这是一种双向的完成。在这些作品里,我们深刻感受到了一个忍受着锥心之痛"抉心自食"的鲁迅。

也就是在这个时期,鲁迅的思想发展呈现出一种由历史的工具理性向价值目的领域倾斜、挪移的明显倾向。历史变革希望的幻灭,使他转向了对生命的意义和信念伦理方面的思索。鲁迅在《〈野草〉题辞》中说:"过去的生命已经死亡。我对于这死亡有大欢喜,因为我借此知道它曾经存活。死亡的生命已经腐朽。我对于这腐朽有大欢喜,因为我借此知道它还非空虚。"他这期间对生命意义的理解已超越生死，超越事功的成败、希望的有无，正其所谓虽“常觉得唯‘黑暗与虚无’乃是‘实有’，却偏要向这些作绝望的抗战”[①]；此时的鲁迅虽未放弃对历史的承诺，但它已经是被设置在信念伦理的思考之中了。一部散文诗集《野草》，可明其此时的心迹。

也还是在这个时期，鲁迅有了思忆儿时故乡旧事的写作，那便是散文集《朝花夕拾》。他在这个集子的《小引》中自陈：“我有一时，曾经屡次忆起儿时在故乡所吃的蔬果：菱角，罗汉豆，茭白，香瓜。凡这些，都是极其鲜美可口的；都曾是使我思乡的蛊惑。后来，我在久别之后尝到了，也不过如此；唯独在记忆上，还有旧来的意味留存。他们也许要哄骗我一生，使我时时反顾。”鲁迅这种情感意向的发生和《朝花夕拾》中那些有趣味有生气的忆旧文章的成文，都说明鲁迅已有了一个更富包容性的人文视野和对人文价值的新理解。

在20世纪20年代的中前期，内心苦闷和对生命意义的思索，是追求社会进步的知识青年共有的现象，这在文学中自然有所反映。苏雪林在《关于庐隐的回忆》中说：“在庐隐的作品中尤其是《象牙戒指》，我们可以看出她矛盾的性格……庐隐的苦闷，现代有几个人不曾感受到?”由对社会变革寄托希望并由此孕生出高远超俗的理想，然而人生的现实走向却与之背道而驰，追求、困惑、感伤，不能不成为庐隐在《海滨故人》、《象牙戒指》等作品中的主调。而在她的好友石评梅的创作里，除大量感伤色彩更浓的近于“私语式”自述的作品外，还出现了一些对历史变革和历史进步行为作反思性表现的作品。如小说《弃妇》，写的就是一个弃妇被弃后自杀的故事。走出了家门的“表哥”追求自由爱情另有所爱，坚决地与

---

① 《两地书·四》，载《鲁迅全集》第11卷，人民文学出版社1981年版，第20～21页。

妻子离了婚，自以为这同时也是“解放了她”。可是结果呢，客观上却将她推向了绝境。另一篇小说《林楠的日记》，表现的也是遭到另有所爱的丈夫冷遇的妻子所承受的种种痛苦。两篇作品揭橥的都是婚姻解放亦即人的解放所必然带来的悖论性难题：一部分人解放了，而另一部分人呢？而在《流浪的歌者》等作品中对革命事业中的腐败、丑恶也进行了大胆揭示，并深刻表现了这种“缺陷”给生命造成的悲剧。

郁达夫是另一种类型的作家，在极率直地表现“性的苦闷”和“生的苦闷”方面独树一帜。据他自述，辛亥革命期间他也原本想去“冲锋陷阵，参加战斗”的，但“际遇着了这样的机会，却也终于没有一点作为，只呆立在大风圈外，捏紧了空拳头，滴了几滴悲壮的旁观者的哑泪而已”①。从以《沉沦》初登文坛到创作的大盛时期，他始终是置身于社会变革漩流之外，以“零余者”的角色自感自叹。在其自传体的小说系列和散文创作中，他对“零余者”（有时又自称“逐客离人”或“行路病者”）屈辱、孤冷、贫穷、颓伤的生存状态和生命感受刻画和发挥得淋漓尽致。在这些作品中，主人公（其实就可以看作是郁达夫）作为一个漂泊于异国他乡的游子，对于由国家的贫穷落后所带来的屈辱和身心双重的窘迫，可以说比任何人都感同身受，刻骨铭心；对于祖国富足强大的渴望和将自己的命运与之系于一起的理解，是其终日萦绕于心的念想。然而，故国如旧，自己也每况愈下，始终漂泊于无定之所。此时的他，一面对社会几乎无处不在的贫陋恶浊和所谓现代发展产生出来的恶果，表示着愤世忧生的强烈情绪，一面又为自己也是一个受过现代文明之毒的人而自忏自责。在《还乡记》中，他对故乡作了这样的叙述：“浙江虽是我的父母之邦，但是浙江的知识阶级的腐败，一班教育家政治家对军人的谄媚，对平民的压制，以及小政客的婢妾的行为，无厌

① 《大风圈外》，载《郁达夫全集》第 4 卷，文艺出版社 1992 年版，第 362 页。

的贪婪，平时想起就要使我作呕。所以我每次回浙江去，总抱了一腔羞嫌的恶怀，障扇而过杭州，不愿在西子湖头作半日的勾留。”而这次还乡，发现“桑田沧海的杭州，旗营改变了，湖滨添了些邪恶的富家翁的别墅”；而“由现代的物质文明产生出来的贫苦之景”，即“北站附近的贫民窟，同坟墓似的江北人的船室，污泥的水潴，晒在坍败的晒台上的女人的小衣，秽布，劳动者的破烂的衣衫等”，也一幅一幅地呈现到眼前来。当然，在郊区的乡野，也还有着令人陶醉的自然，但他又不禁自忖：“良辰美景奈何天，我在这样的大自然里怕已没有生存的资格了吧，因为我的腕力，我的精神，都被现代的文明撒下了毒药，恶化为零，我哪里还有执了锄耜，去和农夫耕作的能力呢！”惟其如此，他不像其他怀乡的作家那样在家园的记忆抒写中，一定要写出心灵的快意与轻松。如果说这是郁达夫坚持人文态度的独到之处，那么他所作的另一种努力亦应引起读者的注意。在《春风沉醉的晚上》、《薄奠》这类作品中，他试图以人道主义的情愫和同情心沟通痛苦生存中的知识者与下层劳动者之间的隔膜，让下层劳动者淳朴的情感与心灵之光照亮并祛除这些知识者心中的黑暗。这种人文态度，即使在今天也是难能可贵的。对于郁达夫来说，作为传达人生理想信息的最为惬意的一笔，应该要数《迟桂花》中在翁家山度过的那段时光了。那么鲜活灵动的生命朝气，人与人、人与自然之间的相契相悦，纯真的爱意与友情，实在令人流连忘返。虽然郁达夫在文末特别强调，这一切都是虚构，但是，它的艺术魅力和读者阅读中所引发的人文性共鸣，却是真实而悠远的。

从现代到当代，这种类型的文学观念与实践也是不绝如缕的，比如延安时期丁玲等招到批判的“另类”之作，还有 20 世纪 50 年代中期出现的那批也遭致厄运的作品，就大略都属于这个范围。

还有一种类型是在离乡与思乡，即历史追求与家园之恋的矛盾纠结中所表现出来的人文主义倾向。

离家者的思乡原是人之有规律的一种特殊心理活动，也是文学表现的一种永恒性的主题。人在幼年和成长期所形成的对于故乡的种种意象和与之契合的原型文化心理，都必然地成为潜意识中最丰厚也最具酵发力的一种积淀，终生都挥之不去。俗语说“叶落归根”，所谓“根”，就是故土和家园，也就是故乡。当一个人远离故乡日久，特别是遭遇过人生坎坷和历经沧桑之后，思乡之情便会酵发升腾起来，会把故乡的一草一木、一砖一瓦都想象得像有了生命似的美好而可人，哪怕实际中的家乡已变得破败不堪甚至是不复存在。师陀在他的小说《阿嚏》里，让小渔夫给“我”讲了一个美丽而神秘的民间传说，说像一个可爱的男孩一样的水鬼阿嚏在这儿住久了也要出去走走，而出去久了又必定会回来。作者在这儿写下了一段神形兼备的文字，就很能说明我们的这个意思：

……阿嚏在一个地方住的太久无疑的也有权利旅行，有时候，当他高兴或有所怀念的时候，他自然跟我们一样，反过来，或是说我们跟阿嚏一样，我们也同样想看看我们的故土。一种极自然的情感，这就是我们所以不能安静的原因，这就是当我们重临一个我们熟识的跟我们特别有关系的地方，何以我们没有事情往往比有事情更加忙迫。我是说——难道我们为生活驱使的神圣的人类岂不正是这样的吗？我们只有在闲着的时候才会想到往昔的种种，才会天真地想到我们曾经在一个树林里散步，在一个荒僻地方栽过一株小树，在另一个荒僻地方曾经睡觉，在一个不知姓名者的坟上曾经读书。我们正是这样不住地找着这种旧梦，破碎的冷落的同时又是甜蜜的旧梦，在我们心里，每一个回想都是一朵花，一支(种)香味，云和阳光织成的短款。我们自然早已猜到昔日的楼阁业已成一片残砖碎瓦，坟墓业已平掉，树林业已伐去，我们栽的小树业已饱山羊的饿肠，到处都是惆怅、悲哀和各种空虚，但是我们仍旧忍不住要到处寻找……

当然，这还是就一般的情况而论。说到近百年来，中国历史现代转型中前所未有的种种新情况、新问题，使得离乡与思乡的矛盾纠结更为突出，且被赋予了一些历史与人文方面的新内涵。中国历史的现代转型，基本目标是要把一个自给自足相对封闭的乡土中国改变成在世界一体化范围内发展的现代化强国，但中国历史的发展并没有为这一转型提供出一个先在的充足条件，而其实际的发展则只能是在作为历史基本因素的文化、政治、经济等方面不断变换选择，把某一项选择作为某一历史阶段的主要变革对象。但任何一个单向度的历史变革又都有其必不可免的局限性，所以它又必将为另一对象的变革所替代，从文化启蒙到政治革命再到以经济建设为中心，其间所经历的就是这样一个线路。

而这种极具中国特色的历史发展走势，一方面自有其历史的必然性，但另一方面却又也是由“自然法则”同时设定下了一个悖论性的结构。由这种结构特性所决定的历史理解和价值观念的置换性调适，不仅达到了空前的历史深度，而且也势在必然地触及人们，特别是知识分子阶层的内在心态和情绪。本来，由于历史的召唤和震荡，青年知识分子们纷纷离家出走，漂泊、迁移、寻找，已成为中国现代化进程中特别醒目的一大景观，但他们在历史变革的低潮和变革选择的转换期，又会出现相当深在的困惑、失落和苦恼，这也是一个相当普遍和醒目的现象。这就不难理解，为什么会有那么多的作家，会在创作的某一时期，写出一些颇见性情和艺术魅力的思乡之作。然而，这一状况的特殊性在于，这些作家都在新的历史主体的模塑中确立了已难以改变的历史追求，这种追求和觉悟不会因了一时的或者是在较长时期内都难以祛除的困惑和苦恼，以及因个人生存方面的困窘、不幸而生的凄怆与伤感，而完全放弃。这样，二者之间的冲突就必然地同时反映在思乡的作品之中。这些历史新潮中觉悟起来的知识者，本来就无可规避地存在着为其理性所认同的西方文化观念与传统文化心理的内在冲突，这一相对阔大的思想文化背景，这时也必然具体化地渗透于“离乡与思乡”这一特定心理情绪之中，使之产生了更为阔大旷远的历史沧桑感和忧患之情。

萧红就是一个很具说服力的例子。她为追求人生自由和融身于新的历史潮流之中，决然离家出走，开始了一生漂泊无定的生活。但现实并没有给这个情感丰富纤细而又才情过人的女子准备下一条安稳踏实的坦途，相反，相继不幸的婚姻、接连的挫折和日渐严重的贫病交加的境况，以及为其向往但又近乎本能地不能真正融进历史大潮的边缘性的人生悲苦与伤感，使她实际上只能是生活在既不安定又无保障甚至几近黑暗与恐惧的感受之中。她曾对萧军倾诉心中的苦与求：“我的心就像被浸在毒汁里那么黑暗，浸得久了，或者我们的心会被淹死的”，“痛苦的人生啊！服毒的人生啊！”“什么能救了我呀！上帝！什么能救了我！”[①]在此种人生况味中，对故乡的思念便是自然而然的事情了，因为在那里保留着她对“温暖”和“爱”的记忆。她说过：

> 祖父时时把多纹的两手放在我的肩上，而后又放在我的头上，我的身边便响着这样的声音：
>
> “快快长吧！长大了就好了。”
>
> 二十岁那年，我就逃出了父亲的家庭。直到现在还是过着流浪的生活。
>
> “长大”是“长大”了，而没有“好”。
>
> 可是从祖父那里，知道了人生除掉了冰冷和憎恶之外，还有温暖和爱。
>
> 所以我就向这“温暖”和“爱”的方面，怀着永久的憧憬和

① 《致萧军·第三十九封信》，载《萧红全集》(下)，哈尔滨出版社 1991 年版，第 1292～1293 页。

追求。[①]

由此我们可以知道，她为什么在写作《生死场》后又为“呼兰河”城作传。在这部传世名篇里，她认真地搜索记忆，对“呼兰河”城的地理、民俗作了极为详尽而传神的描述。而更令她对这个小城动情的，还是因为在“呼兰河这小城里住着我的祖父”。正是他的善良、慈祥和对“我”无所不在的呵护与关爱，才使“我”的童年快乐而自由；也正是在这样的儿童眼里，一切才都是美好和有趣的。当作者动情地描绘着这一切时，那种缘之于生命深处的陶醉浸透在字里行间，使自己那颗伤痛的心在一时间忘却一切，得到最温暖的抚慰。然而，敏感的读者定然能够发现，在《呼兰河传》中存在着两种犯“冲”的色彩，即极为不同的两种人生内容和情感反应。从第四章开始，“我的家是荒凉的”成了小说的基调，而团圆媳妇、有二伯、冯歪嘴子和王大姑娘的生存悲剧便一幕幕展开。不论是小团圆媳妇被活活虐待、折磨致死的人间惨剧，还是有二伯、老厨子和左邻右舍人们的庸常、冷漠和愚昧，抑或是冯歪嘴子一家人令人心痛的生存惨状，在萧红看来，无一不是由鲁迅所指称的“无主名杀人团”造成的恶果，无一不是国民性问题的现实表现。很显然，作者在对故乡的回忆里同时也勾起了历史的警觉，因为这也是记忆中的现实，或者说不能忘却的记忆，正如她在小说末尾所说：“只因为他们充满我幼年的记忆，忘却不了，难以忘却，就记在这里了。”可是我们也看到，小说写团圆媳妇等人的悲剧无不一悲到底，独到最后写磨官冯歪嘴子父子却异乎寻常地活了下来，这大约是萧红出自悲悯之心，不愿对读者伤人至深吧。

在这方面，师陀的创作也是很有代表性的。在师陀前期的创作中，其基本倾向也是暴露乡村中的各种横暴和不公的生存现实，外趋型的即离家的内在倾向明显可感。但随着人生遭际的坎坷，

① 《永远的憧憬与追求》，载《萧红全集》(下)，哈尔滨出版社 1991 年版，第 1043 页。

尤其是在上海居留日久，生存条件又极其低下，则使其内心倾向和创作趋势出现明显变化。他在谈到《果园城记》的创作时说："我不知道这些日子是怎么混过去活过来的。民国二十七年九月间，我在二间像棺材的小屋里写下本书第一篇《果园城》。这并非什么灵机一动，忽然想起践约；也绝无'藏之名山'之意，像香港某批评家所说；只是心怀亡国奴之牢愁，而又身无长技足以别谋生路，无聊之极，偶然拈弄笔墨消遣罢了。第二年——民国二十八年更不得了下去：我搬进另一间更小、更像棺材，我称之为'饿夫墓'，也就是现在的'舍下'的小屋。就在这'墓'里，我重又拾起《果园城记》。"[①]《果园城记》也是一部思乡之作，但与萧红不同，师陀采取的是成年人的视角，是以一个故地重游者的经历来描述的"现在"与"过去"叠印在一起的"果园城"，以及其中诸多让重游者触动情怀而又绵思邈远的人和事。师陀说："这小书的主人公是一个我想象中的小城……我有意把这小城写成中国一切小城的代表，它在我心目中有生命、有性格、有思想、有见解、有情感、有寿命，像一个活的人。"[②]师陀正是以其极具磁性的文字，为读者捧献出一个同样具有磁性和活力的小城形象。这个小城的活力，不是它具有现代性的激越和变异，而是其似乎置身世外的人文氛围和处处透显着的亲和而安稳中的生命脉动。它给人们的不是感官的刺激，而是心灵的会通与共鸣。小说虽然设定了一个形象——塔，让它来作为小城历史的见证者："它看见在城外进行着的无数次只有使人民更加困苦的战争，许多年青人就在它的脚下死去；它看见过一代又一代的故人的灵柩从大路上走过，他们带着关于它的种种神奇

① 《〈果园城记〉序》，载《师陀全集》第 1 卷（下），河南大学出版社 2004 年版，第 452 页。

② 《〈果园城记〉序》，载《师陀全集》第 1 卷（下），河南大学出版社 2004 年版，第 453 页。

传说,平安的到土里去了;它看见多少晨夕的城内和城外的风光,多少人间的盛衰,没有人数得出的白云从它头上飞过。”但是,时间在这里又似乎是一个永远缺席的角色,一切都在传统中维持着平静与安详。在《果园城记》中的一些篇什中,存在着一组共用的意象,那就是在街岸上正卧着打鼾的狗,悠然横过大路的猪,在家门口一年接着一年、永没有谈完过的谈闲话的女人。为其所喻示的,就正是这种古朴的平静与安详。虽然小说也写到油三妹的生命为旧习扼杀,也写到一些与传统不协调的人物事件,但又不觉着有《呼兰河传》中的那般惨烈、普遍,只不过是水中冒起的几朵水花,过去了便又一切如旧。当然,我们感觉到了师陀因小城“时间”的缺席而起的伤感和忧思,可不又正是这种古朴传统的温馨,才让他心醉神驰吗?面对历史的悖论,师陀的感与悟似乎一度超越了流行的历史观念,在《无望村的馆主》中让“司命老人”指挥着演出了一出人间盛衰轮回的悲剧,弥漫于全篇的则是浓重的悲怆之气和对无德者的道德警示。

在中国现代文学中,有一个现象很突出,那就是“作家南迁”和“北京想象”的相关发生。从20世纪20年代中期开始,一直到抗战时期,作家们不断地往南迁移,但在随后的创作里,却又经常出现对北京的美好记忆和想象,表现出情感的深在依恋。师陀就说过:“凡在那里住过的人,不管他怎样厌倦了北京人同他们灰土很深的街道,不管他日后离开它多远,他总觉得他们中间有根细绳维系着,隔的时间愈久,它愈明显。甚至有一天,他会感到有这种必要,在临死之前,必须找机会再去一趟,否则他要不能安心合上眼了。”[①]郁达夫还作过这样的比较:“中国的大都会,我前半生住过的地方,原也不在少数;可是当一个人静下来回想起从前,上海的

---

① 《〈马兰〉小引》,载《师陀全集》第2卷(上),河南大学出版社2004年版,第279页。

闹热，南京的辽阔，广州的乌烟瘴气，汉口武昌的杂乱无章，甚至于青岛的清幽，福州的秀丽，以及杭州的沉着，总归都还比不上北京——我住在那里的时候，当然还是北京——的典丽堂皇，幽闲清妙。”[①]在当时和以后很长一段时间里，像老舍、郁达夫、林语堂、梁实秋、萧乾、林海音等，许多作家都描写过回忆中的北京，而且几乎一致地都是对北京端庄、大气、清雅，以及传统性的人性化生存氛围的忆念和想象，这也正是新文学作家对传统人文观念和情怀不能忘怀的一种表征。

三

最后，还要对本书系编选中的一些情况作个说明。这套书系的编选，从2003年暑季开始到最终完成，历时两年有余。从事编选的都是在中国现当代文学研究中颇有建树的中青年学者，他们反复斟酌、严肃认真的态度令人感动。

我们进行编选的基本原则是：(1)偏重于编选人文主义倾向突出，而又不是轻易就可以找来阅读的作品。把这些作品集中起来编印，一方面可以省了到各种个人文集中翻找的麻烦，一方面又可以在集中阅读中容易获得对人文主义倾向的感知。有的作家像沈从文，虽是这方面的重镇，但他的作品近年来出版的版本很多，对其人文倾向也已开始重新认识，因此就没有选入。好在他的作品不难找到，读者可以拿来和本书系作互文性阅读。(2)有些作家如鲁迅、老舍、巴金、曹禺等人，他们的作品早已有多种版本存世，何以仍要选入？这是因为对选入的这些作品，人们的理解仍为过去的认识所囿，对其真正的意义和价值尚未真正了然，所以仍要选

① 《北京的四季》，载《郁达夫全集》卷4，浙江文艺出版社1992年版，第159页。

入。(3)选用初版文本。现代文学中的不少作品,初版后特别是建国后都曾作过某种修改,比如师陀的小说《无望村的馆主》,1983年出版的修改本就和原作有了很大的差别,必须采用其原初文本介绍给读者。

一套书系的容量毕竟是有限的,具有人文主义倾向的作品很多,不可能全部编入。我们只希望通过对本书系的阅读,能使读者对现当代文学中人文主义这一特定的意义指向和价值视阈有所认识,如此,则于愿足矣。

(原载《中国现代新人文文学书系》,山东文艺出版社2005年出版)

论中国现代人文主义视阈中的文学生成与发展

一

在中国历史、文化现代转型即现代化进程中，人文主义作为一种制衡性的力量，始终以其特异而丰富的人文性倡导与历史、文化变革的主导观念对峙互动，颉颃而行。其在现代文学生成与发展中的影响和反应，自然尤为丰富而且深刻。

关于"人文主义"这个概念，目前国内外学界还没有也很难有一个规范性的定义。西方学者常常拿它与"人文学科"一并辨析，认为人文学科是"关于人类价值和精神表现的人文主义的学科"，它和科学"可以互相补充，因为它们在探究和解释的方式上存在根本区别，它们属于不同的思维能力，使用不同的概念，并用不同的语言形式进行表达"①。而对"人文主义"的直接解释则是："凡重

---

① 《简明不列颠百科全书》第6卷，中国大百科全书出版社1986年版，第760～761页。

视人与上帝的关系、人的自由意志和人对于自然的优越性的态度，都是人文主义。从哲学上讲，人文主义以人为衡量一切事物的标准。……人文主义从复古活动中获得启发，注重人对于真与善的追求。人文主义扬弃褊狭的哲学系统、宗教教条和抽象推理，重视人的价值。”[①]从他们上述解释来看，其对“人文主义”的感情性内涵和信念伦理方面的特征，对其与科学的系统性歧异及其把握世界的独特方式等方面的特别重视，还是勾勒出了“人文主义”的基本特征的。不过倘若加以细审，就会发现在对其内涵与外延的界定上，这种解说还依然存在着既“越界”(泛化)又“窄化”(片面化)的问题。

对“人文主义”进行定义在阐释学意义上所遭遇的困难，是原因有自的。“人文主义”和其他“主义”一样，只是一种思想态度、一种价值指向，其所内含的核心概念是“人文文化”，而在“人文文化”和科学文化等非人文性文化之间，本来就并不存在一个判然两分的边界线。它对抗理性主义、科学主义，但并不摒弃理性和科学；它持守的是信念伦理，但并不排除其与责任伦理之间的互通性关系；它重想象、重悟性，可并不否定逻辑思维存在的必然性与重要性。惟其如此，也正造成了人文文化内涵的丰富性、复杂性及其在具体历史文化结构的调适中所表现出来的不同侧重性，同时也必然会导致其与其他文化边缘交合的模糊性。但是有一点是毋庸置疑的，那就是在人文文化的内核即基本规定性方面，是不能与非人文性文化错置或者是混淆的。所谓“人文文化”，要而言之，它是以生命、人性为基点所构成的生命意识、信念伦理及其以想象和通悟与世界(自然、社会)进行沟通与对话的独特能力和方式。人文文化也非常看重人的价值和人之可贵之处，但它是由尊重生命和企望人性健全发展的角度来理解这一切的。它尊重人之生命，也视

① 《简明不列颠百科全书》第6卷，中国大百科全书出版社1986年版，第761页。

宇宙万物为秉有灵性的存在而给予充分的尊重，祈求在彼此会通、契合的和谐中生息发展。这样，它就与“人类中心主义”的观念划清了界限。在人与人的关系上也是一样，人文文化重视的是彼此平等、友爱、互助及对所有不幸都会产生悲悯之心的人性化氛围和生存原则，与“个人中心主义”的标榜是严格有别的。我们说上述解释中存在着“越界”现象，指的就是它们对人文文化的理解中还依然包蕴“人类中心主义”和“个人中心主义”的观念遗存或者说是文化基因。

再者，人文文化重视的是对人生终极目的的关怀，是生命对于具体历史功利目的和欲望性世俗人生追求的形上超越，属于信念伦理的范畴。它不相信理性（科学）万能，也不相信“人”的力量可以主宰一切；相反，对于未可知的世界和人类命运倒是永怀着一种虔诚的敬畏之心，且把人文关怀和对人文信念的自觉持守与践行，看作个体生命乃至人类全体对随时都可能发生的异化危机的自我救赎。人文文化的价值认同几乎无不指向一种伦理性信念，或者毋宁说是一种超越时空的永恒性信仰，但这种信念（信仰）却会因地域文化特征的差异和人文文化传统的不同而有所不同。西方的宗教文化可以信仰上帝，而中国的儒学传统却更强调君子由“仁”入“圣”的人格至境，并不会轻易地拿“上帝”说事。所以只简单化地把与“上帝”相关联的文化叫做人文文化，就难免既“窄化”又西方化了。还有，从思维方式即把握世界的方式来看，人文文化也具有有别于它的明显特征。与偏重理性的逻辑思维不同，它则偏重于情感、悟性和想象，是情感、通悟力和形象共同作用的一种诗性的把握世界的能力和方式。由于人文文化具有感性的心理性的特征，这就决定了它以“教化”为基本特点和基本途径的生成与传播方式。伽达默尔把人文主义称为“精神科学”，曾就其传统性特征和作用作出过这样的表述：“精神科学之所以成为科学，与其说从现代科学的方法论概念中，不如说从教化概念的传统中更容易得到理解。这个传统就是我们要回顾的人文主义传统。这个传统在与现代科学要求的对抗中赢得了某种新的意义。”[1]虽然我并不认同他视人文主义为“精神科学”的观点(人文文化是不能以精神科学来作概括的,但倘若论及“人文学”或“人文学科”,这样指称倒也未尝不可),但他对人文“教化”传统的重视和对其“新的意义”的点豁,却不能不说是极为清醒而深刻的。

人类生存历史的发展,从来都离不开理智的开拓和人文的关照这两种人之特殊能力的协调与补偿。历史的进步,尤其是价值观念的系统更新和生存方式与社会秩序的大调整时期,人对客观世界的认识与改造力量固然会成为首选的推动力,但相对缺失的人文精神则愈显出其对历史进步之负性作用的抑制与制衡作用的必要。历史在其现代发展期,尤其是如此。西方现代人文主义思潮源之于 18 世纪中后期对启蒙现代性的质疑,早于中国一个多世纪,而其启蒙运动的发生则更早于中国二百余年。中国的现代启蒙运动,一般认为始于 19 世纪与 20 世纪之交梁启超“新民”主张的鼓动,而激越且深化于五四新文化运动时期,虽然晚于西方,但由于中国历史发展的特殊性,却使之产生了不同于西方的种种特异性与复杂性,并使现代人文主义思潮的发生和发展,也就不得不面对更为复杂而艰难的局面。

众所周知,西方的启蒙运动是其历史、文化自身发展的结果,而且是在哲学和文化、思想领域中展开的,并没有直接的历史变革目标的具体设置。而中国的现代启蒙运动却是因救亡图存的功利性历史目的所引起的,所以虽然也是在文化、思想领域中层开,但从一开始便被规定为工具理性的行为,表现为实用的历史态度,这就势在必然地将中西文化纳入“中西/古今”的价值判断的框架之

① 《真理与方法》上卷,上海译文出版社 1999 年版,第 21 页。着重号系著者原有。

内，对以人文性为特征的中国传统文化进行了整体性的否定。陈独秀对此曾作过这样的解释："吾宁忍过去国粹之消亡，而不忍现在及将来之民族，不适世界之生存而归削灭也。"[①]这确为五四启蒙主义者的由衷之言。在陈独秀看来，西方与中国文化的差异，主要表现在"以战争为本位"与"以安息为本位"、"以个人为本位"与"以家族为本位"、"以法治为本位"与"以情感为本位"、"以实利为本位"与"以虚文为本位"的不同上。[②] 不难看出，其条条之针砭所指，皆为中国传统文化的人文性特征。陈独秀判断的依据，来自于为其所由衷服膺的孔德主义文化进化论，认为当今世界已进入科学实证时代，传统的人文性文化早已成为历史进步的障碍。五四时期启蒙主义者引以自得并为之信心大增的历史觉悟，便是锁定了传统文化的伦理性内核为革命目标，并在世界一体化的文化价值格局中对其进行异质性置换。这场实质为伦理革命的文化批判运动，所期待的效果则是以西方式的法理社会取代传统礼俗社会的价值体系与生活秩序。为其所极力推崇的"科学"与"民主"，是为新历史立基的新价值观念得以建构所觅到的两块基石，也明显地统属于政治、法理的范畴，即使是"民主"一词，也绝无与"科学"及社会现代化对峙、抗衡的人文性意义。所以，当周作人在说到"人道主义"这一概念时，也要加以特别的说明："我所说的人道主义，并非世间所谓'悲天悯人'或'博施济众'的慈善主义，乃是一种个人主义的人间本位主义。"[③]

这一切，当然都不应成为否定现代启蒙运动之成为历史必然选择和伟大历史功绩的理由。但作为今天所应具有的历史、文化觉悟而言，同时还应该包括对曾被视为"逆流"的现代人文主义思

① 陈独秀：《敬告青年》，载《青年杂志》第1卷第1号。

② 参见陈独秀《东西民族根本思想之差异》，载《青年杂志》第1卷第4号。

③ 周作人：《人的文学》，载《新青年》第5卷第6号。

潮应运而生的历史必然性及其不可或缺的重要作用的正确认识。事实上,主导性启蒙观念的极端性一经标举,立即便引发了它的历史对应物——人文主义思潮的出现。颇有意味的是,欧洲的人文主义思潮是到了启蒙的第二阶段才开始发生,而在中国则几乎是同步发生的。其原因无他,全在于中国历史、文化现代转型的独特方式和价值体系异质性置换中所无法规避的文化认同危机。早在20世纪初欧化倾向出现时,“国粹派”就迅即作出了反应,其倡言“国粹”的目的就是企图以之消解已经发生的民族文化认同的危机。“新儒家”则是在文化认同危机中出现的一种更有意味的文化现象,其代表人物梁漱溟等企图在中西人文文化的会通处重新阐释儒学的要义与现代价值,所做的其实也是同一文化维度上的努力。如果说“新儒家”从一战后欧洲出现的文化危机和文化反思中获得了信心的支持,那么“学衡派”则是直接引进了美国白壁德新人文主义的观念来认同中国传统儒学的人文精神,这派主张虽因与启蒙主导观念的直接交锋而处境难免尴尬,但其影响却也是在学界的发展中颇能见其脉络的。而发生于1923年的“科玄论战”,则是人文主义与科学主义在人生观层面上的直接冲突。这次论辩,论辩双方持论的不周延甚至失之于偏激,虽明显可见,但却是首次在人生观层面上将人文主义与科学主义对阵列出,而其中所显现出来的文化、思想史价值,以及中国所谓正反两种文化价值观念的选择与欧洲现实文化走势适成逆向构成的复杂状态,都很值得人们认真品味。纵览百余年来,不论历史的主潮如何跌宕流转,历史的选择如何转换更替,现代人文主义思潮或急或缓、或明或暗,始终都在发挥着自己独到的作用。这应该是不争的事实。

如果说上述对抗还只是发生在人们一向习惯指称的“新”与“旧”之间,或者说是新文化阵营的内与外之间,彼此之间的界限还是大致清晰的,那么,启蒙阵营新文化观念自身所呈现出来的庞杂与矛盾,则使问题表现出了更多的特异性与复杂性。在中国历史、文化现代转型的特殊历史情势中，启蒙主义者对欧洲文化思想观念的接受既博又杂，可以说从文艺复兴时期的人本主义到启蒙时期的理性主义、19 世纪的科学主义乃至 20 世纪的各色现代主义，统统被兼收并蓄过来。从表面上来看，这些本身其实并不兼容的各种观念因其都能与中国传统文化各各找到性质相异的对应点，而均能被历史功利主义的原则加以统合，作为可以用以“攻玉”的“他山之石”，并不碍于启蒙文化观念组合的有机性。但是撕开来看，其内含的矛盾却是交错而深刻的。从借鉴来的思想资源来看，文艺复兴时期的感性生命肯定，托尔斯泰的人道主义，还有被视之为颓废的世纪末情绪等等，怎么能和理性主义、科学主义、个性主义等观念合为一炉呢？从中国现代启蒙主义者对这些观念的理解来看，也彼此有所不同甚至是易变的。陈独秀认为一切都应在科学之光的彻照之中，主张“以科学代宗教”；而蔡元培则强调“美”的超越性，认为“纯粹之美育，所以陶养吾人感情，使有高尚纯洁之习惯，而使人我之见、利己损人之思念，以渐消沮者也”，故主张“以美育代宗教”。[①] 有意思的是，陈独秀后来也一改前态，作为新信仰，倡导起耶稣的人格和情感来，说明他已认识到人之信仰伦理的不可或缺。即使在批孔这一最为核心也最为尖锐的问题上，情况也不是像他们在批判言辞中表现得那么彻底。他们对儒家伦理中更为意识形态化的社会伦理层面的“礼教”和“仁学”中表现为普遍主义的道德价值，态度是有所不同的。中国的启蒙主义者，虽经欧风美雨的主体性改塑，但其在本土人文教化传统中积淀而成的内在文化人格，是不可能被连根拔除的，所以即使在面对最直接的批判对象时，也很难将其深在的人文精神之根一下斩断。

在中国现代启蒙主义观念中，人道主义是一个重要的组成内容。但人道主义是一个内涵比较宽泛的概念，它既可以从启蒙的

① 蔡元培：《以美育代宗教说》，载《新青年》第 3 卷第 6 号。

主导观念中获得解释，如对“人”、“人权”、“个性主义”等概念所作的阐释，就主要是在法理性的层面上或者说在更为意识形态化的社会伦理层面上进行的。现代启蒙中对所谓“人”的发现，主要也是表现在对人之作为“个性主体”与“历史主体”的主体性自觉和对这一自觉的期待。另一方面，它又可以成为传统性人文内涵的载体，侧重于表现的却正是“悲天悯人”、“博施济众”方面的观念与情怀，五四启蒙时期对托尔斯泰人道主义的推崇与传播便是很好的说明。特别应予提出的是，在五四启蒙运动发展的过程中，也就是当人们已从传统文化的批判渐次转向侧重于对理想的“人的生活”及其实现途径的思考和寻求时，无政府主义、空想社会主义和新村主义等思潮大量涌入，尤其是以其交叉鼓吹的“互助文化”对“竞争论”的取代，客观上将人道主义问题更为凸显出来，且在无形中呈现出向托尔斯泰式人道主义倾斜的倾向。其中，尤以新村主义的影响为巨。源自日本武者小路实笃的“新村主义”，标榜“互助主义”与“泛劳动主义”，试图以自给自足的劳动方式来实现理想的“人的生活”。周作人说：“这种理想，从前已经有人想到，如托尔斯泰所说的原始基督教徒的生活，同他实行的泛劳动主义就是。”[①]而且，他认为目下的新村实验，在对待工具与文化的态度上实在又比托氏前进一截，新村的精神在他心目中几乎臻于完美。当时思想、文化界的人们受到很大的鼓舞，许多人都以为找到了精神立足点和如何前行的路径。即使在新村运动作为一种社会改造的实践形式必然落败之时，不少人对新村精神依然还极力予以肯定，认为“本着人道主义神髓，宣传互助、博爱的道理，改造现代人心的堕落”[②]，还是行之有效的精神改造之途。其实，周作人及其众多现代知识者、求索者对这种精神价值的虔诚认同，即使在现在我们也

① 周作人：《新村的精神》，载 1919 年 11 月 23～24 日《民国日报》。

② 郘光典：《文化运动中的新村谭》，载《新人》1920 年 8 月第 1 卷第 4 期。

不能因相对于“历史主潮”的选择所显现出来的“迂阔”而予以否定。虽然看起来这不过是由外来刺激所引发的思想波澜和实践性尝试，而且事实也证明了它与生俱来的乌托邦性质，但是，如果不是因其搔到了中国现代知识者、求索者的“痒处”，那是无论如何也不会在中国演绎得如此有声有色的。究其实质，这正是在五四启蒙运动落潮时由其基本观念在人文精神方面的严重缺失所必然引发的人文主义的思潮，一种历史结构性调节中的补偿性寻找和追求。

可是我们必须要说的是，在中国历史、文化现代转型过程中，其价值取向和行为方式的决定性力量，毕竟来自于“救亡图强”这一形成独特历史机制深在动力源的历史要求，尽管如上所述，现代启蒙观念从一开始便引发了人文主义方面的质疑与抗衡，尽管在其内部也存在着多义性的文化内涵并形成了内在的歧异、变易甚至衍生出分化倾向，但一方面由于其主导观念的理性主义、科学主义倾向本身即有的统合主义的内质，一方面则是因其占有历史先机和对历史担责的正义性所必然秉有的自信与霸气，使人文主义不仅不可能成为历史范畴中基本变革途径的选项，而且，即使在文化价值层面上也很难占到上风。当然，造成这一结果的更重要的原因，还是人文文化自身的基本特质与规约性，已然先在地决定了它在历史变革中人文性持守的角色地位和发挥制衡互动作用的独特方式。正因如此，一旦被人们察觉启蒙主义的冲击在历史规定的向度内已难以为继，其对历史整体变革目标的期许已成为虚幻时，历史变革的新选项便迅即出台，那便是曾延续了半个世纪之久的轰轰烈烈的政治革命的开始。历史在这里选择了以武器的批判替代批判的武器，但其批判性和理念指向上的统合主义倾向却有着内在的一致性，而且比较而言，政治革命以其所拥有的政治手段，具有比启蒙运动远为有效的排异力与整合力。因此，在政治革命时期，人文文化只能是被抑制和被改造的对象，其被认可的部分如忠孝诚信友爱等也必须被纳入社会伦理层面而被作出阶级意识形态方面的解释。可就是在这一时期，人文主义作为一种潜在的潮流，也并没有终止它的涌动。其常态的表现方式是在意识形态的基本规约内，作为一种张力性结构必不可少的制衡性因素而存在。虽然有时由内在的历史蓄势所致，破栏而出，一抒胸臆，但这种反弹式的越轨行为所带来的后果却只能是更见严厉的批判与否弃。逝去并不太远的历史表明，一旦以政治的整合力挤去所有的人文性成分，这种政治必然走向极端而失去所有的活力。

中国历史、文化现代转型中人文主义与代表历史推进力量的主导性观念的种种复杂纠葛与对峙，不能不反映在以人文属性为根本归属的文学领域中。特别是自现代启蒙运动始，为历史变换着选择的所有主导性变革行为，无不把文学视为其实施变革的工具，且因其独特的艺术感化力而对其尤为属意。这愈加凸显和激化了这种抗衡在文学领域中的表现。这种文学以对主导性历史变革意义的阐释为己任，力求从与世界相一致的对历史的现代性追求中，或者说在与历史进步意义的同构中实现自身的价值，自有其独特的历史价值乃至文学价值所在。而对历史现代性持质疑态度，表现为人文主义倾向的文学观念和创作，则构成了另一种别具风采的文学景观。长期以来，这类文学中有的作者因持有与主流文学异质性的文学立场而一直处于被排斥、被贬抑的地位，有的作者虽然在某类或某时期创作中表现出了深刻而丰富的人文主义内涵，但也终因其为文学主流中人而被误读遮蔽了其真正的价值。他们没有主流文学那种搏击于历史潮流中的弄潮者的感受与荣光，也没有对历史开拓前行的力量作出些什么实用性承诺，然而，他们却自甘边缘或自甘孤独地信守着原属于文学的根本信念，关注着时变与永恒。海明威曾经说过一段很深刻的话，他说："写作，在最成功的时候，是一种孤寂的生涯。作家的组织，固然可以排遣他们的孤独，但是我怀疑它们未必能够促进作家的创作。一个在人稠广众之中成长起来的作家自然可以免除孤苦寂寥之虑，但他的作品往往流于平庸。而一个在岑寂中独立工作的作家，假若他确实不同凡响，就必须天天面对永恒的东西，或者面对缺乏永恒的状况。”[①]其实早于他，为我们主流现实主义文学所看重的巴尔扎克，也明确强调过文学必须坚持对“人类事务”的“某种抉择”的原则的绝对忠诚，尽力写出为“许多历史家忘记了写的那部历史”，“看看各个社会在什么地方离开了永恒的法则，离开了真，离开了美”[②]。这两位西方作家的夫子自道，恰恰印证了中国现代人文主义文学选择的合理性，只不过中国的这种文学又与之不同，它们是在中国复杂历史情势中孕生的一种文学追求与实践，有其自身的特点。

二

中国现代人文主义在文学领域的表现，丰富而多样，但就其比较显明的倾向而言，则可以大致概括为以下几种类型：

(一)以传统乡土生活的想象抗衡现代都市文化

在中国现代文学中，沈从文是一个敢于公开对主导性观念叫板的特色作家。在《〈凤子〉题记》中，一起笔他就“异帜”高张：

> 近年来一般新的文学理论，自从把文学作品的目的，解释成为“向社会即日兑现”的工具后，一个忠诚于自己信仰的作者，若还不缺少勇气，想把他的文字，来替他所见到的这个民族较高的智慧，完美的品德，以及其特殊社会组织，试作一种善意的记录，作品便常常不免成为一种罪恶的标志。

---

① 董衡巽选编：《海明威谈创作》，三联书店1986年版，第25页。

② 《〈人间喜剧〉前言》，载《文艺理论译丛》1957年第2辑。

这种抗衡性的观点此后曾被他一再表述。而在其创作中,他也确如自己所言,始终坚持着审视历史时的人文主义立场,表现着一种与众不同的别样的世界。

要了解沈从文相关的或者说系统性的诸种观念与建构,不可不读一读小说《凤子》。严格说来,从多年流行的小说观念来看,这不是一部规范的甚至不能说是一部成功的小说,因为里面的人物大多具有符号化的倾向,连一个偏僻之地的堡主都能比哲学家还哲学家地高谈阔论。但对神性自然与生命本真的元气淋漓的气氛营造与诗意抒写,对类似然而却胜似哲学思辨录的城乡文化对话在这一特定氛围中的率性表达,读来自会有一种动情动意的别样效果。在作者所倾力描绘的"神性自然"和与之相生相契的人性社会的情景中,这种对话与情景互证,其精神贯穿全篇。"城里的客人"则正是在这样的情境中,即他所说的"正生活在一个想象的桃源里",大受触动,观念亦为之大变。他在给友人的信中有了一种全新的表达:

> ……老友,我们应当承认我们一同在那个政府里办公厅的角上时,我们每个日子的生活,都被事务和责任所支配;我们所见的只是无数标本,无量表格,一些数目,一堆历史:在我们那一群同事方面的脸上,间或也许还可以发现一个微笑,但那算什么呢?那种微笑实在说来是悲惨的,无味的,那种微笑不过说明每一个活人在事务上过分疲倦以后,无聊和空虚的自觉罢了。在那种情形下,我们自然而然也变成一个表格和一个很小的数目了。可是这地方到处都是活的,到处都是生命,这生命洋溢于每一个最僻静的角隅,泛滥到各个人的心上。

"城里的客人"在看完苗人敬神仪式的表演后,对王杉堡总爷发表了一通关于"神"与艺术的新认识,读来也觉新奇且多有启发:

> ……我自以为是个新人,一个尊重理性反抗迷信的人,平

时厌恶和尚，轻视庙宇，把这两件东西外加上一群到庙宇对偶像许愿的角色，总拢来以为简直是一出恶劣不堪的戏文。在哲学观念上，我以为神之一字在人生方面虽有它的意义，但它已成历史的，已给都市文明弄下流，不必须存在，不能够存在了。在都市里它竟可说是虚伪的象征，保护人类的愚昧，遮饰人类的残忍，更从而增加人类的丑恶。但看看刚才的仪式，我才明白神之存在，依然如故。不过它的庄严和美丽，是需要某种条件的，这条件就是人生情感的素朴，观念的单纯，以及环境的牧歌性。神仰赖这种条件方能产生，方能增加人生的美丽。缺少了这些条件，神就灭亡。我刚才看到的并不是什么敬神谢神，完全是一出好戏，一出不可形容不可描绘的好戏。是诗和戏剧音乐的源泉，也是它的本身。

《凤子》可以看作是沈从文创作倾向的纲领性表达，而《边城》则是其着意打造的一个生命与人性自然生存的亦真亦幻的艺术化的"理想国"。先于《边城》，在《凤子》中作者就说过湘西这个故事的发生地，是"以另外一个意义无所依附而独立存在"，到了《边城》，又强调说这是"中国另外一个地方另外一种事情"[①]，即汪曾祺所说的"《边城》是大城市的对立面"[②]。在这部小说中已没有《凤子》中那样醒目直白的哲学对话，全凭更为确定也更为小说化的叙述与铺写，为人们创造了一个从未受过都市文化浸染的山水清丽、人性真淳、民风古朴的边城故事。故事中没有人性的缺憾，美丽的哀愁也只是人性的善意所演绎出的悲剧。难怪刘西渭在评价《边城》时先要谈论能与之对话的批评标准问题，他指出："在文学上，在性灵的开花结实上，谁给我们一种绝对的权威，掌握无上

① 《〈边城〉题记》，载《沈从文全集》第8卷，北岳文艺出版社2002年版，第59页。

② 《又读〈边城〉》，载《汪曾祺文集·文论卷》，江苏文艺出版社1993年版，第99页。

的生死？因为，一个批评家，第一先得承认一切人性的存在，接受一切灵性活动的可能，所有人类最可贵的自由，然后才有完成一个批评家的使命的机会。”据此，他评价《边城》说：“这不是一个大东西，然而这是一颗千古不磨的珠玉。在现在大都市病了的男女，我保险这是一副可口的良药。”[①]

如果说《边城》追求的是“纯”与“安静”，那么为《长河》所表现的就是“杂”与“扰动”了。沈从文在《长河》这部小说的《题记》中谈到了家乡的变化，指出：“表现上看来，事事物物自然都有了极大进步，试仔细注意注意，便见出在变化中那点堕落趋势。最明显的事，即农村社会所保有那点正直素朴人情美，几乎快要消失无余，代替而来的却是近二十年实际社会培养成功的一种唯实唯利庸俗人生观。敬鬼神畏天命的迷信固然已经被常识所摧毁，然而做人时的义利取舍是非辨别也随同泯没了。‘现代’二字已到了湘西，可是具体的东西，不过是点缀都市文明的奢侈品，大量输入，上等纸烟和各样罐头，在各阶层间作广泛的消费。抽象的东西，竟只有流行政治中的公文八股和交际世故。”因此，他要在《长河》这部小说中，“用长河流域一个小小水码头作背景”，就他“所熟习的人事作题材，来写写这个地方一些平凡人物生活上的‘常’与‘变’，以及在两相乘除中所有的哀乐”。若拿《长河》与《边城》作对比，变化是相当大的。《边城》写的是茶峒一地的人和事，而《长河》则以吕家坪码头为中心，辐射、统摄萝卜溪、枫树坳等各地，结构撒开了，新的行政贸易与人际关系也被凸现出来。“世界在变”已成为使用频率较多的词语，这里的老水手已不是《边城》中那个用不着思考的老船工，这里的码头也失去了彼时互相谦让的淳朴民风，而驻守的治安队则失去了那种融为民众中一员的旧时风貌。而这些新的因

---

① 《〈边城〉——沈从文先生作》，载《李健吾创作评论选集》，人民文学出版社1984年版，第447页。

素、新的关系和新的角色面貌，在社会进步的同时，又无一不是破坏传统、趋向于堕落的因子。作者自述："作品设计注重在将常与变错综，写出'过去''当前'与那个发展中的'未来'，因此前一部分所能见到的，除了自然景物的明朗，和生长于这个环境中几个小儿女性情上的天真纯粹还可见出一点希望，其余笔下所涉及的人和事，自然便不免黯淡无光。尤其是叙述到地方特权者时，一支笔即再残忍也不能写下去，有意作成的乡村幽默，终无从中和那点沉痛感慨。"[①]由此我们真切感受到了沈从文在"关注民族品德的消失与重造"方面的内在焦虑与持守。

其实不仅沈从文，有着这种感受的作家还大有人在，应该说是一个比较普遍的现象。刘西渭就说过："我先得承认我是个乡下孩子，然而七错八错，不知怎么，却总呼吸着都市的烟氛。身子落在柏油马路上，眼睛触着光怪陆离的现代，我这沾满了黑星星的心，每当夜阑人静，不由想往绿的草，绿的河，绿的树和绿的茅舍。"[②]萧乾在解释到《篱下集》时，也明确表示："《篱下》企图以乡下人衬托出都会生活。虽然你是地道的都市产物，我明白你的梦，你的想望却都寄托在乡村。"[③]师陀则是将在上海的生活感受表达为"流落洋场，如釜底游魂，如梦如魇"[④]，所以在《果园城》这篇小说中，"我"一到果园城首先想做的，便是"我要用脚踩一踩这里的土地，我怀想着的，先前曾经走过无数次的土地"。在"我"的感受里，"这里的一切全对我怀着情意"。"这里的每一粒沙都留着我的童年，我的青春，我的生命……"作者在这里，所产生的该是一种什么样

① 《〈长河〉题记》，载《沈从文全集》第 10 卷，北岳文艺出版社 2002 年版，第 7 页。

② 《〈画廊集〉——李广田先生作》，载《李健吾创作评论选集》，人民文学出版社 1984 年版，第 474 页。

③ 《给自己的信》，载《水星》第 1 卷第 4 期。

④ 《〈果园城记〉序》，载《师陀全集》第 1 卷（下），河南大学出版社 2004 年版，第 452 页。

的生命慰藉与向往！诗人穆旦更是将现代都市文明对生命的异化力视为“蛇”的第二次诱惑。在《蛇的诱惑》一诗中，他在诗行的前面写下了这样一段令人惊悚的文字：

创世以后，人住在伊甸乐园里，而撒旦变成了一条蛇来对人说，上帝岂是真说，不许你们吃园当中那棵树上的果子么？

人受了蛇的诱惑，吃了那棵树上的果子，就被放逐到地上来。

无数年来，我们还是住在这块地上。可是在我们生人群中，为什么有些人不见了呢？在惊异中，我就觉出了第二次蛇的出现。

这条蛇诱惑我们。有些人就要放逐到这贫苦的土地以外去了。

在穆旦看来，抵制和消弭这场劫难的途径，就是他在《阻滞的路》中所说的：“我要回去，回到我已失迷的故乡，/趁这次绝望给我引路，在泥淖里，/摸索那为时间遗落的一块精美的宝藏。”

在中国现代文学中，有许多对于旧时乡土情景和人性化氛围的倾情描绘和情感的依恋，这种对乡土性精神家园的文学想象，构成了中国现代文学中一道别有意味的文学景观。这些作家虽然各有其互不相同的创作个性和艺术追求，但他们的这种种表现都有着深在精神的契合和取向的一致性。被沈从文认为“同样去努力为仿佛我们世界以外那一个被人疏忽遗忘的世界，加以详细的注解，使人有对于那另一世界憧憬以外的认识”[①]的废名，就在《竹林的故事》、《桃园》、《菱荡》等一系列作品中，以极简约的文字又颇见纤细地为人们勾绘出一幅幅农村的生活图景。在他的笔下没有沈从文“湘西世界”的阔大和人际间漫溢着的真淳与自然的神韵，他的作品多是在一角自然中展现人物的苦乐和无迹可见而又处处透

① 《论冯文炳》，载《沈从文全集》第16卷，北岳文艺出版社2002年版，第150页。

显着的以“平静”为底蕴的人生精神，内蕴的禅意与古典诗歌的意境相得益彰。对沈从文执弟子礼的汪曾祺，也是写作人性化乡野生活的能手。他既承续了沈从文笔下的性情与自然，但又少了一点沈氏作品中生命的灵动与飞扬，多了些内地边缘人生中的古朴与意趣。与沈氏相比，沈从文对其描绘的世界是融入，汪曾祺则有着小有距离的主体性品味的保留，在他笔下呈现的是主体与对象互证认同的满足，可见出一点名士气。此外，在师陀、萧红、李健吾、萧乾、施蛰存等许多作家的作品中，都有着对与自己生命相关的乡土生活情景的出色描写，它们无不给读者留下深刻的印象和异常的感动。

值得一提的是，这类倾向的作品大都表现出对民间礼俗文化的极大亲和力，它们对民间的敬神仪式、节庆、庙会、集市、放河灯、野台子戏乃至婚丧嫁娶都有着特别的关注和出色描绘。而一旦作家们游笔至此，便立即使人感受到一种充盈于字里行间的生命的内在张力、会通幽冥古今的心灵的悸动和人际间现世的温情及欢悦。汪曾祺说：“我认为，民俗，不论是自然形成的，还是包含一定的人为的成分（如自上而下的推行），都反映了一个民族对生活的挚爱，对‘活着’所感到的欢悦。它们把生活中的诗情用一定的外部的形式固定下来，并且相互交流，融为一体。风俗中保留一个民族的常绿的童心，并对这种童心加以圣化。风俗使一个民族永不衰老。风俗是民族感情的重要的组成部分。”[①]这个话应该是他们共识性的表达。对于民俗，尤其是作为其基本内容的各种仪式，在唯“新”派看来可能是陈旧的，在唯“实利”派看来可能是虚饰，在唯“科学”派看来可能是愚妄，但其作为人文之维、审美之维的价值，是绝对不能忽视的。

① 《谈谈风俗画》，载《汪曾祺文集·文论卷》，江苏文艺出版社 1993 年版，第 61 页。

（二）对历史进化过程中弱势群体的同情与对人性异化趋势的关注

在历史转型变化的时期，新的生产力的发展和生产关系的形成，是以对传统生产能力的超越性否定和对旧有生产关系与生存秩序的颠覆为伴生条件和必然结果的。而且，作为其正义性表述和信心支撑的新价值观念的确立与建构，又必定首先是以对传统人文伦理观念的否定为前提。这一切，道理自然简单明了，历史要前行总要有所破坏，有所丢弃，一句话，总要付出代价。可是就其对现实人生的影响而言，这一代价中却容含着新含义中的弱势群体的出现和人性异变趋势的发生。

谁都知道老舍擅长描写北京的市民社会，但若准确一点说，为其所特别关注的则是历史转型中北京市民人生的艰难与变异。他写过一个短篇《老字号》，篇幅虽短而意味深长。在新兴的市场竞争里，老字号"三合祥"颇具君子之风的传统经营方式已难以为继，新聘的周掌柜来了还没有两天，就"要把三合祥改成蹦蹦戏的棚子：门前扎起血丝胡拉的一座彩牌，'大减价'每个字有五尺见方，两盏煤气灯，把人们照得脸上发绿。这还不够，门口一档子洋鼓洋号，从天亮吹到三更；四个徒弟，都戴上红帽子，在门口，在马路上，见人就给传单……"你看不顺眼吗？那好，到年终一算，生意还就是没赔！周掌柜为利益驱使"跳槽"后，钱掌柜重新入主"三合祥"，和伙计辛德治企图力挽"颓风"，结果是过了一年，"三合祥"就倒给为周掌柜领东的"天成"了。就像辛德治所感觉到的"年头是变了"，"老规矩"已成了"永难恢复的东西"。这篇小说无异于是对人性化经营传统的一曲为之无奈而又为之扼腕的挽歌，而为其所指涉的意义又远远超出于商业经营范围之内。社会变动和老北京的种种"改良"固然对社会的方方面面都会有所影响，但其负面作用乃至灾难性后果的主要承受者却是生活于社会底层的那些普通人和劳动者。而这才是老舍创作真正予以关注的基本内容。如果说

《月牙儿》以低回凄婉的倾诉，表现了母女两代人无论如何努力，都只能在承受灵肉双重苦难的悲剧中越陷越深的命运遭际；那么，《我这一辈子》则是以质朴的口语，自诉了“我这一辈子挣扎挪移而仍是脱不了每况愈下、贫苦终老的命运和难解的不平”。《我这一辈子》中的“我”，本来靠装裱手艺为生，但“年头真是变了”啊，有钱人“房子改为洋式的，棚顶抹灰，一劳永逸；窗子改成玻璃的，也用不着再糊上纸或纱。什么都是洋式好，要手艺的可就没了饭吃”。他说：“我们自己也不是不努力呀，洋车时行，我们就照样糊洋车；汽车时行，我们就糊汽车，我们知道改良。可是有几家死了人来糊一辆洋车或汽车呢？年头一旦大改良起来，我们的小改良全算白饶，水大漫不过鸭子去，有什么法儿呢？”“我”这一辈子由做装裱匠到改做巡警再到去河南做警察，越过身子越往下出溜，因为“年头儿的改变不是个人所能抵抗的，胳臂扭不过大腿去”。

老舍在这方面最有代表性也最具深刻意义的还当属《骆驼祥子》。它告诉人们，在社会的变动和“改良”中，祥子无论如何努力，也无法从贫穷中自救，而更严重的是，人性的异化和精神的无可挽回的堕落。无论过去人们对它进行过怎样的阐释，但只有这才是它真正的题旨。祥子的故事依然是发生在北京。但这时的北京“已渐渐失去原有的排场，点心铺中过了九月九还可以买到花糕，卖元宵的也许在秋天就下了市，那二三百年的老铺户也忽然想起作周年纪念，借此好散出大减价的传单……经济的压迫使排场去另找出路，体面当不了饭吃”。在这变动期的无序中，由历史的必然变革而催生的各种正常和不正常的改良和变异都在实际上滋生着祥子之类底层劳动者的不幸。祥子本是乡下人，因失去父母和田地，“带着乡间小伙子的足壮与诚实”流入北平，他像一棵树那样坚壮而有生气，即使是拉洋车也能证明出他的能力和聪明，“仿佛就是在地狱里也能作个好鬼似的”。然而，这儿并没有为他提供一个良性的生存环境。环绕于他周围的，无论是“改了良”的刘四爷父女，还是由“孙排长”摇身一变而成的“孙侦探”，抑或是思想更为激进却又告发了曹先生的阮明，无一不是制造新的人间悲剧的参与者。正是他们以及由他们这种人一手制造的种种人间惨剧，不期然“共谋”地演绎出了祥子生存的不幸和人性的悲剧，不仅使其买车的人生之梦彻底破灭，而且彻底摧垮了他的人生观念，蚀坏了他的灵魂。“人把自己从野兽中提拔出。可是到现在人还把自己的同类驱逐到野兽里去。祥子还在那文化之城，可是变成了走兽。……他不再有希望，就那么迷迷糊糊地往下坠，坠入那无底的深坑。”终于，“体面的，要强的，好梦想的，利己的，个人的，健壮的，伟大的”祥子，变成了一个“堕落的，自私的，不幸的，社会病态里的产儿，个人主义的末路鬼”！可以说，这部作品丰富的文化、思想含量和深在的历史启示，至今还没有被人们完全解读出来。

20 世纪 40 年代的巴金发生了深刻的变化，启蒙的、社会革命的观念已经淡出，或者说已被转换为一种新的历史觉悟，历史的立场也已由人文的立场所取代。在《憩园》中，他给读者讲述了一个与主流文学意味迥异的故事：在历史业已达成的“新”与“旧”的转换中，“转换”在某种意义上成了“替代”。旧式封建家庭的不肖子杨梦痴搬出憩园并最终流落街头凄惨而死，而新贵姚国栋则入主憩园正生活于踌躇满志之中。然而，杨梦痴的儿子寒儿却在社会下层的环境和父亲的悲剧性境遇中懂事明理，好学上进，充满了成长的朝气；而姚国栋的儿子小虎这一新的富家子却娇惯成了一个骄横无理、贪赌废学的败家胚子。他的被水流冲走，似在宣布姚家发展希望的破灭。这一世事沧桑中的天道循环，难道不是对线性进化史观的否定与警示吗？在这非人意所能左右的轮回循环中，新的强者出现的时候，新的弱者将与之伴生。杨梦痴就既是一个被过去的历史造成的废物，又是一个在新的历史中无所附着的落魄者。他没有谋取生存的能力，也没有损世害人的居心，但他极为凄惨的景况却在实际上成为对人们良知的一个验证。作者在小说中对他也给予了特别的关注与同情。当然更为作者所感伤的,还是众多普通百姓终不见希望的悲苦命运。小说中的“我”——那个姓黎的作家,在他正写作中的作品里描写了人间的悲剧,姚太太读后善意地要求他“给人间多一点温暖,揩干每只流泪的眼睛”,不让那个瞎眼女人跳水死,不让那个老车夫发疯。“我”被感动了,决计改变自己的思路。可是在现实中他与两位瞎眼艺人的不期而遇,却又终于否定了自己一厢情愿的想法:“我忽然想起了我们的小说里的老车夫和瞎眼女人。眼前这对贫穷的夫妇不就是那两个人的影子么?我能够给他们安排一个什么样的结局呢?难道我还能够给他们带来幸福么?”这些,正是巴金内心痛苦的表达。在《第四病室》中,巴金则直接为读者展开了一幅社会底层的众生病苦图。在这个空气污浊的三等病室里,各种病员杂处,有人不断地死去,有人又不断地进来,他们缺钱少助,在这里受着百般难忍的煎熬。他们的饮食便溺,都需要人照料,但工人老郑却因有人没钱打点他便变得极为冷漠。他的表现,与其说是国民性的顽疾,倒不如说是金钱锈蚀了心灵更为准确。这篇小说用金钱正在支配人间关系的酷烈现实,张扬着对于人间情怀和人道主义的呼唤。小说中的杨大夫实为人道主义的化身,她用女性特有的温柔和对病人一视同仁的关爱,慰藉着所有的病员的心灵。小说开头巴金给日记作者陆怀民的复信中对杨大夫下落的种种猜想,正是在喻示着对人道主义情怀依然活着或“再生”的渴望。

《寒夜》则是在向社会的不公进行着控诉。这篇小说里的主要人物汪文宣和曾树生,虽然也都是社会底层的人物,但他们却又不同于一般的那种穷苦的体力劳动者,都是受过新式教育的新型的知识者。然而他们所受的教育并没有给他们预备下好的命运,他们同样也只能在没有自由没有尊严的辛劳中艰难度日,受着争吵、贫病、苦恼日甚一日的折磨。曾树生的出走,也与五四启蒙感召下出走的“娜拉”不能同日而语。虽然她的出走,自有其可以理解的原因,婆婆的责难与唠叨,对懦弱丈夫的失望和对“自由与幸福”的追求,都可以算作一种理由;但她所要逃离的毕竟不是一个完全旧式的封建家庭,而为其所舍弃的又是贫病交加中的丈夫和尚在求学中的幼子,无论怎么说都不能成为让人完全信服的说辞。究其实质,不过是一种经不住另一世界的诱惑所作出的不无自私的择枝另就的行为而已,虽然这也是小人物生存选择的另一种悲剧。小说《寒夜》没有安置一个光明的尾巴,汪文宣在抗战胜利纪念日死去,汪母不知去了何地,回来探视他们的曾树生所感受到的也只能是寒夜中的孤清与阴冷。《寒夜》会使读者的心灵震颤,会引发读者的共鸣与思索,而这却正是巴金寄寓深思与所希望见到的。

不仅是老舍与巴金,在中国现代文学中,从人文主义的角度感受和表现多样的现实,已成为许多作家对创作主体的一种基本要求。他们都在尽着自己的努力,创造着多样的人性化的文学世界。

(三)对主导性历史变革的反思与质疑

从历史发展的实际状况来看,任何一种历史变革从其应运而生的那一刻起,就已经包蕴着自身难以逾越的历史局限和导致异化的解构性因素。这大约就是历史发展的一种悖论。而作为这一变革活动的参与者或将其目标的实现视为安身立命之希望的人,如果他们同时又是一个作家或诗人,那他对历史局限或异变的反思和感受,就必然具有极为独特而深刻的人文性内涵。

对此,不妨以鲁迅和郁达夫为例加以说明。

鲁迅在小说《在酒楼上》中设置过一个很经典的譬喻,就是吕纬甫自叙身世时用蜂子或蝇子所打的那个比方。五四启蒙运动落潮后,许多知识者醒来后又无路可走,陷入无边的苦闷之中,有的也就如吕纬甫那样回到了原来的老路。其实,启蒙运动本身又何尝不是经历了如此的回旋,鲁迅因此而在彷徨中苦苦求索和作心灵内的搏斗。此时,他在小说创作中一改《呐喊》时期那种主客逆向对话的叙述姿态,而变为笔下写人、内心写己,实为作同向考察的即同构性的复线结构方式。在《祝福》中，作者已经显露了“我”即新知识者面对酷烈的精神悲剧的现实时的窘迫与无能为力，而到《在酒楼上》，“我”与吕纬甫的对话性结构设置，则已开始了对启蒙主义者自身悲剧的表现与探寻。如果说对于吕纬甫人生态度的变异“我”还保有一定的心理距离，虽有触动但仍还不能最终予以认同，那么到了《孤独者》，情势就有所不同了。魏连殳最终虽也“顺应”了为自己所反对的现实，其玩世不恭、易善为“恶”的行径似乎比吕纬甫的敷衍走得更远，但其实质却迥然不同。魏连殳是在彻底绝望后以自戕的方式所做的最后的抗争，他用自己的毁灭表示了对这个无望世界的战胜。就像他对“我”所说的：“我已经躬行我先前所憎恶，所反对的一切，拒斥我先前所崇仰，所主张的一切了。我已经真的失败，——然而我胜利了。”试想，在这几近残忍的精神自戕和生命自我毁灭的过程中，魏连殳经历过何等惨烈的内心伤痛！痛苦而挣扎中的他，实在就“像一匹受伤的狼，当深夜在旷野中嗥叫，惨伤里夹杂着愤怒和悲哀”。鲁迅这种转向主体性反思的作品，内中分明贯穿着一种“我与镜”式的结构主线。被叙述者的命运遭际和心灵悸动事实上就是“我”的一面镜子，从这面镜子里，“我”看着“他”，也审视着我，这是一种双向的完成。在这些作品里，我们深刻感受到了一个忍受着椎心之痛“抉心自食”的鲁迅。

也就是在这个时期，鲁迅的思想发展呈现出一种由历史的工具理性向价值目的领域倾斜、挪移的明显倾向。历史变革希望的幻灭，使他转向了对生命的意义和信念伦理方面的思索。鲁迅在《〈野草〉题辞》中说：“过去的生命已经死亡。我对于这死亡有大欢喜，因为我借此知道它曾经存活。死亡的生命已经腐朽。我对于这腐朽有大欢喜，因为我借此知道它还非空虚。”他这期间对生命意义的理解已超越生死，超越事功的成败、希望的有无，正其所谓虽“常觉得惟‘黑暗与虚无’乃是‘实有’,却偏要向这些作绝望的抗战”①。此时的鲁迅虽未放弃对历史的承诺,但它已经是被设置在信念伦理的思考之中了。一部散文诗集《野草》,可明其此时的心迹。

郁达夫是另一种类型的作家,在极率直地表现“性的苦闷”和“生的苦闷”方面独树一帜。据他自述,辛亥革命期间他也原本想去“冲锋陷阵,参加战斗”的,但“际遇着了这样的机会,却也终于没有一点作为,只呆立在大风圈外,捏紧了空拳头,滴了几滴悲壮的旁观者的哑泪而已”②。从以《沉沦》初登文坛到创作的大盛时期,他始终是置身于社会变革旋流之外,以“零余者”的角色自感自叹。在其自传体的小说系列和散文创作中,他对“零余者”(有时又自称“逐客离人”或“行路病者”)屈辱、孤冷、贫穷、颓伤的生存状态和生命感受刻画和发挥得淋漓尽致。在这些作品中,主人公(其实就可以看作是郁达夫)作为一个漂泊于异国他乡的游子,对于由国家的贫穷落后所带来的屈辱和身心双重的窘迫,可以说比任何人都感同身受,刻骨铭心;对于祖国富足强大的渴望和将自己的命运与之系于一起的理解,是其终日萦绕于心的念想。然而,故国如旧,自己也每况愈下,始终漂泊于无定之所。此时的他,一面对社会几乎无处不在的贫陋恶浊和所谓现代发展产生出来的恶果表示着愤世忧生的强烈情绪,一面又为自己也是一个受过现代文明之毒的人而自忏自责。在《还乡记》中,他对故乡作了这样的叙述:“浙江虽是我的父母之邦,但是浙江的知识阶级的腐败,一班教育家政治家对军人的谄媚,对平民的压制,以及小政客的婢妾的行为,无厌的贪婪,平时想起就要使我作呕。所以我每次回浙江去,总抱了一腔

---

① 《两地书·四》,或《鲁迅全集》第11卷,人民文学出版社1981年版,第20～21页。

② 《大风圈外》,载《郁达夫全集》第4卷,浙江文艺出版社1992年版,第362页。

羞嫌的恶怀，障扇而过杭州，不愿在西子湖头作半日的勾留。”而这次还乡，发现“桑田沧海的杭州，旗营改变了，湖滨添了些邪恶的富家翁的别墅”；而“由现代的物质文明产生出来的贫苦之景”，即“北站附近的贫民窟，同坟墓似的江北人的船室，污泥的水潴，晒在坍败的晒台上的女人的小衣，秽布，劳动者的破烂的衣衫等”，也一幅一幅地呈现到眼前来。当然，在郊区的乡野，也还有着令人陶醉的自然，但他又不禁自忖：“良辰美景奈何天，我在这样的大自然里怕已没有生存的资格了吧，因为我的腕力，我的精神，都被现代的文明撒下了毒药，恶化为零，我哪里还有执了锄耜，去和农夫耕作的能力呢！”惟其如此，他不像其他怀乡的作家那样在家园的记忆抒写中，一定要写出心灵的快意与轻松。如果说这是郁达夫坚持人文态度的独到之处，那么他所作的另一种努力亦应引起读者的注意。在《春风沉醉的晚上》、《薄奠》这类作品中，他试图以人道主义的情愫和同情心沟通痛苦生存中的知识者与下层劳动者之间的隔膜，让下层劳动者淳朴的情感与心灵之光照亮并祛除这些知识者心中的黑暗。这种人文态度，即使在今天也是难能可贵的。对于郁达夫来说，作为传达人生理想信息的最为惬意的一笔，应该要数《迟桂花》中在翁家山度过的那段时光了。那么鲜活灵动的生命朝气，人与人、人与自然之间的相契相悦，纯真的爱意与友情，实在令人流连忘返。虽然郁达夫在文末特别强调，这一切都是虚构，但是，它的艺术魅力和读者阅读中所引发的人文性共鸣，却是真实而悠远的。

（四）在离乡与思乡，即历史追求与家园之恋的矛盾纠结中所表现出来的人文主义倾向

离家者的思乡原是人之有规律的一种特殊心理活动，也是文学表现的一种永恒性的主题。人在幼年和成长期所形成的对于故乡的种种意象和与之契合的原型文化心理，都必然地成为潜意识中一种最丰厚也最具酵发力的积淀，终生都挥之不去。当一个人

远离故乡日久,特别是遭遇过人生坎坷和历经沧桑之后,思乡之情便会酵发升腾起来,会把故乡的一草一木、一砖一瓦都想象得像有了生命似的美好而可人,哪怕实际中的家乡已变得破败不堪甚至是不复存在。

近百年来,中国历史现代转型中前所未有的种种新情况、新问题,使得离乡与思乡的矛盾纠结更为突出,且被赋予了一些历史与人文方面的新内涵。中国历史的现代转型,基本目标是要把一个自给自足相对封闭的乡土中国改变成在世界一体化范围内发展的现代化强国,但中国历史的发展并没有为这一转型提供出一个先在的充足条件,而其实际的发展则只能是在作为历史基本因素的文化、政治、经济等方面不断变换选择,把某一项选择作为某一历史阶段的主要变革对象。但任何一个单向度的历史变革又都有其必不可免的局限性,所以它又必将为另一对象的变革所替代,从文化启蒙到政治革命再到以经济建设为中心,其间所经历的就是这样一个线路。而这种极具中国特色的历史发展走势,一方面自有其历史的必然性,但另一方面却又也是由"自然法则"同时设定下了一个悖论性的结构。由这种结构特性所决定的历史理解和价值观念的置换性调适,不仅达到了空前的历史深度,而且也势在必然地触及人们,特别是知识分子阶层的内在心态和情绪。本来,由于历史的召唤和震荡,青年知识分子们纷纷离家出走,漂泊、迁移、寻找,已成为中国现代化进程中特别醒目的一大景观,但他们在历史变革的低潮和变革选择的转换期,又会出现相当深在的困惑、失落和苦恼,这也是一个相当普遍和醒目的现象。这就不难理解,为什么会有那么多的作家,会在创作的某一时期,写出一些颇见性情和艺术魅力的思乡之作。然而,这一状况的特殊性在于,这些作家都在新的历史主体的模塑中确立了已难以改变的历史追求,这种追求和觉悟不会因了一时的或者是在较长时期内都难以祛除的困惑和苦恼以及因个人生存方面的困窘、不幸而生的凄怆与伤感而完全放弃。这样,二者之间的冲突就必然地同时反映在思乡的作品之中。这些历史新潮中觉悟起来的知识者,本来就无可规避地存在着为其所理性认同的西方文化观念与传统文化心理的内在冲突,这一相对阔大的思想文化背景,这时也必然具体化地渗透于“离乡与思乡”这一特定心理情绪之中,使之产生了更为阔大旷远的历史沧桑感和忧患之情。

萧红就是一个很具说服力的例子。她为追求人生自由和融身于新的历史潮流之中,决然离家出走,开始了一生漂泊无定的生活。但现实并没有给这个情感丰富纤细而又才情过人的女子准备下一条安稳踏实的坦途,相反,相继不幸的婚姻、接连的挫折和日渐严重的贫病交加的境况,以及为其向往但又近乎本能地不能真正融进历史大潮的边缘性的人生悲苦与伤感,使她实际上只能是生活在既不安定又无保障甚至几近黑暗与恐惧的感受之中。她曾对萧军倾诉心中的苦与求:“我的心就像被浸在毒汁里那么黑暗,浸得久了,或者我们的心会被淹死的”,“痛苦的人生啊! 服毒的人生啊!”“什么能救了我呀! 上帝! 什么能救了我!”[①]在此种人生况味中,对故乡的思念便是自然而然的事情了,因为在那里保留着她对“温暖”和“爱”的记忆。祖父给过她的温暖和爱,使她对人生的这一方面“怀着永久的憧憬和追求”[②]。

由此我们可以知道,她为什么在写作《生死场》后又为“呼兰河”城作传。在这部传世名篇里,她认真地搜索记忆,对“呼兰河”城的地理、民俗作了极为详尽而传神的描述。而更令她对这个小城动情的,还是因为在“呼兰河这小城里住着我的祖父”。正是他

① 《致萧军·第三十九封信》,载《萧红全集》(下),哈尔滨出版社 1991 年版,第 1292、1293 页。

② 《永远的憧憬与追求》,载《萧红全集》(下),哈尔滨出版社 1991 年版,第 1043 页。

的善良、慈祥和对“我”无所不在的呵护与关爱，才使“我”的童年快乐而自由；也正是在这样的儿童眼里，一切才都是美好和有趣的。当作者动情地描绘着这一切时，那种缘之于生命深处的陶醉浸透在字里行间，使自己那颗伤痛的心在一时间忘却一切，得到最温暖的抚慰。然而，敏感的读者定然能够发现，在《呼兰河传》中存在着两种犯“冲”的色彩，即极为不同的两种人生内容和情感反应。从第四章开始，“我的家是荒凉的”成了小说的基调，而团圆媳妇、有二伯、冯歪嘴子和王大姑娘的生存悲剧便一幕幕展开。不论是小团圆媳妇被活活虐待、折磨致死的人间惨剧，还是有二伯、老厨子和左邻右舍人们的庸常、冷漠和愚昧，抑或是冯歪嘴子一家人令人心痛的生存惨状，在萧红看来，无一不是由鲁迅所指称的“无主名杀人团”造成的恶果，无一不是国民性问题的现实表现。很显然，作者在对故乡的回忆里同时也勾起了历史的警觉，因为这也是记忆中的现实，或者说不能忘却的记忆，正如她在小说末尾所说：“只因为他们充满我幼年的记忆，忘却不了，难以忘却，就记在这里了。”可是我们也看到，小说写团圆媳妇等人的悲剧无不一悲到底，待到最后写磨官冯歪嘴子父子却异乎寻常地活了下来，这大约是萧红出自悲悯之心，不愿对读者伤人至深吧。

在这方面，师陀的创作也是很有代表性的。在师陀前期的创作中，其基本倾向也是暴露乡村中的各种横暴和不公的生存现实，外趋型的即离家的内在倾向明显可感。但随着人生遭际的坎坷，尤其是在上海居留日久，生存条件又极其低下，则使其内心倾向和创作趋势出现明显变化。他在谈到《果园城记》的创作时说：“我不知道这些日子是怎么混过去活过来的。民国二十七年九月间，我在一间像棺材的小屋里写下本书第一篇《果园城》。这并非什么灵机一动，忽然想起践约；也绝无‘藏之名山’之意，像香港某批评家所说；只是心怀亡国奴之牢愁，而又身无长技足以别谋生路，无聊之极，偶然拈弄笔墨消遣罢了。第二年——民国二十八年更不得了下去：我搬进另一间更小、更像棺材，我称之为‘饿夫墓’，也就是现在的‘舍下’的小屋。就在这‘墓’里，我重又拾起《果园城记》。”[①]《果园城记》也是一部思乡之作，但与萧红不同，师陀采取的是成年人的视角，是以一个故地重游者的经历来描述的“现在”与“过去”叠印在一起的“果园城”，以及其中诸多让重游者触动情怀而又绵思邈远的人和事。师陀说：“这小书的主人公是一个我想象中的小城……我有意把这小城写成中国一切小城的代表，它在我心目中有生命、有性格、有思想、有见解、有情感、有寿命，像一个活的人。”[②]师陀正是以其极具磁性的文字，为读者捧献出一个同样具有磁性和活力的小城形象。这个小城的活力，不是它具有现代性的激越和变异，而是其似乎置身世外的人文氛围和处处透显着的亲和而安稳中的生命脉动。它给人们的不是感官的刺激，而是心灵的会通与共鸣。时间在这里似乎是一个永远缺席的角色，一切都在传统中维持着平静与安详。在《果园城记》中的一些篇什中，存在着一组共用的意象，那就是在街岸上正卧着打鼾的狗，悠然横过大路的猪，在家门口一年接着一年、永没有谈完过的谈闲话的女人。为其所喻示的，就正是这种古朴的平静与安详。虽然小说也写到油三妹的生命为旧习所扼杀，也写到一些与传统不协调的人物事件，但又不觉着有《呼兰河传》中的那般惨烈、普遍，只不过是水中冒起的几朵水花，过去了便又一切如旧。当然，我们感觉到了师陀因小城“时间”的缺席而起的伤感和忧思，可不又正是这种古朴传统的温馨，才让他心醉神驰吗？面对历史的悖论，师陀的感与悟似乎一度超越了流行的历史观念，在《无望村的馆主》中让

① 《〈果园城记〉序》，载《师陀全集》第1卷（下），河南大学出版社2004年版，第452页。

② 《〈果园城记〉序》，载《师陀全集》第1卷（下），河南大学出版社2004年版，第453页。

“司命老人”指挥着演出了一出人间盛衰轮回的悲剧，弥漫于全篇的则是浓重的悲怆之气和对无德者的道德警示。

在中国现代文学中，有一现象颇有意味，那就是“作家南迁”和“北京想象”的相关发生。从20世纪20年代中期开始，一直到抗战时期，作家们不断地往南迁移，但在随后的创作里，却又经常出现对北京的美好记忆和想象，表现出情感的深在依恋。师陀就说过：“凡在那里住过的人，不管他怎样厌倦了北京人同他们灰土很深的街道，不管他日后离开它多远，他总觉得他们中间有根细绳维系着，隔的时间愈久，它愈明显。甚至有一天，他会感到有这种必要，在临死之前，必须找机会再去一趟，否则他要不能安心合上眼了。”[①]郁达夫还作过这样的比较：“中国的大都会，我前半生住过的地方，原也不在少数；可是当一个人静下来回想起从前，上海的闹热，南京的辽阔，广州的乌烟瘴气，汉口武昌的杂乱无章，甚至于青岛的清幽，福州的秀丽，以及杭州的沉着，总归都还比不上北京——我住在那里的时候，当然还是北京——的典丽堂皇，幽闲清妙。”[②]在当时和以后很长一段时间里，像老舍、郁达夫、林语堂、梁实秋、萧乾、林海音等，许多作家都描写过回忆中的北京，而且几乎一致地都是对北京端庄、大气、清雅以及传统性的人性化生存氛围的忆念和想象，这也正是新文学作家对传统人文观念和情怀不能忘怀的一种表征。

（此文为《〈中国现代新人文文学书系〉总序》的删节稿，原载《文学评论》2006年第4期）

---

① 《〈马兰〉小引》，载《师陀全集》第2卷（上），河南大学出版社2004年版，第279页。

② 《北京的四季》，载《郁达夫全集》第4卷，浙江文艺出版社1992年版，第159页。

《近百年中国文学史论》后记

这本书中所收的，是我从 20 世纪 80 年代中后期至今所发表的关乎近百年中国文学史论的部分文章。在编排中，我所依据的依然大体上是其成文的先后，并没有打乱重新洗牌，因为我觉得我的认识也是发展着的，不如此反而会给还愿意读一读它的人平添一些理解上的麻烦。

从上两个世纪之交中国文学在实质性意义上启动了其向现代转型发展的历史进程算起，迄今历时已逾百年。与悠悠数千年中国文学发展的历史相比，短短的百余年也许算不得什么，但是，就其变革的深巨与历史、资源背景的特异性，以及生成内容的丰富与驳杂而言，它使治史者所面对的却是前所未有的困难。而能否对这段最切近于我们的文学发展史作出既接近于对象真实又符合治史原则的研究与建构，意义却又非同一般，其影响所及不仅仅事关这段文学史建构的成败，而且也关系到对我国文学通史的完整性建构。正是因为如此，近十余年来，许多学者都在努力走出历史施之于对象和研究者主体的种种规约与遮蔽，重新审视与建构这段文学发展的历史，而且已日渐形成为中国现当代文学学科中史学研究的大势。

收印在这本书中的文字，就是我在这种新的历史动势中步步思考所得。前面的几篇是在我所主编的《二十世纪中国文学史》出版前发表的文章，中间的几篇是《二十世纪中国文学史》中的“导论”，后面的几篇则是在这部文学史出版后又有了新的思考的成果，曾分别发表于《文史哲》、《人民日报》、《中国社会科学》和《文学评论》等报刊上。自己不揣浅陋，又将这些东西集中印在这里，为的是便于读者较全面地了解我的思考，也便于方家批评指正。

（原载《近百年中国文学史论》，人民文学出版社 2008 年出版）

我看新时期以来现当代文学研究的发展与现状

在我看来，在历史进入新时期以后的三十来年中，中国现当代文学研究上下求索、左冲右突，走过的实则为一条正、反、合的路径。而在其中的前两个阶段，所走的皆为“回归”之路，其间学者们秉持的多为归“元”的立场，企望重续已被阻断的历史线索，将回归历史本已设定的认知原点视为学术得以发展的正途，只不过前后所取的原点一为“革命”、一为“启蒙”罢了。在 20 世纪 80 年代的中前期，与“拨乱反正”的整个社会思潮相一致，现当代文学研究所做的努力，也是集中在对极“左”思潮的反拨上。那时为人们所认同、怀念和所要恢复的，是“文革”及其酝酿期之前的那种研究套路和局面，由《新民主主义论》和《在延安文艺座谈会上的讲话》奠定，并经由 50 年代的延展和进一步典律化的一整套关于文学与文学史建构的观念和准则，复又成为重新出发的起点。可是，这种政治化的文学与文学史观念在“文革”中被推演到极端时给人们心灵所造成的灼伤，为时不久，就不仅引发了人们痛定思痛的深长历史反思，而且势在必然地激发出人们对在基本观念架构上进行解构和重新定位的渴望。

从 80 年代中期开始，现当代文学研究的基本格局出现了显著而深刻的变化，或者说作为主导性的方面，发生了半个多世纪以来迄未有过的强势历史性反弹。这期间，学者们对价值建构的基点进行了置换，由“革命”而复归于“启蒙”。透过历史的沧桑，他们激动地发现，原来一切的曲折和迷失，都缘之于对五四启蒙立场的背离，于是，“回到五四”一时间成了大家最倾心的向往和责任期许。回想一下那时的情景，一切都还历历在目，“重写文学史”、“20 世纪中国文学”等命题的提出是何等地令人振奋，而一拨又一拨曾被政治遮蔽的特色作家复被发现，又是如何地叫人兴奋不已，现当代文学研究似乎这才真正归于问题求解的根本了。五四文化作为中国现代知识分子的一个内在情结和理想寄寓，这时能够在现实人生事业中得以重申，因其鼓舞而生的内在信心与活力可想而知。据实而论，在这期间，因政治性意识形态的统驭而长期缺失的在文化启蒙一维上的考量，得到了补偿性的开拓，历史的偏失的确在这时得到了相当有效的矫正。可是，缘之于五四文化启蒙本身的历史局限，即为追求历史合理的片面性而在学理下的偏失，加之半个多世纪以来为革命政治所不断侧重强调和重塑的“五四精神”的深在影响（在革命政治与五四启蒙的关系上，为人们所着重关注的，是前者如何抑制和置换了后者，而对这一点，似乎迄未引起学者们更多的注意。谈到五四启蒙或五四精神，事实上存在着“历史对象”本身和“历史文本”中的对象的差异问题。在后者影响的基础上再去理解前者，其效果如何应该是一个很值得注意的问题），人们大多也拘囿于历史的局限中进行思考，从基本观念到思维方式都还难于走出历史成规的拘牵。即以“重写文学史”和“20 世纪中国文学”的倡导而论，在其时也只能是在这种历史语境规约中的一种主张和理解。而对废名、沈从文等一些非主导性作家的重估与肯定，也不能不表现出错位评价中的牵强与掣肘。

就当时的感觉而言，人们确信文学与文学史的研究由革命政治回归到启蒙文化的基点，也就是回到了文学与文学史研究的本位，而因“个性”的伸张，研究者主体也获得了“自主”。毋庸讳言，在这一阶段的现当代文学研究中，文学在历史文化层面上对人性表现的悲剧性深度和复杂内涵，不仅得到了几乎是空前的重视，而且在研究成果上也的确多有可以传世的创获。然而我要说的是，与革命政治与文学的关系相类，启蒙文化与文学其实也是一种统驭与被统驭的关系，而以五四启蒙为视点所进行的文学研究，其实也同样不是在学理层面上的自主性研究。这种对历史转型中多维性结构的单向度认同，所强化的只能是不同维度间的对峙，而不可能是与历史的必要疏离和整体性对视的反思。因之，由其自身决定的排他性和意义阐释中所出现的新的偏至和遮蔽，也就在所难免了。但历史的转机常常是出现在一种偏至被推演到连行为者自身也都感觉到意义表述的危机时，所以，正因其如此，新的学术机运便应运而生了。现当代文学研究的历史在经历了正、反两个过程之后，从 90 年代中后期以至今日，终于走入了“合”的阶段。在这里，现当代文学研究在对对象和研究主体双重反思的相辅相成的过程中获得了超越性提升。其基本特征是，越来越多的研究者开始对文学发展所经历的“革命”与“启蒙”进行综合性的历史反思，在历史与学理两个层面上均走出了以“进化论”为根基的线性观念架构与思维方式，学术研究主体的自主性与文学发展的相对独立性亦渐次得以呈现。在这一新的学术视野中，人们不仅对过去那些不断翻烙饼式的对象评价重新检视，使一度被否定和冷落的对象如左翼文学思潮、十七年文学等又重新浮出文学发展的历史地表，得到了日臻于客观和准确的评价；而且，现代文学发生发展的历史时空也得以延展，晚清与民初的文学已被视为文学现代转型中不容忽视的重要环节，在承当功利性历史职责的文学之外，其他类型的文学如与其对峙或相异的京派海派文学、现代都市通俗文学等，也在对审美创造与历史现代性对立互动的复杂辨识中，各以其本来的面目被纳入了文学史的研究视野。也正是在这一学术语境中,更臻于科学意义上的文学史建构才成为可能,事实上更具学理性意义和学术个性的各种范型的“20世纪文学史”、“现代文学史”、“当代文学史”和文体史,也正是在这一时期破土而出。可以这样说,到了这个阶段,现当代文学的研究才在整体意义上实现了实质性的突破。

当然,这并不意味着现当代文学研究在当下已经是别无所憾、尽遂人意了。事实上从现实中的负面情况来看,有些令人忧虑的现象不仅未见稍减,甚至还有胜于前了。由于市场经济对学术领域愈来愈大的冲击和诱惑,由于有悖于学术发展规律的学术评价机制的强行制导,致使一些学人心性浮躁、学风不正,乃至以“学术”生产甚至于以制造学术噱头取代了学术创造。在每每看似“丰富”的学术成果里面,常常有充塞于其间的既重复别人也重复自己的泡沫之作。面对如此局面,令人未免会生出如太炎先生所言的“俱分进化”之慨。但虽然如此,却掩遮不住现当代文学研究发展的大势。据前所述,我们还是有足够的自信认为,在当下的学术发展中,现当代文学研究仍然是最具活力和发展潜力的学科之一。前之所言的“合”,并不是止于斯的研究终结,而是可期待其无限延续和深化发展的新的学术进境。这只需看看其近期内发展的新态势便可明白。在最近几年,现当代文学研究又有诸多新的开拓,新的学术生长点不断凸现,这都无疑正在昭示着更为理想的学术前景。对于这些新的学术开拓,难以于兹一一尽言,我只能仅就在我看来极具启发意义的数种新见解、新思维略陈于后。

其一,揭示并据实论证了中国文学现代转型的途径、方式并非一种,起点亦有所不同。在以往的文学史建构中,无论是政治革命的立场还是文化启蒙的立场,治史者所集中关注并给予价值认同的无不是与历史变革之主导性行为意义同构的主流性文学。而在其起点上,取政治革命立场者将其设定在1919年的五四运动,以冀与新民主主义革命的起点相符(尽管在实际论述中亦不得不回过头来从1917年的“文学革命”讲起);取文化启蒙主义立场者则旗帜鲜明地将其定位于1917年由新文化运动所必然引发的“文学革命”,还了五四文学发生的本来面目。到了20世纪90年代中后期,有人在超越“五四”的视野中发现,五四文学革命只是五四文学的起点而不是中国现代文学的起点。从中国文学现代转型的实际历史过程来看,在基本性质上已具现代文学特征的起点应该是在上两个世纪之交梁启超力倡文学“三界”革命的时候。此观点一出,曾引起来自现代文学界和近代文学界两方面的多种质疑,但随着文学史研究的深入发展,虽然在学术观念上还各有保留,但这一观点已经获得学界许多人的认同。而近年来有学者又进一步发现,由历史发展的差异性和文学功能承当的差异性所决定,中国文学现代转型的途径和方式并非只有一种,起点亦有所不同。比如在主流文学之外,现代都市通俗文学的起点就早出于主流文学若干年,应该说从19世纪90年代的前期就已开始了,其标志则为韩邦庆《海上花列传》的面世(这一观点迅即引起学界的认同性反响,并衍生为一个新的学术热点)。而在向现代转型的路径与方式上,主流文学与传统的关系表现为“逆接式”,它是在对传统的颠覆与叛离中借助于外域异质性资源而实现其异质性转型的。梁启超之所以能够标举出文学“三界”革命的旗帜,就是因为他在对戊戌变法失败的深刻反思中,自觉走出了今文经学的桎梏,跨越了传统文化价值观念给由洋务运动到戊戌变法这一系列近代变革所设置的最后一道防线,使对西方价值观的认同与引进无须再挂上经学传统的旗号。与之不同,现代城市通俗文学在与传统的关系上则表现为“顺接式”,它没有打出什么变革的旗号,而是自觉承接明清以来的小说传统,在上海这种现代都市生成发展的过程中自然生成演变的结果。其实无论“顺接”还是“逆接”,无一不是在中国传统现代演变的多维性大格局中所必然出现的结果。而这种与传统多样对接的历史本相的崭露,进而启发了研究者的觉悟,使人们意识到，我们既有的研究与历史对象的实际状况尚有不小的距离，而对文学流变之内在文脉的把握也难言其深刻与准确。

其二，对长期被遮蔽的人文主义价值视阈的揭示。去蔽，是学术研究中的一项重要工作。可以说，新时期以来现当代文学研究的发展，就是在一步步去蔽的过程中得以实现的。早期的"拨乱反正"是去蔽，而嗣后对对象世界的钩沉与修复也是去蔽。应该说较早开展的对政治倾向所形成的遮蔽，无论是强加于对象的不实批判，还是对异己性对象的弃置与掩遮，去蔽的工作都做得非常好。而且随着这一工作的延伸与发展，一向被文化启蒙立场所排斥的某些对象，如以鸳鸯蝴蝶派为代表的现代都市通俗文学等，也渐次以肯定的态度拉进了文学史视野，并对其以休闲性为主要追求的功能区间给予了正面认定。但就当下发展而言，最为我所看重的，还是新近对于长期被遮蔽的人文主义价值视阈的揭示。因为中国文学从其向现代转型发展的那一天起，人文主义的文化倾向和文学观念就如影随形般地相伴而生，而且贯穿于现当代文学发展的整个过程。就其与主流文化与文学观念的关系和二者对峙互动的实际制衡作用来说，实不啻于车之双轮、鸟之双翼，其价值和意义之大自不待言。但遗憾的是为主流文化和为其制导的主流文学观念所蔽，学界对这一价值视阈的存在与意义一向视而不见，致使在对诸多作家作品的解读中无论褒贬都难免有隔靴搔痒之感。现有研究成果已经在揭示这一价值视阈方面取得了初步的成效，在对基本观念的厘清和文学具案的辨析上已有创辟性的进展。这种研究给人们的启示在于，对于一向为我们热捧的"历史现代性"之与生俱来的负面效应，即其对于人性与历史健全发展必不可免的异化与伤害，对于启蒙文化科学主义、唯理性主义倾向所内含的非人文性特质，都会获取一种清醒的认识。而对屡遭贬抑的人文主义倾向，对为其所坚持的会通于传统与永恒性人文内涵的人文文化，及其在保障历史现代化进程中人性与历史得以健全发展的不可或缺的作用，自然也会给以重新的理解。试想，这对于现当代文学多重价值视阈的合理体认与研究视阈的必要开拓，该有多么重要的意义。

其三是与之相关，对历史现代转型中文化空间的生成变异研究。中国幅员广大，在传统文化中素有不同地域文化间的差异，这早已成为传统文学研究中的一个重要关注点。传统性地域文化差异当然也影响到了中国现当代文学的发展，因此，对这一地域文化制约性影响的研究同样也构成了现当代文学研究的一个热点。近几年来，学界在对京、海派乃至于专对"租界文化"所做的研究中，却明显地突破了地域文化研究的传统模式，对历史现代转型过程中新的文化空间的生成变异进行了更具现代特征的勾画与研究。在传统性的研究中，地域文化与其所由生成的地理区划相契，即使在观察不同区域文化的交汇或流动时，也总是十分重视不同地域的特点而加以辨析。而现在的研究则发现，在由新的历史特征所构成的文化冲突中，新的文化空间的生成在所谓地域文化与地理区划的关系上却出现了有别于传统的特点。比如，在与以现代性文明为表征的海派文化的抗衡中所形成和强化起来的京派文化倾向，实际上就超越了北京以及所有传统性地域文化的空间界限，像沈从文、朱光潜等均非北京人甚至是北方人，但他们却比某些出生于北京和北方的作家更有资格做京派的代表。在现代文化冲突与文化发展的复杂态势中注重新的文化空间的生成变异研究，这对于考察与品评现当代文学生成发展的奇异而复杂的文化认同现象与文学追求，显然会大有裨益。

其四，这也是我最为看重的一点，就是现当代文学研究者越来越自觉的结构意识。因为我们所观察研究的一切对象都发生在近百年来历史、文化、文学变革发展的独特结构之中，而对不同对象的评价，自应将其置于其所由生成的结构之中，据其在结构中所崭露的意义而给以合理的评估与阐释。意义表现在结构中，正是这一观念的确立，使人们在对近百年来众多取向各有不同的文化与文学现象的重新审视中，作出了与前不同的评价。而对结构性张力与结构性制衡所形成的独特结构性效应的重视，则更是将现当代文学研究引向了向深细发展的新层面。其实，上述几种新拓展，无一不是在这种新观念、新思维中发生的。

以上介绍的几种新拓展，仅仅是举例说明而已。若是“其五”、“其六”地说下去，当然还有许多，但我不可能把文字拉得过长。在行文结束时我想说，尽管当下的研究中存在着这样那样的非学术性的甚至是败坏学风的现象，但任何时候学术都不可能在“纯化”的环境中发展，换个角度来说，对于致力于超功利研究的学者而言，种种不良现象又未尝不是激励自己坚守的因素。只要看到现当代文学研究不断增进的希望，心里自然就又有几分释然了。

（原载《燕赵学术》2008 年春之卷）

重识现实主义

提出和谈论这一话题，我想还是要从1996年的现实主义冲击波说起。

当时的那一幕我们当还记得。以“三驾马车”为主的现实主义文学的新取向，成为文坛一大亮点。但就在它以有别于我们传统现实主义的新范型对文坛形成一种冲击之后，所招致的却大多是批评性的意见。对其所做的批评主要集中在两点：一是对改革现实的反映未达到“本质性”真实，显得表面而且片面；二是缺乏明晰的价值立场和应有的批判力度。

近百年来形成的传统的现实主义文学观所一向强调的其实就是这样的一些问题。很显然，当事实上已经突破了传统现实主义制约的这种新的文学范型出现时，批评界拿来应对和强作解释的，仍然是传统现实主义的文学理念。当时的批评，叫人总觉得有文不对题之感。当然，这种新意无多的同调批评也不会持久，一阵雷声之后即归于沉寂。我想，有一种情况20世纪90年代之后表现得比以往还要严重，那就是理论批评与文学创作实践发展的隔膜与脱节。我做我的，你说你的，看似相干，实不相干。批评理论在此时的确也在追求新异，你们西方讲现代主义我也讲现代主义，你们讲后现代主义我立马也讲后现代主义，不是自主创新而是趋新逐异。我不是说在开放的世界语境中不应该向西方借鉴学习，也不是说西方的文学思潮和创作倾向对中国就没有影响，但是问题在于，我们自己批评理念建构的根基在哪里，属于我们自己的无愧于前人也无愧于来者的特色建构又是什么？我以为在 1996 现实主义冲击波出现之后，理论批评界没有抓住这一机遇对传统现实主义作一相对沉静的认真的反思，对现实主义文学理念进行一种超越性的追问与重构，而是把它当作一个陈旧过时的包袱一把扔掉，一步跨过了这道门槛往前竞相追新逐异去了。可有个基本问题我想是不能被忽略的，现实主义文学尤其是文学的现实主义精神，实乃文学活力的基本命脉所在，不管文学如何随时而进，如何变异发展，不仅文学的现实主义精神永不会断流，就是现实主义范型的文学也不会销声匿迹。就中国文坛的当代发展而论，不只是 1996 年前，就是在 1996 年冲击波之后，作家们事实上也没有间断对现实主义自觉与非自觉的探索与表现。而且在我看来，在一些精英性的创作里，现实主义文学有着丰富的突破性进展，而在看似很新潮的某些作品里，也蕴蓄着耐人寻味的现实主义质素。对此，我们的批评研究往往是视而不见，而一律以竞新逐异的种种新词语概之。这固然一眼看过去也觉生龙活虎，但在批评对象面前总免不了强做解人的尴尬。

有鉴于此，我以为有必要重提现实主义，重识现实主义，以冀从根本处重建关于现实主义的新理念。这不仅是对此前被忽视的一个学术环节的历史性补偿，同时更是当下文学理念科学建构的必要一课。

当然这并不是一件简单的事情。我们所说的传统现实主义，是在近百年来由现代文化启蒙运动和现代政治革命活动既对峙又互动的历史过程中形成的一种基本的文学理念，它虽然具体地表现为不同时段、不同类别之间的差异，但却又有着鲜明的共同性。作为传统现实主义的两种基本范型，无论是启蒙现实主义还是革命现实主义，它们都无不属于历史工具范畴内的理念建构，且均以“进化论”为历史观念建构的支点。在写什么和如何写的根本问题上，它们都要求关注由其特定历史活动所规定的社会现实中的重大题材，而且要求创作主体必须秉持由这种历史活动所规定的价值立场，能够在对现实生活的“客观”反映中表现出生活的“本质真实”。这种反映虽然也必须有对生活负面现象的表现，但那一定得是价值预设的对立物，且一定要以正义必胜的结局或喻示，表现出历史乐观主义的精神。它们同时还要求，创作主体必须具有极为理性的认识分析能力，在与该历史活动价值同构的意义上旗帜鲜明地表现出自己的判断和态度，以直追“实质”的批判力度来赢得表现的深刻。也许现在看起来这一切都是那么简单、机械甚至可笑，但它们这种悖谬于文学本体特性的生硬与牵强，却不仅已经直逼到文学为何物的文学元问题，而且涉及了文学与历史、文化、人生等多方面的复杂关系。因此，要在对其反思的基础上达至对现实主义的正确理解，绝不是以一个“不”字就可以奏效的。情绪性的简单反弹，看似你远离了它，但骨子里左右你对现实主义理解的则还是它的幽灵。所以我们需要做的，则是对所涉及的一些根本性问题沉下心来进行一番认真的研究与辨析。

就我的理解而言，我认为目前亟待弄清楚的是下面两个相关的基本问题：一个是对现实主义所必须关注与表现的“现实”如何理解，一个是对所谓的“批评力度”又该怎样认识。

先来谈第一个问题。一般说来，要求现实主义文学对现实特别关注，甚至要求其对现实中重大问题关注，是没有问题的。因为在创作主体与表现客体的关系上，现实主义本来就是以尊重表现对象的客观性，并由此构成有别于浪漫主义等偏重于主体性抒发的特定主客对话关系而显示其特色的。传统现实主义强调对“现实”尤其是现实中“重大问题”的关注，问题出在它先已改变了文学的基本属性，而且为其所推重的“现实”和现实中的“重大问题”，又是由其历史立场和价值体系整饰改造过的“现实”与“问题”，也已经必然地在一定程度上或者简直就是在根本上违背了“现实”与“问题”的客观真实性，甚至会导向对伪现实、伪问题的臆造。可以说，在那种推演到极致的传统现实主义模式中，所谓创作主体与现实“本质真实”的对话，实质上乃是作为历史价值主体的自我观照与肯定，与文学已经离得很远了。

在人类生存中，文学艺术的创作并不是因要为某种历史活动服务而存在的。说到底，它既是人类生命中的一种创造能力，同时又是人类生命中的一种不可或缺的需要，或者毋宁说，它是人类生命存在的一种形式。人类生命的存在，需要几个不同的世界来构成和维持。它既需要一个基本的物质世界来提供生命存在的基本保障，也需要一个政治制度和伦理秩序的世界来维护社会性生存的和谐与互动，还需要一个智力创造的世界来不断地完成前两者的有效生成与发展，并在其中使生命得到智力创造能力的自我体认与满足。此外，还有一个情感与想象的世界，正是在这里，文学艺术呈现出了自身的特性和价值。无论是生命个体还是生命的群体性生存，不论何时何地都注定地只能是一种有限的存在，生命欲求的无限性与生命存在的有限性势必成为人类永远面对的矛盾，生存悖论自然也就成为人类永远摆脱不掉的悲剧性境遇。在此种境遇中，生命所固有的情感因素和想象创造的无限性，便能发挥出可以慰藉、调节和平衡人们心灵乃至保证生命健全发展的作用。所以文学的创造，不管是现实主义还是其他的什么主义，只要还属于人类艺术正常范围内的创造，就无一不是生命有感于生存境遇或者说生存问题时的情感抒发和在想象世界中的创造，只不过现实主义的文学想象有如前面所言，更为重视所感受世界中的他者和感受对象的客观性罢了。由此说来，现实主义文学眼中的“现实”实际上并不同于历史变革者眼中的“现实”，而现实主义文学的作用也不能被一厢情愿地理解为工具性的服务。有种情况在中外文学史上都是有可能会出现的，那就是当某种历史变革引发的社会心理反应与文学关注点共振性契合时，文学所产生的感受和理解与该历史变革取得了意义同构的效果。但即使在这种状况下，文学若是遗落了自己独特的眼睛，则也会丧失其独立性品格。应该说，对于现实主义文学来说，“现实”是丰富而多样的，即令是为传统现实主义所指涉的“现实”和“重大问题”，也不构成为文学的避离之地，只要创作者以文学的眼睛去看取它，以文学所看重的生命感受去感受它，就不会再有以往的教训发生。

需要特别指出，在历史的复杂情境中，现实主义所偏重的现实及其价值取向，应该具有鲜明的人文主义特征。如果不再接受由“进化论”所决定的线性史观的制约，就会发现历史的发展原本是一个由不同因素多维性结合甚至是逆向构成的调适过程。文学特别是现实主义文学所应特别关注的是，历史的变革在它以强大的破坏力颠覆旧有的秩序和价值规范时，所必然发生的对传统中人文性文化的贬抑和否弃。因为信仰伦理的沦丧和社会文化价值的失范，所导致的后果必将是人性恶的膨胀，而且最终让行为的结果走向预设目标的反面。人文性文化中所包蕴和倡导的是人性与人类生存中具有永恒性价值的东西，对它的寻找、维护和倡扬，看起来与历史变革的价值导向成逆动之势，但实则是对人性及人之生命健全发展的关注与呵护。大而言之，从人类生存的健全发展来看，它在与历史变革价值导向制衡中所起的作用亦善莫大焉。从中国现当代文学发展的实际情况来看，文学的这种人文性自觉和实际创作成果都是灿然可观的。在以对科学主义、理性主义及现代市场观念极端推崇和现代工商业发展为表征的历史“现代性”展开的过程中，与传统会通的人文性文化一向为自甘边缘的作家如郁达夫、废名、沈从文等所珍视，并以之对抗现代都市文明的堕落趋势。惜之这一非主流性传统长期被贬抑和曲解，遮蔽了其独异的价值与贡献。

同时，历史变革对基层民众的生存所带来的负面影响，也应该是或者更应该是现实主义关注的现实和问题。历史变革是以社会进步和改善人们的生存状况为目的的，但现实性的悖论却是，至少是在一个特定的时期内，它给生活在基层的民众所带来的倒可能是有过于前的生存窘境和心灵的苦痛。历史的发展是复杂的，如果这一变革本身在历史的新旧交错和价值失范中也几乎无以避免地成为畸变或异化之物时，那么给基层民众带来的就只能是生存灾难了。就像在《我这一辈子》、《骆驼祥子》等作品中老舍所表现的那样，年头的确是一年年在变，但在畸变的改良进程中，人文性的传统和生存氛围已成背时之物。作为裱糊匠的"我"(《我这一辈子》)不仅失去了维持生计的手段，而且厄运连连，没有任何能力改变终苦一生的命运。而壮如旺树的祥子(《骆驼祥子》)，则不仅买辆人力车的梦想屡遭破灭，而且连做一个好车夫的可能都被褫夺，最终成为人性严重异化的个人主义的末路鬼。巴金在创作于 20 世纪 40 年代的《憩园》、《第四病室》和《寒夜》中，对社会的不公和基层民众的生存苦难也做了极为感人的描写，而且揭示了社会在其前行中也会制造新的不幸者和新的苦难，读来令人扼腕。在这里我又要说到 1996 年的现实主义，因为在我看来，它们就属于这一文脉的新的发展。我们现在的改革开放，确实是达至富民强国的根本之途，但这并不意味着方方面面均能齐头并进，立马就能同进小康的。新的社会不公、一些基层民众生存保障的丧失以及种种腐败行为和不良之风的滋生与蔓延，使某些基层民众成为生存困厄首当其冲的承当者。而这一年出现的如《大厂》、《九月》、《学习微笑》、《分享艰难》等现实主义作品，其可贵之处就在于它们率先关注并表现了这一特定历史时期基层百姓生存的困窘和心灵的煎熬。这些作品中的人物，不仅生计成了问题，而且为了自己尤其是众多工友和乡邻的生计，不得不躬行一种为自己所不能认同的价值行为，从而不得不忍受由此造成的心灵自戕、人格自渎的深在心灵悲剧。这些作品所展示给人的,该是一种多么令人动容的社会现实,而由其表现出的,又是多么强烈的人文情怀和独到的人性深度!

接下来再谈第二个问题。要求"批判的力度"是传统现实主义的一个基本规范。过去,曾经要求作家必须要有先进的世界观和与历史价值范畴中进步变革行为一致的立场、观念与方法,因为只有做到了这一切,才能对所描写的现实及其中的问题给出正确、明晰的分析和判断。现在,似乎已不再有人由此出发来议论创作了,但笼统地以"批判的力度"来要求现实主义文学的创作,还依然是一个基本的认知趋势。可能被用来作为依据的价值尺度已被置换,谁也不会再拿"政治标准第一"来说事,但对"批判的力度"却仍抓住不放,足见传统认知模式的惯力之大。

其实现实主义文学并不就等同于批判的文学。文学艺术创造是人类以情感和想象把握世界的一种独特方式,现实主义作为文学的一种范型,在与现实对话和进行艺术创造中,其根本的特征也同样是感悟与想象,而不是简单的认识与判断。对它的评价只能是感受的深浅如何,而不是批判的有力与否。人类现实生活的本身是丰富、复杂和多义的,真正的现实主义作品也具有多义性,作家所给出的往往并不是一个明晰的意义和答案,而是面对悖论性的生存现实和网结丝连的人生困境时的怅惘与苦闷。它给人的是感动,是心灵的敲击和震撼。人性生存的意义,只有到了政治家、经济学家和历史学家那里才会变得那么简单明了,而在文学家、艺术家那里则可能是永远破解不开的谜团。为什么这些年大家都心仪于对生活原生态的呈现?就是因为这样可以有效地规避过去那种简单化的描写和对意义丰富性的伤害。

诚然,我们一向都在把19世纪欧洲的现实主义称为"批判现实主义",但第一,那是苏联的政治文学观念给予的命名,现在对于我们而言,它只不过是个指称的符号罢了;第二,如果认真审视一下就可以知道，被视为其特征的所谓“批判”，其实并不是缘之于政治、历史方面的价值判断，而是来自于作家的情感态度和对人性善恶的伦理性褒贬。而且这一切并不是由理性剖断来表达，而是经由典型化的集中，自然而然地体现于活灵活现的形象世界之中。比如巴尔扎克，他应该算是其中最具批判性特征的一位作家了吧？在他的作品里，他简直就像是悬在所有人物头上的一双审判的眼睛，清楚地知道在金钱已被异化为上帝的时代，他们的人性被残酷异化到何等骇人的地步。但这依然是其形象世界的特征而不是理性的宣判。的确，他自己曾明确表示过，他是主张“寻出隐藏在广大的人物、热情和故事里面的意义”(《“人间喜剧”前言》，下同)来的。但是须知，他所理解的“意义”不过是关乎人性生存永恒性价值方面的思考，目的是为了“看看各个社会在什么地方离开了永恒的法则，离开了真，离开了美”。这和人们通常的理解实在是大相径庭的。如果我们再看看托尔斯泰，就更可以了解其所谓“批判”的特质和创作倾向的多样性了。与巴氏不同，托尔斯泰从来都不把自己凌驾在作品人物的世界之上，他总是与人物们一起感受着人生的困惑与苦痛。如果说前者关注的是金钱对人性异化的惨烈，托尔斯泰则认为人性异化不仅是资本主义上升时期的事情，而且是一个人类始终存在的问题，所以他关注的是人如何救赎和自赎的问题，满纸都渗透着他的真诚与善良，由此而赢得了世界各国读者由衷的敬仰。

说来很有意思，如果我们对近百年来我国现代文学生成发展的历史略作回顾，对其现实主义传统形成的历史过程稍加检视，就会发现托尔斯泰和巴尔扎克在其间所遭遇到的不同命运。总体上的接受趋势是：搁置托尔斯泰，曲解巴尔扎克。在中国现代启蒙思潮初起之时，尽管在文学方面为其所倡导的“写实主义”主要接受的是科学主义、唯理性主义的影响，欧洲的自然主义乃至成为一时被追捧的对象，但由于同时对人道主义的关注，托尔斯泰以其人道主义倾向和艺术表现的魅力亦曾被人们一度看好。但随着“文学革命”向“革命文学”的转型,因历史与政治观念的隔膜,他便日渐成为被贬抑和搁置的对象。在这方面,鲁迅和茅盾认识的变化最具代表性。比如茅盾,在早是“我爱左拉,我亦爱托尔斯泰”(《从牯岭到东京》),而后来却是“人生派中如托尔斯泰的意见,我却又不赞成了”(《告有志研究文学者》)。到革命现实主义的发展时期,巴尔扎克似乎是遭逢了好运,虽然其“保皇党”的立场常被批判,但其自愿为历史家做“书记”的态度和以“批判”见长的文学倾向,则常常为人们所提及。但是,此时他已被严重曲解。他自己本来的表述是:“法国社会将要作历史家,我只能当他的书记。编制恶习和德行的清单、搜集情欲的主要事实、刻画性格、选择社会上主要事件、结合几个性质相同的性格的特点揉成典型人物,这样我也许可以写出许多历史家忘记了写的那部历史,就是说风俗史。”但在我们这里,几个基本的概念都被改换内涵了。由上述这一变异的过程,我们清楚地看出对现实主义的理解,走过的正是不断强化政治倾向和“批判”功能的非文学化的路子。但是作为今天的我们,也应看到许多作家在内心里却并不能因此就断绝了对更为文学性的现实主义的体认与向往。就如茅盾,直到 1962 年他在给庄钟庆的信中还说:“我也读过不少巴尔扎克的作品,可是我更喜欢托尔斯泰。”恐怕也正因为这一点,新时期前被认为正版的现实主义作品,也没有落到完全被异化的地步。

最后我要说的是,在近百年中国文学的发展中,除为本文所指涉的这种主流性现实主义传统之外,如前文所涉及的,在边缘处事实上还生存着与其对峙或者相异的多种现实主义文学的流脉。我想,在我们当下对现实主义的重识与重构中,它们肯定具有更觉别样的意义。

(原载《小说评论》2008 年第 3 期)

关于“现时代的媒体与主体”的对话

施战军(以下简称施):这两年关于人文精神之类的话题相当明显地具有一种现时的针对性,比如针对商潮的席卷、物质的诱惑,带有或多或少的政治意识,表现出一种人文主体的持守和立场的确定。但是所有这些,都要经过一个表达的通道而面世和交流,一旦注意到一向被人们视为工具的这一通道已经更加直接地掌握着主体之时,面对眼前的处境,也许会让我们目瞪口呆的。孔先生,您是否注意到,不仅仅是通道那一端的话题,而且更是话题的载体正在缩小着主体的自由?

孔范今(以下简称孔):你指的大概就是当前媒体的作用,主体精神被媒体所选择、所把握、所规定甚至所制造,这样一种人文情境。

施:是的。媒体包括传媒——报刊、影视、广播、展览、表演、招贴等多种,也包括作为物质中介的内容——版式、画面、灯光、音乐等方面的设计处理以及物质构件——电脑程序的大面积浸入和覆盖。不管怎样说,在媒体前所未有的包抄之下,主体正在被空前地客体化。

孔:“前所未有”、“空前”是一种历史的表述。的确,在文化史上,作为物质手段的媒体的中介作用,在文学之外的艺术门类中受到相当的重视，而在以文字为中介的门类中却不太被注意，仅仅作为一种形式的东西存在。事实上，媒体与主体的关系在艺术产生时就随之而来了。新的历史时空的开辟和建构，常常由媒体而决定。岩画、舞蹈等等到稍后的口头文学，再到文字文学，这漫长的文明进程中，主体表达对媒体的依赖是显而易见的。以文字作为载体普遍推广开来之后，带来对于直观的东西的一种介质状态，却拓展了主体的精神活动空间，这是一个文化史上的漫长阶段。近一百年来，突飞猛进的影视、广播等媒体给我们构成了新的文学时空，尤其近年来，多媒体电脑的使用，给人的想象提供了多重可能性，从而带来一个最显著的成果：打破了主体对于媒体的熟视无睹状态，刺激了主体对于最直接的表达通道的重视和重新理解，进而清醒地、理性地认清了主体的精神处境。

施：主体的相对性与主体的相对独立性此时都显得格外需要强调，以往我们是不是强调后者过多而强调前者太少了？

孔：应该说都有所强调，但都缺少一些自觉和理智。前一阵子关于人文精神的讨论，更多的是对于主体相对独立性的探究和新的确立，但泛上来的大都是感触，一种情绪状态的东西，面对自身“相对性”镇定的审视，有一种集体化的忽视倾向，这，可能就是对于所谓“终极关怀”的迷恋神往而导致的盲点现象。我觉得，研究一下当前尤其是切近的媒体问题，也许是一种从问题走向答案的新的历史契机。

施：拷问的仅仅限于灵魂，是远远不够的。向置身其中的情境应该投去明亮犀利的目光。您如何理解媒体的新变及后果？

孔：从功能上，媒体已由过去的政治宣传机器正向多元功能的机器过渡，而其中，主要以经济功能为主。利润机器——媒体最显著的价值指向。

施：表现在文学艺术方面，纯审美的追求被纯娱乐的接受所淹没。

孔:纯娱乐也不会存在了,娱乐文化背后是直接的商业运营,媒体的目的再简单不过。娱乐是一种假托。从文学这个方面看,以文字为载体的作家趋向超边界的制作。在文字的范围内,大胆的生理剖露这类"与众不同"的文人把戏不能不令人叹服他们更现实更功利的生存追求;越过文字边界走入影视圈内的,不惜以牺牲多义性和萎缩表现空间为代价,以求卖个好价钱。媒体不再仅仅是通道,而更是名利场、摇钱树。

施:以往,媒体与主体的关系问题缺少研究,近年所暴露出的媒体对主体的压抑,人们有所感觉,但并未见到富有说服力的解释。孔先生,您怎样看待这种颇有"现代化"意味的智能现象?

孔:科学创造能力与艺术鉴赏能力都是人的生存发展能力的表现。媒体的丰富与更新是人的高智能的发展。科学创造能力,增强了人的艺术表现能力,开拓了艺术表现的时空;而高智能与高审美创造并不十分协调,有时甚至构成对抗关系。机器曾延长了人的手臂,也制约了人。机器主宰了人,便有了人的异化。异化不仅仅是阶级的、政治的。我们可以见到也可以想象,现代化充分发达的同时,人的一些能力也在渐次丧失。人工智能向更高层次发展,使媒体的物质构成愈加现代化,它不仅织成人文主体与媒体的双边关系,而更是多边关系。媒体,更是为市场经济服务的工具。似乎人已通过它而主宰了宇宙。科学创造能力的片面发展,也许会使人们成为宇宙的主宰,但有一点是肯定的:一旦你成为主宰,世界便不再属于你。

施:是否应该这样认为,媒体的商品运营是必然的?

孔:人们的生存需求是常在并发展的,生存向商品经济发展,媒体的发展正好对此有促进作用。媒体的商品化,促进了文学艺术的商品化。文学向影视、广播转向,是必然的商业运营,尽管人们坚持主体的人文立场,但谁也不能改变现状。当主体的行为固定、牵系在某种媒体上时,危机便出现了。当作家成了职业、成了写字机器，并以此成为生存的基本保证时，也就意味着主体自由的销蚀和纯艺术品位的交出。而媒体的现代化与艺术的危机是同步的。19世纪那样的艺术大师哪儿去了？那种给人以巨大精神愉悦的大师级作品在20世纪为什么难以找寻？

施：媒体的发展对文学艺术发展的负面效应越来越明显，人的智能活动压迫甚至取代主体的艺术创造，媒体是首当其冲的。孔先生，可不可以谈谈媒体与学术界的关系情况？

孔：我想，学术界很难与媒体形成谐和的关系。学术，毕竟离近前的现实利益有一定距离。但，学术界搞圈子、彼此隔阂有甚于以往任何时期。现代文学史上的京海两派仅限于文风上的争执，而现在人事关系的东西进入学界，学术流派——一种正常的衡量学术的价值尺度退至次位。宗派，成为醒目的现象。

施：这也是一种潜在的媒体效应。但学术界“文化名人”、“文化热点”的推出方式颇得媒体的要领。在娱乐模式下，经过包装、炒卖等一系列商业操作，“名家名作”应运迭出。文化界的“文化名人”、“世纪巨著”被隆重炒卖与演艺圈的“靓星”、“甜歌”被火爆包装，其程序与目的毫无二致；与向市场郑重推出一种新式脚气水、痔疮膏，没什么区别。在媒体笼罩的市场之内，主体丧失了自由，客体获取了对等，仿佛世界得到了再公平不过的一体化。

那么，主体是否就只能束手就擒于媒体呢？主体的特性如何保持与激活？

孔：这无疑是一个最关键的问题。有所准备，而不是猝不及防，是主体取得特性支撑的一个前提。

施：我注意到，现代文学研究界，有人正在探求现代期刊的价值意义问题，这种研究已越过较为单纯的流派论、作家作品论范畴，这种视角的转换与选择可以说意义非凡，它给当代人对于主体、媒体的关系提供了一种价值上的参照方式和途径。可惜，这种研究毕竟与当下的情形缺少勾连，因此，没能让更多的思想者体悟那背后的现时代的主体取向。

孔:现代文化史上的期刊是主流的媒体,贯流着精英意识,而今,往事不再,但对于主体的本质要求却应该是恒定的。所谓主体的特性,是一种全面发展的个性,而不是畸形膨胀的个性。生存中,主体对艺术的需要如果仅仅是欲望的宣泄、感官的娱乐的话,艺术便沦为商品,主体便在媒体作用下被异化为客体。个性的全面发展需要本真的恢复,也需要主体对媒体施加影响,重新焕发主体精神的自由和健康。

施:在媒体的包围之中,主体在理性上容易被裹挟迷失,容易随大流而庸庸碌碌;在感性上,由于被电脑程序等越加细小地框范,更容易丧失对于万事万物的独到观察和体验。这样,我们有何应对的办法呢?

孔:我说现状已不可改变,主要是指我们不能再选择一个时代而生存,我们只能在现时代考虑主体的出路。媒体是商品经济的工具,它反过来又要求主体做它的工具。媒体以大容量的信息将自然隔在人的门外,"秀才不出门,便知天下事"。媒体试图掠夺人与自然的接触、感应,将对于自然的认识能力萎缩于"隔山打虎"的状态,是可能的,但不是必然的、时时刻刻的,在媒体之外,主体的绿色的呼吸与大自然永远同气相求。

文学艺术毕竟不同于其他,主体超越客体的特性与超越媒体诱杀的可能性同在。在这种情形下,面对媒体,主体也许在劫难逃,但作为一种艺术精神的存在,至少,可以当不驯服的工具。

施:要有所选择,清朗地生存,对吗?

孔:对。就像今天你来自一个媒体,但我乐于接受你的采访,是因为这样的媒体没有行使压抑主体的副作用,而相反地给主体精神提供了漫游的相对自由。

(原载 1996 年 3 月 20 日《东方讯报》)

关于“史识与批判精神的匮乏”的对话

施战军（以下简称施）：孔先生，您这几年在探索20世纪文学的历史结构的奥秘的同时，也在密切地关注着文学创作与理论发展的现状，针对当前的文学评论状况，您或许也会“由忧愤而发出由衷的浩叹”吧？

孔范今（以下简称孔）：当今评论的状态整体上是令人失望的，失却了评论所应具有的永恒的深度探索、高度追望和现时代的前导性思想品格。现象是明摆着的，不与现代相比，我们仅仅比照80年代就可以看出来。80年代文学评论的历史激情、建构激情到今天难再找寻，在这游丝般的衔接上，显出批评主体的脆弱无力，在无激情的话语操作下面，历史深处的主体存在被遮蔽起来，大家只热衷于寻找各式各样的所谓新角度，人为制造一些批评话语中心，这“繁荣”、“热闹”的状态是无深度更无高度的浮华。

没有了激情，并不见理性的增长，有的是一定范围内的喧嚣，评论的“无用”，已十分突出。一句话，没有了激情却有了浮躁。

另一方面，真正仔细地研读作品、梳理创作现象并积极渗透主体判断的具有科学精神的评论，在浮躁的背景中，越加匮乏，丰富的感性触角和强大的审美敏锐力正在蒙尘、生锈、钝化，即便“好处说好、坏处说坏”那种直观的鉴赏式的评论也正在变为“好就最好、坏就最坏”的旧病复发。正因为这样，评论界的批评与反批评的“尖锐”，也显出“个人化”的狭窄小气来。

施：这一切当然会有时代的精神处境这种背景性的原因，这一点，大家谈得够多的了。您能否从评论者自身找到一些较为根本的原因，并以此涵盖“无激情却浮躁”的主体存在状态的病根？

孔：对“史识”的放弃或缺失。“史识”是评论者内在的最关键的指归。以文学史的眼光观察和检验新作与新现象，是对历史的责任承担，也是对评论者自身岗位的初步认定。“史识”的有无，关乎评论的安身立命。

今日创作的“泛”和评论的“滥”是并存并行的，后者尤其值得辨析，“角度”的技术操作，使越来越多的“假评论”被成批地制造出来，那种抛弃“史识”却硬性地给不入流的作品以极高的文学史“定位”的评论俯拾即是。“作品研讨会”频频举行的时候，被邀来说好话的评论者便以相当“真诚”的热情来上一通“假评论”，并当真在会后发表于同样被邀请的媒体上。这种“假”，集中体现于评论一个对象就将该对象放在该领域的终极点上，予以至高无上的评价。如果这些被评论者当成了无所谓的文字游戏，那是评论走向颓没、堕落的例证，不妨名之曰“空心批评”或“食客批评”；但如果评论者已经并不感到自己所为的“假戏”性质，而是以认真的姿态入戏时，那便是连最基本的感性判断都无从谈起的评论，“史识”在他心中已彻底变质，这样的文章连篇累牍地占据着报纸的版面和刊物的册页，构成的只是文学的历史意识如何在他们手里崩坏的史实。不仅仅是“史家意识”的缺失，还是对于文学本质意义的反动（尤其在批评所展现的学术与文学的精神建构上面）。

施：您讲的“史家意识”，应该是要求评论总是要着眼于评论对象为新的历史时空带来新东西。

孔：基本是这样。但并不就是说，每一篇评论文章都要给评论对象以文学史定位。人史，恐怕不会是那样急迫就能确定得了的。

但“史识”在评论者心中，这种“史识”往往是一个自我约束的律令，有了它，才不至于胡说八道，才不至于唯对象是尊，一评就摆到至高的位置，时不时加以“巨大贡献”、“从未有过的收获”、“典范之作”、“最……”，这些词语的随意运用，使评论丧失了起码的“史识”的基础，充当了创作的附庸、奴才甚至乞食的巴儿狗。

施：这里或许也有某种小集团的“圈子利益”在作怪，没有“史识”这个“公理”，上升的肯定是“现世”的“私欲”。

孔：真实的生命感受，也是支撑“史识”的重要基础。但是，往往我们容易陷入一个二元对立模式的泥潭。强调个人独立的艺术判断和生命感悟，就完全地将对于历史责任的承当抛弃掉，一谈人性就要与历史绝对对立，一谈个人（私人化？）就要与时代彻底脱离，好像对于历史的思考也是多余的了，一旦认定了“边缘化”，就可以逃脱或超越历史的重负获得一身轻松潇洒，玩起了文学，玩起了批评。在非此即彼的二元对立状态下撞来撞去的批评，是不能指望它会有什么“史识”的，因而也不能指望它有高度、有深度、有厚度，“泡沫批评”就是如此“应运而生”的。

施：那种一味“吹”、“拍”、“捧”的评论的盛行，是不是意味着评论者的“批判精神”丧失了？这与“史识”的缺失有关。

孔：“史识”是评论的内在尺度，它肯定进步的新事物，热情地为文学向人类生存发展和生命精神的掘进而呐喊，为人的向真向善向美的无数可能性的发现而欢欣，它产生于现世，却因与时代脉搏跳动相系而与历史进步的轨迹相一致。“史识”这种最基本的素质，一旦成为对于评论者较高的要求时，就说明了评论在这个时代的失职——而这一点，最明显的表现便是评论者面对纷纭繁杂的创作现象（包括评论现象）所应有的批判精神的削弱。

施：“批判精神”是专挑毛病的骂派批评的特点吗？或者是专骂名人之类吗？

孔：当然不能狭隘地理解。正因为本着对文学和历史负责的态度，那么对于文学发展的现状应葆有时刻的警觉，捍卫文学精神的尊严和批评的自身品格，免不了"好处说好、坏处说坏"的直截了当，但批判的火力，究其功能，仍然是为文学的历史行进而不可缺少的，客观上，也许充任了策略性的功能，但它对于现时的文学在多种规约中向前发展的意义，比那种温和的四平八稳的评论更重要。至于"骂派"批评，尤其是被指为"专骂名人"的一些青年批评家，也具有这方面的积极作用，但现在所暴露的问题是，"个人意气"大于"史家意识"，有点借着文坛打自家的笔仗的架势，这方面，媒体的责任是需要注意的，对于建构性匮乏的言论，还是不要任其泛滥下去为好。

施："批判精神"在当今主要应针对哪些方面才能建立起来？

孔：也许每个批评者在个体的人格构成和文学立场方面都有差别，但从大的方面看，主要应针对创作现象和批评自身现象，后者更该持守这种"自审"的批判意识。多少新潮式的误导性批评，造成了文坛的混乱局面，使得自身没有内在支柱的理论言说也贻害于创作，文学在某一部分人那里成了私人情绪的宣泄，因而就产生了亵渎人类情感的可能性，使创作离文学的基本问题、常识性问题越来越远，批评也离"史识"越来越疏离，严谨的科学态度，在他们那里成了受嘲弄的对象，"私人化"成为某些新生代文人"自私"、"自恋"的招牌。

施：20 世纪将尽，作为这个世纪文学的研究者，您对这世纪之交的评论最想说的话是什么？

孔：回到最基本的问题上来，潜心地重新思考常识性的文学问题。我们的文学欲进入世界大格局，通过对西方文化的榜样性认同是不可能达到的，西方中心主义的价值立场永远不能解决中国的文学问题，所以，新生代批评必须走出对西方的模拟、戏拟的圈套，必须葆有对文学永恒的爱、真诚、友谊、同情等这些最低的理想亲近，才可能构筑新世纪更高理想的文学大厦。再进一步，以科学的理性精神、敏锐的感悟力,加强理论的自我生成能力,警惕崇洋、崇古的工具理性主义的复萌,确立真正属于自己的理论批评观念和方法,则是更为关键的问题。世纪之交,正是严肃地考虑大问题之时。

(原载《文学世界》1996年第6期)

姿态的前卫与观念的滞后

——关于近年文学批评关键症结的对话

孔范今（以下简称孔）：批评者批评姿态的前卫与观念滞后的矛盾，我觉得是一个较长的时期以来就存在的突出问题。所谓批评姿态的“前卫”，并不是说这些批评家都是以先锋者自居，而是指他们以最富有当代性特征的批评者、言说者的身份出现，批评某些文学现象弊端，并以当代性言说者这么一种身份自我认定作为标志。文学观念的“滞后”是指面对批评对象的理论，仍然是过去的某种文学经验的总结，是由过去长时间内文学教育所形成的传统的、定型的理论观念和理论架构，而拿这些东西来批评当前已经有了发展的文学现象，必然在主客观两个方面的对话上产生不和谐，很难契合。而且似乎这种感觉不仅仅限于文学批评，在社会批评、文化批评方面，或者作为文学批评的文化资源、文化背景上一些引起人们注意的重要的话题上也表现出了类似问题。

郑春（以下简称郑）：我认为，这一话题的提出本身就是有价值的，它敏锐地抓住了当前文学批评中一个要害问题。这一问题的存在反映了批评者自身理论素养的缺陷，即所持理论系统的陈旧、僵化以及生成能力的严重窒息。

叶诚生（以下简称叶）：我觉得对于文学批评而言，当批评家追求话语先锋性的真实动因并非来自文学审美的需要时,这种姿态的前卫与观念的滞后便很难避免。这种姿态有时是一种激烈的政治情绪,有时是一种膨胀起来的历史冲动,或者说是一种刻意表现的社会义愤,这样的话,所谓先锋性,便往往止于一种历史层面的感应,很难指向批评本体,指向一种文学审美的维度。所以我理解的前卫,它仅仅能够成为一种姿态,是相对于文学批评家的文学观念本身缺乏实质建构而言的。

施战军(以下简称施):我们面对的是一个非常有涵盖力的问题,它指出了我们现今知识分子的一种精神的症结,这个症结集中表现在文化身份的过分扩张与文学思想储备的贫弱上,在社会层面布满的一种批评是:景观的热闹与内在肌理、思想的虚空。这是一种很奇异的当代文化景观,所以探讨这个问题的重要性不言而喻。

孔:这个话题是从批评实践当中暴露出来的一个问题。数年前,也就是大家对新写实主义文学进行批评的时候,就有了这种感觉。新写实主义是现实主义发展的一种新生形态。照理讲,这是一个为现实主义冲破过去樊篱、向新的形态发展的一种起点、一种可能、一种尝试,应该受到欢迎,批评界对这一点也是有所认识的,然而来自批评界的意见却常常又是从传统现实主义的理论进行指责,比方说,意义的不明确,意义的消解,批判力的丧失或削弱等。当时的状况,包括事后的几年,几个青年学者批评这种文学样式的时候,仍然坚持传统的现实主义观念。而最触动我的是,“96年现实主义”出现所引发的一系列批评。与对新写实主义有所不同的是,这时的批评,几乎成为一个主导性的、支配性的意见,压倒其他声音的意见。批评它缺乏力度,缺乏道义审判以及批判立场的严正性。甚至于认为这种现实主义的表现是对现实的曲解,是对权力话语的迎合。我觉得这不太公允。就现实主义来说,我觉得事实上应该是一个多种形态的开放性存在。现实主义本身是一种文学精神,可以说是文学的一种基本原则。这种精神的基点是作家与生活对话的特定理解与方式选择，它是以一种写实的态度，而不是以一种理想的态度、情绪化的态度来对待反映的对象，事实上就是这样，而这种文学精神和原则所要求的作家对社会、人生的把握，至少应该是有作家独到的认识，不同于历史学家、政治学家、经济学家的感觉和认识。比方说，其最重要的一点就是对人类生存苦难现实的人道关注。只要在基本原则上是这样的，都可以称作现实主义。

郑：西方文学史上的现实主义具有诸多类型，我们在引进和参照上是不是存在着一些问题？

孔：这个世纪对我们影响比较大的是巴尔扎克式的现实主义，非常严正的人性立场和尖锐的紧张的对人性异化的批判态度，营造了巴尔扎克式的这种现实主义创作样式。但另外，我们还可以看到其他样式，如托尔斯泰，他实际上是偏重探讨如何使已经异化者经道德精神的自赎，由恶转善的可能性。另外，他关注的是社会各种人及人类的苦难性生存，即苦难的普遍性，这样的作品，相对而言，批判的力度，道义的立场，不像巴尔扎克那样旗帜鲜明、态度坚决，是人道主义的，讲“爱”的。另外，在19世纪与20世纪之交，哈代的现实主义，否定了人们对历史必然性的自信与认识，传达的只是一种近乎宿命的生存感受。可对我们的影响，特别是在革命现实主义的形成过程中，由于我们的历史转型需要尖锐的批判力，即历史范畴的历史对抗力量和斗争性，因而必然更多地与巴尔扎克式的现实主义产生亲和感。特别是革命现实主义这种理论的确立和实践的形成，人们虽然常常感受到它与批判现实主义的不同，但在理论整合中，革命现实主义和批判现实主义之间的区别是常常被忽略的，事实上，区别也是明确的。比方说，巴尔扎克关注的是标志历史进步的变革性行为的负面效应，而革命现实主义则是要求直接歌颂，哪怕是作为“恶”存在的，在历史范畴中被肯定的进步。可是，在社会性批判的问题上，两者被作为共性来认识，而对其内涵丰富的差异却未加细审。几十年来,人们对现实主义形成了一种传统性理解,即意义的明晰、是非立场的坚定和批判的巨大力度,这种基本的理解即使在思想解放若干年后的今天,仍然没有真正解构,为什么呢?因为新时期思想解放以来,大家更多的是做对文学本体的东西和政治干预之间的剥离工作。而它,却是被确认为文学本体性要求来认识对待的。由此就不难理解,为什么即使我们可以对抗某种权力话语,但却要求文学仍然按这样一种模式、这样一种理解来进行创作。比方说"96 年现实主义",我认为它们所表现的那种悖论性苦恼,事实上是我们这个国家历史转型期人们生存中的普遍现象,对此加以表现有什么不可?而且在表现这一历史特定时期造成的精神撕裂方面,达到了一种独到的深度,这不是一般的强调批判力度的、对抗式的那种现实主义所能取代的。但是人们更多地却是只看到了它们对现实缺乏批判力度的表现,并给予以为理所当然的批评。现实主义文学可以有而且应该有不同的类型,无论是侧重于对恶的批判的,还是侧重于对心灵世界的矛盾与痛苦的揭示的,都是表现现实人生的需要,它们可以从不同的视角切入生活的真实和心灵的真实。"96 年现实主义"真实地表现现实中人们普遍性的精神和人性生存的迷惘,表现特定历史时期这种悖论性的无人能逃逸的生活苦恼,特别是心灵痛苦,并不意味着人们已经忘掉了令人愤慨的、严重不合理的社会阴暗面,甚至是恶势力的存在,事实上,有些文学作品也在沿着这条路子在反映,比方说,最近出现的《十面埋伏》、《中国制造》、《天网》、《抉择》等等。但我认为问题的严重性在于,在人们执著于对现实主义的褊狭的理解的时候,你所理解的现实主义如果真要按照这种方式衍生出来,并向褊狭的"单纯"发展,大家难道读不出它的另一种单调和乏味吗?就文学的要求来讲,一种潜在的、公式主义的危险性,难道不是已经出现了吗?所以说我是从批评实践当中感受到这个问题的严重性的。

施:以往我们对于批判现实主义的期待太久了,真正中国式的批判现实主义作品一直没有找到相应的代表作,而现在被叫好的多是带有近代"谴责小说"色彩的所谓批判揭露社会现实的作品,它们几乎无从谈起文学性,而另一方面,批评者对呈现式的现实主义又不适应。不适应是基于人们对于其他类型现实主义的忽略或遗忘带来的,是基于中国的批评家们的一种社会责任和道德义愤,从这个方面出发来认识作品依然是把文学当成一种社会批判的武器和工具。批评者格外强调要有明确的立场,本身就是有偏颇的,从文学作品里边,一定要找到明晃晃的叫做"立场"的东西,而且必须与自己的立场一致,这种选择是值得怀疑的。比方说,新现实主义作品《学习微笑》,你能说它没有立场吗?它有一个立场,即平民生态立场,但批评需要的好像不是这个立场,而是向着给我们带来更大生存压力的对立物直接开火的那种立场,于是批判现实主义进一步被极化为战斗的现实主义,那就是把现实主义战斗化了,不仅仅批判化了。

郑:文学作品的魅力之一在于以情动人,而这一点恰恰是长期以来我们的文学创作所严重欠缺的。"96 现实主义"的许多作品,像《学习微笑》、《九月还乡》等等,的确让我们领略到一种久违了的情感冲击,令我们感动、感慨,感受到一种心灵的震颤。对它们的批评,反映了批评界存在已久的通病,即模式化批评。许多批评者往往首先设定一个理想的对象范式,然后以此为标准来衡量、品评文学作品,其实与事实不符。我们常常痛切地感到某些批评与社会的现实、与老百姓的喜悲哀乐是那样的隔膜。这种模式化批评又常伴以情绪化倾向,把复杂的问题简单化。

叶:好多批评家在对这种"新现实主义"进行评判的时候,明显缺乏一种文学观念的积累和清理。特别是清理,清理以后应该带来一种文学观念的转换,比如对现实主义的理解,它可以表现为一种历史批判,也可以是一种对生存境遇的关注和体味,而且我觉得文学艺术对于人间苦难、生命之重的担当很大程度上正是通过现实主义这种文学精神体现出来的。

郑：滞后的文学观念，会磨钝人们特别是批评者对新的文学实践感知的敏锐性，忽略掉创作实践的新的发展及其提供的在文学理解和理论生成上的诸多可能性，这就不但影响了批评者与被批评者更和谐的互动的对话关系，而且严重影响了批评理论的当代性发展。

施："姿态的前卫与观念的滞后"这一矛盾，可能有这样一个原因，批评面对文学的时候，特别是现实主义这类题材的时候，它表现出对重大现实题材的狂热，期待现实主义是一种宏大叙事、史诗性构架，而且必须是批判式的，带着这样一种热切的期待，产生了对于本真的、从小处入手的写法的一种漠视，他们无法超越重大的题材的限制，缺乏从普通人的本真感觉出发的观念调整。我们批评的浮躁也就自然表现出来，没有耐心建构自己的理论话语，没有耐心认真研究现时的文学问题，没有耐心认认真真地调整这种滞后的文学观念，尤其是姿态前卫性往往遮蔽了观念的滞后性，事实上，它们之间是一种相反相成的结构。文学观念的滞后，更容易导致人文姿态的僵化，面向前方，脚却可能是原地踏步，我甚至觉得它们两个是一体的，一味做出前卫性姿态，必然会导致其文学观念的滞后，因为这种前卫性是建立在一种对旧有文学的理解上，甚至是误读上。这种误读的思路不是从文学角度出发，而是从姿态出发，姿态就压盖了对文学深层次的考察。

孔：在这十几年来，批评界在与权力话语的对抗和剥离方面表现出充分的能力和激情，但在文学本体论的理解和建构方面则是相对忽略和处于一种无能状态。这事实上预示着一种危险，要健康发展，这个问题必须引起重视。

（原载 2000 年 3 月 1 日《文论报》第 1 版）

关于人文魅性与现当代小说的对话

一、人文文化视阈中的魅性因素

施战军(以下简称施):孔老师,我们从2002年就发现您在《文学评论》的长文《中国文学现代转型与历史重构》里面谈到审美现代性与历史现代性的非同构关系,后来您在《中国社会科学》上的文章谈到对五四启蒙的新认识时又揭示了新文学史上曾出现的"祛魅"与"返魅"的问题,这之后您又在《文学评论》上发表长文系统深入地阐发了中国现代人文主义与文学的生成与发展。在这一系列长文章里面都提到了人文文化视野中关于魅性的重要性的问题,以及它在文学史上存在的重大意义。我想现在学界中的很多人都想进一步了解一下人文主义视阈中魅性的表现以及魅性本身的价值,希望您能先谈一下。

孔范今(以下简称孔):谈到人文文化和小说,或者广而言之即人文文化和文学的内在关系,我以为这两者之间就是一种魅性的连接,人文文化应该是一种魅性的文化,文学应该是生命魅性的产物。近一个时期以来,人文文化好像被人们关注、谈论的比较多了，过去大家其实对这种类型的文化，尤其是对其近百年来的价值意义，自觉理解、把握的不多，或者说，这种自觉性不够。人文文化是相对于非人文文化，比方说科学文化、理性文化这些而言的，人文文化是有别于它们的文化类型。过去大家经常是在理性的、功利的工具理性范畴来理解文化问题，在价值认识范畴当中，就是在对价值观念建构里面，也总是特别强调理性和科学，甚至形成了一种科学主义的唯理性主义的倾向。这种文化倾向，且不说其实用主义对信仰伦理是一种贬抑，而其科学主义的认识更是对人文文化的极端排斥。人文文化这种文化之所以被排斥就是因为它本身的这种魅性因素，因为这种文化关注人性、生命和历史的健全发展，维护或追求的是人与人、人与自然关系的和谐和互动发展。所以在这种科学主义的、实用主义的倾向里面，人文文化都没有立足之地。人文文化关注人性、生命，关注人与人、人与历史、人与自然之间的这种关系，它和其他文化比如科学文化的区别在于：科学文化对人性、生命的理解像放在解剖案子上，像对人体进行解剖一样，弄得明明白白，但常常失去了对生命、人性完整存在的灵性的东西；人文文化对这些对象的关注却有另外的重点，它更关注这种关系中更富有生命内在张力的、更富有灵通性和情感意蕴的内容，甚至对于生命、对于自然宇宙、历史等种种未可知对象的敬畏与看重。

施：孔老师刚才谈到人文文化与科学文化的区别，这在今天确实还有相当多的人没有注意到。我觉得您说的这些对认识我们今天的社会、生活、学术与文学都挺重要的。长期的实用主义工具理性思维惯性，如今更得到凸现，人文文化所要对抗的就是对于信仰伦理的贬抑。

孔：这里面需要特别指出的是实用主义的工具理性，这样一种其实也属于理性主义的认识，煽动起来的却可能是具体的欲望，很可能使人失去灵性，使人变成一个缺乏想象智慧的侏儒，它缺少能够在通悟中沟通自然、历史、生命之间的关系的那些更形而上意味的东西。它使人与信仰伦理无缘，它顶多导致一种实用性的责任伦理，而且实用主义的人生态度只能使它变成一种与人类生存终极目的相隔膜的东西。

施：到实用性责任伦理为止，对于一个精神个体和民族精神整体来说，肯定是一个非常值得反思的重大问题。

孔：这样一种倾向的存在，在非人文性理解上经常会导致两种结果：从科学文化角度来说，因为科学文化本身就是一个双刃剑，它给人们带来福祉的同时，也可能甚至必然导致生命异化，导致历史异化。实际上，如果对这种异化不作清醒的认识，那任其发展的结果会导致人类对最终目的的偏离，想完善发展是不可能的；另外，实用主义的这种倾向使人变成缺乏智慧的侏儒，是不可能达至或者说通达自身与自然和谐发展的终极目的的。这两种东西都是与人类发展的终极目的相隔绝的。人文文化在把握世界和自身的方式上与那些文化也不一样，它更能通过人类生命的另外一种能力——想象和通悟——在人与自然、人与历史、人与人之间进行一种会通的理解与把握，它包含着丰富的非理性内涵，是理性所无法给予全部阐释的。人类生命的这种能力不是一种异常，马克思曾说过人类把握世界的几种不同方式归纳起来有两种基本方式：一个是理性的、逻辑的把握方式，再一个是想象的、通悟的把握方式。它所运用的就是这后一种方式，它是在科学文化里面无容身之地的一种实际存在。客观世界中天、地、人之间所实际存在的魅性关联，就以这种方式体现在人文文化当中，它富有灵性与生命力，而且它维护着、支持着人类生命的健全发展并与自然和谐对话，与历史和谐对话。我们所说的魅性，其实就是人文文化的一种特性。这种文化魅性一方面具有感性特征，靠通悟而达至与那种终极目的的和谐对话，那种直接的、自觉的和谐对话；另一方面，我觉得魅性所在最核心的问题应该是人内心深处的善性、人文情怀、人道情怀，这种人道情怀不但施之于自己，更施之于他者，也包括自然宇宙。所以这种文化带有一种信念伦理的特征，这个信念伦理是超越现实功利的，它追求的是一种无个人利欲目的的完善与可能，最重要的是人文情怀。另外一个重要的方面就是对未可知世界的敬畏，这就是科学无法解释的生命之间、人与自然之间、人与历史之间那种魅性的关联，甚至包括那种被人们看作迷信的荒诞的民间礼俗文化。多种的丰富的民间礼俗文化、风俗文化、心理文化，比方说敬神仪式啊，婚丧嫁娶的讲究啊，等等，汪曾祺把它看作一种民族的常绿的童心，而美国的学者本尼迪克特则把它看作一个民族的精魂，丢掉这个民族的内聚力、生命力，内在的文化传统就会消失。

施：这些大概也是文学得以发生发展的渊薮。

孔：说到文学，文学是一种魅性的产物，是一种生命魅性的产物。人们对文学元问题的理解有些方面需要矫正。过去人们常常从反映论、认识论的角度来规范文学的定义，甚至于简单地从经济基础——上层建筑——意识形态这个角度来规范文学，它固然也是一种企图通达文学的一种认知模拟系统，但是真正要了解文学，我觉得最基本的问题是要知道何为文学，文学是何物。人的生存需要几个世界，如物质的世界、制度的社会的世界，也包括个人那种智性创造的世界，另外也还需要一个感性想象的世界。人的本质力量的对象化本身就是一种生命的愉悦，一种自我满足。在这方面，除了知性创造的理性的世界，还有感性的想象的世界，去掉这个感性的想象的世界，生命会变得枯竭，因为人类每个个体生命所拥有的具体的短暂的生存，相对于历史和宇宙来讲，不过是转瞬即逝的，而人恰恰是追求无限的，希望自己走得无限远，希望自己经历无限多。不过这种面对有限企望无限，从而使生命得以实现和谐的生命诉求的满足，这是只有想象力才能做到的事情。所以文学的发生，人们能够创造文学，包括人类能够鉴赏文学，都是生命存在的需要，也是生命能力的一种展示，文学是生命能力的一种呈现，也是生命存在的一种方式，从这个意义上说，人人都是歌唱家，人人都是文学家，人人都是小说家。所以我说文学是生命魅性的产物。而缺乏人文素养、缺乏人文特性的作家是一辈子也写不出好作品的。

二、人文魅性与中国现当代文学发展

施：人文文化和文学的关系已经阐明，那么它在文学中尤其是在小说里面的表现，特别是和现代以来的文学史的关系，人文魅性与现当代文学发生发展的关系等，我们需要怎样来认识？

孔：在近百年来社会、历史、文化、文学的主潮性演进过程中，人文文化经常是被抑制、被遮蔽的，特别是那些主导性的观念——历史变革、文化变革的主导观念，比方说启蒙观念、革命观念、政治观念、经济工商观念的强势，都会使魅性的人文文化与文学遭到压制和遮蔽，所以常常在主导观念倡导文学的时候，与人文没有直接关系。启蒙文学是以科学主义、理性主义为准则倡导的文学，如尝试期的白话诗和问题小说就是；革命文学常常是政治小说，基于革命观念的建构来重构小说。经济时期那种工商观念，导致商品社会那种欲望的煽动，必然催生人性的异化，文学随着这种潮流倾向走也是一种异化。所以历史文化变革的一些主导性的观念，容易推动工具性、物欲性文学的发达，而人文魅性常常被抑制、被遮蔽。但是应该看到另外一个方面，那就是反弹，这是一种激发，科学主义、理性主义作为一种主导观念的存在，它必然要对文学创作形成一种统合作用，一种挟制、制动的作用，但同时也必然要遭到人文性文学的反弹式反应，因为文学本身便是一种人文性的东西。所以从另一个方面来看，又是不幸中之幸，这种激发出来的反弹式的表现，不仅增加了现当代文学创作的丰富性和现当代文坛的种种复杂纠葛和复杂表现，同时这里边分明可以看出魅性的人文性追求，居然能成为一种文学创作的自觉。所以考察这一百多年来的实际状况，应当发现人文视阈中的这种魅性的呈现是相当丰富而且深刻的，它有一个规律，这规律就是当这种统合作用被分解被淡化的时候，人文视野中的魅性就开始滋长。这在下面几个时期表现得最突出：一个是20世纪20年代中前期，即启蒙落潮期文学对于启蒙那种理性万能的科学主义倾向的反拨。我直接把它叫做返魅，因为那种理性主义、科学主义、启蒙主义是祛魅的。祛魅对于个人自觉、社会自觉、历史自觉是有好处的，是功不可没的，但是对于文学来讲，祛魅本身就是一种伤害，所以在启蒙落潮期出现了反弹——返魅，这表现在20世纪中前期开始的乡土文学的悄然转化中。所以我说现代时期那种观念倡导和文学特别是小说创作实践之间是有差异的，文学史演进过程中往往是从很多方面可以看到存在一种张力或者说对抗的。

施：您谈到现代乡土文学的返魅，这对我们理解这一段文学的特质和理解20世纪文学史具有重要的启悟意义。我们看到，此前相当多的学者，都把20年代的现代乡土文学看成启蒙思潮的延续，在您的文章中，曾明确指出，现代乡土文学甚至是在走出了启蒙统合主义的笼罩才获得了它们特有的文学价值。那么，现代乡土文学在人文的返魅方面有哪些表现？

孔：比如说，启蒙者对被启蒙者与知识分子（作家）对弱者的这样一种身份置换。在20年代现代乡土文学之前，被启蒙者就是指愚昧落后的国民（虽然其生存是不幸的、悲剧性的），他们是应该被批判教育的人；而到了现代乡土文学作者那里，过去的被启蒙者逐渐被置换为生存弱者，变成实际上被大家同情和应该救助的人。角色转换是作家主体情感的转移，审美情感的转换便随之发生，这是必然的。当理智转换成重情重义的伤情，感叹人生不幸，而且对这种人生不幸以人文视角来关注的时候，作品所传达出的意味就不同了。再一个，现代乡土文学对于人性、生命、自然与历史之间的种种魅性有突出表现，特别表现为对民间礼俗的沉浸，从民间礼俗活动当中发现的是鲜活的、极富生机的生命状态，而不是压抑的、失去自我的、干瘪的、非人性的异化状态，就 20 年代中前期而言，那是一种暂时被张扬的充满生命力的人文返魅状态。

再一个阶段，启蒙时代渐渐成为过去，而政治力量呈一种分庭抗礼的状况出现，并形成一种彼此相对疏离的状态的时候，这个时候文学发展进入了多元化。像 30 年代的文学多元，是文化的、政治的、审美的和艺术创造的多元，在这种的新的多元语境中，文学的表现就可能有人文自觉性的东西蓬勃而生，像“京派”就是从此而生，自觉地对历史现代进程进行痛切的反思，对畸形都市文明的对抗，对乡下人身份的自我认同和标榜，对土地之子的强调与自豪，都是人文性自觉的表现。这个时期张扬的是什么呢？是一种对人性与生命的充满活力的原生状态的渴盼，以及对自然和谐的生命存在环境的渴盼与回忆，在创作上表现为对于重建魅性文化传统的自觉努力。这种自觉性在沈从文等京派作家身上表现得异常鲜明，还有更多作家像老舍等等对社会历史变革造成的弱者的不幸有自觉的观照。

再比方说 40 年代。经历抗战前期的心灵震撼和文化观念的深刻调整，人们发现，中国现代文学发生之后的一个核心问题一直未得解决，即如何调整、调和中西文化。尽管在 20 年代中期、30 年代初就有些人认为传统不可废，但到哪里去谈传统？这个传统安放在哪里？与西方文化如何对话？新的文化建构从哪儿开始？这些是解决不了的，其核心的问题就是民族文化的基本精神在哪里？它的核心在哪里？这个问题一直没有解决。虽然有人做过一些努力，包括胡适 20 年代搞过的国故整理、余上沅等人倡导过的“国剧运动”、闻一多的“新格律诗”探索等都解决不了这一问题，甚至包括20年代闻一多等作家在美国建立“大江会”宣传国家主义，实际上也解决不了这个问题。因为那个时候追求的还是一种民主国家的观念，关于“民族”的意识是相对滞后的，而传统文化精神又与“民族”根脉相连，所以那时解决不了这一问题。但是到抗战的发生，激发起了一个东西，中国人价值判断中最神圣的伦理原则——爱国主义、爱国之心。这是一个伦理性的东西，它淡化了原来所无法调解的各种政治、文化、文学立场之间的对抗。伦理的统合，自然导致了对中西文化现代交汇当中的建构基点问题的解决，在共识领域里确认了这一基点所在，就是被我们叫做“国魂”的民族文化精髓。它是中华民族赖以生存发展的精神根基。只有在这一根本点上，中西文化的会通与中国新文化的建构才会富有成效，才会取得理想的效果。到40年代中前期，就很自然地进入了一个文化综合期，由伦理统合走向文化整合，于是人文性的倾向就相当突出了。这个问题的解决导致了作家们开始思考人类命运、生命悲剧、历史命运等等，在这个时候巴金等一大批作家创作倾向发生了转移，30年代末40年代中前期，出现了许多我认为可以传诵久远的作品，像师陀的《果园城记》、《无望村馆主》，巴金的《憩园》，等等，也包括像徐讦的《风萧萧》，他们在作品中要表达的文学思想都是人文主义最侧重的一些东西。

再后来就是新时期，80年代中后期特别是90年代以来是人文魅性在整个文坛上表现比较突出的一个时期。80年代中期开始的“寻根文学”极为突出，它对原生文化之初的精神寻找，实际上是对一种充满魅性特征的民族文化之根的寻找。这样的作品极富魅性的力量。80年代末开始的“新写实”小说的出现标志着对形成定势的批判性现实主义传统的一种超越和一种走出，开始出现那种不追求理性明晰，但求生命感受的真实的倾向。其实这就是文学魅性所在。包括后来的“新历史主义”，它对明晰的理性建构进行排斥，重构出一个充满感性和偶然的历史，它作为史学著作当然是不够格的，但在文学创作中它却促进了文学对魅性文化因素的自觉追求。包括1996年的现实主义创作，也都是走出了批判性现实主义那种束缚的结果。小说家们的创作展现出对人文魅性的一种自觉回归的努力，这也是小说本应该具有的内涵。

施：寻根文学也很复杂，像韩少功写的《爸爸爸》有启蒙文学的因素，王安忆的《小鲍庄》里呈现的是一种相当驳杂的倾向，但是阿城的《棋王》、李锐的《厚土》、李杭育的《最后一个渔佬儿》、郑万隆的《老棒子酒馆》等多数寻根小说，则具有丰富的人文魅性因素。

孔：是这样，因为寻根文学它是与西方魔幻现实主义的模仿同步进行的，那时候一个马尔克斯的《百年孤独》，影响了整个中国文坛，那时候还有许多作家并没有真正的人文自觉，它是一种想对西方追随模仿的表现。

三、人文魅性与今日文学

施：现在文学界对今日文学及其生态有很多看法和说法，从人文角度看，当前的文学环境和文学生长确实整体上令人担忧。

孔：谈到今天的文学生态，褒者有，贬者有，骂者也有，确实是一个纷乱的局面。说多元不如说纷乱更为恰当。鱼目混珠，把文学的生命魅性降解为肉体的欲望者也多矣。批评的追捧，创作的标新立异，常常是偏离了文学的基本要求，这些确实是不尽如人意。目前这个局面是大河决堤之后水流到处漫溢的一种表现。但是令人欣慰的是，其中也有值得珍视的地方，关键问题是我们怎么具体来看，你不可能要求哪一个时期的文坛都是清一色的文学，文学当中有杂色，甚至非文学因素的介入都是可能的。而且更应该看到的是，我发现有些年轻一点的作家在人文自觉方面甚至超过了80年代中前期成名的一些作家，他们的创作正在昭示着一种新的文学反省和文学理解的生成。90年代以来,小说界基本上突破了对过去启蒙主义时期、政治革命历史时期形成的小说理念框架,特别是冲破那种由批判现实主义到革命现实主义所形成的僵化的现实主义的文学束缚。而过去那种理念框架,是经过半个多世纪形成的,它要求文学的诉求与历史的理念同构,带有明确的工具主义的取向,而且宣传上赋予它一种本身的正义性,它和正义性一起出台,好像小说成了判断社会、判断历史和是非正误的标尺,成为批判丑恶和"倒退"的一个利器。其实这本身就是对现实主义的一种误解,我刚才说走出现实主义小说理念框架,并不是说现实主义文学已经失去了生命力,真正的现实主义并没有终结,有人认为这种现实主义已经失去了对当今社会的表现力,这是一种误解,其实现实主义的生命是永恒的、常在的,因为它关注人生、人性生命的存在状态,关注生命与历史与自然的关系样态,关注生命悲剧。对历史、对悲剧的感受对现实主义文学来讲,就是以生命悲剧为起点的,即使是史诗性作品也不能偏离对这个原点的要求。真正动人的让人永远感动的现实主义作品常常并不是首先悬起一把批判的利剑,不是对现实生活进行理念裁剪,而是表现生命存在的悲剧性现实,能够深深地打动人心震撼灵魂,正像我们读《红楼梦》、读托尔斯泰的《复活》,这个效果是一样的。

施:它的内核主要就是人文性的人类关怀。确实如此,无论是前些年张炜的《九月寓言》、阿来的《尘埃落定》、李洱的《花腔》、范稳的《水乳大地》,还是近年迟子建的《额尔古纳河右岸》、蒋韵的《隐秘盛开》、毕飞宇的《平原》、刘醒龙的《圣天门口》、铁凝的《笨花》、阎连科的《丁庄梦》、裘山山的《春草花开》、李锐的《太平风物》、范稳的《悲悯大地》等长篇佳作,都是在历史和现实层面上深深浸润着人文魅性的特征的。更年轻的作家作品比如魏微的《化妆》、《异乡》,乔叶的《取暖》、《解决》、《锈锄头》等,在人文魅性的自觉方面似乎更带有一种天然的文学本能。

孔:这是当前的小说希望所在,希望就在于年轻的作家开始突破既有的那种历史理念和小说的理念,达至一种与生命、与自然、与社会之间的这种魅性关系的展示,甚至对于这种不可知世界的一种心灵感受和与生命共在的一种气氛,能够启示你思考许多关于与终极目的对话的可能。更了不起的是,魅性中的进化与退化问题、不可知问题、宿命问题等等,在当前也得到了关注和富有艺术魅性的表现。遗憾的是,批评界跟不上创作界的这种体悟,缺乏自觉的认识,自认为自己走出了那种僵化现实主义的束缚,其实自身仍停留在那种批判性的现实主义理念里面,仍然用那种僵化的现实主义理念,比方说批判力、明晰度,来强行解读当前作品,得出另外的评价甚至批评。目前批评与创作之间的脱离,应该给大家一种警醒了。

施:人文魅性具有无尽的可能性,既是内在的,又是浩瀚丰盛的,不仅让我们思考文学发展的得失,更可以给我们对文学的本质和源泉问题的思考带来新的启示。

(原载《小说评论》2007 年第 1 期)

《报告文学经纬》序

张立国这个名字，也许还不为学界更多的人所熟悉；但若说起“集合式报告文学”这个概念，则怕是批评界、新文学史界的人几乎无人不知了。这个已被公认的指称，就是由他造出并率先使用的。

这个集子中所收的十数篇文章，当然也包括1987年发表在《光明日报》上的那篇《试论报告文学的新发展》，即提出“集合式报告文学”这一新概念的文章在内，都是他近十几年来专注于报告文学研究的辛苦所得。

当初，自然已是十几年前了，他对我说他打算把精力集中到报告文学研究上来，因为他觉得在新文学的文体研究中最薄弱的环节就是报告文学，而他自己在这方面又发生了浓厚的兴趣。当时，我不过是听听而已，对于他能否真正做下去，并没太放在心上。立国是我的学生，而且是过往较多，彼此算是都比较了解的。他这个人，有正义感，有参与意识，不大会买领导的账，在大家都对某些问题有了看法时，敢于第一个站出来说话的大约总是他。当然，有时亦不免因此而得罪人，甚至吃些亏；但是他不怕，还是照样乐乐和和，照样吃他的饭，看他的书，走他的路。他又是个极为热情、乐于助人的人，谁有了什么事，他喜欢去凑“热闹”，语言率直，出手大方，所以又广有人缘，凡到一处，总会结下几个朋友。要说像他这样的人，能把屁股安放在冷板凳上，屏息凝神地做学问吗？殊不知在他的这种个性里面，却又包含着极为可贵的，为学人所不可或缺的人格和精神素质。他的不驯服，他的不自私，实际上正与他治学的自主性、挑战性，价值追求的非世俗功利性，以及思维的逆向性、创造性息息相通。这一点，不仅保证了他一步步走上治学的路，而且也内铸成了其学术成果的品格基质。我说当时没太放在心上，是指他那时根基尚浅，又地处偏僻，收集资料和交流信息无不受限，要做成这件事又谈何容易！但张立国就是张立国，讵料他居然立言立行，认真而坚忍不拔地做起来了。其间，他北上京津，南下沪宁，几使家产告罄；但终于，他心里充实了，有数了，文章也一篇篇写了出来。

这些文章，严格说来，水平并不一致，而且有的文章只是提出了问题，论析则嫌粗疏。但是，读论文不是鉴赏工艺品，精致圆熟并不是它重要的标准。一篇论文，立论正确，论析深刻，固然是好；但即使做不到这一点，只是提出了一个未为人注意但却发人深省的问题，或者指示或者开拓了一个原为盲点的新领域，或者就某一争讼不已的问题创辟出一个新思路，也是很有价值的，总比那些人云亦云、面面俱到然而缺乏主见、了无新意的所谓“成熟”之作要好。张立国的文章，说不上是“成熟”，但趋时应景的东西不多；虽不是篇篇都能说透道理，持论亦未必篇篇都能让人首肯，但每有所作，却总是有点新意，以多角度、多方面的启示性来概述其论文的总体特色，还是言不为过的。试看，从对报告文学的本体论研究，到对报告文学发展状况的追踪分析，从研究对象的界分，到“史”的追溯清理，哪一点见不出他探视的目光呢？

从本体论的角度看，张立国是以“真实性”问题为基点展开并深化其思考的。如他所说，报告文学本来就是一种“边缘性”文体，它对于文学的“边缘性”是与以“报告”为特征的新闻的边缘交叉并存的。文学与新闻的交叉或综合，势必造成所谓“文学性”与“新闻性"的冲突和对抗。其聚集点即为"真实性"问题。对这一问题的争论,实质上表现为两种"立场"的对立:一是文学的立场,强调"虚拟的"真实性;一是新闻的立场,强调"事实的"真实性。如果将争论仍然黏附于两种不同的中心性的立场上继续发展,那么对话的内容就只能还是对抗,尽管这种对抗所形成的张力也会在实际上对创作起着某种警示的作用。但对抗性的理论不等同于兼容双方的科学性的认知建构,要解决这一问题,其关键所在是寻求一种很难说是相同但可以说是趋近的立场,即认同于文体边缘性特征的边缘性立场。大家都从各自的中心走出来,互相靠近,才能携起手来。但立场的边缘化,又决定了它的可游移性,允许这种在基本规约的区域内作不同侧重的游移,是完全正常而且应该予以提倡的。比如说《哥德巴赫猜想》和《无极之路》,一个更趋近于文学所需要的英模人物的性格真实,一个则更趋近于新闻所需要的英模人物的思想与行为真实。谁也不能说它们中的哪一个不是报告文学,正是它们,以及更多各有特色的作品,丰富和繁荣了新时期以来报告文学的创作,形成了姚黄魏紫、各竞千秋的局面。张立国的努力,是企图以真实的相对性消解"绝对真实"的神话,把对峙双方的紧张情势缓解一下,寻找一种沟通对话的可能。他所力倡的"基本真实"论,看似寻常,其实里面包容着对这一话题的交叉性包容的宽容度和文体本体论要求的基本规约,还是颇有启发意义的。

在基本规约下,报告文学由于其在处理表现对象方面的交叉性包容的弹性特征,这就为其文体的多方面发展提供了可能性。有的可能侧重于文学,有的可能侧重于新闻;有的可能侧重于点,即一人一事,有的可能侧重于面,即"全景式"的摄入;有的可能侧重于真相的揭示,有的可能侧重于哲理的启示;如此等等,皆可成文。张立国对报告文学的发展走势特别关注,而其关注点又更多地表现为对其文体发展的敏感跟踪。除了率先概括出"集合式报告文学"这一概念之外,他还曾先后提出了什么"小说式报告文学”、“荒诞报告文学”等说法，它们也各有一定的道理，至少指出了某种新趋势的基本文体特征，只是其影响不如“集合式报告文学”更为显著而已。而且，这些说法都还在不确定性的使用之中，能否被确认下来，还有待于对象的发展和认识的深化。

这些文章对报告文学“史”的清理和探讨，也是很有些贡献或者说是启发的。传统的报告文学史，上限一般都被确定在“报告文学”这一特定指称出现之时，而张立国却在名实关系中更着重对“实”的考察，即以这一文体的基本要求为尺度，往上作了超“限”的追本求源。至于他对古代所谓“广义报告文学”的称谓是否科学，他的划段性分析是否准确，我不敢言必，但有一点，“报告文学”作为一种文体的存在与发展，实际上在现代文学史界已确认的上限之前就已出现，这却是无可否认的事实。另外，他对“大跃进”时期报告文学的辨析性考察，也对治报告文学史和当代文学史者矫正疏漏和线性思维方式不无裨益。

当我合卷沉思之时，我越来越觉得，张立国已经不是过去那个张立国了，他年龄已逾“不惑”，人也渐趋成熟了。我祝贺他这部书稿的出版，更期待他将来取得更大的进步。在这本书中，我总觉得他的性格特征比其学术的深刻性还是更夺人了一些；什么时候，这一切都沉积、内铸为他夺人的学术光辉，我要斟给他一杯更满的酒。

（原载张立国《报告文学经纬》，中国三峡出版社 1995 年版）

《新时期文学综论》序

在掖平的学术专著《新时期文学综论》出版之际，我很想为之说几句话。本书中的文字我从头至尾通读过一遍，深为作者的智慧与激情打动。联想到这几年学坛的状况，更不期而然地感慨系之。不知从何日起，作为学坛标示的“学问”二字，在许多所谓“学人”的脑际已为陌生之物，虚文泛论，动辄万言，看似著论迭出，实则少识乏据，多为旧的、新的或新旧杂陈的诸种言不及义的套话累积。经济界早有所谓“泡沫经济”之说，我看学界的这种情况，也不妨名之为“泡沫学术”，这样称呼，对人们来说倒会多一些警示的作用。与此相关，还有一种情况，令人思之悚然，而且心境不由得便会转入悲哀。似乎与创作界高标“边缘化”（当然，他们只是以“边缘化”为旗，目的也还是为了占领文坛的中心地带）不同，学界更触人眼目的却是人为地对学术话语“中心”的强化，扎圈子，树旗号，以致形成了严重的排他性，使学术上的平等交流与多元发展已受到极大影响。现在已属世纪之交，真不敢想象，这种情况发展下去，本世纪数代前辈学人的瞩望其结果会如何，即将到来的下一世纪的学术景况又会如何！

本来，为人作序，不便开头即节外生枝，多说一些与人家作者及其论著无关的话。但在我，确因有感于作者作为一位“边缘性”

存在的“小人物”，竟不惮或不计较个人学术地位的“低微”，而敢于坚持独立品格和科学精神的学术风采，便不由自主地多发了几句应该是并非无关的议论。虽然，我不能说掖平的这部专著每论必新，处处都好，事实上阅读中也时而为某处一般化和略显浮泛的议论而遗憾；但是，她那时有迸发的思想光芒、令人叹服的逻辑论证和蕴涵智慧的连珠妙语，却又不能不令人击节赞赏。读着她那酣畅泼辣的文章，直觉其胆、识俱在，理、情并生，确有其过人之处，这当是我阅读之后的一个基本感觉。若是参以令人不快的学术环境与气氛，获得这种感觉后的愉快和振奋，自然是愈见其突出了。

若加细论，我觉得第一点需要指出的便是该书作者那过人的胆气和率真。面对时下文坛的滔滔巨流和名家巨子的皇皇大论，她不攀附依傍，不随波逐流，敢于凭着为自己异常珍视的作为一个学人的责任感与良知，凭着自己独立的考察与理解，每每发出与众不同的声音。就在那些追风的批评家众声喧哗，忙于对花样不断翻新的时新作家们作着种种吹捧性阐释时，她却以对文坛的忧思之心，十分尖锐地揭示了那些名为“时髦”实为“时弊”的文坛流行物的真相，直至以难得的率真，拆穿了由某些作家和评论家联袂制造的当代版“皇帝的新衣”的神话。去伪存真，当为批评研究之一大根本。制造者和批评者都说不清和读不懂的东西却为最好，把文学创作当作制造当代谜语，虽有“诗无达诂”的古训和关于“美”的创作的个体性与文学感受的超前性的现代理论的存在，但都不能成为把文学与谜语（而且是无谜底）画等号的依据。就此一个简单的东西，却成了一个长期遮蔽文坛的迷障，使人们不敢说出真话。看来，文坛乃至学坛，在关涉基本原则问题的许多方面，都需要来一些类似“皇帝的新衣”故事中那个孩子式的真率的呼叫了。

其实，这部书更令我眼睛为之一亮的，还是作者在历史与现实交织的世纪性时空框架中纵横捭阖的思维流动和时有所出的深刻见地。当前，虽然人们对“20世纪中国文学”的提法特别是“20世纪中国文学史”的建构尚存有歧见，但无论怎么说，不管你是坚持“现代文学”与“当代文学”的传统分期，还是将两者衔接而仍排斥后期近代文学的进入，可你在观察和思考某一时期甚至某一具体问题时，都不能不将它置放在更为宏阔的历史流动和历史结构中去把握、认识，否则，各自固守一隅，则难以演绎出对象真实的意义，且势必走向对对象的偏离。历史的教训可谓多矣。我们从事中国现、当代文学研究的人，谁不渴望尽快走出旧时的藩篱而将学术研究推向一个新的进境呢？可是，人为地切断历史对象之间完整而复杂的纵与横的联系，只靠简单的对立设置与政治比附所进行研究的模式与思维惯性，不正是藩篱之所在吗？对象时空的合理延展和学术眼光的扩大，是一而二、二而一的事情，何乐而不为呢？

当然这不是一件容易的事，它需要知识视野的开拓、思维方式的调整和对原专业知识结构的必要解构，但不如此又如何达于新的进境呢？可喜的是，时属世纪之交，许多学者特别是青年学人，都不约而同地开始以世纪性的眼光观察问题，进入了这一新的学术视野和精神境界，而且将研究推进到一个新的层面。这部书的可贵之处也正在于此。明显可见，在作者掖平的头脑中，有一个按照她的知识积累和理解被还原了的百年文学时空，在这里，历史是流动而且是多维变化的，历史、文化和文学是那么紧密地胶着在一起而又势不可免地时时在旋流中排斥与激荡。无论谈论的是什么问题，大则如对贯穿一个世纪的国民性问题的改造与重建，近一个世纪来女性文学的超越与提升，小则如对一个作家的分析评价或对一个文学现象的观察理解，几乎都无一例外地把它们抛掷在历史的长流之中，考究其沉浮变幻及深在的历史因缘。但这一切又并不表现为一种求算的方程，而是凝聚为一种“史识”，以不同的方式必然而随缘地渗透在文字之中。所以，文章常常表现得深沉而又洒脱，并没有什么学究气。

还有一点不能不说,那就是作者敏锐的悟性与思辨力。我一向认为,没有悟性或者说艺术感觉的人非但不能当作家,而且也不能当一个有创造力的学者。因为你无论如何能说会道,能言善辩,但只要缺乏悟性,你就无法走进作品,而缺了这一层,则所有的辩说都只能是脱离作品基础的妄言妄语。茅盾和刘西渭的文学批评各成一派,可是他们有个共同点,那就是都有对对象的细敏而准确的感悟。鲁迅的小说史写得好,也是因为他对具体对象的感觉和把捉很准。这部书的作者固然与上述大师不能并论,但其悟性之好,却也是颇可称道之处。其中特别是对莫言、张炜及几位女作家作品的悟解,真可谓是细敏、准确而且独到,发他人所未发。读此书时明显可以感到,每当作者以艺术的触觉把握住了作品,或对问题凭借悟解有了自己的发现时,文章立即妙笔生花,才情兼俱,气势也就非同一般了。其中的道理,是颇值得作者以及我们读者再作深思的。

(原载李掖平《新时期文学综论》,中国文联出版社 1999 年版)

《世纪末夜晚的手写》序

当初听施战军说他要出这本书时，我并未十分在意。因为和他共处多年，他这些年都干了些什么，自以为还是比较了解的。可是当他把书的清样送来，为了为这本书说几句话而不得不认真读过一遍后，我却感到惊讶了。我没有想到，这位就生活在我的身边，对师长辈执弟子礼甚恭的年轻人，居然已经有了那么多的文章，而且灵气飞动，挥洒自若，写得又那么精彩！

读这本书，有如进入了一片原生态的森林，其间既有株株枝干粗壮的大树，又有丛丛蓬勃而生的灌木，浑然一体，生机盎然。论篇幅，这里既有洋洋一两万言的长篇大论，也有仅仅三两千字的短评简说；论对象，既有对大跨度史构的深度探寻，也有对新潮走向的精辟点评；若说到评论对象的体裁，则更是小说、散文、戏剧、诗歌无不涉及，且议论到位，各有精见。我想，这种看似芜杂的辑文方式，在作者，是在有意地将他在一个时段中已成文字的所思所想近乎原汁原味地呈现给大家；在我们，却是由此看到了一个学术生命在某一时段中血肉丰盈的生长样态，在这样一个立体化的生长空间中，着实让我们感受到了它多侧面综合发展的互补互生的能力和氤氲其间的学术朝气。

特别令我感动的是，作者能够在似乎对立的东西间努力创辟一条结合之路，而且取得了明显的成效。比如，“治史”与“批评”本来就不是一件事，这固然是事实，但若把二者完全割裂开来作拒斥性选择，甚至以此代彼，那就又错了。20世纪以来，我国文化包括文学创作和文学研究，都发生了深刻的变化，从观念到方法都已大不同于往昔，这种历史的进步是谁也不能否认的。但是，作为最具有攻战和审美品赏能力的文学批评，在其为开辟文化和文学新路方面作出巨大贡献的同时，却也不可避免地在“史”与“评”的互动格局中造成了倾斜，使以“评”代“史”的倾向成为长期存在的另一种醒目的事实。就以时下而论，相比而言，文学批评似乎比任何时候都更繁荣，可是对它的不满之声却是不绝于耳，日胜一日，这也是前所未有的。究其实，还不是流行的批评太无原则、太无学养、太无品格所造成的吗？战军也是一位很被作家、评论家甚至报刊编辑看重的评论家，但他在这一点上并不随波逐流。从他的文章可以看出，他十分重视对历史大时空建构的思考，从历史之河的深处感受它的脉动，并尤其珍视由此而获得的丰富“史识”和“史感”，以为这是一种学养，一种根基。同时，他又十分重视直接面对对象的智性获取和对创作及评论发展前沿的敏锐关注，以为这是学术生力永不枯竭的基本前提。他在事实上是将两者有机地结合起来，既令偏重于“史”的文章不枯不燥，又使偏重于“评”的文章内中有核，水下有鱼，哪怕是即时性评论，也自有其深厚之处，并不像某些流行的文字那样，如空穴走风，无根无基。关于这一点，书中无论是对那些贯通百年长史的大跨度问题的梳理，也无论是对某一时期文坛走势的辨识或对文坛的俯瞰式评说，甚至是对某一作家、某一作品、某一局部性现象的细读与阐释，均能见出作者缘之于这一结合的内功和识力。可以说，深厚的“史识”、新警的见解，与研究和批评姿态前卫性的统一，是这本书的一个基本特点。

又比如，在研究和评论中如何把理性逻辑与情感融入的关系处理好，这始终是一个令人深感困难的问题。理性认知的基本表现方法是逻辑推理，但它的发现与深化运演，又无处不与主体的情感律动相关。但二者既相生又相克，过分地偏重逻辑，可以拧掉情感的“水分”，而过分地偏重情感，又会溶蚀逻辑的链条，所以20世纪的批评常常分作了理性批评和印象式批评两类。战军的文章，我的感觉是处于二者之间，既有思想，又极富才情。本来是一些十分枯燥或理性化的问题，如道德意识与20世纪中国文学转型、现实主义观念的演进与得失、市场经济与文坛、40年代中国文学概观等，但读起来却如行云流水，舒卷自如，逻辑的推进与深在激情的律动互生互动，融二为一，结合得很好。读他的文章，无论长短，均无生涩乏味之感。虽然他几乎每篇文章从题目到文字，都极富新意，话语也多新创，但并不让人觉得别扭、生僻，更无怪异之感，反而倒是如睹朝露，如饮山泉，新颖而甘美。其清新与自然，均为情、理相融所致，并无人为的造作。由此而想到，原为人之生命能力的两种方式的施放，应该也能够在互生互动中被自觉地综合运用，搞研究和评论也是如此。

说到这一点，则不能不强调一下“悟”的作用。从战军的自述看，他就很看重这个“悟”字，他把它叫做“灵悟力”。是的，人的灵性表现在“悟”上，没有悟性的人便没有灵性、没有才情，也没有一切的发现与建构。战军是一个悟性颇高的人，人有灵性，所以他的文章也很有灵性。读过战军文章的人，可能都会有这种感觉。在我读这本书里的文章时，觉得他对对象的悟解与把握，是那么的敏锐而细微、新警而准确，好像一层窗纸被他一指点破，本为浑然而在的东西豁然而亮。同时还明显感觉到，他与对象们的对话充溢着那么令人心动的聪慧的生命气息和令对方也不能不为之动容的真诚与智慧。我特别赞佩他评议散文创作的那几篇文章，行文中简直是灵气飞动，流光溢彩，漂亮极了。还有评价几位青年作家的文字，也是文字所到之处，就如高明的国画家在宣纸上的几笔点染，马上就神韵飞扬，使那些作家活灵活现地站在了人们的面前。

说到激动处，竟难以自持了。是不是赞美的话说多了？我以为不是，因为我面对的是一位极有发展前途的青年，也因为我的阅读感觉实际上就是如此，我不能说假话。

（原载施战军《世纪末夜晚的手写》，山东文艺出版社 1999 年版）

《翻阅生命》序

这是小老乡张玲的一本散文集。

和张玲认识，大约已有两年多了。当时，我的故里曲阜城关镇出了一本报告文学集，好像其中就有她的作品。因为有感于家乡的变化，应出版社之邀，我曾贸然地为该书作序，并因此而与出版社的负责人们一起被邀请到家乡参加首发式。就是在这次活动中，结识了张玲。当然说是“老乡”，其实并非都是曲阜人，张玲出生于济宁，又工作于济宁，应算作济宁人，但我们同属于济宁地区，自然也可以以“老乡”互称了。

嗣后，和她又接触过几次，而且也陆续地读过她的一些文章。张玲性真而言爽，很有一些我们家乡人的特点。你和她聊天，很快就会被她的热诚、率直与不乏机智的快言快语所感染。我曾想，作为一名记者，她是一位很成熟但又能够被人信任的人；而作为一位文学作者，她确实又保留且宝爱着那份难得的激情与童真。无论什么人，只要有可能，谁都要在现实人生中谋求一份职业，乃至把它视为保障生存的基本选择。文学也可以作为一种职业，但对于文学来说，只把它当作职业是不够的。做什么事都必须有一种形上的追求，有一种超越现实功利的精神理解，这样才能把世俗性生存与永远的志趣结合起来，才能力避凡庸，把所从事的工作推到既职业化又超职业化的创造之境。对于文学来说,就更是如此。因为文学与其他机械性甚至创造性活动相比,它更是一种超越现实功利的精神创造和精神需要。难得的是,张玲虽未受过关于文学的长期而规范的“科班”教育,但她却深谙其中的道理。从她那些忆旧的文字来看,她之对文学的热爱,全然来自于自幼即发生的对于文学的生命的呼应与理解。对于她来说,那些历久而弥新的种种人生的亲情与美好,有如一篇永远读不尽的漫溢着诗情画意的童话,时刻滋润着她的身心,使她与文学保持着永难分解的亲和,转过来,又使她对生活经常抱有近乎天真的乐观和与人为善的态度。

前不久,一家报纸承接《大家》的话题,开辟了一个小的笔谈栏目,叫作“文学能给人什么”。在时下物欲膨胀,人们常把现实功利视作人生价值所在甚至“终极关怀”的时尚里,开展这样的讨论,自然有其意义。但其中的一篇文章却使我大为感慨。文章的作者我认识,是一位在南方某名牌大学即将毕业的文学博士生。她在文章中并非“反讽”地大诉其苦,她说,学习文学并从事其研究二十余年,结果是好的工作找不到,房子没有,较丰厚的薪金也没有。其结论是,文学的确没有用,如果能够重新选择的话,她决不会选择文学。应该说她讲述的是一种事实,既如此,发几句牢骚也无可厚非;但是,令人吃惊的是这种事实已让她改变了态度。试想,连一位文学博士都作如是观,何况有同感的又绝非她一人,那么文学在时尚性的社会认识里还有什么价值?可是话又说回来,如果一个民族或者一段历史没有了文学或对文学没有了向往之心,那么其精神生存的质量又当如何?在其他文章里我曾谈到过,当对文学的用途发生疑惑时,文学为何物这一最基本的命题也就变得模糊了,问题常常是发生于最根本之处。那位博士生对文学痛心疾首的否定,岂不正是如此?想了想,我又觉得颇有些意味,每当文学面临这种现实性命运时,对它作用的质疑常常倒是首先由高筑的文学殿堂内发出,这岂不怪哉!值得庆幸的是,每当此时,恰恰是生活于民间的文学作者们,能够以其质朴而蓬勃的创作活力事实上成为文学复苏的后援。像张玲以及与其相类的许多作者,他们生活于社会的基层,对生活待遇并无过高的奢望,却把文学看得比什么都神圣;他们的作品虽然并无完美的精雕细琢,但却似以一抔沃土培育着真正的文学生命之根。也正是在这种意义上,我不敢也不愿对其采取轻慢的态度。

说实话,张玲的作品就其整体水平而言,的确与经典性美文相比尚有明显的差距,然而阅读之中我却能被它们深深打动。因为,在其字里行间,总是流动着一种令人心动的真情实感,闪耀着一种来自于对生活与人生感悟的智性的光芒。作者所写的,几乎无一不是自己身边的凡人小事,哪怕是一个物件、一个细小的行为,乃至一个眼神,都会成为令其感动不已的抒写对象。在一般人眼里,这些每时每刻都要发生的近乎琐碎的言行细节,或许没有多少意义,可是作者,却能在其中敏锐地感受到人间的温馨与生命的美好,而且总会悟出一点什么,让其成为丰富自己精神与生命的资源,即使在最不顺心的时候,也能对人生的真善美坚信不移。几乎毋庸置疑,迄今为止,张玲这个名字别说在全国文坛,即使在省里文坛中也还是一个陌生的存在,可是我想,读读她的作品,会令某些以知名作家自诩的作家们感到汗颜。想想吧,那些在全国各类报刊铺天盖地地发表着的,被人们戏称为“小男人”、“小女人”式的散文,除了矫情与造作之外,又能给人以什么?

当然,我这里所指的,主要是这个集子中前大半部分的被作者当作文学散文来写的作品。在集子的后一部分,是一些可以称之为报告文学的新闻性文章。这些文章,多为职责所在奉命而为的成果,它们的写作,又多是在宏阔的社会意义确认中进行的,自然与前面的作品不同。可是我们也可以发现,作者总想有一些丰富或超越共识性认识的独特发现与更为生活化的细节捕捉,这又是其创造性发挥的可贵之处。

人所共知，散文是一种文类，具有为其所独有的文体特征，但它又是一种最具超文类性能的文体，它可以在积极的意义上通过解构来丰富、发展其他的文体，如小说、诗歌、戏剧甚至于新闻性作品。不管自觉与否，张玲似乎也在做着这样的努力。

（原载张玲《翻阅生命》，作家出版社 2000 年版）

《砚边絮语》序

同光先生是一位颇有建树的书画家。六年前出版过一本诗集，书题是《砚余杂咏》，当时就很为方家称道；现在，一本被其称之为“絮语”的书画短论集又要付梓了，可以预期的阅读评价自然也不在话下。一个书画家书、画兼长已属不易，而同时又能兼擅诗、论，就更是难得。照理，这几个方面的统一才正是中国文人的传统，可是不知从什么时候起，它们却彼此离析，很难在一个人身上同时兼擅了。虽然我们不能说同光先生在这方面的努力已臻于至境，就实而论，甚至可以感觉到其中的不足，但是，这种全面修养自己且富有实绩的努力，难道不正是在新的时代中自觉赓续和发展传统的可贵之举吗？

评价一个人的论作，首先应该看的是它有没有原创的价值和对于别人的启发意义。同光先生这本论集，好就好在所论都能把相关的人文艺术融会贯通，通达于一种深在的会心。就文字表述而言，你或许偶有拙于表达之感，但你却一定会领悟到他与众不同的灵悟和一个具有深厚书画文化修养者的睿智。他与评价对象之间的对话，读来仿佛是两位修道者得遇知己时的神交与默契，尽管他对对方总是充满着虔诚的敬意。与某些专业书画评论者不同，同光先生并不先立一个理念框架，然后削足适履式地对对象进行理性的剪裁，他的做法常常是即事穷理，由对某一对象的具体感受出发，深悟其中三昧及其独到的价值。作为一个书画创作的实践者，他这些“砚边”的“絮语”，自有其不同于一般的价值。我想，读过这本书的人，一定也会有与我同样的感觉。

（原载刘同光《砚边絮语》，山东文艺出版社 2003 年版）

《新编详注唐诗三百首》序

贾君其贤是我大学的同窗好友，论年龄他虽然大我不及半岁，但他处世稳健，为人仁厚，却又的确颇有兄长之风，深得我和我的同学们的拥戴。我们是1962年同时考入山东大学中文系的。那一年的情况有些特殊，历时三年的所谓“自然灾害”已近尾声，中央正在对既行政策进行调整，所以高考时在政审方面相对宽松，而对高考成绩则相应地更看重一些。这样一来，结果是这一届的学生与前几届相比就有了明显的不同，业务上相对突出，而在出身背景上则显得稍微“复杂”了些。这在当时，大家和乐融融，一心向学，并未觉出什么，相反，倒是在顾盼之间常常会生成一种集体性的自豪感。可是为时不久，阶级斗争声浪日高，政治运动也一个接着一个，情势就大大不同了。如果谁出身背景有些问题，谁在某种场合说过什么错话或做过什么错事，那就会终日惴惴不安，唯恐有什么厄运不期而至地降临在自己头上。而那些自以为根正苗红、思想觉悟高的同学，看他们的眼神也日渐发生了变化，在原本和和乐乐的同学之间开始出现歧视与隔阂。难得的是，其贤对同学一视同仁的友爱态度始终未变，越是有精神压力的同学他越是主动与其亲近，于平等亲和的交往中给对方以宽慰和关爱。在毕业后的若干年中我常常在想，当时假若没有其贤以及与其引为同调的几个人共同营造的这种人性化的小环境，嗣后有些同学事业上的成功就难说会怎么样。就此而论，说其贤有仁者之风亦未为过。

在大学读书时，其贤就十分重视对传统文化的修习与研究，在古诗文方面则用功最勤。记得当时在私下交谈中他就常说：一个学习人文学科的学生，没有一个坚实而良好的传统文化基础，怎么谈得上继承与发扬！而且在他看来，不仅是以此为专业的学生，就是一个普通的社会成员，也应该具备这方面的自觉，于工作之余不断地读读念念，因为这主要的不仅仅是学问，而是人人都不得漠视的人品修养。那时的大学生和今天的大学生真有些不同，他们身着补丁衣裤，囊中也难得有几文小钱，每日过的大多是由宿舍到教室、再到图书馆的所谓"三点一线"的生活，但偶尔也会在千佛山的小径上、趵突泉或大明湖的茶肆中聚友畅谈。茶馆的茶叶是一角钱一包，热水壶中的开水是任意添用，茶壶中的茶水是愈冲愈白，而大家的谈兴却是越谈越浓。那时，没有谁拿个人的衣食忧虑、私情琐事来作共同的谈资，大家所激情澎湃地倾诉和面红耳赤地争论的，几乎无不是以天下为己任的种种宏大抱负和学界乃至社会正在争论的一些问题。一直到天色向晚，大家也早已饥肠辘辘，这才起身归去，回学校去吃那定量供给的饭菜。现在，虽世事沧桑，几十年已经过去，但当时的情景仍历历在目，每当念及"恰同学少年，意气风发"的这种种情景，心中便生出莫名的激动和无限感喟。情不自禁地说起这些旧事，意在说明正是在这种自我营造的人生小环境中，其贤和我们这些同窗好友是如何在传统人文与现实的对话中开拓襟抱、涵养情愫和寻找人生理解的。后来我也常想，在其时日趋严酷的政治观念规范中，我们这些人之所以还能够对极"左"政治在内心深处保持一种疏离的态度，对那些未免生硬的观念教条尽力寻绎出人性化的理解，在新时期到来后又能如禾苗见雨般迅即精神抖擞地投入到新的创造性工作中去，大概都与这一段学习生活的经历不无关系。新时期到来后，我一直从事教育工作，其贤是由教育而入仕，做了党政领导工作。但我听说，他即使在繁忙的工作之余，也从未放下过对传统诗文的深入修习。这没有办法，他已经将其视之为生命的一种需要，一种人生使命的必需，是改不了的了。

摆在读者面前的这部《新编详注唐诗三百首》，是其贤从工作岗位上退下来之后的倾力之作，也是其基于数十年的功力厚积薄发的结果。中国向有"选学"的传统，一部昭明太子的《文选》，一部蘅塘退士的《唐诗三百首》，不知滋育过多少代天下士人，至今仍然是许多人经常捧读的典籍。但它们毕竟都存有历史的局限，难以尽能满足今天的需要。相对而言，眼下更是"选学"繁盛的时代，各种"选本"竞相而出，令人目不暇接，从某种意义上看，它也是文化繁荣发展的一种表征。但不少"选本"也存在着一些问题：一是急于成书，选目失当；一是注释粗滥，甚至讹误百出，并无益于社会阅读。其贤的这个选本，比那些一般化的选本为优，而与某些精到者比较起来也自有其独到之处。这主要表现在三个方面：第一，对传统人文文化精神的全面领悟和把握，以及与此相关形成的独特眼光。中国是一个具有丰富人文传统的国家，也是一个诗的国度。历代文人墨客的艺术创造，尤其是诗歌创作，对人生与社会的诸多问题均有人文性的审美观照，非单一的价值视角所能概括。因此，其贤对唐诗"三百首"的所谓"新编"，也就突破了传统选本相对褊狭的视阈，将唐诗表现在方方面面的成就相对完整地呈现出来。第二，尤为难能可贵的是，选注者在选注这些唐诗时，自觉不自觉地渗透进了自己对生命的悟解与体验。这些诗作，已不是他在书案上把玩的赏品，而是与诗作者作生命对话的有生命活力的对象。选注者所企求的，不仅是知识性的索解，而是"会心"的理解与沟通，这从每首诗的"简介"中即可见出。第三，极为认真的"选"和极为认真的"注"。选得精，注得准，是这一选本的基本特色，而在注释中近乎通译的浅白解说，则更增加了它的可读性，便于为普通的社会读者所接受。

其贤兄曾有诗云:“世事沧桑即天道,名利淡泊乃高怀。”这是他抒怀明志的内心自白。由这部唐诗读本的出版,在我,是更能体会到他那超越世俗功利的人生追求和奉献精神的。我祝贺他的坚持与努力,且当以此自励。

(原载贾其贤《新编详注唐诗三百首》,山东文艺出版社 2003 年版)

《时与光——20世纪中国文学史格局中的徐讦》序

三年前，旋波君就拿定主意要做一部别开生面的徐讦论。他说，他不想把它做成一般意义的徐讦学术专论，而是要运用文学史整体观的方法，通过对徐讦文学个案的微观分析，厘清其与20世纪中国文学思潮与文学运动的历史联系，凸现其创作的历史阶段性特征，从而在宏观上把握徐讦思想与创作的基本脉络，最终揭示其在20世纪中国文学史中的独特意义。

当时，我曾为他这一决定所激动。但在激动的同时，也未必没有几分担心。这一则缘之于这一特定对象本身的复杂性。徐讦的一生，有数次人生空间的大转换，而为其所借鉴的思想文化资源又具有极大的时空跨度，要对其不断探索求进的创作内蕴和处于积极创生发展中的艺术追求给出准确可信的阐释，将是十分困难的。它所要求于研究者的，就不仅仅是一个熟悉文学知识系统的问题，要取得与它进行对话的资格，还必须对中外文化尤其是哲学、心理学、美学等方面有着多学科的知识储备和融会贯通的深化心得，并能在跨学科的广博视野中以文学的会心作自由的运思。不然，将难以走近徐讦。而另一方面，则是有感于中国现当代文学史研究的传统与现实。在数十年以来中国内地的文学史建构中，徐讦在很长时间内都是一个被淘汰出局的对象,有的史著虽有提及,但也大都在评价上有失公允。近些年来徐讦的命运虽大有改观,正经历着由不知到知、由知之不多到知之较多、由偏见而趋向于公允的被接受的过程,关于他的比较接近于对象而且颇具新见的论著也有所出现,但是,要把他置放在中国新文学史的整体框架内作出超越一般个案研究意义的史的评说,又谈何容易!因为,这将意味着对传统新文学史史观的根本性挑战。试想,不论是在以政治革命为基点还是以文化启蒙为基点的文学史价值观中,哪里又会有徐讦的立足之地?而要对文学史观进行根本性调整,那对一个研究者来说不能不是一个严峻的考验。

然而令人高兴的是,旋波君想要做的事终于做成了。难得的是,他把这种事当做自己的人生志业,做起来兢兢业业,不敢稍有懈怠。据我所知,他是穷三年的精力集中在这一课题的研究上,殚精竭虑,辛苦备尝,做得实在是并不容易。现在,呈现在读者诸君面前的这部论著,就是他这一研究的结题成果。我曾有幸先睹为快,依我的感觉,他的目的可以说是已经达到了。

我以为,这部论著的最为成功之处,是它率先如此系统地对置身于不断变易甚至转换的历史语境中似乎是难以捉摸的徐讦,作出了可信的动态性的阐释,并在对其难解之点的破译中生成了自己独具一格的理论意识。这部论著给人的感觉,不是对既有知识的编码,而是智慧性的发现和氤氲着理论生成朝气的开拓性之作。

徐讦是 20 世纪 30 年代踏上文坛的,从那时起他就已经是一个难以解说的对象。30 年代的文坛,已呈观为一种多元性分化、对峙又互相牵制的局面,而在这一多维性文坛结构中,徐讦与它们各有牵连又各不相同。他先曾接受过马克思主义的影响,创作过一些有着明显左翼倾向的作品,但同时又从康德、柏格森和弗洛伊德那里汲取异质性的文化思想,从而在创作上最终与左翼文学分道扬镳。而他对新感觉派的兴趣既昭示着他有着自觉的现代都市文化意识，同时也表明其已经逐渐从社会实践美学向着个体感性美学转变，然而却又终因不能认同那种凸现都市感性物欲的做法而没有成为新感觉派作家。由此，他又接近了周作人、朱光潜的美学思想，京派所倡导的艺术观显然对徐讦有很大的吸引力，尽管他也没有完全服膺这种艺术表现派的超功利文学观。对此，旋波君在论著中一一进行了细微的辨析，指出：徐讦30年代的文学活动是在左翼文学、新感觉派和京派之间的综合性结构能力之中进行的，在诸种文学力量的作用下，其自身多种文学观念和文学选择的对峙、抗衡和融合正暗合了当时整体性的文学动态格局。正是这种不时调整其美学选择的态度使徐讦能够从30年代多元文学世界中获取综合的创造性经验，为他40年代独特的文学创作提供了丰富多样的思想艺术资源。

十五六年前当我重新审视并试图拓展中国现代文学史的对象，开始着手编选《中国现代文学补遗书系》（明天出版社1990年出版）时即发现，40年代文学远不像原来讲得那么简单。40年代文学世界的丰富性和由其所彰显出的走向文化综合的新趋势，以及许多作家逼向生命内部体验和意义思索的审美创造的新追求，着实让我很是兴奋了一阵。但我也同时发现，要对这种现象作出准确而深刻的阐释，那也是很难的事。譬如对徐讦，就是一例。与30年代的徐讦相比，40年代的徐讦具有更深层次的阐释难度。很能引起我的共鸣的是，旋波君的这部论著着重讨论了徐讦40年代文学创作的生命体验性倾向，并有意识地由此凸现40年代中国文学的基本历史特征。论析中论者引入了“生命体验”和“体验美学”两个概念，借以准确把握40年代徐讦那种异质性作品的精神内核。在其阐释性语境中，“体验”不是一般认识论意义上“通过实践来认识周围的事物”或“亲身经历”的经验性活动，而是具有本体论意义上的、源于人的个性生命深层的对人生重大事件或精神活动的深切领悟。近代的“体验美学”是在叔本华、尼采、弗洛伊德、柏格森乃至存在主义哲学基础上建立起来的，这种旨在探寻生命深层内核的人本主义恰恰正是40年代徐讦最主要的思想来源。该论著重点阐发了徐讦40年代参酌柏格森哲学、荣格的分析心理学以及存在主义思想而向生命深层突进的艺术理路，指出他孜孜探索的问题已从社会的政治经济领域转向人本的心理与美学领域，认为他是以“直觉”与“原型”的生命体验方式表达了一种迥异于历史进化的心理时间和存在时间的维度，表达了对人类爱情原型的深沉梦想，从而展开了其漫长的超越现实历史的生命追寻历程。战争一方面造成了40年代中国作家颠沛流离的苦难经验，另一方面也成就了这种人生经验的描述者和升华者，使他们发现了生命原有的美丽与庄严，发现了具有人类整体价值的精神向度。40年代徐讦始终关注着那场民族的战争，同时也始终透过战争本身去发掘生命的隐秘，去追寻生命的超越性意义，从而大大提升了自身的艺术品位。鉴于40年代徐讦、无名氏、钱锺书和张爱玲等作家的小说创作在爱情叙事框架下表达哲理玄思的共通性，旋波君提出了“中国现代玄学爱情小说”这一新的文类学概念，试图借此阐明在40年代中国文学里具有普遍意义的生命哲学追求，从而揭示“文化综合时期”中国文学的历史性特质。

这部论著进而分析了该时期徐讦小说雅俗整合的艺术形态，为40年代中国文学雅俗融合的历史性特征作出了颇有说服力的求证。雅俗文学关系一直是20世纪中国文学聚讼不断的问题，五四新文学乃至30年代的左翼文学，为了维护文学的历史功利性价值，对娱乐消闲功能的通俗文学采取了拒斥的态度，从而导致了在20至30年代文学时空中雅俗文学之间极为鲜明的对峙分野局面。而到了40年代，徐讦、无名氏、张爱玲等人终于完成了20世纪中国文学雅俗整合的基本形态——他们真正确立了文学消闲娱乐功能的合理地位，实现了雅俗诗学的整合；他们还原了小说的基本叙事功能，突出了小说的故事性特征；他们在文学实践上实现了雅俗的整合与会通,使时代感悟、生命体验及形而上追寻等高雅主题与现代都市通俗文学的内在结构之间构成了有机的动态融合,从而形成了具有文学史意义的雅俗整合的成熟形态。该论著对此作了较深入的探讨。同时,还借鉴结构主义方法,着重从动态和静态两方面分析了徐讦小说的雅俗整合特征,使徐讦小说的艺术成功奥秘获得了新鲜的解释。旋波君认为,从动态结构上看,40年代徐讦小说的雅俗整合是生命体验主题与通俗性情境之间水乳交融般的生成过程。通过对徐讦小说之功能序列结构的深入剖析,他发现它的局部存在着一个相当恒定的通俗文学叙事模式,即运用侦探小说和言情小说的叙述语法,使小说的静态结构上具备通俗文学成功的艺术条件;同时也发现徐讦小说整体上存在着一个以生命追寻为基本动机的叙述框架,侦探小说和言情小说的通俗套式转换成生命体验性小说的有机组成部分,雅俗之间的对峙被完全消解了。这些见解令人耳目一新,颇受启发。

对于徐讦香港时期作为自由主义者的文学选择,这部论著也有颇具见地的描述和阐释。旋波君认为,1949年徐讦离开上海并开始了漫长的漂泊岁月,其香港时期的小说创作呈现出两种泾渭分明的路向:一方面以写实的笔法真实地反映了移民的漂泊人生,并从中寄托了自己的放逐感受,表达了强烈的原乡意识;另一方面在体验美学的引领下继续沿着40年代"玄学小说"的生命追寻轨迹,徜徉于心醉神迷的生命情境,最终在糅合了佛耶思想的宗教世界中找寻到生命的安顿之所,从而完成了其探求生命终极意义、渴望精神超越的文化苦旅。神秘超验的宗教归宿为徐讦的精神历程画下了美丽的休止符,他并由此确立了"宇宙和谐"的生命新信仰。不论在思想意蕴还是诗学建构上,《彼岸》、《江湖行》和《时与光》等生命体验型小说的成就远远超过其他主题类型的作品,成为徐讦后期创作的典范。这个描述和判断,在我看来,也是大致不差的。

难能可贵的是,这部论著最后从香港文学史乃至20世纪中国文学史的整体格局中审视了徐訏的历史性地位。该论著发掘了一个长期被遮蔽的香港文学史实：徐訏50年代初期就是现代主义的倡导者和实践者，他那些表现个体生命体验的小说有着显明的现代主义主题表征和艺术特点，在香港现代主义文学发展中起了开拓性的作用。这就有效地厘清了香港现代主义文学的历史线索。同时还指出，在50至60年代中国文学海峡两岸因政治原因而形成的极端对立的文学格局下，徐訏香港时期小说秉承着自由主义的创作理念，凸现了独特的文学史价值：其一，展现历史转折过程的复杂性和悖论性，向历史发出一种逆向性的叩问，从而丰富了50至60年代中国文学的历史维度；其二，表现中国知识分子的生命追寻过程，为20世纪中国文学提供了人类心灵探索的史诗性作品，从而丰富了现代中国文学的思想内涵；其三，坚守自由主义状态下的个人写作立场，摆正文学的功利性价值与审美价值的关系，保持艺术上的纯洁性和对于现实的超越性，拆除长期以来因文学功利性而形成的雅俗对立格局，使20世纪中国文学在自身美学尺度上达到它应有的品位。至此，一个活跃于20世纪中国文学时空和意义结构中的徐訏，就被解说得玲珑剔透，像一位久违的朋友一样出现在我们面前了。

当然，还不能说是尽善尽美。开拓性的研究常常是并不完美的。就这个课题而言，有些问题还应做更深入、更细化的研究，我想，旋波君自己，大概也有这样的想法。

对旋波君来说，这部论著是他学术之旅中的一个亮点，也是一个起点。我祝贺他的现在，也更期望于他的将来。

（原载陈旋波《时与光——20世纪中国文学史格局中的徐訏》，百花洲文艺出版社2004年版）

《爱与痛惜》跋

有人用知识写作，有人用智慧写作；有人用头脑写作，有人用生命写作。无论从哪方面讲，施战军都属于后者。

我推崇这种做法，虽然我本人做得并不好。

因为在我看来，不涉于自己智慧的知识，哪怕你多到车载斗量，它也不属于你。只有当知识纳入你的创造性过程时，它才属于你。这时，实际上是你的智慧在发生作用，你的智慧会使你创生出新的知识。而由你创生的这种知识，会带着你的体温，你的灵性，给人以别样的感受和启发。

我之所以强调用生命写作而非仅用头脑，实在是因为有感于时下某些人太过于会用头脑。头脑太活，会使人远离生命的真，文章的诚；反之，表述为远离生命的诚，文章的真，亦可。人之为文，照理，无不缘之于生命的感受，生命的能力和生命的追求，由最感性最性情的生命之激越处，升腾起最具超越性的灵府之悟，形上之思，才为最佳。记事抒情之文如此，评论文字乃至学术建构又何尝不是如此！

的确，战军是在用智慧和生命写作。虽为评论之文，但写得真诚，写得灵动，写得倩巧。流动在字里行间的总是生命的本真与活力和智慧之光的时时闪耀。读这样的文章，既受启发，又是享受。

可是我又想，能否再多几分朴拙，多几分沉实？我不知这样会如何，战军能否一试？

（原载施战军《爱与痛惜》，山东文艺出版社 2004 年版）

《认同与互动——五四新文学出版研究》序

半个多世纪以前,阿英在总结晚清小说出现空前繁荣局面的原因时,其所列举的第一条,就是“由于印刷事业的发达”。由此足见其在文学史研究中对文学生产问题的重视。

这种关注应该说是很有道理的。凡一种艺术的产生都必须有特定的媒质作为凭借,甚至由一种新媒质的发现和利用而可以标志出一个新的艺术时代的到来,这是人所共知的道理。可是对于人类的艺术活动来说,单有了这一点还是不够的。任何一种艺术品的创造,固然无不属于创作主体“个性化”发挥的结果,但创作主体在进入艺术创造的冲动时,又无不已经寄寓着与他人对话的强烈欲望和形成社会性共享的深在期待。就社会接受而言,不管一个人的艺术创造能力如何,他都会需要由他者所创造的艺术品的感动与滋养。艺术创造能力低下的人如此,具有高超艺术创造能力的人也如此,甚至会更强烈。因为自己的艺术创造,诚然是对自身生命能力的一种自我肯定和自我心灵抚慰的有效补偿,或者概而言之,是自身生命存在的一种重要方式;但愈是在这方面形成为一种自觉,在艺术想象的世界里与他人交流对话的欲望则愈强烈。倘若因这样那样的原因而放弃这种对话,那结果则是自己的艺术立场或者可以坚持，但自闭中悲苦的心灵却会导致身心俱损。由此可以说，艺术创造的“个性化”和艺术接受中的社会性共享原则的良性结合，才是艺术创造和艺术效果呈现的完整要求。我常常在想，小至个人，大至人类，人们的生命存在脱离不开几个领域，既需要有物质的、制度的、观念的、智能的等若干领域的基本保证，也少不了想象领域中的生命调节与补偿，艺术创造与欣赏即想象世界之于人类社会的重要性就在于此。正是因为这个道理，艺术品就不但有个凭借媒质进行创造的问题，而且就不少艺术类别而言，还有一个凭借媒介进行多量复制性生产与传播的问题。这在文学方面表现得尤为突出。文学作品的创作凭借的是语言文字这种媒质，但其传播却不能不靠报刊书籍的出版发行，因此，对某一时期出版问题的关注和研究，理所当然地应该成为对该时期文学发展研究的题中应有之义。

近代是中国现代印刷技术和传播方式的肇端和第一发展期，其在历史变革和文学转型创造中所发挥的重要作用自然是毋庸置疑的。而相对于近代而言，现代时期在印刷技术和能力、出版形式的灵活多样和传播的快捷等方面均又有了长足的发展，它们在五四新文学的生成发展中所起到的不可或缺的甚至可以说是关键性的作用，则更是一个显在的历史事实。按道理来说，它早就应该成为现代文学研究者关注的焦点问题之一，然而令人遗憾的是，事实却并非如此。如果我们翻检一下半个多世纪以来的现代文学研究史，就会发现，极少有对这方面问题的认真梳理与研究，倘若有对这方面材料的零散记述，也大多出现在作家们对生平遭遇的回忆文字之中。究其原因，我想最终还是与特定的历史语境及由其形成的价值导向有关。纵览“五四”以来的文学冲突和新文学研究，有一个事实是不难被确认的，那就是长期以来，文学的冲突和新文学的研究一直都是在观念和意义的领域中发生和进行的，启蒙时期是如此，革命时期就更是如此。在由不同观念和意义理解所构成的紧张历史情势中，观念和意义必然被视为最具决定意义的因素，因此，人们把对文学的考察和研究只是锁定在观念、意义的视阈中，并相演为习惯性的定式，也就不难理解了。近几年来的情况有所改变，随着反思性学术重构的浪潮涌起，这种研究定势已在被质疑和解构之中，对文学审美特性的重视和对关乎其生成发展的研究视阈的开拓，已成为一种新的研究趋势。在这种新的学术形势中，对文学出版的关注与开发、研究，也就渐次形成了一个新的学术生长点。然而由于是刚开始不久，已做出的成果大多只是对某一熟知刊物的研究或对某一被遮蔽刊物的开发性展示和重审，而对于五四新文学与出版关系的系统性梳理和研究，却迄今鲜有成果问世。路英勇君的《认同与互动——五四新文学出版研究》则正是在这一方面应运而生的开拓之作。它的出版，实在是一件可喜可贺的事。

对于我们这些治中国新文学史多年的人，对五四文学的发生发展不能说不熟悉，对此书所引征的许多有关出版方面的资料也不可谓不知，但对照此书来看，以前的把握却又不能不是既清楚而又模糊了。此书的好处就在于，凭借其敏锐的体悟和发现，对发生在短短数年间的五四新文学出版，这个在历史研究中似乎只能算是一个小小的历史单元而被统一把握的对象，原创性地做出了历史与逻辑相统一的细微而准确的辨析，使这个在诸多学者笔下一笔带过的对象性存在，真实而明晰地在读者面前呈现出了它运行发展的历史轨迹及其内在驱动机制。书中对五四新文学出版历史发展的三个阶段的分析，真实可信，因为读了它，你就不能不相信：历史原本就是这样。而对其驱动力的构成和发展变化，也依据历史事实做出了别开生面的分辨与阐释。五四新文化运动与五四新文学虽然代表着历史发展的方向，极具先锋性和思想观念的魅力，但它们要得以传播，所面临的也并不是只要登高一呼而出版商立即云集的局面。其作品能否顺利出版，实际上要取决于出版商文化追求与商业追求二重意识共同作用的结果，事实上，有不少好的办刊意向和文学书稿在出版商那里就遭到了冷遇。所以，像此书这样，对其实际过程特别是出版商们认识前提的微妙变化作出有说服力的历史描述和符合实际的解析，这对于矫正以“五四”心态研究“五四”问题的治史态度和补正对一特定历史对象的研究，将会是有所裨益的。

此书虽然简约，但对历史关节处的细节却特别注重捕捉，并据此对对象发展中的某些特征性现象有所发现，比如书中所特意关注的“情感认同”在五四新文学出版中的重要乃至于关键性的作用，就是突出的一例。像这样的地方，读来会让你眼睛一亮，心里一动，道理虽没有什么大道理，但你却会觉得不仅走近了感性的历史，而且解开了一个心中之结，看明了对象历史发展链条中的重要一环。更为难得的是，此书的作者兼具了文学与出版两大领域的知识素养和眼光，使对这一课题的研究真正达到了跨学科互动研究的效果。看过这部书，你就不能不佩服他对五四新文学与出版之间互动关系辨析理解的独到眼光和能力。

当然，对这一课题的探讨还有深化开掘和拓展研究的余地，而且相对于整个现代文学与出版来说，五四新文学与出版只是它的一个阶段，后面还有更多的历史内容等待梳理。我想，路英勇君还会继续做下去，将来他所奉献于社会的，也绝不会仅止于这一本书。

（原载路英勇《认同与互动——五四新文学出版研究》，安徽文艺出版社 2004 年版）

《鲁迅与中国士人传统》序

我感觉，田刚是一个具有诗性气质的人，对学术的热爱与坚执几近于痴迷。他要想做个什么课题，那是一定会究根穷底抓住不放的，即使是难度再大也决不会放手。对他而言，困难似乎非但不会成为挫损其心志的坚障，常常反倒成了激发他热情的酵素。三年多以前他给我谈，他要做"鲁迅与中国士人传统"这个题目，表示一定要做好。他对我说，这个题目很有价值，但难度也很大，既需要贯通古今的文化涵养的支持，也必须有对自身价值观念和思维模式的深刻而全面的调整。他说，他知道，但他放不下这个问题，他会做好的。现在，摆在读者面前的这部专著，就是他历时三载，宵衣旰食，结撰而成的对于这一课题研究的第一个系统性成果。我不敢说它已达到了什么样的高度，但有一点我却是确信无疑的，那就是它在重建学术理路、对鲁迅与士人传统关系研究的创辟性阐释与学术建构，以及对超越这一课题研究之外的启示等方面所取得的成效，都将是读者在读后能够感知到的。

记得有一位西方文化学者通过实地考察得出过这样一个结论：任何外来的异质性文化，无论它采取多么激烈的方式，都难以改变一个民族的文化根性。五四时期，中国先觉的知识分子出于彻底改变古老中国因循历史的深在目的，闳中肆外，对被认准的中国历史所以陈陈相因之症结的传统文化，以决绝的态度进行了猛烈的抨击。作为一代新的历史主体，他们是以传统文化叛逆者的身份特征亮相于历史舞台的。这是历史的事实，而且应该是一段不容作历史价值否定的悲壮史实，对它在中国历史和中国文化现代转型中所起到的无可替代的作用应给予积极的肯定。但这只是问题的一个方面，且不说中国传统文化的根性并不可能被置换，就是这些历史弄潮者本身也无法斩断与这一民族文化根性的血脉联系。人们应该明白，这些新型历史主体的历史态度或曰文化态度，并不能等同于他们的文化涵养和内在文化精神结构。试想，当时他们的判断，是中国的“士人”，为解决中国的问题，在中国的具体环境中所做的事，哪一点能脱离开“中国”？别看他们和本土传统文化之间表现得那么势不两立，岂不知他们本身即是传统文化精神先期孕育的结果，甚至连他们这种激烈反叛的目的本身，又何尝不是传统知识分子人格精神长期育导和激发的结果。明乎此即可以知道，不能依据历史对象在特定历史情势中所作出的“合理的片面性”选择，而对其作为一个历史对象的文化精神结构的丰富性也作出简单化的理解和处理。不然的话，不仅看不到他们在自觉价值取向与深层心理驱动力之间逆向构成的复杂性，更会影响到研究者学术观念和思维模式形成的科学与否。

田刚在研究鲁迅与中国士人传统的关系时，对这个问题有极高的警觉。我以为这个研究成果的成功，首先就是因为他有了这个觉悟，才使他与传统性研究中近乎绝对的“断裂”论之间划出了一道界限，由此而得以能够从容地对这一复杂对象作出更为冷静且更为接近对象实际的系统考察和合理阐释。作为该专著的认识基础，作者对这一理解作出了颇具说服力的解析与说明，新鲜的理论内涵和对新文学史观的尝试性崭露，都给人以诸多启迪。

当然困难还不单单限于重新把握对象时的观念如何，从研究过程的具体展开来看，更多地还是在于由这一课题的特殊性所规定的大跨度的历史梳理和更为陌生的知识障碍。从先秦至魏晋以至于近代，要从难以预计为限的典籍解读中理清错综复杂的士文化衍生变化的承传关系，要紧的是还要从中触摸和捕捉其贯通古今的活的精神，找准与鲁迅精神特质的接点，做起来谈何容易！这几年现代文学研究领域终于有将古今打通来做的呼声和尝试，但罕见有十分成功者。不是这一主张不对，而是相应的知识储备不足，甚至可以说是十分匮乏。客观地讲，田刚此前有过一定的知识准备，他对这一课题的兴趣也正由此而来，但真做起来，立即就发现相对于这个题目来说，那点准备简直就单薄得可怜。在长达一年半还多的时间内，他几乎是像个书虫一样埋头读“经”，以致使修习历史和古代文化专业的学友们备感惊讶。但也正是这种异常艰苦而扎实的努力，才确保他终于修成了“正果”。充分、扎实的史料，可信的发现和论证，都能与其宏阔的学术视野和跳跃而畅达的思路较好地结合起来，也真是难为了他呀。就具体问题来说，田刚尽管对古代“士”的分化发展作了清晰的梳理，但并没有对“儒士”、“隐士”对鲁迅的影响作专门探讨，而是专就“狂士”精神传统与鲁迅的关系层层具论，从鲁迅内在精神特质与其自觉表述的一致性来看，抓住这一点重点考察辨析，还是深得其要领的。而且，他还特别筛选出不同时期的几个代表人物作个案解析，点线结合，相得益彰，则更是增加了一些说理的分量和学术的价值。

我想，田刚还有将这一题目继续做下去的必要。因为，就这一题目所含纳的内容来说，还有“儒士”、“隐士”传统与鲁迅的关系需要展开来看一看究竟是如何。虽然在鲁迅的自觉态度中反映出来的多是厌恶，但那时期新文化先驱者在为其张扬的与传统文化批判性对话的“显性”方式之外，在其非自觉领域事实上还存在着一种与上述方式逆向的隐性的“潜对话”方式，其深在影响尽管被视为“毒气”、“鬼气”，但不仅实际存在，而且是挥之不去的。如“儒士”之介入传统之于鲁迅、“隐士”之逃避传统之于周作人，都属显而易见的例子。田刚在这部著作中对此有明确的感悟，这大约是其继续做下去的一个起点。我们不能要求田刚在一部书中对相关的所有问题都作出研究，但却有理由希望他继续做下去，且相信他能做好。

（原载田刚《鲁迅与中国士人传统》，中国社会科学出版社2005年版）

《租界文化与三十年代文学》序

这些年，学术著作的出版可谓盛况空前。但在层出不穷、令人目不暇接的所谓学术著作中，具有真正学术价值的并不多。所以每当读到一篇好的文章或读过一部好的著作，就会格外觉得神清气爽，精神为之一振。

摆在我们面前的这部《租界文化与三十年代文学》，是李永东博士的博士学位论文，我以为，它就是这样的一部好书，是一部堪称独出机杼、别开生面的创辟之作。一年多以前，还在其成稿的过程中，我就有幸先睹为快，当时即为其令人耳目一新的学术构想所感动，大有"雏凤清于老凤声"之慨。眼前的这部书稿，是作者又用近一年的时间悉心修订过的结果，比起原稿来，新锐之气未见稍减，但笔力更集中，论析更深细，自然是更为精到，也更为沉稳了些。我相信，这部书稿的面世，定然会因其作为对中国现代文学研究的一份新贡献而被人们关注。

《租界文化与三十年代文学》一书最基本的贡献，就在于它首次提出了"租界文化"这一据以建构全书的核心性概念，或者说对"租界文化"这一特异性文化空间给予了特别的指认与关注。这实在是做了一件很见眼力、于推进现代文学研究也大有裨益的事。由此，我不禁联想到两个与之相关的问题。一个是关于地域文化研究方面的问题。相对于往昔更多地关注于思潮、流派研究的倾向而言，近十余年来对地域文化与文学生成关系研究的重视，不能不说是一个进步，因为正是对这一对象领域的开拓，使中国现代文学研究从这一角度（当然此外还有其他不同的角度）上，显现了对长期统驭人们头脑的那种中/外、古/今简单化文化认知模式实现突破的可能性，在文化资源的丰富性和文学生成内在机理的复杂性研究方面取得了一些成效。但若细究起来，却又觉得有些不足。总的看来，这类研究大多都是着眼于对某一地域如荆湘、秦晋、齐鲁、浙东等地文化个性的辨析及追根溯源的探究，落实到文学研究上也大多是对其文化内涵和审美创造上的差异，从地域文化根性的差异上作出较前更为切近对象的阐释而已。这种对原生性文化“知识考古学”式的发掘和现实辨析固然不可或缺，可是却并不能解决历史、文化现代转型变革中新的文化区域或曰文化空间的生成及其意义的阐释问题，譬如如何看待对峙中的京、海派文化，便是其中最突出的一例。

所谓“京派”、“海派”文化，既然也以地域为指称的标志，自然仍归属于地域文化的范畴。但是，它们又不同于传统的地域文化界分的基本特征。在传统的认识中，对文化地域的界分或者对某一人、某一现象的文化地域性特征的指认，其文化特征总是与所由生成的某一地域相一致的。然而在现代对京、海派的指认中，问题却变得复杂起来，这在对京派成员的圈定中尤为突出。其重镇人物大多都不是北京人或京城文化圈的人，譬如说沈从文是湘西人，李健吾是山西人，汪曾祺是江苏人，师陀则是河南人，而且30年代中期以后一直居住在上海（对师陀的京派身份认定有分歧，但我还是坚持将其划在京派范围内的，尤其是他在上海期间创作的《果园城记》和《无望村的馆主》等作品，京派味道则尤为浓重）。而在这些作家作品中所表现出来的，又都颇具乡情乡思的地域性文化特色，像沈从文笔下的湘西世界，就传统的地域文化研究而言，怎么说也和京城文化搭不上界。更有意思的是，像老舍这样土生土长于北京，作品又特别钟情于京味文化表现的名作家，却在所谓“京派”作家的圈定之外，这岂不是怪哉！其实说怪也不怪，因为对所谓“京派”的认定，原本就不是在传统地域文化的理解中形成的，它的出现，实则是在全新的文化冲突和文化空间中所必然产生的结果，自有其独到的原则和意义。

至于“海派”表现出的却又是另外一种复杂性。从地域属性来讲，它倒是名实相副，所谓“海派”文化，就是现代大都市上海的一种文化特性，其代表人物也大都生活于上海。但若从文化的生成特征上看，有很重要的一点却又常常为人们所忽略，那就是与传统的地域文化的原生性相异，它所表现出来的则是次生性的特点。而且应该看到，正是这种新型的文化及其所由生成的文化空间，恰恰是中国历史、文化现代转型中最具现代性意义的历史、文化空间与文化的表征。在现代的地域性文化研究和文化空间研究中，是更应予以关注的对象。上海这个现代国际大都市的形成，是中国历史现代转型独特性的集中表现。与内地城市以自身嬗变的方式向现代化过渡不同，它的形成发展则是另起炉灶的结果。曹聚仁先生在《上海春秋》中对此已有明见：“近百年的上海，乃是城外的历史，而不是城内的历史，真是附庸蔚为大国，一部租界史，就把上海变成了世界的城市。”租界，这块西方资本主义的“飞地”，在政治制度、经济生产与管理、观念与文化等方面几乎是全方位的移植，使西方世界的一切立体性地在上海外滩滩涂上变成了现实。随着“华洋杂居”局面的形成和租界势力范围的不断扩大，由其掣动所致，终使上海变成了史所未有的现代国际大都市，使其能够在中国历史、文化现代转型中发挥着重要的引领和推动作用。有人说“研究近代上海是研究中国的一把钥匙；研究租界，又是解剖近代上海的一把钥匙”[①]，这话还是很有道理的。

当然，所谓“海派”文化或者如人们所说的“上海气”并不就是租界文化，但说它是由租界文化滋生的结果却是不该有什么疑问的。对于海派文化的基本特点，从20世纪30年代的京、海派论争到当代学术界的诸多专述，已臻于明论，不想就此多嘴。我想要多说几句的，一是想表明倘不执住租界文化这个牛耳，海派文化之所以生、之所以盛，解释起来总觉难得要领；一是想把京、海派文化对峙的问题再引申开来，因为其中所隐含的奥秘，特别是从现代文化空间一改常态的深刻调整和历史现代转型中文化的应对方面看，还没有完全揭示出来。在我看来，这里面却正有着更富时代新意的历史内容和发人深省的意义在。以租界文化的滋生源而形成的海派文化，毫无疑问，在中国现代发展中是最具典范意义的现代都市文化，从历史现代性的角度看，它也是与其同向伴生并构成其文化性显现的一个重要方面。这其中固然有其必然性、进步性和文化发展现代性的一面，但这并不意味着它因此就可以成为中国文化现代发展及其对于历史承当的全面表征。文化的现代发展，不同于政治、经济，比较而言情况是更为复杂的，不可仅据其与历史现代性同向性的简单因果关系而断言其一切均为先进。事实上倒是，现代政治、工商、科技等方面的重大变革与进步，所必然付出的代价首先就是对人文文化的遮蔽与消解，这比历史上任何一次变革所带来的负面效应都更为突出。比如海派文化中表现出来的伦理文化失范，工商拜金主义、享乐主义浮华人生观念的弥漫，华洋杂糅中民族意识的淡漠等，就都是上海这一现代国际大都市形成过程中必然的然而是负面的文化生成物。惟其如此，文化发展应对重大历史变革及其作为代价的人文缺失，常常是以正、逆两个方向互为制衡的结构性努力来承当对历史的期许的。所谓“正”者，

① 陈旭麓：《上海租界与文化融合》。

即与历史变革顺向同构者，如现代之价值观念与人生观念、法理文化、科技文化、经营理念与管理文化等等，均属此类。而所谓“逆”者，即从相反的方向对历史变革及与其相副的一系列新的观念、文化进行制衡调控者，也就是人们所说的人文主义文化。这类文化直接与传统相接，其精神内核则直指人类几近于永恒的人道情怀与对天、地、人和谐关系的珍重。它对历史的责任期许表现为一种独特的方面，那就是对新变革、新观念中人文精神遗落的补救，对难以避免所要发生的人性与历史的异化进行规约，保障人性与历史的健全发展。由此，我们就可以知道京派在与海派的对峙中逞一时之盛的内在原因了。京派，即它的主要表现物——京派文学，其价值和意义主要就表现在它们是在面对日渐严重的文化的民族性和人文性危机时，在文坛上所作出的最为自觉也最具规模的对应性反应，它在维护人性健全发展和重塑民族品格的自我期许中，跨越了传统与现代、中国与世界以及传统中不同地域之间的文化障碍，在文学领域中开拓出一个阔大的人文主义的文化空间！这该是一种多么有意味、有意思的文学现象呀，它的价值既在于文学，在于人文，也在于历史。

我所联想到的第二个问题，是关于西方文化在中国的传播问题。过去大家比较关注于传播者的主体性差异和不同的接受与传播线路在文化选择上的差异问题。比如留学日本与留学欧美的人在文化的接受上有何不同，他们归国后在文化立场和历史、文化变革的主张上又有怎样的区别，在国内历史形势的变动中其影响力的沉浮与变化，等等。在中西文化的对接与域外异质性文化在中国如何传播的问题上，所做的研究也大多是停留在对归国者的译介文本和鼓动变革主张的评析上。但我想，这里似乎相对地忽略了一个事实上极其重要的前提，或者说一个不可或缺的空间性中介，那就是由“租界文化”所支撑着的独异的文化空间。试想，如果没有租界特别是上海租界所拓展的租界文化空间，从梁启超到陈独秀等"五四"先驱人物再到左翼文学中人，中国从近代到现代，哪一次思想文化革命和文学革命的倡导能够成为可能？如果没有这种中介性空间，中国整体上仍然是闭关自足的"王土"和大一统的文化禁锢，那些留学归来者的"异端"性宣教又怎么能够实现并逐渐为人们接受？所以说，重视对这一对中国来说是前沿的，对中外两种文化来说是中介的特异文化空间的研究，对深化研究中外文化的对接与传播，应当是十分必要的。

由阅读的兴奋而浮想联翩，不禁说了以上那么多话。但这适足以说明李永东博士这部学术专著的价值。他于纷披的多种见解中独具慧眼地揭示出上述问题的关节所在——租界文化，并对它既统一又矛盾的基本内涵与特征作了鞭辟入里的剖析，新颖且符合历史实际。这就无异于打开了一道光束，照亮了为其所关注的对象世界的角角落落。无论是对30年代文坛相关倾向的重新审视，还是对茅盾、沈从文、鲁迅等代表性作家创作变化原因的揭秘性阐释，无不给人以耳目一新的感觉。有胆有识，自成一家之言，实在难得。而且就方法论的角度而言，亦有其明显可见的启发意义。至于书中的具体内容，精彩之处自多，读者诸君可以自己去看，于此不赘。

当然，文章为了维护所选价值视角的优先性和显现其聚焦能力，在对某些对象问题的阐释上略显简单或者偏至，尚有可再斟酌之处，但可贵的是作者在作这种阐释时即有了一种清醒，这又是其难得的可贵之处。

（原载李永东《租界文化与三十年代文学》，上海三联书店2006年版）

《中国现代作家的孤独体验》序

为此书作序，我首先想要说的一句话就是，这是一部文字灵动、很见才具的学术著作。因为，在阅读这部书稿的过程中，我就先为作者的学识、智慧和深在的会心打动了！见惯了一些堆满生硬的甚至是毫不相干的概念，在完成了自己的“逻辑”建构时却又远离了对象生命之体的格式化论文，心里早已不胜其烦，突然阅读到这样一种著作，其感觉真不啻暑日遇到一股扑面而来的清风。阅读这样的著作，你会由衷地激动，不仅为其接连而出的睿智的见解和鞭辟入里的辨析所感动，并由此生出诸多自我创思的欲望；而且，尤为触动你的是，作者以足以穿越历史障蔽的会心与现代作家所进行的深层心灵的对话，使你的理性也不禁饱蕴着感情，随着她一步步走进那些已离我们远去的作家们的心灵和为其所创造的繁富的文学世界，产生出一种令人动情动意的现场感。

这部书的核心学术议题，就是为其书题所标示的“中国现代作家的孤独体验”，归属于作家心理研究的范畴。俗语有云，知人要知心，可接下来的表述则又是知人知心难。文学为心造之物，研究文学自然也首在知作家之心，但一如俗语所云，要知作家之心又何其难也！我很佩服本书作者的识见和勇气，敢于选取这样一个极具难度然而又极具意义的题目！她将探寻的目光聚焦于中国现代作家的“孤独体验”，将它视之为一代作家共有的心理特征，这本身就是一种突破。在此之前，虽然早就有人对鲁迅的“孤独者”形象、郁达夫的“零余者”形象，乃至萧红、张爱玲等人的孤独心理有所关注甚至是极为关注，但大都局囿于“个案”研究的范围，即使也做彼此间的比较，但终也没有突破个案关注的性质。与之不同的是，她是立足于“一般”即作家的普遍性心理特征上来认识问题的。她认同于海明威下面这种有代表性意义的作家自述：“写作，在最成功的时候，是一种孤寂的生涯。”“一个在人稠广众之中成长起来的作家自然可以免除孤苦寂寥之虑，但他的作品往往流于平庸。而一个在岑寂中独立工作的作家，假若他的确不同凡响，就必须天天面对永恒的东西，或者面对缺乏永恒的状况。”也正是在对这种理解的认同中，她从立论之始就比过往的某些看似同类的研究高出一筹。

这里实际上涉及一个文学研究中的根本问题，即应该如何认识和理解历史、作家、文学及其相互之间的基本的关系。这个问题说起来很大，但却一向遮蔽甚深。在20世纪形成并流行的、以进化论为根基的线性历史观和功利主义文学观的规约中，对这一问题的理解严重偏离了所指称对象的客观实际及其自身所内蕴的特定规范与要求。而由此形成的认识上的偏误，至今还在自觉不自觉地影响着人们的认识取向和价值判断，这也是我们今天仍须正视这一问题的必要性所在。事实上，为我们所习惯指称的“历史”，绝不像线性史观所理解的那样简单而乐观。可以这样说，历史固然不是一成不变而是不断地在向“前”（这里偏重于时空意义上的理解）发展的，但它从来都表现为由取向不同的多维性因素构成的复杂性结构状态和由其结构性形成的内在制约机制所决定的发展图式。这种特点在历史的转型变革期表现得尤为显著。当表征着历史进步的变革力量摧枯拉朽地夺路而行时，为其颠覆和否弃的除了已构成历史障碍的价值系统外，必然还有被视为与之相副的伦理信仰和伦理秩序，从而造成人文性传统的迷失或者说遗落。而这种“礼坏乐崩”局面的出现，不仅会酿生出人们尤其是弱势群体新的生存危机，而且会导致历史主导力量本身的异变，因为为其迷失和遗落的，恰恰是为人性和历史健全发展须臾不可稍离的“永恒的东西”。历史发展规律表明，要抑制这种人性和历史发展的危机，最必要而有效的努力就是对缺失的“永恒”的寻找和守护。这种对人文性传统的坚持和弘扬，看似与历史主导观念方向不合，甚至是逆向而行，但在实质上却是历史进行结构性制衡调适的一种必要，自然另具一种历史的意义。

面对如此复杂的历史情况，特别是日见严重的人性与历史发展的危机，具有不同人生职志的人会有不同的感受。作为政治家、经济学家、科学家，会以自己冷静的理智和智性创造的努力去改善已显露出缺陷的现实；而作为作家，这样一种以生命的敏感和对人们生存状态的人文性关注，专事生命的感性表达和艺术创造的独特的社会历史角色，他们的感受和为之努力的方式自有其与众不同之处。他们“必须天天面对永恒的东西，或者面对缺乏永恒的状况”，因为为其生命选择和承当的，则是对于人们生存发展中人文一维的关注和守护。我们不能要求作家也来承担政治家、历史学家、经济学家乃至思想家所应当承担的社会职责，虽然在他们的作品中让人们所感受和悟解到的，可能会比那些人所告诉人们的还要丰富，还要多。而需要特别指出的是，作为作家，他们只能在生命的孤寂状态中才能实现自己的这种承担，才能保证其由“生活孤独”向“生命孤独”的内凝与升华。当然，这并不是说作家就应该离群索居，就可以不食人间烟火，恰恰相反，越是作家倒越是应该全身心地去感受社会人生，而且是以深度的生命感去感受它！但这与孤寂的生命状态并不矛盾，因为所谓孤寂的生命状态，更多的是指生命体验的独立性和只能为个人所有的那种内心的悲悯与深刻，并不意味着对作家社会性生存的否定。也许，这种孤寂的生命状态和作为生命体验的孤独对于从事其他职业的人并非一定是好事，但对于一个作家来说，守住了这种生命体验的孤独感，就无异于守住了文学的基本属性和要求。因为，其实文学也并非像人们所习惯理解的那样，只是历史前行的先锋和社会批判的利器，长期以来对其本体特征的误解同时也遮蔽了它与作家独特生命体验的内在链接！文学需要的只是感动，它要触动的是人们心灵深处哪怕是还仅存的一点善良。明晰的理性和尖锐的思想，并不是它的偏爱，这些东西应该属于理论家和思想家的当行选择。在作家生命体验的孤独感里，更多的是矛盾撕扯中的痛苦与惶惑，是以个人独饮人生苦酒的方式通过咀嚼痛苦而达至的对人文性生命意义的逼近。而这些，则正是文学所需要的！倘若明白了这一点，那就不会像过去那样，仅把孤独感看作是一部分作家才具有的"个案"的现象，也就不会再抱憾于作家的痛苦与惶惑，或者是非要在其中剔抉出正与误、是与非才算罢休。我们说本书作者在起点上即超过了以往的某些研究，指的就是她在据以进行学术建构的基本观念上已经实现了对流行观念的实质性突破。

在学术研究中，总绕不开一个"一般"与"特殊"的关系。不知"一般"难以把握"特殊"，而没有对诸多"特殊"即"个别"的把握，"一般"也只能是一个空洞的存在。这是一个人所熟知的道理。但同时我们也应看到，任何一种"一般"都是在对诸多同类性已知对象的认知和认识的局限中形成的，随着对未知对象的发现和对已知对象的重新认识（对于创造性的学术研究而言，对任何一个课题的选择，都意味着对对象世界的新发现和新认识），既有认识中的"一般"又会被丰富或者突破，它也是被不断发展着的。因此，相对于对对象的新发现和重新认识即新的"特殊"与"个别"来说，它又具有了"一般"与"个别"的双重属性。所以在学术研究的实际过程中，它既是与作为研究对象的"个别"存在着内在关联的思考因素，又同时是被作为一种“个别”而与研究对象进行着比较的研究。我以为，本书作者在对“中国现代作家的孤独体验”的研究中出色地做到了这一点。她将这一研究对象分别与中国古典的、西方现代的文人的孤独感分别作了颇有见地的比较。她清醒地指出，中国现代作家的孤独体验，既表现出对于自古代文学和文人那里绵延而来的古典性孤独体验的一定的承继性，又与古典性孤独体验有着根本的不同；既与西方存在主义思潮发生着内在的关联，有着受其影响或者平行发展不谋而合的情况，但又由于两者存在显在的差异性，而不能简单地用存在主义的理论体系和框架来界定它。在她的理解里，到了中国现代作家这里，虽有自古代文人和文化传统那里历代相沿而来的心理惯性与历史文化积淀，但现代中国的社会现实已经彻底阻断了知识分子“达则兼济天下，穷则独善其身”的进退之道和“学而优则仕”的目标通途，他们所拥有的那种无可比拟的黑暗虚无和孤独绝望的精神特征，是远非古代文人的古典性孤独体验可以相及的。而相对于西方而言，现代中国虽然也因处于民族危机、阶级矛盾、社会动荡的时代背景之中，知识者也面临新旧价值转换、新的价值信仰体系艰难找寻的情况，与西方存在主义者陷入信仰和精神危机不乏契合之处，但中国的特殊国情和文化传统却使知识者很难对西方的东西一味地被动照搬。中国知识分子特有的“实用理性”和忧国忧民的现实关怀，只会使其所有的理性与非理性、希望与失望、生存与死亡等等，都在关怀现实的枢纽上连接和熔铸起来，以强烈和顽强升跃的具现性体验特质的孤独体验，表达着对于生命存在的深层体察和对历史、民族、国家的深刻思考。

作者对中国现代作家的孤独生命体验的深刻体察，缘之于对中国现代转型中独特的历史结构和特定的复杂历史情境的深入把捉与理解。在中国历史、文化的现代转型中，由于其变革发生的非常规性(变革的动因来自于外部列强侵扰下的国族危机,以及在先进与落后对比中自我否定意识的发生,而非循自身规律自然发生的结果)和急迫性,势必会导致对被视作更新历史关键所在的历史构成维度的单向度选择和历史变革主导力量中激进主义态度的同时发生。可是,当以这种激进的态度把某一单向度的历史选择推向极端时,其自身的局限性乃至与原初目的相背离的结果便会显露出来,作为历史变革主导角色的地位也必将失去。同样的道理,以对它的否定而凸显其合理性的新选择,也必然是对另一历史维度的单向推崇,其所遭遇的也大抵是相似的运命。在这种悖论性的历史结构和历史选择的否定性置换中,现代文人的心理承受力几乎被逼到了极限,苦闷、彷徨、失望乃至于绝望,正是其必有的心理体验。再者,中国历史的现代转型是与文化的现代转型相关发生的,在启蒙运动中,文化的变革更是被作为变革历史的首选对象推到了历史舞台的中心,因此,在历史与文化变革的纠结中现代文人内心矛盾的深刻性与复杂性则更见突出。一方面,在历史觉悟的层面上他们中的一些人采取的是对本土传统断然否定的态度,但在其内心深处,传统文化之根又不可能像想象的那样彻底拔除,两种异质性文化之间、自觉的文化价值认同与非自觉的文化心理之间的冲突自然在所难免。而为其接受的西方文化本身即充满了矛盾,这则又大大增加了选择的艰难和内心矛盾的复杂纠缠,甚至形成内外两种角色选择的错落。对此,鲁迅的夫子自道最具说服力:“其实,我的意见原也一时不容易了解,因为其中本含有许多矛盾,教我自己说,或者是人道主义与个人主义这两种思想的消长起伏罢。所以我忽而爱人,忽而憎人;做事的时候,有时确为别人,有时却为自己玩玩,有时竟因为希望生命从速消磨,所以故意拼命的做。此外或者还有什么道理,自己也不甚了然。……总而言之,我为自己和为别人的设想,是两样的。所以者何,就因为我的思想太黑暗，但究竟是否真确，又不得而知，所以只能在自身试验，不敢邀请别人。”从中我们还可以看出，他无疑是在以“抉心自食”的方式，把这一矛盾与痛苦都归拢到了个人生命的孤独体验中。另一方面则如前所述，当历史变革的主导力量以极端的方式呼啸前行时，现代文人们在观念的重构中既有亟欲达至与历史意义同构的愿想，又痛感于人文性文化被前所未有地漠视、否定和遗落的缺憾，特别是在主导观念的褊狭和历史现代性的负面效应日渐显著时，其生命体验中的孤苦、伤痛和无力反拨的无奈也一起纠结于心端，成为挥之不去的痛。加之在现代相对开放的大空间中文人们对“离乡”式生存方式的选择，由此而产生的漂泊无依、进退失据的孤苦与窘迫，也必然地介入其中，使其孤独体验更具生存意义上的切肤之感。这一切，本书作者均有自己的独到之见，一一具陈于本书的条分缕析之中。

还应该指出的是，本书作者的研究并不止于对中国现代作家孤独体验之共性内容的探知，而是还特别关注于不同作家不同孤独的个性化表现，对鲁迅、郁达夫、萧红、张爱玲、冯至、戴望舒、穆旦、钱锺书等有代表性的作家逐一进行了具体剖析。从其字里行间，我能感受到传统研究的“知人论世”与现代研究方法的内在结合，为作者能够进入这些作家的心灵世界提供了保证。而其对这些作家各具特色的孤独体验的分析，不仅矫正了某些研究中出现的不妥之处，而且也转过来共同印证了自己对这一代作家孤独体验的总体把握。尤其可贵的是，无论是对作家的个案分析，还是对研究对象的总体把握，本书作者都特别注意到了中国现代作家孤独体验中向生命意义的逼近和人类性价值的获得。由此，也使其研究本身从而获得了从一般到具体，又对具体实现了穿越的学术价值。

这部书的作者刘艳，是一位起步不久的青年学者，能够做出这样的研究成果实在是可喜可贺。当然，正因其年轻，又起步不久，在这部书中我们也能感觉到她在深层建构中所表现出来的某些力不从心之处；但也正因为其年轻，将来的路还长，相信她今后一定会有更新更好的研究成果奉献给大家！

（原载刘艳《中国现代作家的孤独体验》，吉林大学出版社2007年版）

《中国现当代作家新论》序

和史挥戈老师认识已有多年了，早就知道她是一位矢志于文学且坚守学术个性的人，窃以为这在青年学者中实属难得。不过近些年却很少见面了，在许多热闹的学术场合中更是很难见到她的身影，只是偶尔从宋遂良教授口中得知，她是在以更为沉潜的心智力避繁闹，走上了一条看似复归于传统，实则是身体力行于不可废弃的学术基本原则的研究之路。她不再跟风，不再追趋热点，也不再满足于对某一对象问题的浅尝辄止，而是不怕穷万卷书，不惮行万里路，对自以为有价值的问题咬住不放，穷源竟尾，非要弄清其所以然不可。其时我还猜想，她若坚持这样做下去，所得成果定当令人刮目视之！

近日有幸先睹为快，因其嘱我作序，有机会先行捧读了她这部近些年来的成果结集《中国现当代作家新论》，感佩之余亦未免有几分自得：我果然没有猜错！想想也是，像她这样颇具才情和悟解力的年轻学者，若肯下此等苦功夫，肯于在走这条治学之路所难以规避的孤寂中坚持下去，怎能不别有所得别有所悟呢？于此，我不禁想起海明威说过的一段似乎令人费解但却深得文学创作真谛的话："写作，在最成功的时候，是一种孤寂的生涯。作家的组织，固然可以排遣他们的孤独，但是我怀疑它们未必能够促进作家的创作。一个在人稠广众之中成长起来的作家自然可以免除孤苦寂寥之虑,但他的作品往往流于平庸。而一个在岑寂中独立工作的作家,假若他确实不同凡响,就必须天天面对永恒的东西,或者面对缺乏永恒的状况。"其实,从深层的道理来讲,文学创作是如此,文学研究又何尝不是如此呢！读完这部书稿,我真诚地为它的作者而高兴,我以为它不仅实实在在地证明了作者治学之路的正确与成功,而且同时也验证了上述普遍性道理的深层意义。

因为时值酷暑,案头又文债累积,初拿到这部书稿时,原本想着讨个巧,只抽取其中几篇看看,只要找出个基本印象即形诸文字,便可交差了。讵知一经展读,便不愿释手。虽为学术论文,但它那清浅灵动、意蕴新警的文字竟如山涧曲折流转的溪水,读来令人难以却步。或许,在有些人看来,它在行文和表述上与规范性的学院派论文相比,还不能完全地中"规"中"矩",文中常有"随意"之笔;但是,谁又能够规定,凡学术论文都必须定于一格呢?倘真如此,岂不成了"八股"?我想,文学和文学论文都不可远离生命之气,即便是论文,它的生命力也并不完全表现于纯理性的词语和严整的逻辑。在我看来,这部书稿之所以给人以鲜活之感,正缘之于作者独立、自主的学术品格和自觉、敏锐的生命体验。据实而论,书稿中不尽成熟的地方并不鲜见,显见的"赘笔"也不难被挑出,而为我所珍视的,却是其充溢于字里行间的自由舒放的生命感受与沉思,是独立不阿、穷理尽性的人生追问和艺术审视。可以说,正是在这一点上,作者获得了"自由",这对于一个正行进于治学途中的年轻学者来讲,该是多么难能可贵！明乎此,读者诸君也就不难明白,本书作者为什么会有那么大的胆子敢于质疑与颠覆几成学界共识的"史"与"识"的建构,又为什么能够突破既有学科知识界分的藩篱,在更阔大的时空中调度自己探寻的触角,试图进行融通古今、勾连两岸诸家的学术重建。

作为一个有识的批评家或文学史家,一向所梦寐以求的,就是当他把一位作家和他的作品视作研究对象时,能够触摸到其内在的生命律动和首先属于这一对象的个性意义结构。本书作者凭着她自主的品格和自由的学术心态,必然能以平等对话的姿态和以生命体验为切入点的交流方式,在某一方面收到见人所未见、发人所未发的效果。比如她对苏雪林的分析。苏雪林对鲁迅先捧后贬的极端态度向为学界所诟病,但对其原因则大多从其社会性因素方面加以解释。而本书作者通过对其独特身世的细密剖析,却得出了一种颇具说服力的全新的解释:"徘徊于'新/旧'之间、'父权/母爱'之间的尴尬处境,使苏雪林形成了'自欺欺人—自我安慰—变形表现'的人生怪圈。""至于她向鲁迅发难,对母爱极度依恋,甚至挑战权威,则可视作苏雪林无处释放的生命原动力的变形表现。"再如对张爱玲《倾城之恋》中范柳原的分析。张爱玲自己说过:"他不过是一个自私的男子,她不过是一个自私的女人。"受其影响,人们对范柳原和白流苏的解析一般都是在此评价中进行。但在这本书里,作者在二人无法沟通的对话中,却烛幽探微地发现了范柳原生命深处尚未泯灭的对于人生真爱的向往。这显然也是为人们忽略了的一种颇具意味的存在。本书作者在该文的结束处说:"我体会最深的是,任何时候,要真正读懂一部作品,都要睁开眼睛,用自己的心灵去感受,去触摸,去与人物平等对话。要抛弃先入之见,不人云亦云,从微观入手,从文本出发,谨慎地做出属于自己的结论。"这确为切中肯綮之谈。书中对蒋光慈、瞿秋白、未名社诸君、张我军乃至当代代表性女作家的分析阐释,也因之各有精彩之处,令人有别开生面之感。尤为难得的是,作者因其平等的对话姿态与由对象文本出发的归本求真的态度,坚持论由己出,使人重新感受到了蒋光慈等遭受冷遇的现代作家艺术生命中的温热,而且更是敢对当代走红女作家池莉等人的创作倾向说"不",其批评的坦荡与尖锐,当使追风批评家感到汗颜。

另外,我想还必须特别说一说的,是本书作者务实求真、锲而不舍的治学态度。在当下浮躁成风的学界,已很难有人肯于去做费时、辛苦而又功利效果低的扎实求证的工作了,可本书作者却为厘清未名社的来龙去脉,解决其悬而未决的关节性问题,不惮冒严寒酷暑,到相关地作实地调查,终于以新的史料发现澄清了韦丛芜"合作同盟"的真相,并给出实事求是的评价,在学界引起较大反响。又如她对侯方域、李香君历史本事的百折不回的艰难调查与考索,亦实在令人感动。事后她曾以其与吴腾凰先生合著的《秦淮名艳李香君》见惠,读后甚觉新鲜可喜。当然这属小说家言,而她对李、侯历史本事的考辨在史学与文学史研究方面的贡献,却也是不言自明的。现在的一些青年学者,自恃才具,不愿去做繁难的资料搜集与考辨工作,殊不知没有扎扎实实的资料做基础,你即便自以为是"自由"的,也只能是一只没有翅膀的鸟,仅靠"灵性"和臆想,放飞的只不过是一只只没有生命的纸鸢。在这一点上,本书作者的努力无疑具有不容忽视的启示意义。

任何一部学术著作都不可能是完美的,对任何一部学术著作的评价也不能求全责备。作者日前对我说,她觉得在学术的深度上还需进一步拓展,有作者自己的清醒认识,这比别人说什么都重要。我相信她今后会作出更多更大的贡献,为学术园地多开几朵奇花!

(原载史挥戈《中国现当代作家新论》,山东文艺出版社 2007 年版)

《现当代文艺创作中的怨妇母题》序

人生择业,实有职业与志业之别。所谓职业,就是人们所从事的某一行业的实际工作,它是人们据以生存发展的衣食所本。古人云"读书皆为稻粱谋",即从能有条件谋取一保障衣食的职业而言,这既是一句读书人不无自嘲的戏谑之言,其实又何尝不是一句实话。所谓志业,则是指人们寄予生命价值期待且渴求实现的理想事业,相对于前者而言,它更多地侧重于对生命价值理解的形上意义,为了这一形上意义的追求和坚守,人们可以超越对世俗功利的欲求甚至执迷,视富贵如浮云,可以做到"穷且益坚,不坠青云之志"! 在实际人生中,诚然不乏有人因自己的努力而使职业和志业契合为一者,他们的职业所要求的正是其亟欲为之献身的理想;也会有更多的人在被某一非预设职业选择后,适时地调整自己的人生志向,在所能获得的条件和同样适合或者更适合自己的理想抉择中做出不凡的业绩。但我于此更想说的是,确也有不少有志者,为了人生志业的实现,宁可放弃较为优厚的生活条件,甚至是在人们看来非常难得的、可以名利双收的就业机会,而无怨无悔地在艰难而又坚忍的奋斗中走自己的路!

本书作者马知遥便是这样的一种人。我认识他大约已有十几个年头了。初识他时,他正在一家办得颇为红火的报社里做编辑,无论作为诗人还是作为编辑，都已颇有一些声望。但不久便听说他已辞去了报社的职务，为的是专心专意地读读书，备考中国现当代文学专业的研究生。在他来找我求教一些问题时，我曾问他，有了那么一个待遇不错的编辑职位，这是许多大学生都难觅到的工作，为什么要辞掉呀？想考研，想搞文艺研究，工作之余一样做呀？他说，不行，那样的话精力根本不能集中，时间也没有保证，会两边都耽误的。由此我知道，他不仅是个执著于文艺研究这一人生志业的人，而且还是一个负责任的人。再后来他终于从我读完了硕士研究生和博士研究生，其间用功之勤，用心之专，自不待言。在长达七八年的时间内，他没分文薪水可拿，只靠他贤惠的妻子一人的工资和他不时拿到的一点稿费维持生计，可他自得于心，时常流露出的总是幸福美满的感觉。

文学这个东西的确有些怪，或者毋宁说是有其自身之魅。无论是创作它还是研究它，没有生命的投入和与其通魅的会心，是再怎么努力也做不好的。可以这样说，本书作者马知遥就是凭着对于文学超越世俗功利的生命投入和与文学通魅的会心，走进了文学。现在，虽然我还不能说他在文学创作(他同时还是个诗人和作家)上已经达到了理想的水平，在文学研究方面也已经具有了很深的造诣，但至少我可以这样认为，他已经在与文学进行通魅性的对话，对文学具有了通达永恒的心灵震撼和形上之思。说得直白点，他已明白了文学的特性为何、价值何在。惟其如此，在理解诗歌乃至整个文学写作的要义时，能够一下子把握住它们的中枢神经。早就听说，这两年他连续发表了多篇文章，集中谈论的都是诗与文学的“感动写作”问题，他似乎在以这种集束式的话题凸显，在文学已严重异化的现实中呼唤着文学元精神或元特征的复归。日前他出版了题为《感动写作论》的专著，将这一话题构建为更为系统的学术体系，其深在命意亦愈加显豁。

这部题为《现当代文艺创作中的怨妇母题》的专著，是他的博士学位论文。就我目力所及,如此系统地揭示与探讨20世纪中国小说中“怨妇”问题的学术专著,这还是第一部,其开拓性意义显而易见。而且,与仅仅盯住所选取的研究对象作学术阐释的研究方式不同,他在审视20世纪中国小说中的怨妇问题时,先就将它与文学表现的“怨妇母题”联系起来,一下子不单是贯通了古今,同时也纳入了文学表现的传统,显现出对文学本质及其永恒性主题的清醒体认,以及面对研究对象时不同于流俗的眼光。这就使之获得了一种对于学术研究而言十分重要的可能性,即因此而可能在人之社会生存与文学生成关系深在而普遍的意义域中,达至对具体对象的更切近于实质的认识。面对社会现实中两性良性生存的缺憾,孟子曾经表达过“内无怨妇”、“外无旷夫”的美好理想。他虽然不会懂得,不仅施行暴政者,而且即使是代表进步的诸多历史变革活动,都会近乎必然地制造出人文性价值的缺失,但他的伟大之处在于,他比那些行霸道者甚至是执著于历史变革者都更明智地保留着一份人文性的清醒,懂得没有情感和人性压抑之于和谐社会的必要。而面对人们生存现实中种种人文性缺憾,孔子则十分重视诗乃至文学对于不良社会生存状态的制衡与补济作用。他对诗歌的社会作用提出的“兴”、“观”、“群”、“怨”说,无疑对中国传统诗教的形成起到了奠基的作用。也就是说,在中国传统诗教中一向就有对于“怨”情抒发的重视。当然,“怨”可以有不同的内容,但“怨妇”之情这一最能涉及情感与人性伤害之深又最能引发人们自身各种伤痛之感的人生感受,又显然是其最为关注的对象。在中国古代文学尤其是诗歌的发展中,抒发怨妇之情的作品数不胜数,其原因即在于此。这些作品,有的是由怨妇本人或由诗人代怨妇而作的特指性情感抒发,而更多的则是诗人自身伤痛之感的隐喻。

20世纪是中国历史发展的一个新的阶段,也是一个别具意义的特殊历史阶段。在这里,中国历史发生着向现代转型的空前深刻而复杂的种种变革,在政治、文化、经济等诸方面都渐次获得了新的历史质素。照理，在以妇女解放、两性平等、婚姻自由为标榜的现代观念和现代生存中，“怨妇”问题似乎不该存在了，可事实是在这一新的历史情势和两性生存的现实关系中，“怨妇”的问题并未终止，而是以与这一时期历史相关联的内容与形式继续生成与存在。在这一新旧交替的时期，旧的观念特别是潜在的心理意识并没有根除，而人们喜新厌旧的心理趋向和自然人性的欲求更不会因新的历史时期的到来而消弭，相反，作为历史进步的负面效果，有些人则会以奉行“新观念”为借口，行随意玩弄女性之实。这在现代都市通俗文学中有较多的关注和表现。又一种情况是，走入都市接受了新观念教育的新男性，为走出传统婚姻的桎梏，全然不顾两性中生存条件与生存能力的差异，毅然抛却结发妻子另觅新欢。他们无始乱终弃、玩弄妇女的轻薄心态，倒有几分先行者的凛然，但却在实际上制造了新怨妇的悲剧。在女作家石评梅的笔下，对此有着别具警示意义的深刻展示。再一种情况，是新的历史机运使一些女性挣脱了旧家庭、旧观念的束缚，但却没有给这些出走了的“娜拉”准备好一条自我实现的现实之路。鲁迅小说《伤逝》中子君的命运，便昭示了“子君”们在历史前行的艰难与波折中难以规避的悲剧。更有一种情况是，任何一种具有强大颠覆力的历史进步行为和与之相副的思潮，其本身与生俱来地就有着对传统人伦的否弃倾向和自身异化发展的内在必然性，而在其中，作为新的弱势群体尤其是女性，则是首当其冲的悲剧性命运的承担者。在现代乃至当代具有人文主义价值自觉的作家笔下，对包括“怨妇”在内的这一历史发展的悖论性现实，都有动人情、启人思的丰富的形象演绎，它们独异的人文价值呈现，正日渐为人们所理解。马知遥的这部专著，对 20 世纪中国小说在“怨妇母题”上形形色色的新表现，进行了纵横的梳理和学理与艺理的阐释，读来颇觉新鲜，亦多有启发。

当然，对这样一个具有创辟性的复杂课题，很难在一本书中即完全说透，对本书作者来说，还有作更为深入、完善的研究的必要。但这是后话，第一步走好了，第二步还用说吗？

（原载马知遥《现当代文艺创作中的怨妇母题》，中国戏剧出版社 2007 年版）

《五四文化激进主义与中国文学现代转型》序

对过去的历史对象进行反思性研究和价值重构，这是学术发展乃至历史发展对当代学者的一个基本要求。因为这些对象在成为不可改变的历史客体时，对当代的社会却依然不是一种不相干的存在。任何一个历史对象的完成，都不会成为历史的终结，正如人们常说的，历史像一条河，它会一直流淌到你的脚下。在历史的流变中，那些看似遥远或事实上确已遥远的思潮、事件、变故等，尤其是其中影响深巨者，都不会随其作为特定历史情境中具体行为的终结而终止其精神在历史河流中的流淌，甚至会成为一种后世的“心结”，长远地活在一代代人们的心中。从这个意义上说，历史也还是活在现实当中的，它不仅时时会成为现实的一种观照，而且会以精神的、心理的方式自觉不自觉地参与着对当代文化、学术和历史的创建。可是，由某一具体的历史对象所传留下来的历史、文化遗存和由其所形成的后世心结，固然仍具有不容忽视的当代价值，但毕竟挟带着这样那样的历史局限及其与现世必不可免的隔膜，而又成为当代文化、学术和历史发展的某种障蔽。所以说，若能够对那些已属于历史范畴的对象，特别是那些产生过积极而重大影响的对象作出反思性的科学研究，实在是一种很必要的工作，由其所反映出的，不仅是一种学术的眼光和觉悟，也是一种当代弥足珍贵的历史觉悟。

王桂妹博士在这部学术专著中所做的，我以为就是缘之于这双重觉悟的一种创构性努力。

她所反思和试图进行价值重构的对象，是曾经建树了一段历史辉煌且并没有真正离我们远去的五四新文化运动和文学革命。而正因如此，也就更增加了这一学术工程的艰难。在近百年来一波三折、风云际会的历史变革中，知识者固然从来都是这一变革过程不可或缺的重要参与者，但文化变革得以入主社会历史变革的中心，知识者能够以最为昂扬的历史主体感专擅胜场者，则莫过于五四新文化运动和文学革命这段历史时光了。五四新文化运动和文学革命作为一种空前的历史活动，事实上也确实为中国社会历史的现代转型发挥了不可或缺也无可替代的作用，但知识者对它却另有一番情感和回味不尽的记忆。在他们心目中，它是“历史”，也是“现实”，或者毋宁说它还是一个有待于赓续完成的历史伟业，故而经常拿它来观照现实，并因现实中国民性的缺憾而引发对五四启蒙运动历史性“中断”的感慨和以之重构现实的欲望。这一切自然都没有错，而且我们这个民族应该为当代知识者心中仍然保有五四启蒙精神的火种而深感欣慰！可是我们也应明白，斗转星移，今之时已非彼之时，当年的历史不可能在今天原版复制，它的成败得失事实上也在挑战着当代知识者的智慧。由此说，对这一历史的反思，同时也是对当代知识者自身的反思，其艰难程度自然是可想而知的。其间最容易遭到的，还是来自于当代知识者群体内部的不能认同。

其实反思并不是二元对立思维中的简单化否定。我过去写过一篇短文，题目是《对视，并不是取其反》，反对的就是那种非此即彼的绝对化态度。在我看来，科学的反思不是翻烙饼，不是从一个极端跳到另一个极端，而是在一个新的学术视野中对历史所做的价值重估和意义重构。它不但不会伤及历史对象的内在血脉，相反，倒是这种在多维性思维结构中反思研究的结果，更加逼近其事实上存在的意义结构，使之也能穿越历史的障蔽在今天展现其生命的活力。令我着实感动的是，王桂妹在这种探索中所取得的颇具启发意义的实际成效。

她对五四新文化运动和文学革命所进行的反思研究，主要聚焦在作为其观念、思潮特征的"文化激进主义"及其与中国文学现代转型的关系方面。所谓"文化激进主义"，应该说是近百年来历次思想启蒙运动的共有特征，并非自"五四"始，但"五四"时表现得更充分、更深刻，也更具典范意义。在"五四"之前的梁启超时代，文化激进主义的历史态度就已基本成形。在为其所发动的"新民"运动中，为解决"国民性"改造这一历史命题，就已力倡"革命"和"破坏力"，并初辟了以西为是、以中为非的价值认知方式。但他对中国传统文化的批判，并不包含原旨性批判的内容，对先秦诸子未曾过多指涉，为其所关注的实则为文化传统的历史累积，更多地表现为对全民性的心理性文化积弊的口诛笔伐。而五四启蒙则是由这一命题深化到"最后的伦理的觉悟"，并将批判的矛头指向了传统文化的原生时期和统驭性的精英文化的经典性建构。由于精英文化的创构与传播必然地与偶像的形成结为一体，所以这一批判又必然与对偶像的破坏共生。这种连根拔起或曰"刨祖坟"式的绝对化否定，在当时不同文化立场的人或隔世的学者看来，自然是不敢苟同。但如若从历史的具体情势出发来观察问题，则不难明白在历史现代转型的悖论性结构里，历史的前行只能如同人走路时迈出一条腿再迈另一条腿，根本不可能双足同时跳起。而当历史选定了在文化向度上实施突围之时，难道还有比这种激进主义的凌厉攻势更具冲击力的吗？试想，假若没有它的历史性出现，又岂能有现代性质的文化、文学乃至现代社会历史的发生与发展？没有这种巨大的冲击力，文化、文学乃至历史向现代转型这个负荷沉重的弯子又岂能扭得过来？有人有感于它的负面效应会在其发生的合理性上进行质疑，但我想在这里重申，历史自有其发展的自然法则，是不能回过头来进行假设的。从洋务运动、戊戌变法、梁启超的启蒙到“五四”的文化激进主义，历史正是蓄势而发，绝不是一帮人心血来潮、任性而为的突兀之举。对此，反思研究的可贵之处就在于，不仅能在学理的层面上看清它的不合理，又能在学理上合理地肯定它在历史价值范畴中所表现出来的巨大意义！

当然，反思研究必然也包括对反思对象的历史局限及其负面效应的冷静认识和合理把握。即如五四文化激进主义，它在历史格局的调整中表现为历史的合理的片面性，是合理的，但也是片面的，这是不可不予明察的。其局限性或片面性至少表现为以下两端：第一，从其与所预期的历史目的的关系来看，带有明显的乌托邦性质。对文化价值观念的批判性再造，只能为历史的现代发展创辟新的历史语境和参与模塑新的历史主体，却不能替代历史现代发展在政治、经济等方面所必须达至的深刻变革。而且，启蒙本身并改变不了被启蒙者的基本生存条件，在文化上也因其深在的隔膜而无法沟通，对底层劳动者尤其是广大农民而言，启蒙基本上是处于失效的状态。其实五四启蒙运动的落潮，很重要的一个原因是来自于自身的困惑，是在历史的悖论中必然的结局。所以当我们今天面对和理解五四启蒙运动的历史性“中止”时，也不能对历史采取理想主义的假设的态度，责难历史的实际进程，应当学习的倒是那些先驱人物在困惑中对启蒙自身反思的自觉与智慧。第二，就其激进的文化主张而言，也有着许多根本性的问题应该引起我们的思考。比如，它对中西文化所作的完全倾向于西方的价值判断和由此形成的价值认知模式，在学理上就是经不住推敲的。尤应指出的是，这种民族文化虚无主义的倾向和与之俱来的二元对立思维模式的形成，不仅在当时就已显现其自伤的一面（表现为

"历史合理的片面性"的行为,本身就是一柄双刃剑),而且在嗣后的影响中,负面的效应就更见严重。又如,它对科学主义和唯理性主义的极端推崇,必然导致对人文魅性和文学审美特性的忽视甚至否弃。如果完全按照当时的主张进行实际的文化建构和文学创作(虽然在其早期所作的基本上是这种努力,如尝试期的白话诗和问题小说,但很快创作就在与极端化主张的实际背离中获得了日渐丰赡的人文魅性与审美内涵),那结果将是不难想象的。再如,由于其对文化理解的工具理性倾向,势必将文学置于历史变革工具的地位,要求其与历史的现代性价值同构。这固然也因此而催生了与历史现代变革意义同构的新的文学类型,成为近百年来不可漠视的一种独特的艺术创造,但文学的价值毕竟不能靠或者说不能仅靠这种工具之用来作判断,不然"工具论"对于文学的异化也就在所难免了。回头看看,近百年来中国文学发展中的教训历历在目,不作些反思性探析怎么能走出历史?

难得的是,王桂妹在对以上问题的论析中皆有新警之见,而且条分缕析,有理有据,相当有说服力。在阅读这部论著中,我感觉不仅仅是如行山阴道上目不暇接,而且更是如进入了一个牵一缕而动全构的意义网结体,其间各种不同价值范畴的交错、转换与网结,将一个独特而复杂的历史对象及其影响效应解析得可谓清晰明了。读后,不能不生出这样的感叹:作者一方面是继承和发扬了五四精神,一方面则是已经明智地走出了五四文化激进主义的局囿。

我在想,做这个课题的研究,是需要相应的胆识、学养的心理素质的。王桂妹具备这些基本的条件。她在吉林大学受教育多年,而后又在山东大学读了三年的博士,有着系统而良好的学业积累和学术训练,性格中又有着热情、明快和坚忍三种为人所称道的特点,选择这个课题正属必然,而做好这个题目也在情理之中。

最后要说的是，出自一个年轻学者之手的这部论著是鲜活而稚嫩的，倘若细审，笔力不到之处也还不少，于此不再一一具论。但有一点我是坚信不疑的，只要作者坚定不移地做下去，一定会有更上层楼的研究成果奉献于世。

(原载王桂妹《五四文化激进主义与中国文学现代转型》，北岳文艺出版社 2007 年版)

《现代出版与二十世纪三十年代文学》序

要完善和深化中国现代文学发生发展的研究，面对的应该是一个包容着多学科交叉考察在内的综合性学术工程。譬如对中国历史现代转型中选择转换与结构调适的探寻，之于文学价值观念生成变化的深层驱动机制的研究；对这一过程中文化对话的复杂关系与文化空间变易的把握，之于文学各种现代品格塑造的研究；对作家各种现代生存体验包括海外生存体验的考察，之于现代文学生成的研究，等等，均属于其中不可或缺的内容。而我于此还要指出的是，对新文学出版之于新文学发展的研究，同样也是不容忽视的一个方面，因为它直接决定着文学的生产方式和体制。令人高兴的是，近些年来，这种种研究都有所进展，和其他方面的研究一样，对新文学出版的研究，也取得了越来越多令人瞩目的成果。

秦艳华博士的这本《现代出版与二十世纪三十年代文学》，也是研究新文学出版的学术专著，但它又自有其与众不同的特点。据我所知，本书作者不仅具有长期攻读和研究中国文学特别是新文学发展史的学术实践，而且，还有多年从事编辑出版工作的经验和研究心得，这就使她在进行这一课题研究中，必然地具有与专搞新文学研究的人所不同的眼光和悟解。正是其对出版与文学研究的双重体验，使之获得了跨学科互动研究的独特效果，使之在对相关对象互制互动的关系中更为有效地逼近了对象历史的真实状貌，并别具只眼地看清了其变易发展的内在肌理。她在本书的开始处即明确告白："如果把文学与现代出版联系起来综合观察，以文化追求与现代商业出版体制的碰撞与相互制约为视角，就会对30年代新文学的意义形成新的认识。"据此，她在系统而扎实地考察后，果然提出了一种新颖而又颇为大胆的见解："如果说五四新文学出版在很大程度上取决于出版者对五四新文化运动的'情感认同'的话，那么30年代的新文学出版则更多地建构起文学的生产体制，引导和规约着新文学超越了个人和团体的独语状态而走向社会化生产，文学出版的文化功能张扬渐趋理性，而其商业性追求效应在文学的意义生成中更加显著。整个30年代新文学出版的复杂性、多元化其实就是文学生产体制与文学的审美追求之间的冲突与平衡的反复与互现。"无须多言，这一结论所具有的新警的启示意义，必能为关注此项课题乃至专事研究现代文学、现代出版的人深刻感知。

本书作者认为，就基本方面而言，30年代新文学出版呈现为大众化趋向。并指出，30年代的新文学出版向现代出版体制下的大众出版靠拢并获得物质动力，从而确立其"思想"与"价值"的发展方向，重新生成自己存在的意义，显然是历史的必然选择。考之以对该时期创作主体、接受主体和出版业这三个相关因素的实际发展，可证其所言不虚。在20年代末到30年代初发生的五四启蒙文学向革命文学的转化，在新文学发展史上是个极为重要而又颇具意味的事件。在由文化启蒙到政治革命、由"化大众"到"大众化"这一几近于关系倒置的历史转换中，这一令人长期费解的"艰难选择"，实则蕴涵着深在的必然。那时的知识者，在深层文化心理结构中本来就存在着传统文化涵养而成的民本主义的情结，加之又在蜂拥而入的西方思潮中接受着民粹主义的影响（尽管在理解上并非十分清晰），因之既能因对"民"的重视而力倡启蒙，又会在启蒙落潮后因对“民”的重视而选择革命。在这一转换中,他们虽因现代知识者的身份遭受贬抑而感到苦恼,却为“民粹主义”的道德形象所吸引,并将此举视之为新的人生觉悟。正如康德在谈到欧洲民粹主义肇始者卢梭时所说:“有一时期,我骄倨地想着,以为知识构成人性的尊严,我蔑视愚昧无知的人群。卢梭却使我双目重光,这虚妄的优越性消失了,我已知道尊视人类。”由此则不难理解为什么充满冲突的文坛,“大众化”会在一时间成为其主导性或曰基本性的认同趋向。在接受主体方面,其愈加“大众化”的发展现实也是有目共睹的。如果说 19 世纪上海社会的消费主体还是买办商人、本地的地产出售人、携资来沪的寓公、纨绔子弟、妓女等,那么到 20 世纪 30 年代时,中小商人和市民阶层迅速成长起来,则是由他们构成了城市大众群体,其多样性的阅读需求和选择的主动性,都已有异于往昔。而在出版业方面,现代的印刷技术与生产和传播功能的大幅度提高,以及文化市场意识的增强,自然也在大众性消费主体的导引中趋向于大众化选择。

当然,虽然以上三个方面的机缘契合给新文学出版带来了新的面貌和生机,但即使是新文学的出版,出版业本身的商业化追求在该时期也仍然是其根本性的特征。本书作者指出:“30 年代的新文学出版体现着现代出版的基本规律,同样遵从商业性和文化性的二重逻辑,并且适应特定的社会环境不断进行着自我调适,努力寻求二重逻辑间的平衡,呈现出多样的文学生产景象。”30 年代应该说是中国现代文学出版的黄金时期,但也正是在这时候,商业竞争的激烈和市场对文学出版的制约也就尤为突出。出版业既要维护自己承载与传播文化功能的社会形象,又要争取商业利润的最大化,因此新文学出版始终都在这两极的因势调适中寻找着新的出路。韩侍桁对此有过精要的描述:五四时期出版机构少,“无须怎样商业上的竞争;所以都各自安分,而所出的书籍,也都有种类的分别……因此每一种书店(甚至每一派作家的书店)所领受的读者，也划分得很清楚。但自从出版事业全部集中于上海之后，事实完全不同了，每一个书店全遭遇到巨大的商业上的竞争，为了保持书店的利益，自不得不抛弃其以前的特色，于是任何书店均争出在买卖上得有利益的书籍。……同时集团性的杂志也渐渐地少起来，多变成商业性的名流招牌的混合杂志"。固然，新的文学及其出版可以作用于市场，但归根结底市场需求对文学出版的左右力量却是最为令人无奈的。茅盾、梁实秋就均曾对"人办杂志"变为"杂志办人"的现实表示过无奈。值得称许的是，本书作者把握住这一律动，对30年代新文学出版的历史发展勾勒出了一个相对明晰的轨迹，并对在这一过程中因文学出版的更具包容性和出版商与作家之间选择的更加灵活宽泛，在客观上所形成的文学多元繁盛的实际效果，也作出了合理的阐释。其纵横考索、史论结合的特色于此可见一斑。

在对对象的论析中，本书作者引入了"文学场"的概念。我想，谈论文学的生产、传播，"场"的概念是必然要被涉及的。本书作者认同法国学者皮埃尔·布厄迪提出的"文学场和权力场和社会场的同源性规则"，认同他所说的"大部分文学策略是由多种条件决定的，很多'选择'都是双重行为，既是美学的又是政治的，既是内部的又是外部的"这一基本道理。据此，她对20年代末至30年代初左翼文学所以能够成为文坛主流，且能以"期刊群团"的方式赢得几乎是得天独厚的生长条件与在传播中的独擅胜场，就是从新文学转型的历史必然、广大读者接受心理中对革命性读物的阅读期待等方面的结合上来加以阐释的。这一文学场的萌生使出版业看到了自身发展的机会，而新的出版形势又使文学场得以形成与扩大。又如对30年代新文学出版与官方权力机构斗智的种种策略，对其时文学场在权力场和社会场等多方面复杂交织的关系调整中，如何地维持与发展，她也一一给出了有说服力的解释。

这本书的出版，不仅会给现代文学研究和现代出版研究以诸多启发，而且对于认识当前文坛和文学出版也提供了有益的镜鉴。在本书成书后，作者即表述过这样的认识："文学发展到今天，一个不容漠视的现实是，它又处在了多元、竞争的商业环境中，文学由封闭走向开放、由政治主导走向商业主导、由单元走向多元。面对这样的文学格局而产生诸多困惑，30 年代新文学出版的存在价值和成就为人们解决现实问题提供了历史的借鉴：文学出版的商业性和文化性在冲突中不断追求并达到平衡，不仅能够保证文学意义的存在和加强，而且作为文学发展的动力会使文学呈现出更为灿烂的图景。"由此可见出一位青年学者进行学术建构时关注现实的深在用心。

最后我要说的是，这本书虽然略显单薄，但文字表述简洁，论析得其要领，比起那些文字繁冗的"大部头"来又不失为一种优点。当然，相对于 30 年代新文学出版更为丰富的历史内容和对其应作的更为系统、深入的探析而言，作者还是有进一步努力的余地的。

（原载秦艳华《现代出版与二十世纪三十年代文学》，山东人民出版社 2008 年版）

《现代人文视野中的乡土体验与文学想象——师陀创作论》序

师陀是一位非常有特色的现代作家，从他初登文坛起，就开始引起文坛尤其是京派作家的重视。可是由于其创作倾向与主流文学之间不即不离的复杂关系及其价值视阈的特殊性，对其创作倾向如何作出准确而又全面的评析，至今仍然是摆在中国现当代文学研究者面前的一个难题。

长期以来，由既定的价值立场出发，或褒或贬，对文学思潮、作家创作进行错位评价的现象多有发生，甚至以此构成了文学批评乃至于文学史建构的一个整体特征或者说基本倾向。其实，文学在与历史、文化发展的相关发生中，由于历史、文化本身就是一个多维性的结构状态，加之人类生存对于文学功能的多种需要，文学在其发展尤其是在复杂多变的历史转型期的衍化变异中，自然也会在价值观念、功能选择及审美意趣等方面呈现为多维性的结构状态。比如在价值观念方面，在中国历史、文化的现代转型期，文学的选择就既有以科学主义、理性主义为标榜的文化启蒙价值观，也有以政治革命为目的的政治革命价值观，同时又有与前两者相异的人文主义价值观。它们事实上形成了各自不同的价值立场和价值视阈，规范着文学思潮和作家创作各自不同的基本倾向，而且在相关历史、文化和文学的多维性发展中，各有各的不可或缺的合理性价值及其彼此不可替代的意义。倘若对此不能明察，概以一种价值尺度衡量，对于异己的价值取向自然不能给出契合对象本体意义的客观评价。何况，在文学的实际发展中，各种倾向之间又必然地表现为既各有价值归属又互相渗透影响的错综复杂的关系，这无疑又为对其所进行的研究平添了更多的麻烦。我之所以在这里谈论这一话题，是因为在对于师陀的研究上，人们所遭遇到的其实就是这样一个问题。

读陈晨博士的这部"师陀论"，我感到由衷的高兴。因为，它不仅让我终于看到了一部关于师陀的全面、系统的专论，而且更难能可贵的是，其作者真正读懂了师陀，能够从师陀自身所固有的人文主义的创作倾向及其与期待进步的社会变革观念的复杂缠绕中走近了师陀！

我不能不指出，时至今日，谈论人文主义仍然面临着重重困难。应该看到，在我国学术领域的主流性观念话语中，所谓的"人文主义"及为其推重的"人文文化"，至今还是一个未经认真辨识的被泛化理解的概念，以为从五四启蒙一路走来所一向主张的"科学"、"民主"及"个性解放"等等，坚持的就是人文主义的立场，形成的就是人文主义的传统。其实远不是那么回事。所谓"人文主义"，作为一种思潮，为其所推崇的"人文文化"，既不是在人与自然的关系中以"人"为中心的文化，也不是在人与人的社会关系中以"个人"或"自我"为中心的文化。作为科学主义、唯理性主义以及市场物欲的对立物，人文主义所倡扬的"人文文化"，关注的是人类生存中生命与自然与社会的健全、和谐的发展，是在与传统的会通中对具有永恒性价值的人性内容和人文情怀的持守与弘扬，实质上属于信仰伦理的范畴。而为五四新文化运动所着力抨击与否定的，恰恰是中国传统中最具有人文性内涵的方面，并将对它的否弃视为为科学主义、唯理性主义开路的必要前提。由此可知，在这一观念层面上所倡导的“民主”、“个性”等，实则均属于法理的范畴，与真正的“人文主义”并不可等而视之。若是认真检视一下百年来文化与文学的发展，则不难发现，真正的人文主义思潮和实践倾向，却正是发生在与它的对峙与制衡之中。以轰毁“非人文化”的名义而倡导的新文化努力，同时却引发了与其对峙制衡的人文主义的思潮，这大约也是百年来在文化发展问题上所出现的最发人深省的一种极为刁诡的现象。

本书作者就正是在这一特殊的历史前提和相对困难的认知语境中，以学术探索求真的自信与勇气，揭开了长期以来由主流性价值观念所形成的重重遮蔽，将一个实际存在于文学现代发展中的颇具活力和生命魅性的人文主义的价值视阈展示在人们的面前。作为研究者，她知道，解决她所面对的课题，首先必须要从诸种相关又相异的文化价值观的复杂纠缠中对人文主义和人文文化的特征作出明晰的考辨，并将其在文化历史结构的制衡调适中所表现出来的价值意义作出有说服力的阐释。她在本书的总论部分，解决的就是这一问题，而且应该说做得是相当精彩的。在这里，她对人文主义和人文文化与作为主流观念的启蒙文化从价值建构基点、特征性内涵到思维方式的差异，一一进行了比较辨析，并对其不同的价值和意义作出了必要的阐释，从而为其对师陀的认知评价提供了可靠的依据。这不仅为人们认识与理解师陀提供了一个更契合于师陀自身特点的崭新视角，而且更阔远的意义还在于，为理解和把握更多的具有人文主义倾向的作家创作，揭示了一个本属于他们的新的价值视阈。

当然，既然是一部作家论，那更多的工作还是在对研究对象的具体评说上。在这方面，这部“师陀论”尽管未必处处皆细，但就其整体而言，却也是得其要领，能够把捉住师陀内在心态与创作倾向的基本特征加以重点剖析，颇能收取让人释疑解惑之效。其关节之处有二：一是在人文主义的价值视阈中让人们体悟并理解了师陀身居现代都市上海，且始终渴望着社会历史的进步，却何以抛却不掉对那古旧陈陋的乡土的依恋；二是看懂了其对社会历史变革的期待与人文主义情思的深在矛盾纠结，以及由此而达至的心理深度和因此而孕生的艺术魅力。在把握住要点进行层层解剖时，本书作者还能做到捉得住、放得开，时不时地将笔墨荡开，将师陀与有相类倾向的作家进行比较，让读者能够对其创作的个性留下更为鲜明的印象。

本书的作者陈晨，是一位初涉学坛不久的年轻学者。或许因其年轻，人生的阅历和知识的积累尚觉不足，所以在对师陀及其创作的体悟上总觉得还有难以到位之处；但也正因其年轻，由此书即可见出，其发展的前途将也是不可限量的。

（原载陈晨《现代人文视野中的乡土体验与文学想象——师陀创作论》，河南文艺出版社 2008 年版）

《中国小说修辞模式的嬗变——从宋元话本到五四小说》序

我想，评价一部学术著作的优劣，有个道理应该说是学界的共识，那就是一部优秀的学术著作，应该具有一种一而二、二而一的双重品格，即：它既提供了一种具有自主创新价值的学术建构，同时又在治学态度、治学方式与方法上具有重要的启示意义，或者说足可成为一种范例。

对此，作为一种衡量尺度和理想性期待，有志的学人一向还是心中有数的。就以近百年来以变易的深刻、迅捷和以异质性介入进行重构为其特征的学术发展而论，具备这种品格的论著即多不胜数。然而这期间足以引以为憾者，尤其是在治学理念和学术姿态方面所表现出的偏枯及其在学术发展中引起的不良影响，也是相当严重的，对其则更应给予清醒的认识。不然的话，其对当今学术发展的贻害将难以得到根治。事实上，这种由历史发展的特殊性而形成的“学术”对于学术根本需求的偏离，至今仍被一些人视为学术实现“现代性”转换的途径和使新文学学科获得独特性价值与独立地位的基本遵循。在我看来，这种偏向主要集中表现于以下两个方面：

一个方面是在基本理论建构上表现出的对西方思潮和文论的

一味追趋与依赖。回首近百年来新文论倡导与建构的实际发展，尽管也呈现为多元并峙与互动的状态，其中也不乏以审慎的学理立场会通中西的文论主张和颇富实绩的文论尤其是文学批评的成果，但从占据历史主导性位置的文论主张和理论建构来看，这种倾向则是极为醒目的存在了。在主导性文论里，传统文论多被否定与搁置，基本上处于"失语"的状态，而为其张扬和使用的理论几乎全部从西方拿来，与我之研究者主体和本土研究对象之间皆非互动发现的生成性关系。究其实质，此等研究者主体，实为使用者主体，他们不是理论的生成体，充其量不过是"他者"理论的一个传播性载体，一个为其操控的工具化的人。我这样说，其意并不在于否定我国文论在实现现代转型中向西方文论借鉴的必要性和为其所实际呈现的重要作用。我只是在于说明，在必须与世界沟通对话中才能实现的历史、文化的现代转型中，为历史特定形势所需要的价值理解的合理的片面性，并不等于学理上片面理解的合理性。须知，人类文化固然有其共通的内涵和形式，但在不同的地理、种性和社会历史发展的情境中形成的不同的文化系统，又都必然地有着与其特定生成基础密切相关的个性特征。如果以所谓"共通性"取代特殊性，尤其是误将只是作为西方文化系统演进发展的成果当作"共通性"的理论建构来否定本土传统存在和自主发展的合理性，其后果将是不言而喻的！更有甚者，西方文论的发展，不同阶段不同主张的理论建构之间，自有其起承转合的特定关系连接，而我们有些学人却不明就里，就随便片言只语地拿来拼凑使用。这样做的结果，且不说于正常的学术建构无益，就是于学风也是一种严重的败坏。

另一个方面的表现是在学科发展上的画地为牢。尤其是在现代文论和现代文学的学科对象界定中，受今古对峙、异质的成见影响过深，除了将古代文论、古代文学排除在这两个学科研究对象之外（一般说来，在维护学科对象的独特性方面，这样做还是有一定道理的，但在这一问题上也不能绝对化。比如，如果将对现代文学的认定仅仅局囿于“五四”之后的“新”文学，那就在现代文学时空的完整性上与实有悖了），还将研究的视野与探索也局限在被认定的对象范围内，仿佛它是一块“飞来石”，不在其范围内把握就不能保证其真纯似的。殊不知，这种斩断文脉或者说隔断传统的认知方式，却恰恰不能真确地全面地把握这段文论或文学生成发展的内在纹路，为其所得出的结论势必悖谬于对象本身的历史性真实。

令人鼓舞的是，近十余年来学界对此种种历史遗传下来的非学理性倾向已日渐有所警觉和醒悟，着眼于自主创新、拓展视野、打通文脉的探索与努力，已渐渐由边缘性另类存在开始为学界越来越多的人认同。尤其是近几年来，这种新的学术努力不知不觉间已演成当下学术发展的基本趋势，昭示着一个新的学术时代的到来。在此期间，由这种探索所完成的学术论著时有出现，正是由它们不断丰富、涵养和深化着这一新的学术态势，拓展着学术的新进境，有效地证明着这一学术转型的历史合理性与学理上的科学性。在这里，我要特意指出的是，摆在读者诸君面前的这部郭洪雷博士的研究论著《中国小说修辞模式的嬗变——从宋元话本到五四小说》，就正是这样的一种成果，不仅它所提供的学术建构令人耳目一新，而且由其所彰显的也正是上述所言的学术意义！

从其整体性的成就来看，要而言之，我以为该论著最为显著者就是它成功地实现了“中”与“西”、“古”与“今”的两种贯通，并明确坚持了一个由对象特性出发的学术原则。

在“中”与“西”的贯通研究中，该书作者自觉地意识到并基本解决了两个前提性问题。一是“西”为何、“中”为何，必须真正清楚地知己知彼。他深知，在中国小说历史发展中虽然包蕴着丰富而深刻的修辞智慧和传统，但毕竟是零散而且缺少现代意义的阐释与整合，要完成这一研究，对西方小说修辞理论的借鉴就是不可或缺的。而要做到这一点，就要对其基本的内容及其发展变化了然于心，对其有一种动态的准确把握。我很佩服他把这一理论或简或繁解析得那么清晰明白，打通了这一理论历史发展和现实构成的内在筋脉与关节。在此基础上，他又重点对国内热捧的小说叙事研究与修辞研究的相通与相异之处，作了极有见解的分析，这对于厘清二者的关系，并论证出小说修辞研究独立存在的合理性大有裨益。我认为他对小说叙事研究局限性的剖析尤为精辟且具有警示性。他指出：西方叙事理论由于极力追求所谓“科学性”，在结构主义的影响下往往将小说的内容排除在研究视野之外，完全集中于形式。形式被看成符号，其意义取决于惯例、关系和系统，而不取决于任何价值和意义方面的规定性；作为研究对象，经典与平庸之作没有实质性差异，只关心作品的结构分析而不作评价，表面上的客观和所谓的“价值中立”只不过是创作中“虚无主义”在理论上的反映；“去主体化”，创作主体的中心位置被小说文本所取代，作者意图自然亦被削弱。此等切中肯綮之论，对于厘清西方不同文论之间的关系和全面理解与发展我们的小说研究，当会起到必要的启示作用。另一个是在中、西文论对话中的姿态问题。在中国文论的现代转型中，主导性的认知模式是在否定本土传统即民族虚无主义基础上对西方文论价值作绝对性的肯定，对话的目的即在于实现理想期待中的异质性置换。而这部论著虽然也极为重视对西方小说修辞理论的借鉴，甚至也认为完成和完善对中国小说修辞传统的现代阐释与建构，绝不能离开西方这一理论参照，但是，作者又同时清醒地指出：中国文化有着悠久的修辞传统，这一传统在《周易》时代就已开启，“修辞立其诚”所体现的伦理精神，不仅成为中国文化传统的重要组成部分，而且也成为中国人修辞行为的基本规约。这是一种对自身传统价值的自信。正因有了这种自信，研究中才从容保持了与西方对话的自信、开放而又平等的姿态。他坦言：在这一传统的基础上，我们完全可以借鉴西方修辞理论，发掘、清理中国小说自己的修辞传统，寻找在小说传统中湮没已久的修辞智慧,重描中国小说修辞模式嬗变的轮辙,为中国小说现代转型研究标示出一块新的研究空间。试想,这样两种前提既备,贯通"中"、"西"的问题难道还会成为价值理念上的路障吗?

至于贯通古今,在该论著中则更是一种极为凸显的特点。作者的目的在于建构出一个对象历史嬗变的动态结构,而不是对现代小说修辞理论框架的构建,也不是仅对中国现代小说所做的修辞学研究。在他看来,一个民族在小说修辞实践中所体现出的整体修辞智慧,实际上植根于一个民族的小说历史和小说文化之中,体现在不同历史时期小说文本构成的调整变化之中,就是如"五四"这种在古今之间发生深异变化的时期,其变易也依然是在承继传统的基础上发生的。所以,他在确立这一研究课题时,就坚定不移地锁定了以对象生成发展的相对完整的历史过程为考察研究的对象,在论著中也是在"通"与"变"中做足了文章。

而所谓坚持了由研究对象出发的学术原则,这在该论著作者的观念中也是有着自觉的认识的。他开宗明义地说:"对于理论研究,我们需要'原教旨'精神,力求理论的纯正、彻底。而一旦将中国小说修辞模式作为研究的对象,我们必须从对象出发,从中国的修辞传统出发,对理论本身进行必要的调整和补充。因为中国小说修辞模式毕竟孕育、发展于自身的历史、文化语境之中,并形成了自身特殊的文化品格,只有将其植入自身的文化语境,其发展变化的轨迹才能得到有效的澄清和把握。"据此,他对相关的修辞理论作了简化处理,并进行了重新整合,以求更好地把握对象。根据中国小说修辞的自身特点,他重点突出了三个方面的特征性内容:一是作为小说外部构成的文体形态的变迁。所以将文体形式作为小说修辞文本的外部构成,就主要是由中国小说历史发展的特殊性决定的,因为在中国传统小说特别是唐传奇以后出现的各种小说形式,存在着大量其他文体向小说渗透的现象,它们在小说中行使着不同的修辞功能,从而形成了颇具民族特色的修辞形态。二是“讲述”与“展示”关系的调整。之所以把它列为重点，是因为在中国传统小说的文本内部构成中，“讲述”和“展示”是其文本构成的基本因素，不同的历史时期、不同的对象和语境共同决定着作者修辞策略的制定，其直接表现就是对“讲述”和“展示”的不同选择以及两者之间量的关系的变化和调整。三是小说修辞情境的变化。他认为要考察中国小说修辞模式的转变，其中一个重要的内容就是考察“说话人虚拟修辞情境”从宋元话本形成，经由明清拟话本和明清章回小说的继承和发展，到清末民初在外来小说冲击下最终逐渐消解的过程。整部论著就是沿着这三个层面展开的，使其得以实现了为其期待的确具中国文化特色的研究和建构。

说实话，过去虽然并不乏对中国古代小说文类特征的关注与研究，对唐代传奇与变文、宋元话本、明清拟话本及章回小说，也都有不止一代人对它们进行过专门考察与悉心探索，但是，像该论著这样如此从理念和对象上贯通中西古今，而且作出如此流畅而可靠的具有现代学术意义的历史爬梳与意义辨析的，在我则尚未有闻。它从繁复多绪的中国古典小说堆拥丛聚、乱花迷径的文本呈现中，明晰地离析出两个传统与各所侧重的两个主导修辞模式（“言语”与“书志”），对它们的差异与互动，对其在历史发展流程中必然发生的自身调整与嬗变，均作出了颇具新意的动态性的解析。比较而言，因其重点考察的是由宋元话本而后的小说修辞模式的发展，所以对“言语”这一修辞模式的嬗变给予了更多的关注，论析亦更为精到。为我所叹服者，还尤其在于论者对宋元话本以来小说修辞模式历史发展的转折榫接处独具会心的发现与精彩阐释，如对“四大奇书”和《红楼梦》已开始出现的动摇“说话人虚拟修辞”因素的揭示，对小说修辞近代转型时“谴责小说”中“说话人”的个性化、抒情化特征的指陈，对原本作为小说文本外部构成的诗词在五四时期小说中的内化问题的阐释，读来都令人击案！书中精彩之处难以一一具言，好在大家阅读后会自有判断。

读这部书稿时我也在想，要完成这样的一部论著，没有跨学科的知识积累和相应的理论修养是无论如何也做不到的。而据我所知，郭洪雷博士主攻的是中国现当代文学，但多年来一向又特别喜爱研读中外理论著作，而且硕士阶段还专门选择了古代文学专业，所以，有此基础，他写成了这样一部书，也就不难理解，应该说，是一种水到渠成的结果。

当然，也并不能就此说，这部论著在中国小说修辞模式嬗变方面的研究已经做得十全十美。比如说对宋元以来体现为“史传”传统的“书志”模式，就相对而言言之过简，而相应的，在谈论五四时期小说修辞时，对“写实”一脉的解析较之抒情小说也略显逊色。这也许可以说是一点美中不足吧。

（原载郭洪雷《中国小说修辞模式的嬗变——从宋元话本到五四小说》，上海三联书店 2008 年版）

《走向中和》序

十几年前，我曾向几个有志于中国新文学研究的朋友和学生建议，能否作为一个科研课题，认真研究一下 20 世纪 40 年代文学。之所以提出这样的建议，是出于这样一些思考：中国新文学到了 40 年代，已开始走出初创期及发展前期的那种二元对立、一元选择的简单化的思维模式，而呈现出走向文化综合的趋势。小说上的后期现代派、诗歌上的九叶诗派和七月诗派就是这种文化综合的典型代表；就连解放区文学走的也是文化综合之路，它事实上是将打上了苏俄印记的革命文学和中国民族、民间文学进行综合的结果。我认为在这种综合中蕴藏着丰富的文化及审美的信息，甚至可以找到我们民族文化重建及文学发展的某些深层规律：它昭示的治学理路也许具有超越对象本身的价值。当然，建议只是建议而已，既没有进行科研立项，也没争取什么学术经费，只是希望大家能凭自己的兴趣认真去做。当年，蔡世连正供职于曲阜师范大学文学研究所，他是我在曲阜时的一个学生，对我这个建议极表赞同，并很快进行了一些前期研究工作，也曾就后期现代派徐讦小说、40 年代散文以及 40 年代教育小说发表过一些文章。他后来分工当代文学的教学，没能把这一项目深入进行下去，我还真为他感到可惜。

最近，他把一部名曰《走向中和》的当代文学研究论稿寄给我，让我提出些批评、建议。里边的一些文章我曾看到过，有些也曾与我讨论过，我当然还是很熟悉的；还有一些未曾发表过的，但也很好读。大致读了一遍，我感到很高兴，对象的转换并没能中断他十几年前的承诺和思考，更重要的是他把走向文化综合的方法论内涵进行了拓展与深化，开辟出了一些新的研究领域。毫无疑问，此中和既是彼综合的延续，也是它的拓展。

在古老的中国智慧中，有三种对待矛盾的态度和方法：一是法家式的，那便是通过强化矛盾的一方而消灭另一方，所谓秦灭六国，二虎相争必有一伤之类就属于这一种；二是道家式的，那便是虽然看到了矛盾的存在，却有意地回避矛盾，在想象中泯灭二者的差别，所谓等生死、一祸福、齐寿夭之类便是；三是儒家式的，承认矛盾的存在，但既不采取消灭一方的方式，也不采用泯灭矛盾的方式，而是主张求同存异，共存共生，此则谓之中庸。中庸的精髓并不是什么调和折中、投降主义，它的经典表述应该是和而不同。不同是尊重差异，尊重个性；和是指和谐相处，互渗互补。举例来说，五音调和是有佳音，五味调和是有美味，此之谓中和之美。中和是一种理想境界。对于文学艺术来说尤其要有这种中和之美（巴赫金氏的狂欢化风格似乎是对这种美的极端化发展与西方化表述）。可惜的是，近一个多世纪以来，由于历史的悖论结构使然，我们的民族在文化、文学的选择上往往走的是偏至之路，在中/西、古/今、雅/俗之间往往作出的是单项性选择，而对其他选项则表现出极强的排他性。但既然中和是一处理想之境，而理想对现实又总是具有极大的召唤力量，那么中和与偏至的矛盾与纠缠便也构成了百年新文学的一条重要线索。在《走向中和》中，世连是把致中和当作观察认识中国新文学的一种重要的方法、角度，甚至是一种学术理路来对待的，这未尝不是一种明智而独到的选择。也许正因如此，他在透视当代文坛上的一些重要文学现象时，倒能独辟蹊径，发表了一些颇有价值的见解。例如，20 世纪 90 年代中后期，当女权写作正炒得沸沸扬扬之时，他较早地指出了女性写作的某些旨趣悖谬，那便是从反抗男权的纠偏走向了张扬女权的偏至，身体写作变成了欲望展览，自由变成了自囚。21 世纪之初，文学是否具现代性的问题曾一度成了聚讼的焦点，在争论中有人把文学现代性的标准定得太窄，比如仅把现代人性观念，甚至仅把现代个体人性观念作为现代性的标准。针对这种新的偏至，他在《关于建国后二十七年文学现代性的思考》中提出文学现代性应是个综合指标，即使现代人性观念也不应仅以现代个性观念来代替。后来这两篇文章中的主要观点分别被《新华文摘》和《高校文科学报文摘》摘要发表。

历史在长期的演进中之所以会放弃综合发展而采取单兵突进的偏至方式，除了为应对紧迫的时代难题而作出的无奈的策略性选择之外，还因为这种偏至性选择往往背靠最为激进的革命理论、最为神圣的革命口号以及最易满足大众化的狂欢要求的解构运动，因此，对既往事物的颠覆、破坏、解构就成了历次偏至选择的基本特点，而解构也就往往意味着某种历史的遮蔽与去魅。所以我认为，在每一次大的革命运动的高潮中或高潮退去之时都会伴随着适度返魅。去蔽与返魅也正是走向中和的必由之路。世连是很赞同我这种观点的，他的几篇文章也带有与我对话的性质。比如他在《归心与返魅》一文中说："孔范今先生曾认为，百年中国文学是在一种历史的悖论结构中以替代性转换、补偿式拓展的方式前进的。这一论断虽然主要指救亡和启蒙两大历史支点的对立替换与文学发展的关系，我以为用来考察去魅和返魅的对立转换也同样具有理论上的有效性。"外延的扩大必然造成内涵的稀薄，他所要追寻的理论上的有效性实际上是指一种解读文学史的线索以及评论应有的批判性。他力图把去蔽与返魅纳入传统的中和观念中，成为一项重要内涵，并作为透视诸种文学现象的一种方法。他认为,去蔽与返魅就要从为所谓时尚、权威、流行观念、权威意识形态造成的现实遮蔽、文化遮蔽、审美遮蔽中走出来,关注更为本真更为普遍的现实存在,关注社会的公正和公平,关注人性的自由、全面的发展,让文学摆脱那种失重的自由或不可承受的生命之轻,摆脱瞒和骗的纠缠,重新睁开眼睛看取真实的人生。正是有了这样的批判精神,在面对人们熟悉的批评对象时,他也能不迷信成见与权威,作出一些新的判断。比如,他用政治理性与人性温情的对立统一作纲解读50年代初的颂歌,认为不少诗歌由于屈就政治理性,而伤害了诗美,亵渎了爱情,就连已被选入中学课本多年的一首叫作《有的人》的诗歌,也用坚忍主义置换了鲁迅的个性主义,从而张扬了某种奴性观念。这种评说虽话锋尖锐,但总体上看却持论公平。

从系统论的角度来看,所谓中和之境不过是指一个系统结构内部各要素及功能的优化组合,这种优化组合绝不是各要素的杂乱堆积或随意并列,也有轻重主次之分,这正如辩证法讲两点论也讲重点论一样。中国新文化和新文学的重建,关键也在于现代人性观念、价值观念的重建。新文学的现代性或审美基质,最重要的就是现代人性观、价值观,即以个体人性观念为核心,以科学、民主、自由、平等、和谐等为基本内容的观念,还有人对自然的敬畏、友好、和谐的新的天人合一观。现代人性观念的发展流变、消长沉浮,可以折射出历史的变化,更直接影响到文学的发展流变。郁达夫在评论“五四”以来散文时就认为,那时的散文之所以会取得很高的成绩,正在于人的发现,特别是个人的发现。关于建国后二十七年文学是否有现代性之所以会成为争论热点,原因也在这里。对于研究现当代文学的人来说,这应该是常识。但由于我们社会还处于从前现代向现代社会过渡的时期,这种新的人性观念还缺乏经济的支撑、政治的保护和风俗民心的自觉培育,很容易被遗忘、被冷落、被出卖。试看近年有多少所谓学者放弃自己的独立见解而为富豪和权势者辩护，从而成了权势者们的帮忙、帮闲或帮凶，就可以知道常识倒是最容易被人遗忘或装着遗忘。再如近几年有不少作家、学者都高倡“躲避崇高”，主张要入乡随俗，更有不少受“后”学、“新”学影响的青年大喊要颠覆价值、消解英雄，就可知这种现代人性观念已被冷落、扭曲到什么程度。正因如此，我以为世连在这方面表现出的坚定和勤奋更为令人高兴。他是把现代人性观念的发展流变作为一种评论视角、一种理论武器来使用的，在对材料的梳理辨析中下力最大，滚滚激情也多由此而生，取得的成果也就更具有某种启示性。比如，在对合作化小说的研究中，他分析了政治话语对人性话语的压抑与遮蔽，同时也看到了作为弱势群体的民众对自己应享有的人性权力的顽强而韧性的反抗，从而发掘出这类政治小说中特有的那种人性光辉。在对 90 年代以来的知识分子小说的评论中，他重点研究了知识分子的灵魂丢失的悲剧。所谓丢魂，是指丢失了知识者应有的独立之人格、自由之思想，而在过去的政治运动的挤压下成了奴在心者，或在当今社会的权力与利益的诱惑下而沦为新的帮闲或帮凶。在对这一丢魂过程的细细梳理中，人们也可以听到一个评论者对这种灵魂的守护与呼唤。甚至在对一些形式主义小说及后现代写作的评论中，他也把现代人性观念的消长沉浮作为一个重要的观察角度，从而对为一些先锋评论家所普遍看好的那些所谓抽空了智力装置的空心人、那些与世俗社会同歌共舞的欲望人身上看到了对现代人性的无情亵渎，并对这类写作给予了批判。他的结论可能未必能为人认同，但他所守护的这种精神却是极为可贵的。

文学是语言艺术，文学的中和之境的构筑毕竟还要靠语言来实现。也许正是从这种意义上看，所谓写小说即是写语言、诗到语言止等等才有其某些理论合理性。中国新文学的新的审美基质或曰现代性之一，便是它以具有很大的平民化色彩的现代白话取代了文言。但语言又不仅是一种工具存在，还是一种价值存在，从某种意义上说,语言也意味着一种观察认识世界的角度、方法,甚至就意味着我们所拥有的世界。五四时代,胡适在倡导白话时就提到了语言的这种二重性,也提到建设国语的文学及文学的国语的艰难。因此,同现代人性观念一样,现代语言的发展流变也应是文学史写作及文学批评的一个重要维度、一个重点。然而省视既往,却不能不承认这恰恰也是批评中的弱项。直到现在的一些文学史中,对作家作品的评论,依然是把语言上的特点忝附骥尾,而且也仅仅是一些朦胧含混的风格性认定。近几年从语言角度切入文学批评虽有所进步,但大都受英美新批评派的影响,陷入技术主义的泥淖,并未能开辟出一些中国特色的批评套路。与批评的这种相对滞后相比,创作倒是一直保持着语言变革、语言实验的热情。之所以会出现这种状况,我以为一个最重要的原因即在于它是一项极为艰苦细致的工作,而又远没有内容的研究以及其他一些艺术特点的研究容易些,且更能引发人的激情。世连认为,以他那种不事张扬的个性,倒是很适于做这种工作,在这个书稿中他也下了很大力气,只是对那些具有某种开创性的方法及评论还很不自信。对此,我想多说几句,算是给一些在文学语言研究上正在艰难探索的朋友们鼓劲。

我以为他从语言角度对文学的研究,起码有两点是极有价值和启示性的:

其一,把语言形式与观念内容的研究有机地结合起来,特别是注意寻找观念变革在语言形式上的投影。语言是思想感情的直接现实,因此,无论是文学观念还是一些非文学观念的变革都会在文学语言的创造上打下深刻的烙印,从两者的结合上寻找文学发展脉络,寻找那些真正“有意味的形式”,才是文学批评的重要途径。事实上,真正有出息的文学家也都有非常自觉的语言追求,如这部书稿所提到的,孔孚在诗歌创作上求隐、求纯、求淡,莫言追求语言的感觉化,马原追求语言的生活化、世俗化,等等。更有不少作家非常敏锐地看到各种价值观念、社会观念的变革在社会语言上的投影，并创作了一些以语言变革为主题的作品，如徐坤的《白话》、《梵歌》，李洱的《花腔》、《遗忘》，李锐的《静寂》、《颜色》，韩少功的《马桥辞典》、《暗示》，等等。能够及时地捕捉、认真地梳理这种种文学新变，无论对阅读还是对创作都具有启示作用。

其二，从话语格局、话语策略角度寻找文学文本的复杂审美内蕴及审美张力，尤其显示出这个书稿的独创性。苏联文艺理论家巴赫金认为，陀思妥耶夫斯基的小说有一种复调结构，存在着多语合弦、杂语共生的现象。世连通过对五六十年代合作化小说的研究，对巴赫金的理论大胆加以推广，他认为几乎在任何一个复杂的文学文本中都存在这种杂语共生现象，只不过这里的"语"，不应是如巴氏所说的"语言"，而应当是话语。所谓话语则是一系列具有一定的价值规约性的言说，即"公说公有理，婆说婆有理"中的言"说"。既然一个文本存在多种话语，这多种话语之间必然会互相对话、矛盾、消解，从而带来复杂的文学景观，反讽也会在各种话语的矛盾中产生。而为了保证引导性话语的主导地位，叙述者必然采用相应的话语策略，某些文学的奥秘也由此产生。正是依靠他自己打造的这套话语理论解读合作化小说，他发现了合作化小说中同样存在多种话语；发现了这类小说对政治权威话语的神圣化叙述，对历史话语及人性话语的扭曲化表达，以及对人物话语的去势与整容；发现了这类小说的话语裂缝。他围绕合作化小说写下的几篇文章也多次被专业性学术刊物转载、索引、摘编，他指导的研究生论文也因之获得省级优秀论文奖。这起码说明了人们对他的某些创见的重视或认同。靠这套话语理论解读报告文学，他也发表了一些很有新意的见解，比如他认为报告文学的真实性恰恰应当体现为多元话语的真实，特别要能让长期被压抑的弱势群体的话语涌进文本，等等。有趣的是，现实的发展倒似乎从某些方面给这种见解提供了证明，比如 2007 年发生的"黑砖窑"事件，就是由于弱势群体的话语的出场,才冲破种种新闻封锁使正义得到伸张的。

何谓美?从马克思主义的观点看来,美不过是自由的形式或形式的自由,也有人说美是有意味的形式。朱光潜谈到诗的本质则认为诗是意象的情趣化或情趣的意象化。这些提法其实大同小异。自由、意味、情趣指向精神、灵魂、主观,形式、意象则指的是感性、形象、语言、形式。但不管是自由还是形式又都是客观世界经过抽象的结果。因此,抓住了有意味的形式也就意味着捕捉到了丰富的客观世界和复杂的主观世界的奥秘。如果说创作需要从客观世界寻找这种有意味的形式的话,批评则重在从语言世界中寻找它。这里正显示出一个创作者或批评者的功力。事实上,批评能否成为艺术以及能否也达到某种中和之境,关键也在这里。世连多次表示,他追求"理直气壮",但也警惕着不能让"气壮"压抑或代替了"理直",不让滚滚激情的挥洒代替深入细致的分析。更值得称道的是,他能够下大力气细心寻找那些有意味的形式,这部书稿因而也具有了某种趣味性。比如,当他评论50年代初颂歌时,认为政治理性与人性温情的矛盾对立构成这类诗歌的深层结构,而未央那首《驰过燃烧的村庄》中,志愿军首长一手抱着个朝鲜孩子,一手签下打击侵略者的文件的画面正代表了诗人的审美姿态。再如谈到合作化小说中政治话语对历史话语及人性话语的压抑、遮蔽时,他认为周立波的《山乡巨变》中,合作社积极分子把标语贴到王菊生家的猪栏上、门框上,从而代替了原有的"血财兴旺"和门神,倒是这种压抑的一种象征。谈到女性身体写作可能会变成身体展览和欲望挑逗时,林白的《飘散》中的一个做了富人二奶的一位女子全身赤裸,用口红在身上画满了道道,然后自焚的形象未尝不是身体写作成了欲望挑逗的有力注脚,如此等等。当然,这样一些有意味的形式还都有些浅表简单,但寻找本身却是很有意义的。正是顺着这样的思路,他对不少作品作出了值得重视的个性化解读。比如,在张者的小说《桃李》中,法学教授邵景文就曾参与过一场“矛盾之诉”:同样是行驶在高速公路上的汽车因突遇不明障碍物而车毁人亡,他在一个案件中做高速公路管理处的诉讼代理人,而在另一个案件中则代表车主(即他的情妇梦欣)做了原告。在近一年的时间内,来回奔走于两家法院之间,让人称奇的是他的矛盾之诉最后都胜利了。对此,这部书稿评论说“这种既当原告又当被告、既做法官又当罪人的矛盾之诉极具象征意味,它不仅意味着邵景文灵魂的分裂、信与行的悖离,同时也意味着他既然投身于市场,就不可能像上帝一样只是一个万能的立法者而并不受他所制定的法规的制约,邵景文在玩弄法律、玩弄市场的时候,也在经受着法律和市场的玩弄。这矛盾之诉事实上已说明他置身于悖论之中,他无法逃脱悖论的摆布。这是放弃了独立人格批判立场的知识分子的必然命运”。这样的评论深入浅出,很有说服力,读起来也是很有趣的。

走向中和是一种理想之境,达到此境很不容易,这部书稿当然也还有很多偏至之处,比如有些文章篇幅还略显冗长,还带有讲稿的性质;有些想法还没能琢磨透彻,结论还值得推敲,等等。希望作者在今后的研究中能克服这些不足,向着中和之境不断迈进。

(原载蔡世连《走向中和》,新星出版社 2008 年版)

后记

这个集子里所收的，是我从20世纪90年代末到如今的可以都视之为“论”的文字。除了个别篇什的“对话”或“序”，为前一个集子《走出历史的峡谷》所漏收于此补入外，其他皆为《走出历史的峡谷》之后的作品。这些文字大体分为三类：一类是长短不拘的论文和为自己的有关集子所写的“前言”或“后记”；一类是与青年学者们针对某些问题所做过的“对话”；一类是为我的学生或朋友们的著述所作的序文。

已摆放在案头的2009年的日历，提醒我时间老人已快步如飞地跑进新的一年了。屈指算来，进入为人们从上个世纪90年代就无限向往并寄予厚望的“新世纪”已历八个春秋。回望处于新旧两个世纪之交的这十余年间，学界的发展虽然良莠不齐，由现代社会必然滋生的文化的功能性分化所导致的文化价值观念的深在裂变，以及由有悖于学术发展规律的学术体制以及现实中日渐强化的物欲诱引所引发的种种异变，都在从不同的方面影响着学界的正常前行；但是，从学界发展的大势来看，实际的情形又是足以令人备受鼓舞的。越来越多真正有志于学的学者，不为各色的干扰所动，已经和正在实现着对新的学术视野的开拓和对新的学术格局的创辟。有多少带有整体性创辟意义的学术新构开始还为人们视为异物，可这些年间已为越来越多的学者认同与接受，以至已酿成一股难以阻挡的学术潮流。可以说，以这种大势为表征，人们实际上已经跨入了学术发展的“新世纪”！回想在这一特定历史时期，本人也为时势鼓舞多少做了一点努力，成绩虽不足道，但亦觉与有荣焉。

日前搬家，收拾旧物时偶见上世纪 90 年代初应约为《山东大学文科学报》写的一篇题为《解构与建构》的“感言”，重读之后自然生成一些阅读旧作时常有的感喟，亦觉似乎还有话想说。文字不长，不妨照录于后：

> 治学的过程不是接受和创辟的简单迭加，知识的发展也不是新与旧的机械累积。
>
> 只要称得起知识，都无一例外地蕴涵着特定时空条件规定中认识主体对对象世界内外部关系状态的理解和确认。既成的知识只能是它的创造者们在彼时对这一结构状态认识的结果，而对对象世界的任何一种或新的结构成分或新的意义的发现，都必然是对其旧有秩序的冲击、调整或颠覆。正是在这个意义上，我们可以说，认识的发展、解构和建构表现为同一过程。
>
> 后来者总是以前人的创造为思想材料的，但前人的创造既是我们的财富又是我们的负担，既是我们的进步之阶又是我们前行的障碍。任何知识的创造都含纳着本体论和方法论的双重意义。要突破和发展既成的结论，必须在观念和方法上同时进行变革。由既成结论所形成的作为学科价值尺度的理论观念以及与此相关的方法论，它们会形成一种后来者的前期模式，时刻悬浮在他们的脑际，甚至成为一种超验的存在，规定并影响着他们的认知活动。如对此缺乏解构和升华的能力，那他们的所谓发现也只能是对前人在同一认识层面上的发展，或者说是在同一认知范畴内所做的量的补充。不

能说没有价值，但毕竟不能代表科学研究的一个新的时代。

近些年人们对20世纪中国文学的研究，尤其是现代文学方面，可谓成绩斐然，开创了一个繁盛的新局面，但总觉得还缺乏文学史整体结构方面的重大突破。要真正从大的格局上突破已经过时了的老的文学史框架，从对局部的深化研究过渡到整体结构上的科学建构，那还是要花大力气的。不过到那时，新时期的20世纪中国文学研究，或者可以自豪地认为，能够真正代表这一时代了。

这段短文，说的显然是学术研究发展的一般性规律，但回想当时的情景却也是有感而发。因为在那个时候，文学史界的基本趋势仍然为或"启蒙"或"革命"的治史立场所左右，为了克服这种思维的习惯定式，所以实际上是特别强调了科学解构之于科学建构的重要意义。在学术发展的转折关头，强调这种学术自觉应该说是非常重要的。但时至今日，我以为针对时下文学史尤其是近百年文学史研究中仍未解决却正需要面对的问题，对这一规律所隐含的更为丰富的意义还有作出进一步阐释的必要。

在我的理解里，这一对"解构与建构"的表述并不同于线性"进化"的习惯性认识，自然也有别于激进主义文化态度的观念依据。我们所说的"解构"，并不是对既有文化传统的全面否定和推倒重来，相反，对某些在历史冲突中被遮蔽或沦落的有价值的文化内容的回溯性寻找与价值辨析，亦应是其不可或缺的题中应有之义。尤其是对对于人类生存而言具有永恒性价值的人文性文化传统在历史、文化现代化进程中生存状态的自觉关注，更是人文学科义不容辞的责任。此其一。其二，对近百年中所发生的重要历史、文化运动或事件，也不同于激进主义的全面否定的态度，而应是在层层去蔽中辨析与还原其在历史和文化等不同价值范畴所属的本真意义，并对其难以避免的历史局限和对后世发展的负面作用作出实事求是的冷静分析。这样，才可以算作是真正科学的研究，才可以算作是在学术的“新世纪”所应该从事的“解构与建构”的工作。

本来是作篇“后记”，却又说了那么多，意思无他，无非是借此对自己的思路作了一点粗略的梳理而已。

2009 年已经到了，它是与世界性的金融风暴一起来的。这一年的学界会如何？我想只要大家有定心，做好自己该做的事情，总要比往年有新的发展吧？至少我希望是这样。

2009 年 1 月 8 日